古井由吉

文学の奇蹟

目次

河出書房新社

写真　小林紀晴（121、146、197ページの写真を除く）
デザイン　中島浩

古井由吉

文学の奇蹟

禍々しき静まりの反復

対談 松浦寿輝×堀江敏幸

「居つき」になれない

松浦　二月に古井由吉さんが亡くなられて、いろいろな感慨が浮かんできますが、ともかく思いがけず堪えました。古井さんはいつまでもそこにいるという気がしていたので、ぽっかり穴があいてしまったような感じです。かけがえのない大きな存在だったんだなとあらためて思います。実はぼくの場合、ここ数年の古井さんの近作はそうじっくりとは精読していなくて、目下の関心からはちょっと離れていたようなところがあったんです。しかしいざ亡くなられてみると、日を追うにつれ呆然自失というか、一挙に空虚が広がったような感じが迫ってきて困惑し続けているところです。

堀江　おそらくこちらの胸に、そういう大きな穴があいたような気持ちにさせる人だったんだろうと思います。偶然ですが、古井さんと生活圏が比較的近いこともあって、ふだん目にしている景色と古井さんが文章に書かれている景色に、重なるところがあるんです。「馬事の公苑」や環八の周辺、東京の西南部の天気に対する体感を共有しているんですね。

ふだんぶらついているのは畑の片隅にお地蔵さんがあるような土地ですが、古井さんには、五年に一回でも十年に一回でも、困ったときに足を運べば進むべき道を示してくれる里標のような雰囲気がありました。そこに行けば指針が与えられるという、安心感がなくなってしまいました。

松浦　古井さんは用賀のマンションに五十年近く暮らしていたんですね。最後の単行本になった『この道』でちょっと驚いたのは、半世紀暮らしても「新参者」というか、よそから新しく越してきた人間という意識がずっとあったことです。その土地に以前から住みついていた人々のことを「居つき」の人と呼んでいる。半世紀暮らしていても自分は「居つき」になれない。そんな意識が残っていた。堀江さんももともとは東京生まれではなく、大人になってから越してこられて世田谷のあのあたりに居を定めたわけですね。そういう点で、土地の空気というか地霊に対する感覚みたいなものを古井さんと共有しているところがあったんじゃないでしょうか。

堀江　古井さんのご両親が岐阜県の出身です。お父さまが不破郡の垂井のほうで、お母さまが美濃のほう。ぼくもたまたま岐阜県ということで、おなじく美濃の出の小島信夫さんの縁で、当初、小島信夫文学賞の選考委員に古井さんが入っていた。

松浦　そうでしたか。

堀江　ぼくは小島さんが亡くなられたあと、遺言めいた話があってその跡を継いだのですが、古井さんとは入れ違いになりました。美濃は西と東とで空気がちがうんです。古井さんと小島さんは西のほう、ぼくは東のほうに入る。しかし親戚筋に、古井さんみたいな感じの人がいるんですよ（笑）。古井さんは生まれが東京で、八歳のときに空襲に遭い、父方の実家に疎開して、そこでも空襲に遭っている。しかし育ちはやはり東京で、空襲のときの記憶が消せないにしても、文化的な面では東京でのインプットが大きかった。だから荷風の戦時の日記を地誌的に追体験することもできる。ぼくの場合は十八歳まで田舎にいましたから、古井さんの文学における括弧付きの「東京人」になる。つまり上京者です。地方の人間が東京に出てきて何かをするパターンを踏んでいて、東京という土地に対する「居つき」の記憶を持っていない。比較の対象がないんです。上京してもう四十年近く経つと言っても、上京時の印象やその後の生活と較べられる程度で、その前がないんですね。居つくようにしてきた気持ちはあるんですが、居つきには絶対なれない。

松浦　堀江さんの場合、十八まで過ごされた岐阜の地元での幼年期、少年期、思春期の体験というのは、ご自身の作にあまり描いてこなかったような気がするけれど。

堀江　そうでもないと思います。直接舞台にすることは多くないのですが、子どもの頃の記憶や感覚は、郷里で過ごしていた時代にしかないんですよ。夏が「暑い」と言うときの暑さは、まず少年期の郷里の暑さが基準になる。身体に染みこんでいる暑さは、東京のものではないんですね。だから、どの夏を書いても、少年期のそれが参照物になる。古井さんが書かれている敗戦時の夏の記憶は、母方の実家での光景ですが、知るはずのない当時のその土地の暑さの感覚が、なんとなく地続きでわかるような気もするんです。亡くなった人の記憶も、葬儀のときの天気とか、地元の気候に結びついている。

しかし半世紀の暮らしの積み重ねは、外から見れば立派な居つきと言えるのではないでしょうか。おなじコンクリートの住宅に五十年も暮らせば、人間の身体と同様、定期的なメンテナンスが必要になる。配管を直し、大規模修繕を重ねていけば、いつのまにか居ついたような顔になる。まわりの土地へのなじみも出てくるし、住人には古くからいる人だと認知されてくる。ただ、古井さんは、居つきになり、土地に慣れてしまうとなにかが死んでしまう、居つくという行為の意味を安易に捉えると、言葉の持っている何かが失われる、と考えておられたのではないでしょうか。おれは居つかないと言っている人の言葉のほうが、むしろ土着に近くなってくる。古井さんが、自分はここに居つけないというときの言葉のリズムや音律は、もうその土地の言葉になっている気がしますね。

「deadという状態」

松浦　古井さんが絶えず立ち返っていたテーマの一つに、「わたしはもう死んでいるのではないか」というのがあるでしょう。彼の小説には作者の分身みたいな人がいろいろ出てきます。「これこれしかじかと言った人がいた」なんていうフレーズが文章の展開のかなめの位置によく置かれているんですが、彼の友人や知人のなかに実際にそういう「人」がいたどうかはちょっと疑わしい。まあ一種のフィクションで、本当のところは彼自身の内心の声なんでしょう。あの「人」というのは実に謎めいた存在だと思うのですが、自分のなかに棲まっているそういう分身たちとの対話のなかで、「わたしはもう死んでいるのではないか」、さらにまた「deadという状態」なんていう命題が出てきます。
　ようするにこの現世のさまざまな人々の営みとは幽明境を異にする、境界を一つ隔てた異界に自分は立っているといった、一種の乖離症状というのか、自分がこの現実世界に属しているというたしかな手応えが稀薄だ、あるいはそれがないという感覚ですね。古井さんの小説にはそれがいつもつきまとっている。半世紀同じ場所に住んでいても依然として新参者でありつづけるという感覚も、おそらくそういうことと関係があるのではないか。そこに住んではいても、その土地には根を下ろさない、溶け込まない、ということですね。根を下ろせない、溶け込めないじゃなくて、あえて溶け込まないぞという意志を持続させる。
　彼の小説は、何か他界からこの現実世界を見ているようなところがあるでしょう。身体はまだ当然「生」の側にあるわけですが、視点はもうすでに「生」の淵を越えた他界にあって、そこから振り返ってこの現世の営みを見ているような感じがある。そこから一種の抽象的、超越的な主題に入ってゆくことにもなるのですが、しかし――これが古井さんの小説の、不思議でもありまた比類なく魅力的なところでもあると思うのですが――それと同時に、古井さんの小説の物語はきわめてリアリスティックな世界でもある。自分の日常生活の、身のまわりにある具体的な個物に絶えずじかに即《つ》いて、現実に密着して言葉を繰り出してゆく。超越性と経験性との、融合、止揚じゃないんですね、両者が矛盾しあい、軋みあいながら同時現前するような感じで言葉が綴られてゆく。それが古井さんの文章のあの独特な感触になるのかなという気がします。

堀江　死んでいるという状態をどう維持するかということですね。八歳で空襲を体験してから、古井さんはどうも「あとは余生だ」という感じになっていたのではないでしょうか。これは『野川』以後、空襲の話を頻繁に書きはじめてからだんだん明らかになってきました。

松浦　米軍による空襲下での被災体験がものすごく大きかったんでしょうね。

堀江　そうですね。どういうわけだか自分が生き延びた。明瞭に意識していなかったことが、作家になって仕事を重ねていくにつれはっきりしてきて、生がdeadという状態に切り替わったことを強く意識されたのだと思います。しかし、deadっていう状態はどんなふうにしても書きえないものでしょう?

松浦　そう、いろいろな機会に古井さんご自身もおっしゃっていたと思うけど、「わたしが死んだ」という言表、énoncé というのは原理的に不可能なわけで。

堀江　「おれは自殺した」っていうのと同じですよね。

松浦　その問題ですね。内容うんぬん以前に、ナラティヴとしてありえない。

堀江　だから、dead の状態をどうやって言葉で表現するかということになる。最初、古井さんは翻訳をなさっていたわけですけど、翻訳者は dead に近いところにいけると思うんです。けれど、翻訳からあぶれるものがある。dead だと言っている自分に対して、「いや、dead っていう状態は矛盾だ」と言うもうひとりの自分がいる。松浦さんとの往復書簡の入った対談集『色と空のあわいで』でも、繰り返しおっしゃられていることですが、そのはみ出ている、矛盾をきたしている部分は、学術論文でも翻訳でも解決できなくて、作家として引き受けざるをえなかった。最も dead な状態に近づいてきたのが、最後の短篇集だと思います。

松浦　『この道』という書名は芭蕉の「この道や行く人なしに秋の暮」から来ている。あれは辞世の句ではないけれど、芭蕉がもう死を目前にした頃の句ですよね。古井さんご自身、体が衰えて、最期に近づいているという意識はあったでしょう。『この道』と題する本を完成することで、ご自分の世界のいちばん端の端まで歩ききって亡くなられた。非常に見事なかたちで作家の生涯を遂げられた、間然するところなく完結させたという感じがします。

堀江　そうなんです。

松浦　そこが興味深いところですね。『東京物語考』というエッセイ連作があって、あれはたぶん古井さんにとってとても重要な仕事だと思うんですけど、そのなかの一章で自分の生涯を簡潔に振り返っている。けっこう直截に、幼年期からあの時点の現在まで辿り返していて、戦時の被災体験を正面から書いたのはあれがほとんど最初だったんじゃないか。封印していたわけでもないでしょうけれども、ともかくそれはずっと書かずにきて、『東京物語考』でふと書いてしまった。そして、還暦を過ぎたあたりから幼年期の体験が前景にせり上がってきて、繰り返し回想するようになりますね。そういう屈折した成り行きになったのも、それだけ彼にとって重要な主題だったからでしょう。

堀江　表に出てくるまで、すごく時間のかかる問題だったということですね。『東京物語考』は、岩波書店の「図書」の連載で、一九八二年から八三年にかけて連載されたものでした。古井さんのなかでも非常に大事な作品で、先日読み直してみたんですが、「ほとんど」小説です。

松浦　白鳥、秋聲、葛西善蔵、嘉村礒多、荷風らを登場人物とする小説。

堀江　いわゆるエッセイとしての終わり方を拒んでいる。それでいて小説にしようとはしない。略歴を語った章のタイトルが、「とりいそぎ略歴」。

松浦　そうそう（笑）。

堀江　とりいそぐんです。詳しく書こうとはしないというより、できないところに触ろうとしている。古井さんの言葉を借りれば、「小説というのは破綻の処理である」。私小説の嘉村礒多、葛西善蔵あたりは、破綻が不意に飛び出してくる。破綻しようと思ってしてるのではない、そういう破綻を待っている、つまりdeadの状態に落ち込む瞬間を待っているのが私小説だと、そう解釈しました。

「とりいそぎ略歴」にも出てきますが、東京に戻って、八王子、白金台、品川の御殿山近辺に移り住む。父親が五反田あたりの会社に勤めていて、そこでは夜光塗料を扱っていた、と書かれています。ずっと後、二〇一一年の震災のあとになりますが、「埋もれた歳月」という文章のなかに、世田谷の弦巻の道ばたで、かなりの放射線が出ているポイントが見つかって騒ぎになった話が出てくるんです。原発事故の影響かと思って調べてみたら、脇の家の床下からラジウムの瓶が発見された。少し前までおばあさんが独りで住んでいて、どこかに移ったばかりだったので空き家だったそうですが、亡くなった夫の仕事もラジウムなどとは関係のないものだった。それで、みな、びっくりするわけです。

築六十年の家で、ご夫婦が引っ越してきたときから、すでにそのラジウムは床下にあったらしい。蛍光塗料の材料だったそうですが、ご夫婦は、そうと知らずに、ずっと放射線を浴びてきた。つまり、deadな状態の持続です。それが、古井さんが二十歳前後の頃、よく歩いていた土地に不発弾が埋まっていたことがあとでわかってきたという話とセットで書かれている。父親の仕事と結びついていているので、古井さん自身の問題でもありますが、戦後社会の問題でもあるんですね。『東京物語考』には、後期のエッセイにつながってくるような種がいっぱい入っています。古井さんは四十代の半ばで、書き方も晩年の作と比べると、ちょっと濃い、息の長い文章で、これはもっと読まれてもいい。

松浦　床下からラジウムが出てきたというその事件ですが、それが報道された直後にぼくは古井さんと対談する機会があって、お父様のお仕事が夜光塗料の関係だったでしょうと水を向けてみたんですが、そのときは特段の反応はなかったかな。活字化された対談テクストではその部分のやりとりはカットされてしまいました。それにしても、『東京物語考』は本当に名著だとぼくもつくづく思います。

礒多を秋聲で書き換える

堀江　田舎から出てきた東京人の祖として徳田秋聲なんかが出てくる。その頃、東京に行くことの意味は、現在とちがっていた。大学に入るために、一旗揚げるためにというより、どこか逃げるようにして出てくるという印象もある。明治の二十年ぐらい経った段階での東京と地方の関係は、言葉の関係とすごく似ています。そのあたりは、松浦さんが『明治の表象空間』でおやりになっていることですが。

松浦　日本の近代文学では萩原朔太郎みたいな詩人も含めて、東京に集まってきた文学者たち、特に私小説系の作家たちの多くは、やっぱり故郷から「追わるるがごとく」という感じがあったわけでしょう。それと「笈《きゅう》を負って」という真面目いっぽうの野心とのせめぎ合い。それはいまの時代の感性とぜんぜん違うところですね。

『東京物語考』ではさまざまな私小説が扱われているわけですが、葛西善蔵、嘉村礒多、徳田秋聲といった人たちの文章には端正なものがあると古井さんは何度か繰り返していますね。「端正」というやや意外な評にぼくは必ずしも納得していないんだけど、堀江さんはどう思われます？　古井さんは「自己客観」という言葉を使いますよね。それが凄いのだ、と。古井さんの晩年の境地にもつながっていく問題だと思うのですが、「私」というものを言葉でどう表象するか、そこにどういう「端正」な佇まいが炙り出されてくるか。古井さんがいちばん強い執着を示したのは、なかでもどうやら嘉村礒多なんじゃないかという気がするんです。あの破天荒な人生、それから自身のどうしようもない未熟、陋劣とそこへの居直りですね。それを「自己客観」視して書いたあの八方破れの文章を「端正」と評することに、古井さんは一種の逆説的な韜晦を託していたのか、それとも……。

堀江　どう言ったらいいかわかりませんけれど、端正っていうのは文章じたいが崩れていないということとは、ちょっと違うような気がするんです。

松浦　うん、そうなんですね。

堀江　古井さんの表現を借りると、静まりに近いもの。周辺が騒がしくないと静まりは生まれない、一瞬、

deadな静まりが来るような、逆に言えば爆発している部分ではないかと思います。空襲になぞらえるわけじゃないですが、急に静まる時間と場所があって、そこになにか禍々しいものを古井さんは見ている。
松浦　八方破れの、破れ目に、静まりの瞬間が訪れる。
堀江　だけど、嘉村礒多の文体ではそれをやりたくない。秋聲の文体でやるっていう感じがするんですよ。
松浦　嘉村礒多を秋聲によって書き換える……。それは非常に聡明な古井論になっているな。
堀江　秋聲の書き方で、嘉村礒多が静まっていくところに辿り着く。戦争は体験していないのに、嘉村礒多という人は静まりを知っていた。計算なしでdeadな状態が出現してしまう瞬間が私小説にはあって、古井さんはそれを念頭においていたのではないでしょうか。東京で空襲に遭い、逃げて行った先でもう一回空襲に遭う。二回の空襲がないと、その間の静まりがない。
松浦　そういうことですね。
堀江　一度だけだと静まりではなく回復になる。もう大丈夫だっていう感じになってしまう。松浦さんと古井さんの往復書簡は、二〇〇一年の「9・11」のあと始まっていました。そのあとに二〇一一年三月一一日があり、今回の新型コロナウイルスが来る。古井さんの感覚では、ずっと静まる静まると言っていたのは、つぎに静まらない瞬間が来ることを前提としたうえでのことだと思うんですね。反復になる。静まりを十分に意識するには、なにかを反復しなければならない。そして、反復ができたのは嘉村礒多のほうで、徳田秋聲ではない。
松浦　頑固な、懲りない人ですからねえ、嘉村礒多は。世間の壁、道徳の壁、いろんな壁にぶつかってもぶつかってもまったくめげない。
堀江　秋聲は、反復なしに少し前へ行ける人だという感じがするんです。嘉村礒多は失敗して留まる。堂々と失敗しているうちに静まりが出てくる。その瞬間の怖ろしさに触れてしまうっていうことでしょうか。そういう私小説の捉え方は読んだことがなくて、びっくりしました。
松浦　ぼくも本当に驚きました。こわいまなざしで人間と作品を冷徹に見ている。古井作品の場合、うわべだけ見るとずいぶん私小説みたいなものがあるし、『東京物語考』で論じた私小説の系譜に連なる一人とも、まあ言えなくもない。ただ、いわゆる私小説の概念と彼の世界がどこで切れるのかというと、まあこれはムージル、ブロッホの翻訳者だということとどこかでつながっているのかもしれないけれど、やはりフィクションとしての物語性への志向が、最後まで底流しつづけたという点だと思います。主語の扱いとか人称の問題とも関係することですが、一見ごく日常的な私小説、あるいは身辺雑記ふうのエッセイとしてゆるゆるとはじまったものが、ある地点まで来たときふいにフィクショナルな物語に滑りこんでゆくという、そういう書きかたをしているものがたくさんあるでしょう。あれはやはり、最初から設計された構成ではなく、言葉を織りなしてゆくうちにおのずと、無意識の底から吹き上げてくるようにして突発的に起こってしまう出来事なんだろうと思うんです。読んでいるうちに突然、固有名詞の人名が出てきて、おやと思う間もなく虚構の物語のなかに招来されてしまう。実に特異な小説作法で、ほかではちょっと見たことがない。あれはやはり、静まりを導入するための仕掛けなんでしょうか。あるいは、静まりかけたものをいったん壊して文章を動かし、次の静まりを反復しようというもくろみなのか。

堀江　八〇年代以降の古井さんのお仕事、特に最後のあたりの小説では、同じ言葉をよく使っておられますよね。「静まる」もそうだし、「束《つか》ねる」もある。なにかを束《たば》ねるのではなく、束《つか》ねる。それから「終える」と書かないで「終《しま》う」。そのあとにかならず出てくるのが「改まる」っていう言葉ですね。静まり、改まる。改まることができないと静まれない。終うことができない。一回一回終って改まる。一回死なないと生き返れない。その反復です。

松浦　それがどこまでも繰り返されてゆく。用賀のマンションの書斎で彼がずっとその反復に耐え続けていてくれる。だから、何しろ古井さんがいれば大丈夫だというようなね、何かそんな他力本願な感覚があったのかなと、亡くなられてしまった後であらためてつくづくと感じました。

堀江　そうですね。だから自分が終いたいときも、改まりたいときも、古井さんがいるからっていう感じはあったんですね。

松浦　「古井さん頼《だの》み」というのか、情けないと言えば情けない話なんだけど。それは多くの人々に共有されていた感覚だと思います。

ところで、『この道』の最後の短篇でしたか、「前方に火柱が立つのが見える」というイメージが出てくるでしょう。あれはあたかも予言だったかのようで、とてもこわいなあと思っているんです。いまわれわれは新型コロナウイルスという災厄の渦中にいて、緊急事態宣言が発せられ、それで堀江さんともこうして、思いがけずオンラインで対話せざるをえないことになっているわけですけど。

堀江　「私」が分散している感じですよね。

松浦　こういう状況にいきなり置かれて、日本だけでなく人類という種そのものがカタストロフに見舞われているような感じがあるんだけど、古井さんがもしご存命だったらこの事態をどう見ておられるのか、どう感じておられるのか、聞いてみたくてたまらない。

堀江　本当にそうですね。

気象衛星のように

松浦　古井さんはかつて小田切秀雄に「内向の世代」と名指されたわけですね。社会的な事象には背を向け、内面に閉じこもって小説を書く一群の作家の一人として括られてしまったのですが、古井文学は実はそんなに引き籠もりの世界とはぜんぜん違うものでしょう。いま堀江さんは9・11や3・11の話をされましたけど、古井さんは日本で台風や水害といった大きな災害が起きると、そのつど非常に敏感に反応して小説のなかに取り込んでいます。

堀江　そのとおりです。

松浦　ただ、それを大所高所から描写したり批評したりというんじゃない。「内向の世代」という言いかたに一面の真実があるのは、外的な事象を自分の内側に一度くぐらせて、——社会で起きている大きな出来事や歴史的事件をぜんぶ「私」のなかにくぐらせて、そのうえでそれを言葉にするというかたちで書いているからです。古井さんは座談なんかでも、折々の世相とか世界で起こっている政治や経済の動きとかを、的確、精密に把握しておられて、非常に鋭い批評の言葉を寸言ふうにぽそっとつぶやかれたりしていた。文明批評家・古井由吉というのがあるんじゃないか。古井さんの小説には透徹した文明批評的な観察がたくさんあります。それが私小説の血統のなかに取り込まれつつ、彼の文章にぜんぶ内蔵され、しまい込まれているというのはなんとも不思議な光景でした。

堀江　一度、体のなかをくぐらせるというのは本当にそうですね。いちばん大事になさっていたのは天気の話です。「いい天気ですね」というのは主語がないんだ、と以前お話ししたときにも言っておられました。「今日はいい天気ですね」と言っているのは、自分が言っているんではなくて、過去に生きてきた人間がずっと言い続けてきた、すべての人が乗りうつった「いい天気ですね」であって、個人の発語ではない、と。仏語でいう非人称を使うみたいなことです。

松浦　英語でもそうですね。It が主語になる。

堀江　はい。そういうものと日本語をすり合わせるようにして、天気を体のなかに入れて言葉にしていく。だから内向の世代とは、「向」よりもむしろ内に攻める「攻」だという感じもある。天気を語る過去の人々の目をもらってそれを外に出していくとき、どんな言葉にするのか。自分一人の言葉なのかそうでないのか。特に『野川』以降の小説は、それこそずっと天気の話です。

松浦　とにかくまず天気の話題からゆるりとはじまるんですよね。

堀江　小津安二郎みたいに、地面に近い目線で歩いている。昔あった百葉箱みたいな、地面から一・五メートルの高さの気象を摑んでいるんですけれど、気象衛星ぐらいの高さにもあがるんですね。自分が二つに乖離して、一人はすごく上のほうにあがっていて下を見ている。一方は地面に足をつけたまま見ている。上から見る場合には、経済の話も戦争の話もありますが、ペストに触れたエッセイもあって、今回のことと重なってくるようです（「悪疫退散の願い」）。病原菌が発見される前、西洋の近世でこの疫病が流行ったときの御触れとして挙げられたのは、「早寝早起きにつとめ、暴飲暴食をつつしみ、無用の外出を避け、家の内を清潔にして静かに暮らせ」だったと。さっきは里標、あるいはお地蔵様みたいだと言いましたが、気象衛星のような観測もできる人でした。

松浦　内に閉じこもるのではなく、自分の内と外との複雑微妙な交渉のさまを精密に感受し続けている、特異な身体の持ち主だったと思います。外界の空気やそこで起きている出来事を絶えず繊細に感知して、それを「私」の内に一度くぐらせたうえで言葉にして繰り出してゆく。ところで天気の話題と言えば、『東京物語考』は荷風をめぐる終章で締め括られるのですが、荷風の死の直前の日々、『断腸亭日常』は一行だけの天気の記述の連なりになってゆく。あれにも古井さんは注目していましたね。

堀江　そうでしたね。

私と世界との共振《ともぶれ》

松浦　今日はじつはもう一つ、堀江さんにうかがってみたいことがあるんです。古井さんの文章は、ある意味できわめて「詩的」でしょう。ともかく平明な散文からはかけ離れたもので、もちろん詩ではないんだけども、詩的なイメージがちりばめられているし、何しろ言葉一つ一つが非常に重くて密度が高い。日本の近代文学であああいう特異な散文を書いた人というのは誰もいないでしょう。

そこから、本当なら詩を書いてもよかったのではないか、という凡庸な感想をつい抱きそうになってしまう。言葉に対する感性というか向き合いかたじたいは、むしろ詩人のそれに近いものだったんじゃないか。堀江さんについてもそういうことを感じるんですが……。

堀江　とんでもない（笑）。

松浦　しかし古井さんは、これは堀江さんも同じですが、あくまで散文体に徹して小説を書き続けた。文章は美しくなければならないし、音律や韻律というものが大事だとつねづね言っておられて、その音韻の美を浮かび上がらせるために朗読の試みを積極的にやったりしていました。

堀江　そうですね。

松浦　詩か散文かっていうのは文学の根本的な問題だと思うんです。詩と散文というのはある意味で、本当は徹底的に相容れない二つの器のはずなんです。しかし彼は詩と散文とを、矛盾しあったままでともども一つの器に盛り込むような文章を書いてみせた。これはやはり途方もない力業だったとしか言いようがありません。

堀江　文学は詩から出ていると言われて、そこで詩と散文を合わせた、詩散文というのかな、それをブレンドしたようなものを書きたいというようなことをおっしゃっていましたね。それはただ、詩的な表現を使うといった話ではぜんぜんないんですよね。

松浦　いわゆる散文詩とも、また詩的な散文、詩的めかした散文ともまったく違うものなんです。

堀江　韻律や気韻という言葉を使われましたが、そういうある種の強さ、叩いても壊れないものが含まれた散文。音韻と音の韻と、論理の共振《ともぶれ》みたいな。音韻だけではだめ、論理だけでもだめで、その二つの震え合わせというのか、共振、ともぶれっていうとちょっと禍々しい雰囲気になるんですけど、共に振れて安定しない、収まらないものを書きたかったのかなと。横方向に静まる瞬間が来ると、また先に行ける。共振という言葉を読んだときに、そういうことかと納得した記憶があります。それを合わせた文章だと思います。

松浦　それは「私」と世界とのあいだの共振《ともぶれ》でもあるということですよね。

堀江　そう思います。

松浦　詩が非常に好きな人だったと思うし、特に中期・後期以降の小説には日本の古典へのレファレンスがたくさん出てくる。心敬や宗祇の連歌に強い愛着を示されて、毎月とか隔月とかで書き継いでゆく短篇連作で一冊の本を作るという彼のあの手法は、一種の連歌の実践だと思います。また、研究者として専攻していたドイツ文学の世界でも、詩にとても深い理解を持っていらした。詩の翻訳とエッセイからなる『詩への小路』はすばらしい本です。「小路」などと謙遜したタイトルをつけているけれど、小説以外で言えば古井さんには『東京物語考』という大きな仕事があって、もう一つの高峰として『詩への小路』があり、それがそれぞれ、彼の文学世界の二つの大きなアスペクトを代表しているという気がするんです。そこにはドイツ詩だけじゃなく、マラルメやヴァレリーの訳、ソフォクレースやアイスキュロスの訳も含まれている。大変な学識ですよね。

堀江　リルケの「ドゥイノの悲歌」を訳した際、改行なしの追い込むかたちで散文のような訳にした。やっぱりそこには攻める感じがありますね。詩のなかに出てくる時間の問題をどう処理していくか。詩のなかの叩いて壊れないものには、触れないほうがいい。触れないでどうやって訳していくのかを試みたあの訳業はすごいものだなと思いました。

松浦　文人の手すさび、余技というのを越えた、すごい達成だと思います。

堀江　「ドゥイノの悲歌」に関する書き方は、『山躁賦』や『仮往生伝試文』と同じだと思うんです。感覚としての和洋東西はあるにせよ、詩のようなものに対する距離感というか、追うわけではないけれど、連歌のように並べて気韻をつくっていく。

松浦　それで、リルケの言葉の運動を貫通する内的ロジックが浮かび上がってくる。

堀江　ちょっとモーリス・ブランショのようなアプローチもある。

松浦　ぼくは古井さんは本当にブランショそのものだと思っているんです。

堀江　そうですか。

松浦　ぼくが三十八、彼が五十五のときにやった最初の対談で、「古井由吉、渋くなったなあ」なんて言う人がいるけれど、自分はそうは思いません、「むしろブランショじゃないですか」と言ったんです。その答えは、「ブランショを、私は知りません」でした（笑）。ただたしか、「知りませんが、しかし――」というふうに話が続いたんじゃなかったかな。われわれフランス現代文学に関わりを持った人間にしてみると、古井さんの問題系とブランショの問題系はぜんぶがぜんぶ、強い引力で引き合っていますよね。死とエクリチュール、非人称性、言語と沈黙、書き終えることの不可能……。

堀江　古井さんの作品には、ときどき、「背中」とか「振り向く」という言葉が出てきます。あれも「セイレーン」を論じるブランショとめぐりめぐって共振を起こしている。そこにはないものに対してまなざしを送る。それも、前のほうを見るのではない。ずっと後ろにあるぞということでした。だから松浦さんが先ほど指摘された、『この道』の最後で目の前に火柱が立つこわさとは、それがはじめて目の前に来たことと関係がある。それまではずっと背中に火があるというところから逃げていく感じだったのが、最後の段階で変わった。

松浦　セイレーンの歌声にずっと背を向け、耳をふさいでいたのが、ついに、否応なく……。

堀江　目の前にそれが出てきたとき、終いではないけれど、つぎの静まりはないかもしれないという予感がありますね。そこでブランショで切れることになる。

松浦　嘉村礒多とブランショを共振《ともぶれ》させるとああなるんですね（笑）。

堀江　ブロッホやムージルよりもブランショという感じ。

松浦　そういう気がしてならないんです。ぼくは古井さんが訳したムージルやブロッホについてはあまり知識がないのでうまく論じられないのですが、比較文学の領域でこれからきっと精密な研究が出てくるだろうと思います。彼と言葉との本格的な関係というのはまず、ドイツ文学者としての翻訳の仕事からはじまったわけですね。ぼくは原文が理解できないからまともなことが言えないんだけど、ムージルやブロッホの非常に難解な文章を日本のシンタクスに溶かし込む、日本語の構文と語彙に落とし込むという、苦行というか苦闘を経て、その後になってようやく彼の創作の実践がはじまった。翻訳っていうのは二つの言語の間に身を置いて、これもまさに共振《ともぶれ》の世界ですけれども、二つの言語の間を往還しているうちに、そのどちらでもない場所、どっちの言語にも属さない場所みたいなものが見えてくる、というか体感される、そういう行為でしょう。たんに字面のうえで横のものを縦にするといったお手軽な翻訳でないかぎりは。その「無の場所」こそまさに静まりの瞬間なのかもしれない。古井さんの小説の文章の出発点がそこにあった。

異形の作業

堀江　もしかすると、翻訳の前に、別の試みがあったかもしれない。いったんそこで終って、翻訳で新しいものが見えてくる。改まる。時代の要請もあったということではありましたが、翻訳という作業のなかに入って、表現として余ったものを見ていたのではないか。翻訳というか、解釈というのか。解釈するということについては、想像で言いますと、後年の連歌集の作品に対してもそうですが、かなりストイックな解釈をされている。少なくとも松浦さんの『月岡草飛の謎』のように、ある種の遊びがない。横滑りはあるとしても、野川ぐらいの幅しかない。その川幅に自分を追い込んでいった。「何事も無言の内はしづかなり」みたいな。

松浦　ただ、「無言の内」にとどまるとしても、文章じたいはやっぱり沈黙じゃなくて、音として響き、文字として書きつけられるものなわけだから、そこにも深い矛盾がありますよね。彼は「静まり」「沈黙」について語り続けたけれど、しかしそれを語る言葉はいかにストイックに切り詰められたものであれ、ともかくきわめて精密にそれを記述していくわけで。自分のなかに沈黙を抱えながら、あるいは外界に静まりを聞きながら、しかしその静まりの体験というのはこういうものだと言葉で書いていかなければならない。ブランショ的な否定神学に近いものだけど、これは一種、異形の作業でしょう。しかも彼は三十代から八十代までそれをずっと間断なくやり続けた。すごいことですよね。彼の著作は何十冊かあるわけだけど、これはやはり、これからわれわれ、何度も繰り返し巻き返し読み直し、また後世へ読み継いでいかなければいけない大きな財産だと思います。

堀江　とにかく仕事の量が多い。エッセイもたくさん書いている。同時代的な、時事的な問題をいったんそちらで処理して、一回吐き出したものを小説的な文章に取り入れている。そのへんの関係性もだんだん明らかになってくるのではないでしょうか。

松浦　作家のキャリアをずっと見ていくと、どこかでスランプというか、ほんものの沈黙期が訪れるということがあるでしょう。谷崎にだってそれはある。いろんな作家の場合、すこし間が空いたりということが当然あるんだけれど、古井さんの文章は変容を重ねつつ、途切れることなく持続し続けた。作家のなかには書くのが好きで、息をするように、苦労もなく書くっていう人もいるのかもしれないけど、古井さんの小説はそういうものではない。どういう衝動、どういう欲望がモーターになってあの持続が生まれたのか、ぼくは実はいまもってよくわからないんです。わからないからこわいというところがある。

堀江　勤行みたいな趣がありますね。

松浦　そういう宗教的というか、超越的ななにかがあるのかな。この世を越えた超越性の場所へ向けて、日課の義務のように言葉を投げかけ続けるというのか。しかも、神なきこの世界でね。これもまあ大きな謎ですよね。

堀江　ずっと坐したままでいるのは、大変です。外界のものを全部身体に取り入れていくと、病につながると思うんですよ。敏感に感じていたところが痛む。首がアンテナになっていれば、頸椎が故障する。白内障もそう思わせますね。見ている光景、ヴィジョンの強さによって痛む箇所も違ってくるのでしょうか。『白暗淵』では、痛みは白いと書かれている。文字のつながりでしかありませんが、読んでいくとそう感じざるをえないところがあります。

松浦　白い暗黒は、言葉が漲る沈黙とパラレルでしょう。それは体に来ますよね。

堀江　沈黙のなかで、つぎつぎに故障していく。

松浦　病は彼の大きな主題でしたが、ものを書くというのはあまり体にいい体験じゃないからなあ。ずいぶん無理しているところもあったと思いますよ。去年の春、講談社のイベントでお目にかかったのが彼に会った最後の機会でしたが、白い歯をみせてニコニコ笑ってらしたんで、「古井さん、立派な歯をしてらっしゃいますねえ」とついつまらないことを口走ったら、「これ、ぜんぶ義歯です。ぼくは歯を食いしばるほうだから、すり減っちゃうんでねえ」とおっしゃってました。本当に歯を食いしばりながら、一字一字彫りつけるように書き続けてきたんでしょう。

（二〇二〇・五・八　オンラインで）

◉「古井由吉自選作品」刊行記念連続インタビュー

文学は「辻」で生まれる

聞き手　堀江敏幸

古井由吉という磁場

堀江　今日お話をさせて頂くにあたって、古井さんが過去になさった対談を改めて読み返してみたんですが、本当に多くのかたとお話しされていますね。

古井　けっこう多いですね。相手として気安いんじゃないかな（笑）。

堀江　対談を集めるだけで、ひとつの長篇小説ができるような重みがあります。主題にもよりますが、書かれた言葉とまったく遜色なく拮抗しうる言葉が並んでいる。非常に感銘を受けたと同時に畏れ多くて……これはまずいなと、覚悟を決めてここに来ました（笑）。対談をなさるとき、古井さんご自身としては、受けの側だと思われますか。

古井　受けの側だと思います。僕がこの道に入って初めて対談したのは吉行淳之介さんだったんです。吉行さんとしては「若造と対談するんだから自分が受け手になろう」とお呼びになったんだけど、しばらく話しているうちに調子が変わったんだね。気がついたら僕が受け手になっていた。吉行さんが後で「あいつはキャッチャーだ」なんて言っていたらしいですよ。僕の大学の先生でもある手塚富雄さんも人に言っていたらしいですね、「古井は大型キャッチャーだ」って。あの当時いたでしょう、田淵とか。僕からすると「どうせウドの大木ですよ」と思ってね（笑）。

堀江　なぜ最初にそれをお聞きしたかというと、今まさしく「受けの側」とおっしゃいましたが、受けていながら、ある意味でいつも勝っていらっしゃるんですね。対話は成立しているにもかかわらず、何を言っても、相手は古井さんの土俵に、あるいは磁場に引きずり込まれて、最終的には古井さんの語りを楽しむよりほかない、そんな印象なんです。つづけていくつも読んでいくと、対談のひとつひとつが短篇小説の連作に見えてくる。興味深いのは、言葉と言葉の間に、奇妙な溝があることです。かならずしも相手の発言をまっすぐに受けていなくて、「こういうことがあるんです」と言いながら全然違う話をなさる。相手も、読者も、「あれ?」と思っているうち、いつのまにか野球で言うと八回裏くらいになっているんです（笑）。

古井　武田泰淳さんと「文藝」（七六年三月号）で対談したとき、おそらく武田さんの最後の対談ではないかと思うんですが、武田さんは困っていたのかな、若造相手に。最後には歌い出したんですよ。「私バカよね、おバカさんよね」って。それをこちらは真面目に聴いていたものですよ（笑）。

堀江　武田泰淳には『こんにゃく問答』という対談集がありますが、古井さんはその、つかみ所のないこんにゃくの上を行っていた（笑）。昔からそういうリズムでお話しになったんですか。

古井　そうだったと思います。僕は四人兄弟の末でしたから、いつも話を聞くほうだった。それから戦争がだんだん本土に迫ってくると、大人たちが深刻な話をする。それを黙って聞く。そういう生い立ちもあります。若い頃から自分からはものを言わなかった。だけどいくらでも話を聞いて、その話を展開する性質はあったのだと思います。

だいたい僕の作品は自己問答みたいなも

のでね。「僕」と「僕でない僕」、いや、「誰でもない僕」かな。その問答のなかで展開しているようなところがありましてね。

堀江　一人語りではなく、問答。

古井　そうなんですよ。僕は小説を書くときに、「あらかじめ構想は立てない」と人に話しているんだけど、それは対談と同じことで、いくら構想を練ったって「相手」のあることでどうなることかわかりゃしないからです。節目ごとが、自分でも思いがけなく展開する。たとえば連句だったら、他人のものにつける。自分がつけるときも次の他人がつけられないようなものでは困るわけですよね。そういう送り送りの書き方、考え方だったんじゃないでしょうか。

独白から問答へ

堀江　ところで、せっかくの機会ですから、僕が古井作品とどう出会ったのかを少し振り返ってみたんです。僕は岐阜県の出身なので、古井さんと多少の繋がりはあるんですけれども、一九六四年生まれですから、はじめて読んだのは文庫本なんです。「男たちの円居」の収録された、講談社文庫でした。その後、『円陣を組む女たち』、『行隠れ』を、やはり文庫で読みました。『行隠れ』の文庫化は一九七九年。ですから高校に入った頃に読んだんだろうと思いますね。それから『女たちの家』や『櫛の火』と続いていきます。一九八二年に、大学入学と同時に上京して、現代文学に触れ始めたんですが、文庫というのはとても変な装置で、本そのもののなかに時間のずれがある。古井さんの場合は、単行本も常に連載をまとめたものなので、初出と単行本のあいだに時間差がありますよね。その時間差のある単行本が文庫になるまでに、さらにまた数年の間隔があいている。でも、若者にとっては、出たばかりの文庫本は最新刊の扱いになるんです。だから、読み終えて、感銘を受けて、奥付を見ると、親本は七年も八年も前に出ていたことがわかって愕然とする。一方で、文芸雑誌に連載されている作品や、文字通りの新刊にも触れるので、頭のなかでは、何年かにわたる創作の流れが帳消しにされてしまう。いっぺんに、横並びで読むわけです。

古井　並列なんですね。

堀江　僕だけではなく、そういう人が多かったと思います。いまでも、若者たちには文庫が最新刊というような感覚があるのではないでしょうか。それで、「並列」で読んでいた当時、僕は古井さんの声を、独り言のように思っていたんです。いろいろな声が、他者の声も入っているけれど、最終的にはそれを集約した独り言だとずっと思っていた。ところが、ある時期から、今おっしゃったように、それがだんだん問答に近づいていくような感じがするんです。今回の「自撰作品」では、『仮往生伝試文』の解説を担当させていただきましたが、僕は「文藝」の連載中に読んでいました。八六年から八九年までの連載です。なぜそれをはっきり覚えているかというと、その八九年の、「文藝　夏号」が出る直前に、留学をしたからなんです。三年半ほど日本に帰らなかったので、その間は、ごくわずかな例外を除いて、日本の現代小説を読んでいない。古井さんの作品も、帰国して『仮往生伝試文』の単行本を買うところからあらためて追い始めたんですね。空白の期間を経て古井さんの小説に触れ直してみたら、先ほどの、独り言ではない古井由吉がいた。たとえば八二年から八九年くらいの間に、古井さんのなかで、何か独白から問答へというような変化はあったんでしょうか。

古井　あったと思います。中年に入れば、自分の年齢層が重なるでしょう。青年時代は過ぎた。しかし消えたわけではない。少年時代の自分も残っている。過ぎた自分との問答になるんですよ。

堀江　若いときは問答をする相手がいないということですか。

古井　そうですね。自我も強すぎてね（笑）。
　僕は初期に司修さんや菊地信義さんのおかげでいい単行本を出せたんです。読者はおもに単行本の読者だった。でもいつからか文庫の読者が増えたんだね。

堀江　僕はその走りだと思います。

古井　たしかに文庫というのは時間が重層するんですよね。文庫が出るたびに自分でも少しずつ読み返してみて、やっぱり現在だと思うんですよ。十年前の作品でも二十年前の作品でも、今書いても不思議はない。そうするとこの自分は何なんだろうかと思う。つまりあなたは省察で書ける人でしょう。僕はそれがないんですよ、ひとりになると。雑念しかないんです。つまり相手がなくては書けない。どこかでもうひとりの自分がいる。もうひとりの自分が複数であるようなんですね。大勢の自分。それを相手に、こう言ったら自分はどう答えるか、向こうが答えたら自分はどうつけるか。そういう呼吸でやってきました。
　相手はいろいろな時間の自分なんです。だからある意味では、年をとらない。時間が流れない。またある意味では、その分だけ時間のことにこだわる。年を取るにしたがって時間の前後関係より並列関係が強くなってきた。特に五十過ぎからのことではないかと思います。もっと言えば『山躁賦』の頃からではないか。あれは時間の前後関係というより並列、今の時代にある過去、それとのそのつど接触になるんです。

明澄と混濁
原作と翻訳

堀江　『山躁賦』の単行本の刊行は八二年ですね。

古井　ずいぶん昔ですね。四十半ば。

堀江　『山躁賦』は、たとえば一般的な高校生、ごく普通に田舎で育って、上京してから「さあ、何をやろうか」と路頭に迷っているような学生には、とてもハードルの高いものでした。『山躁賦』の面白さ、凄みがわかってきたのは、じつは語学をやってからなんです。古典文学は割合に好きだったんですけれども、あの作品は古典の知識があるだけではわからない。引用された連歌の原典を、読書案内にしたがうように追ったこともあるんですが、それだけではどうも理解できない。ところが、自分も翻訳の仕事をわずかながらやってみて、古井さんのお仕事にあらためて触れたとき、『山躁賦』がずいぶん染みてきたんです。ああ、ここにあるのはやっぱり外国語だ、と思ったんですね。古典文学の引き方そのものが、すでに翻訳だったんです。『山躁賦』では、ある種の明澄さとある種の混濁というのが同時に起こっていて、そのどちらにもついていない。わかりやすく流れているところで急に濁りが生じたり、濁ってるなと思っていたらそこに明るいものが出てきたり。それが最後まで続いている。以前の作品には、萌芽だけではっきりと現れていなかった細い線が、一気に出てきた感じがあるんです。

古井　その下敷きが翻訳だったんです。作家の道に入る前に翻訳家としてのキャリアがあるんですね。短い間だったけど長いものを翻訳している。それがしかも二〇世紀の前半のドイツ語の表現力を過激なまでに駆使したもので、穏健なドイツ人からしたら「これはドイツ語ではない」というくらいの作品です。ましてや日本語に訳すのは不可能だと言われていた。それでも日本人というのはまめなもので、僕のところに翻訳がまわってきたわけです。

引き受けたけど、最初に取りかかったときに絶望しましたね。こんなものは日本語になるわけがないと。原文を読んで日本語を当てていくけれど音調口調の問題があってね。日本語のレシーバーをいかに繊細にしても、どうしても受けられない口調がある。そうすると、受け取れないなりの平衡関係で日本語を書いていかねばならない。かりに、音調口調が合ってそこは実に滑らかに訳せた部分があったとしても、ひとつの文章の中でも統一が取れないことがあるんですよ。そのちぐはぐ、これはどういうものかと。非常に明澄なところと混濁しているところが出てしまう。それは原文の口調と僕が駆使できる限りの日本語の口調とのずれなんですよね。

堀江　でも、その明澄と混濁があって初めてひとつということですね。むしろ、それがないと成立しない。読む側も、楽しめない。

古井　とはいえ、この道に入ったら、やっぱり人に理解されなくてはならない、読まれなくてはならないと意識しますよね。それで翻訳時代の習いに大幅な修正を加えて、とにかく通る文章、流れる文章をと、苦労したんです。小説も『槿』までは苦労しました。『槿』と『山躁賦』の執筆は同時なんですけどね。『槿』を書いているのが実につらいものだから、一方で『山躁賦』を書いている時には筆が僕としてははずんだ。書き終わったときには、『槿』風の小説はこれでお務めを果たしたかなと思いました。これからは『山躁賦』の筋でいこうと、たしかにそう思ったはずなんです。

堀江　筑摩書房版の『世界文学全集』のために、ヘルマン・ブロッホの「誘惑者」、ロベルト・ムージルの「愛の完成」と「静かなヴェロニカの誘惑」を訳しておられます。とくに後者に関しては、一九六八年に出たこの訳を、岩波文庫収録（八七年）にあたって改訳されていますが、最初の訳をなさったとき、その訳稿を受け取った編集者から、ここのところは読みづらいから直してほしいといった注文はあったんでしょうか。

古井　僕ね、律儀な人間ですからそれを予測してずいぶん苦労しました。ブロッホの「誘惑者」は千五百枚ほどあったと思いますが、原稿を渡す前に、二度訳してます。校正刷でもかなり手を入れた。ムージルのほうは、文庫になる時にも、何度も赤字を入れてます。

堀江　ということは、初稿はだいぶちがうわけですね。つまり混濁の痕跡が残っている。

古井　そうです。

堀江　では、文庫版のために訳し直されたときは、混濁のほうを選ばれたということですか。
古井　混濁のほうは無理だと思いました。考えてごらんなさい。文庫は大勢に読まれる。文化教養の家ではなくて実業の家に育った者としては、どうしてもそこを考えるんですよ。これではいけないと思って。それでほとんど訳し直しています、ムージルもブロッホも。そのときの憤懣が積もって弾け出てきたのが「先導獣の話」なんです。
堀江　なるほど。先導獣というのは、言葉だったということですね。
古井　このやり方で作家というものがやっていけるならずいぶん楽しいなと思いました。
堀江　では、もし最初の訳稿がすんなり受け入れられてしまったら、今の古井さんはなかったということになるんでしょうか。つまり一旦そこで押さえて自分で溜めて、必ずしも好ましくはないかもしれないけれど、さまざまに気を遣って流れを重視して訳した屈折がバネにならなければ、「先導獣」は生まれなかったということでしょうか。
古井　「先導獣の話」は同人雑誌掲載でしょう。同人の間では褒められたんですよ。だけど商業誌にはちょっと評判が立っただけで載らなかった。それで皮肉を言っていた人がいますよ。「蒲焼きの匂いだけ嗅がされて蒲焼きは出てこなかった」って。だから、これが世間に通っているのか通っていないのか、まったくわからなかったですね。「円陣を組む女たち」でも、新人ということもあるんだけど、小さな活字にされたんですね。文芸誌で。
堀江　活字のポイントを落として？
古井　はい。「杳子」を当時の「文藝」の編集者に渡したときも、「だめじゃないかと思うけど。だめだったら突き返してほしい」と言ったものですよ。
「杳子」は完全に二度書きです。それからゲラのときにもメタメタに手を入れています。翻訳家の習性でしょう。訳したって自分のものではないんだから、もう一度原作者という他者に照らし合わせる。そのときに訳者としての自分が引くことも多いんです。そういう習性が「杳子」のときには残っていました。
堀江　「杳子」は初期の素晴らしい作品ですが、今の話に照らし合わせると、十代の若者には難しいかもしれない混濁の部分が、かなり間引かれているという印象ですね。現在の自分の目で読み直すと、隅々までピントが合った、軽々しい言い方をすれば、スタイリッシュな物語のように思われるんです。ところが、自分の文章を翻訳の第一稿のように見なして何度も手を入れていくに際して、混濁を削るという方向ではなく、残すという方向に徹したのが『山躁賦』だった。
古井　そうです。『槿』までは原作者としての責任感が強かったんですよ。同時に書いた『山躁賦』のときには翻訳者でいい、自分の中にインプットされているよくわからないものを翻訳するだけの話だ、そう思ったんですね。
堀江　他者の声ですか。
古井　ええ。苦労はあるんだけど、それにしては楽になるんだなと思いました。翻訳者でいいんですから。その方がむしろ綿密に書けるような気がしましたね。原典はないんですよ。でも原典があるような了見なんですね。自分の知らない原典が。

死んでいながら生きている生きていながら死んでいる

堀江　『山躁賦』が講談社文芸文庫に入ったとき、なぜか解説を任されて、何度目かの読み返しをしたんです。これはすごく矛盾した言い方ですが、やはり混濁があると思いましたし、そのように読めるんですね。しかし、読後に残るのは、非常な明澄さなんです。『山躁賦』のほうが、「杳子」よりも流れるテキストです。以前は、ムージルの翻訳のように、原作者の声とぴったり合ってしまうところとそうでないところ、ぎくしゃくした感じのリズムやシンコペーションに似た感じを好ましく読んでいました。しかし、それを解説というかたちで書こうと読み返してみたら、そうではなかった。その理由が、僕にはよくわからなかったんです。じつは、今でもわかりません。ぎくしゃくしているのに滑らかに流れるというのは、いったいどういうことなのか。現代文学の多くの作品は、たいてい、どちらかについてしまう。これを真ん中でもなく、どちらかに寄るのでもなく、すごく微妙なところで持ちこたえるためには、そしてその持続のためには、何が必要なのか。

古井　文章が表現しようとする内容の混濁と、にもかかわらず文章そのものの音調の明快さというのがありますね。僕は還暦の頃になってようやく、ひとつの極端な例だけど、わかったんですよ。マラルメです。何を言っているのかわからないんだけど、その言葉の音調だけがきわめて明晰なものとして残るでしょう。そこまで表現として極端にはできないけど、僕は同じようなことを下のレベルでやっていたんじゃないかなと思いましたね。僕の口調の明澄さを保証するものは何なのか。努めて音調を練ってできるだけ明澄さをつくり出そうとした覚えが、実はないんです。どこかでインプットされたものなのでしょうが、とにかくちばんわからないのは自分の本質なんですね。人間としてもそうだけど、作家としてもいちばんわからないのは自分の本質なんですね。

堀江　マラルメというのは、言われてみると本当にそのとおりだとわかるんですが、なかなか検証するのが大変です。大学院で菅野昭正先生にマラルメのほんのさわりを教えていただいたのですが、ちょうど『ステファヌ・マラルメ』（一九八五年／中央公論社）が出た頃で、古井さんの本と併せて読むこともありました。まさしく並列的な読書なんですけれども、『骰子一擲』の、船長とともに沈んでいく、あの握られた言葉の、わかったようなわからないような、でも視覚のみならず聴覚に訴えるあの作品の声が、どこかで古井さんの声と重なる瞬間がたしかにありました。でもそれは、あまり人には言えないことでした。「どちらもわかってないのに」という感じで、まともに受け取ってもらえないでしょうから。それにしても、マラルメの言葉の響きがあれほど明澄なのに、全体としては茫漠として靄がかかっているのは、矛盾ですよね。

古井　矛盾ですね。読んだときにはなるほどと思っちゃうのね。だけど何を言っているのかわからない。僕は還暦の近くになってから本気になって読み出したんですよ。「この年になってやめろ、やめろ、やめろ」と言いながら、かなりかかずり合いました。結局何の結論も出なかったんだけど、こういう行き着く先もあるんだなと思いとどめました。

堀江　マラルメを読むことと、ドイツ文学の翻訳とは結ばれなかったんですか。
古井　ムージルにもブロッホにもそういうところがありますね。でもそのとき僕はマラルメのことを知りませんでした。ちょっとフランス語で読もうとはしたのですけど、すぐに弾き返されたと思います。
堀江　感性的にとらえて、無意識に考えていることと、同じものがそこにあった。
古井　考えていることが同じというより、行き着く先が、うんと先だけど、ちょっとずれた平行線みたいに交わることになるんじゃないかなと思いました。六十近くになると一度総ざらいをやらなくてはならないでしょう。そのときにいちばん興味を引かれたのがマラルメとドイツ文学のヘルダーリンでした。まったく違うんだけど、明快な音調と晦渋な内容が共通していますね。
堀江　行き着く先に狂気があるという点も、共通しています。古井さんの作品に繰り返し出てくる言葉で「いながらにして死んでいる」というものがありますが、マラルメもムージルもブロッホも、そういう人たちですよね。いながらにして死んでいる人たちのところに、古井さんの手は自然に伸びている。ところで、その「いながらにして死んでいる」人たちは、たとえば塔や部屋に閉じこもって、安易な表現を使えば要するに孤独なんだと、僕は勘違いしていたんです。ぶつぶつつぶやいて、狂っていく人。実際には問答の人なんですね。
古井　現在形で言うと、死んでいながら生きている、生きていながら死んでいる。こうなると主語が個人だと成り立たないんですよ。そういう感覚は早くからありました。なかなか意識的には表現できなかったんだけど、ソクラテス以前の、ヘラクレイトスの言葉がなにか保証してくれたような気がした。実は僕の誤解なんですけどね。だって、そんな個人的な次元で古代人は哲学をやってないですから。でもね、これしか存在というものに接近する道はないんじゃないかと思いました。
　ただし今言ったように、死んでいながら生きている、生きていながら死んでいるというのは、主語が個人だとまず成り立たない。どうしてもわからないのは、英語でいうと dead という形容詞です。これはどういうことなのか。「dead である」ということは。
堀江　それと併せて「生まれる」もそうですね。「生まれる」と「死ぬ」はどこに主語があるのかわからない不思議な動詞です。
古井　東西の言語は共にそれには苦しんでいるようですね。西洋の言語でもよくよく読むと「生まれる」と「死ぬ」とで表現の矛盾が出る。
堀江　それは「書き始める」と「書き終える」に繋がることでしょうか。
古井　それもあります。今が何かということですね。「書き始める」「書き終わる」というのは未来現在過去でしょう。書いているかぎりは現在現在現在であって、すべてが現在かもしれない。現在というのは生まれながら死んでいく、死んでいながら生まれるということを含む。
堀江　それがはっきりとあらわれてきたのが『山躁賦』ということでしょうか。
古井　その頃はまだ若いから先に進みたいという思いがあった。四十五歳です。
堀江　僕はその年を越えてこの体たらくです。

古井　昔は四十五というと男盛りと言ったんですね。男盛りの本当の意味は「まだ少々青い」ということらしいんだ（笑）。

辻——異境の人間たちと出会う所

堀江　今回の「自撰作品」の第八巻に、『辻』が入っていますね。

古井　そうです。『辻』は僕にとって大きな作品なんです。それまでのものがそこに集まって、これからどうするか。もう書けなくなってしまうんじゃないかなという予感がありました。七十手前です。だけどまだ七分程度しか表現できていない。あと二、三分、その体力があるのかどうか。今まで僕がもっていたものを一度煮詰めてみようか。煮詰めて、しかも筋をつくるつもりはないけど、おのずから筋が出てくるようなやり方はないものか。そのとき畏れ多くもオイディプスの辻を踏ませてもらいました。オイディプスがデルポイから降りてきて父親を殺害する、あの辻ですね。盲いてからあの辻に呼びかけるでしょう。あれが僕にとっては声に聞こえたんですね。天の声ではないですけれども。

堀江　「辻」という言葉は、僕の年齢だと「辻褄合わせ」になってしまうんですよ。ところが「辻斬り」みたいに、背中の方から斬られるかもしれないという緊迫感がないと、古井さんの今のテキストは生まれない。

古井　ヨーロッパの中世では旅をする人間たちは、人が亡くなると辻のところに埋めたらしいんですね。

堀江　それで思い出しましたが、日本でも、もとあった辻が埋められて、新しい町ができる。古井さんの作品に登場する、新開地です。ところが、辻そのものは消えてなくなっているのに、まるで亡霊のように、吹く風のなかに、消したはずの過去の地形が見える。

古井　消えても辻は辻じゃないか。注意して歩くと「かつてはここが辻だったんだな」とわかることがある。さっきも賑やかな商店街を歩いてきたら、地蔵さんだか何だかわからない石仏がありました。昔から人はお祓いをしますよね。そこに来るたびに人はなんらかの既視感、デジャヴを覚えたと思うんですよ。

堀江　人は町を移り住みますよね。しかたなく新しい町に移ってくる。そこでたとえば五年、十年、慣れ親しんだ場合でも、それよりずっと前から住んでいた人に比べれば、土地に対する感覚は弱いはずなんです。それなのに、ずっと住んでいても気がつかないその辻を、外からやって来た人が、「ここにかつて辻があった」と感じ取ってしまう場合がある。そういう人がいる、ということですよね。

古井　そうです。

堀江　つまり見えない辻を感じられる人とそうじゃない人がいて、誰もが辻の存在を風で感知できるものではない、ということなんでしょうか。

古井　誰でも意識下にはあるんじゃないかと思うんですよ。その土地に流入してきた人間で、そんなに長い年月が経っているわけでもないし土地の由来もよく知らないけれども、かつての辻らしい所に来たと感じるのは、どうも既視感のせいらしい。デジャヴが一瞬、濃厚になるらしい。

堀江　オイディプスがそうであったように。

古井　ええ。デジャヴというのは、たとえば千年の歳月が経ってもあるものかもしれない。「永劫回帰」というと言葉が難しくなりますけど。

堀江　人の記憶かもしれない。自分の、ではなくて。

古井　これは実は大事なことで、人の情念の根っこにあるものではないか。言ってみれば、高年に入ってからはいろいろな辻を見つけるのが僕の仕事なのかもしれません。

堀江　『辻』という連作短篇集は、「始まり」というタイトルの短篇で終わっています。それがすごく印象に残っています。

ベケットに、「Quad」という戯曲があって、正方形の四隅から、登場人物が順次あらわれて、辺に沿って歩く。一人が一辺歩いたときに、次の人が出てくるという、一定の速度、一定の間隔で、しかも対角線を通る。このとき、どうしても対角線の交点でぶつかるはずなんですね。しかし、舞台でそんなことが起きたら大変です。そこでベケットは、ト書きというか、注意書きに、「中心点は時計まわりに回避される」と記しています。つまり交点があるにもかかわらず、見ないことにして、不在の中心のまわりをぐるりと回る。辻というのは、そういうふうに、中心を回避するものかなと思うんですが、交点もあるはずですよね。

古井　ベケットの場合は西洋のロータリーの思想でしょう。

堀江　そうです。時計回りですから円形、つまりロータリーだと思います。

古井　日本の辻にはその感覚が乏しいと思います。根本的に西洋人と考え方が違うのは、西洋人にとって土地というのは、これはだいたい大中小の都市民のことを言っているのですけれども、つくられるものなんです。でも日本人にとって土地というのは始めにあるもので、それに従って人は生きるものである。地形に従って人が集まる。だから真ん中があって周辺があるという考え方ではないんです。西洋の辻は真ん中のイメージですね。日本橋の真ん中だって辻は辻だろうけど、でも日本の辻は町はずれにあるんですよ。他所の人間がそこから入ってくる。あの世も含めて異境の人間たちと出会う所なんです。

堀江　まさに『辻』で描かれているのは、はずれにあって、しかも置き換え可能な、その土地に属していると同時に、出て行く人についてまわる辻です。

古井　出て行く人が通る、入ってくる人が通る。辻そのものの、声にならぬ声が、通る人間につきまとう。こういう感覚を微細にあらわすのは難しいですね。

堀江　人がついてきたり、人の気配がついてくるということはあると思うんですよ。そういう作品は西洋にも見られます。しかし、辻というはずれの空間そのものが、自分と一緒に動いてくるという感覚は、なかなか味わうことができません。

古井　たとえば町田康さんの『くっすん大黒』。あの辻の描写はよかった。まさに僕が思っている辻だなと思った。

文学はひょっとすると辻のものかもしれません。辻であるから死者や異境の人、あるいは異形のものと深いかかわりがある。

「エッセイ＝試み」で表現の時間と空間をさぐる

堀江　『仮往生伝試文』は、『山躁賦』とともに愛する作品です。今回、読んで何かを語りなさいという宿題を与えられて、戸惑いつつうれしかったりしたんですが、人についてまわる辻、その根っこにある辻の本質が描かれているのは、『山躁賦』ではなくて『仮往生伝試文』なのではないかと思うんです。『仮往生伝試文』は、古井さんのなかで、どういう扱いになるのでしょう。

古井 『山躁賦』ではまだ辻の思いに佇むというところまでいかなかった。まだ若すぎた。

堀江 通り過ぎてしまったということですか。

古井 ええ。理屈では考えていたんだけど、自分につきまとうものとして強くは意識していなかった。それにその後、人を亡くすことが重なりましたから。

堀江 肉親を、ということですか。

古井 そうなんです。死者は辻を通っていくというイメージがあるんですよね。

堀江 往生という言葉は、もちろん初期の作品にも出てきます。岐阜の田舎の方でも、日常生活のなかで、とても大変だった、苦労した、というときに、「往生する」、「往生した」と言います。「仮往生」は、そう考えると、とても微妙な表現です。往生なんだけれども、仮なんですよね。

古井 往生という言葉を「やれやれ、往生した」というふうに使う。僕はその感覚は正しいんじゃないかと思ったんです。もちろん中世の往生伝は本気で向こうに行くことを考えていた。でもね、その底に往生も現在のことだという感じ方があると思うんですよ。現在ごとに往生する。そしてまたその往生を忘れる。また往生する。そういうことではないかということで、仮往生というのは現在における往生というくらいの意味です。その時その時の往生。だから翌日には往生していない。

堀江 つまりそれは、書くということですよね。

古井 ええ。

堀江 『ロベルト・ムージル』(岩波書店)のなかで、最もページを割いておられる章に、「エッセイズム」というタイトルがつけられています。エッセイ=試みの、「試」の一語が、『仮往生伝試文』には含まれている。『仮往生伝試文』は『山躁賦』よりエッセイにつきすぎているという発言もありましたが、辻をめぐる考え方、とらえ方と、往生とは現在のものであり、同時に仮のものである、その都度の死である、という見方は、じつは、ムージルがエッセイで言っていることと重なってきます。

古井 昔の往生伝を読んでいつも考えるのね、この人が往生したい時点はどこか。すると、亡くなったときではないように思えるんですよ。

堀江 そうですね。ある段階で、すでに往生の時は来ている。そして、それを持ち越していく。

古井 しかもその後に日常の生活は続いていく。

堀江 ムージルの『特性のない男』について、古井さんはこんなふうに書いておられます。「エッセイとは、ひとりの人間の内的な生が、ひとつの決定的な思考において取るところの、一回限りの、変更し難い形である」。これはすなわち、往生ということですよね。

古井 そうですね。ちょっと言葉が足りないので「一回限りで、しかも何度も繰り返す」という補いを今からつけたいですね。

逆にいうと、何度繰り返しても一回限りなんですよ。それが辻を通る心でね。

堀江　また、こうも書いておられます。「ムージルの考えるエッセイとは、かりそめの、ついでながらの表現ではない。ひとつの決定的な考えをしたとき、その人間の内面が、どういうくっきりとしたすがたかたちを取るか、それをそのつどあらわすのがエッセイであり、決して曖昧模糊としたところを生命にするものではないのです。ちなみに、『決定的』という言葉は、どうしても、それきり定まる、固定する、という意味あいをふくみますが、ムージルの言わんとするのは、決定ののちの状態ではなく、決定のその瞬間のことだと思われます。そのつどの決断の時とも取れます。ただし、かりそめのものではない」。付け加えたいとおっしゃいましたが、そのとおりに書かれていると思います。翻訳をなさり、研究者として読んでいたムージルの思考は、古井さんの中で、言語レベルだけのものではなく、とても大きな位置を占めていたのではないでしょうか。

古井　翻訳によって手から入っているということもありますね。作業からね。

堀江　それは、とても大事なことです。声と、手ですね。

古井　研究の場合だと、研究と他の日常生活というのは分けることはできるんだけど、翻訳の場合はそれが四六時中つきまとうようになる。外国語を日本語に換えるというのは重労働でしょう。そのために体を整えなくてはならない。特に不眠を恐れる。どういうふうに神経をもっていったらいいか。これがまたね、眠り際にぱっと浮かぶんですよね。「あ、ここはこうすればいいんだ！」とがばっと起きて机に向かってみるんだけど、何のことはないんです（笑）。そんなふうに日常の暮らしにわたる、ドイツ語の作家の難しい文章が四六時中つきまとう。創作なら、自分のものだから自分で恥を掻けば済むと腹をくくれるでしょう。

堀江　ある意味で、幸せな出会いだと思います。

古井　そのときはしんどかったけど。

堀江　自分で書いた文章を、誰かべつの人間が書いた文章の翻訳と見立て、それを徹底的に手直ししていく作業。そのときに聞こえてくる物音や気配、あるいは紙とペンのこすれあう感触、そういったすべてが、翻訳の中に、執筆の中にはっきりと入ってくるのも、『仮往生伝試文』からですね。「試文」という表現がタイトルにあるように、これをお書きになっているのと同時に、限られた文字数で時事的な問題を扱う、いわゆる日本的な意味での「試み＝エッセイ」も継続的に書いていた。小説の文章の中に、別の媒体に書いた言葉が溶け込んでくる。辻が、ついて回る。

　一九八〇年代のはじめに、大学生として古井さんを読み始めたとき、いろんな媒体で古井さんの名を見かけました。ここにも古井さんがいる、ここにも古井さんがいる、と。エッセイを読み、小説を読む。すると、おなじ主題を扱いながら、微妙に言い方が変わっている。素材の使い回しなどではまったくなくて、いろいろな人の声で語られているのに気づかされたんです。声域の異なる声が複数あって、『仮往生伝試文』を読もうとすると、どうしても、この前後に、あるいはほぼ同時に古井さんがお書きになっていた短い文章や、そのとき校正していた作品などのすべてが繫がってくる。そういう書き方を、エッセイズムというのでしょうか。古井さんは、意識的にそのように書かれているわけですね。

古井 そうですね。

堀江 先ほどお話しした、空白の時期の後で古井さんの作品を読み返したときにいちばん気になったのが、その書き方なんです。何かの中に深く深く分け入ることが、外に繫がる。それは、創作のひとつの不思議としてあるんでしょうけれど、一九八〇年代の古井さんは、むしろ外の声を自分の声として入れていた。そういうことをしないともう泳ぎきれないくらい、身体のどこか、内側のどこかが弱まっている時代に、僕はその弱った空気を普通に吸って生きていた。これは後付けの感想なのかもしれませんが、八〇年代の状況というものを考えると、ただ掘っていくだけでは、何も見えない。どこまで掘っても先が見えない。闇さえ見えない時代でした。『野川』にも出てきますが、闇は、生まれたとき、じつは白かった。その白をとらえることができなければ、じつは闇なんてわかったことにもならないし、辻にも立てない。『白暗淵《しろわだ》』も辻の話なんですね、ほんとうは。その、白い闇をとらえる視力で、『仮往生伝試文』は書かれた。ここには言葉だけでなく、ジャンルとしての辻と闇があります。

古井 エッセイというのは雑文とも呼ばれる。小説を書くときは厳しさを覚悟していましたからそれはいいとして、怖いのは雑文だと思ったんですよ。世間に出回るのは雑文のほうではないか。いろんな分野の人が書いているわけです。そのなかに混じって若い作家がこの程度のものかと言われたら、私も困るけど同業者も困るのではないかと思って、かなり真剣に書くようにしたんです。

後年になると、雑文の中で何かの流れを摑んでいく、その流れが小説を呼ぶようになってきました。それがだんだん頻繁になって、特に六十を過ぎてから多くなった。連作を書いていて次の感触が摑めないときに、いわゆる雑文を書いていると、そこの呼吸か、あるいは声が聞こえる。それによって小説の出だしが摑めるんですね。そういうことが多くなって、少なくとも五十半ば過ぎからは雑文と小説は僕にとってはほぼ一体です。ときには雑文のほうが短いながら小説めいていることもあります。

堀江 小説の冒頭に、雑誌で書く「エッセイ」のような素材をもってきていた。でも明らかに違うスイッチが入っているんですよね。その書き方は、むしろ大変なんじゃないかと思うのですが。

古井 性に合ってるからしょうがないかな。たとえば新聞だと四枚か五枚でしょう。そのなかで随筆を書いていても小説の傾向がおのずと透けて見える。四枚くらいでもけっこう長い時間を使う。ひょっとして四枚、五枚の雑文のほうがいわゆる小説風なのかもしれない。そこで表現の時間と空間を探っているようですね。

堀江 小説の冒頭部分が先にあって、途中で止めて、それを別の媒体に渡す。それなら順序としてわかるんですが、書き出しの第一歩、つまり辻で急に背中を斬られたり、背中を押されたりする、そのほんの一瞬を求めて新聞などに書かれていた。そういう場がなかったとしたら、どうなっていたでしょう。

古井　困ったでしょうね、なかったとしたら。

描写のなかにある
死者たちの声

古井　今の作家は苦しいですね。というのは、表現者たちが集まるカフェやサロンがあるわけではない。何かの呼吸や口調や声を摑む場所が、実はかなり少ない。あるいはそういうカフェやサロンがないにしても、町を歩いているうちにそれを摑んでいくことがあったわけですよね、大正か昭和の初めくらいまではね。今の町はちょっと音がきつすぎるんですよね、騒音がね。

堀江　耳を澄ますことができない。

古井　それに、辻がない。だからもし本当に小説だけでやれと言われたら、つまり本格的なものだけでやれと言われたら、絶望してしまうんじゃないでしょうかね。ではどういうきっかけをつくるか。狭められ追いつめられると、助けは季節の変化ですよね。そこから変化を得る。そこから声を聞くというかな。そこから始めにする。

堀江　以前、文章についてのお話で、天気の描写ひとつのなかにたくさんの死者の声が入っているんだということをおっしゃっていました。季節の巡りというのは、ひとりだけの巡りではない、もっと大きいものが巡っているんだと。

古井　「暖かくなりましたね」というのは個人の感慨だけではないんですよ。大勢の人間が今までそう言ってきたわけ。たとえばその中には病人もいたし年寄りもいた。肉親を亡くしたばかりなのに「いい塩梅になりましたね」と言うわけだ。

堀江　べつの誰かが言わせないかぎり、そのような状況で、そのような言葉は出てこない。その考えで言うと、少なくとも僕の世代以降は、天気は天気の話で、それこそ一回限りの天気にすぎないんですね。去年の天気は覚えているかもしれないけど、それは何らかの個人的な出来事や事情にからめて覚えている天気であり、亡くなった人も全然知らない人も含めた不特定多数の人が、ずっと「今日はいい天気ですね」と言ってきた、そういう声を重ねようとはしない。でも、いつからそんなふうになったんでしょうね。たとえば古井さんのように季節の巡りは声の巡りだと感じることができなければ、描写は細りますか。

古井　細ります。というのは、叙述というのは、これは外国語の場合で言ったほうがわかりやすいと思いますが、どんな叙述でも、「I think」とか「He says」「They say」が省略されている。ところがお天気の挨拶にはそれがないはずなんです。あるいは非常に広いtheyとかweでしょう。だから「I think」とか「He says」「They say」のない言葉というのは……

堀江　大切である、と。

古井　言葉に生命を与えるものでしょう。文章に生命を与える。これが今の世では失われかけているんですよね。失われるわけがないんだけれども。「いいお天気ですね」「寒くなりましたね」という言葉の裏には、「季節が順調に巡っているというのはありがたいことです」という心がふくまれている。それが薄れたんですよ。だから会話はどうも味気なくなった。文章を書くときにも、そういうものが間に挟まらない。非常に書きにくくなっている。時代の進み方からして叙述が観念的になっていくのはしかたがない。だけどそれだけだと文章は生きないんですね。明治生まれの作家とそれ以降の作家はその違いが歴然としています。明治生まれの作家の文章は上手い下手を別として、よく耳に響きますね。それ以降の作家は、やっぱり自分の考えを述べるというかたちになる。

堀江　辻に立たないということですね。

古井　They think ですよね。

堀江　書くほうも読むほうも、おなじです。僕が接している若い人たちは、文章の中であまり描写をしない。学術論文のなかにも描写はあると思っているし、あっていいと思うんですが、そういうものを省く。そして読む側は、たとえ書かれてあったとしても、面倒くさいからといってそこは読み飛ばす。かつて描写と言われていた、お天気の裏側にあるものに対して、耳を閉ざすようなかたちになっている。

古井　最初のところは理解できるんです。自分で描写するのも他人の描写を聞くのも徒労感があるんですね。今さら描写して何になる。描写のなかに情感が湧きにくいんですよ。その情感というのが個人の情感なのかどうかということです。大勢の情感がそこに混じるかどうか。それで描写の違いは出てくるのではないでしょうか。

ある描写によってその場所が浮かぶかどうか。たとえば永井荷風はいろんな面で熱狂的なファンが多いんだけども、僕はあの人は表通りや路地や角の描写が非常に優れていると思うんです。しかもあまり言葉を費やさない。音からきている。音や声をうまく使って、場所を人の思いに浮かばせるんですよね。そしてその場所がただの場所じゃない、深い既視感をともなった場所なんです。これは日常会話でもそうあるはずなんですが、町と人の流れがこうなってしまうと、描写のしがいがないという気持ちが先立つのはわかります。

堀江　しかしそのなかでも、書き手はやっていかなければならない。それから描写をし、描写を受け入れるには、耳がないといけない。聴覚が必要です。古井さんがよく使われる言葉に、「静まり」というのがありますよね。たとえば辻を曲がるときに、だんだん聞こえてくる音の感覚。そういうものがなければ、静まりという意味も、わからないのではないでしょうか。

古井　角を曲がると急に物音が聞こえなくなったりしますね。ところがなにせこの騒音だし、家の中にテレビが入ってからずいぶん違ってきたんです。四六時中音が鳴っているから。たとえば一人暮らしで家に帰って何をするかといえば、まずテレビの前にいって点ける。音がないから苦しいと。一九六〇年頃、東京はアメリカあたりで評判の都市になりました。面白い街ということでね、アメリカから青年たちが来る。その頃、高層ホテルがぼちぼちできてそこに泊まるんだけど、携帯ラジオをがんがん鳴らさないと静かすぎて眠れないんだそうだ。あの頃でもうるさいと思ったものだけど、今では騒音が町中に満ちた。家の中にも満ちた。それにつれて人は静まりを恐れる傾向が出てきた。若い人が友達どうし、あるいは恋人どうしで、たとえばこういう場所で向かい合っても、どうしていいかわからなくて、沈黙を恐れるみたいね。話題があろうとなかろうと喋りまくる。挙げ句の果てには向かい合わせでマンガを読んでいる。

堀江　静まるということが表現しにくくな

っている。静まりは、出来事として何も起きないということとは違う。向き合っていて、お互い黙るということとも違う。本質的な「静まり」が、だんだんなくなってきている。

古井　でもそういう静まりを忌むという習性から、インターネットで時間を費やすというのもありますね。あれも画面のものだけど騒々しいものでしょう。音楽をがんがんかけながら何かするよりももっと静まりを忌む。しかし何事も極端までいくと逆転するんです。欲求がまた出てくる。そのときにもう一度、文学が求められることになるんじゃないかと、僕は二十年前からそう信じています。

堀江　一回底をついたときに言葉が出るということですね。学生たちは、がちゃがちゃして、うるさいからテレビは見ないと言うんですよ。代わりにインターネットをやるわけです。いまの説によれば、インターネットのほうが静かだけど、じつは騒々しいということになるわけですね。音声はなくとも、不特定多数の声がどんどん入ってくる。それこそ先ほどのお話でいえば、ネットのなかで辻に入ったような感覚までいけば、何かが生まれるのかもしれませんけれど。

古井　インターネットに深入りして何かの矛盾域に入るときにどういうことが出てくるか。若い人でもインターネットや携帯電話を拒絶している人がいるんですってね。逆に、年寄りにそれに凝るのが多くなっている。どういうふうなものが出てくるか、面白いのはこれからでしょう。なにしろ僕みたいな作家がまだ生きているんだから。

今、年齢のことも難しくなりましたね。「若い」というのはどういうことを言うのか、「年寄り」というのはどういうことを言うのか。「今時の若い者は」と言うけど、「今時の年寄りは」とも言えるんですよ、いまや。

堀江　先ほど、人間の年齢は並列だとおっしゃっていました。五十代の自分のなかに二十代の自分がいて、二十代のなかにも、下手をすると未来の七十代の姿が入っている。そういう、ばらばらな年齢がところどころ顔を出しているのが本当なんですね。

古井　むしろあらゆる年齢が同居したほうが年は順調に取れるんじゃないかしら。

堀江　正しく狂うという言い方と同じですね。

古井　今は青年後期からいきなり初老に入るような年の取り方が多い気がします。

堀江　表向きは時系列で過ぎていきますけれども、年齢のわからなさというのは、その「あいだ」のなさに由来するのかもしれません。その時々の決断というのは個人がなすものではなくて、その年齢のなかにいる別の年齢の自分との問答の結果ということになる。

古井　だから決断することは、個人としては痩せ我慢かもしれないんです。

堀江　ああ、痩せ我慢というのは、最近あまり聞かなくなった言葉ですね。今の時代、我慢は我慢であって、痩せ我慢ではない。でも、「痩せ」という言葉に含まれている独特のニュアンスというのか、逆転の強みが消えているのかもしれません。

古井　でも、この先どうなっていくのかわかりませんよ。人間というのはかなり変身しますから。どういう展開になるかわからない。

（「文藝」二〇一二年夏号）

◉「古井由吉自選作品」刊行記念連続インタビュー

40年の試行と思考
——古井由吉を、今読むということ

聞き手　佐々木中

古井由吉誕生秘話

佐々木　この三月、遂に「古井由吉自撰作品」（全八巻）の刊行が河出書房新社から始まりました。初期古井由吉の集成たる「古井由吉　作品」（全七巻）の同社からの刊行が一九八二年ですから、それから三十年。僕もつねづね学生などに古井さんのものを読むように言うのですが、時に入手しづらい傑作も多かった。愛読してこられた方々はもとよりのこと、新たな読者に向けても、素晴らしい企画と思われます。

古井さんは折に触れ、その当の河出書房が倒産して文学全集がゾッキ本として安価に売られていたことが、二十歳前に内外の文学作品を読み込むきっかけになったと仰られていますけれども（笑）。

古井　あれは正確に言うと、倒産する前からゾッキ本が流れたんじゃないかと思うんです（笑）。丸善のワンフロアを借り切って売っていましたね。

佐々木　大学に入られる前に、と仰っていて、調べると、河出書房が倒産したのが五七年。少しだけ計算が合わない。

古井　倒産の前に出ていたのだと思いますよ。高校の帰りに行った覚えがありますから。

佐々木　河出書房の倒産こそが作家古井由吉を生んだという感動的なお話ですが、その古井さんが『杳子　妻隠』（一九七五年）のみならず、二度にわたって河出から作品集を出す。歴史の奸智というか（笑）。この自撰作品がひと通り出ましたら、池澤夏樹さんの世界文学全集もあることですし、いっそもう一回倒産して、全部がゾッキ本としてまた流れたら、第二の古井由吉が生まれて慶賀の至りとなるのかもしれません。といってもほぼ全ての作品を河出から出している僕が、率先して路頭に迷う羽目になる（笑）。

嬉しいことに、今回の自撰作品では、長年まとまった形で入手しづらかった傑作、初期長篇三部作『聖』（一九七六年）『栖』（一九七九年）『親』（一九八〇年）が全て収録されている。ですから、『親』から『山躁賦』（一九八二年）へ、ここに初期古井由吉とそれ以後の古井由吉を分かつ決定的な飛躍があると思うのですが、これがはっきり目に見える構成になっています。しかしこの作風が違う両作品、執筆時期を調べてみるとほぼ同時期にお書きになっている。作品ごとに層があって、並行して書いておられた。再読してその力量に驚かされました。

古井　並行して書けたんですね、昔は（笑）。

佐々木　ここ十年くらいの対談で、古井さんご自身も『山躁賦』は転回点となった小説だということを度々述懐されている。初期の集大成「古井由吉　作品」が刊行されたー九八二年、丁度『山躁賦』を刊行されています。古井さんの一連の作品群を見ていくと、その後で、もうひとつ断絶あるいは飛躍があるように思われる。『仮往生伝試文』（一九八九年）前後が一般的にはそう思われているらしい。ご自分ではどこだと思っていらっしゃいますか。

古井　五三歳の時に首を患ってしまったんです。半月くらい仰向けのまま動けないから死んだようなものでした。その時は書く力がなくなったと思ったんですよ。それでいろいろものを読んで、小説についてしきりに考えた。どうしたら一番筆が活きるか――それで小説と詩文との関係についても考えました。その時期が断絶かもしれないですね。退院して最初に読んだのが連歌でした。これが染みた。自分の今までの行き方は違うんじゃないかと思った。

佐々木　作品でいうと何にあたりましょうか。『夜明けの家』（一九九八年）から『聖耳』（二〇〇〇年）あたりでしょうか。

古井　そうですね。その前に書いているのはエッセイで、しばらく小説は書いていなかったでしょう。『魂の日』（一九九三年）もだいぶ転機になりましたけれど。でも小説になって一応かたちが出てくるのは、もっとずっと後です。自己離れが出来るようになった。『辻』（二〇〇六年）がそれにあたるでしょうか。

佐々木　自撰作品の最終巻に収められていますね。すると、作家古井由吉の歩みが見渡せる作品集になっている。しかし、今回は『仮往生伝試文』前後の二作、『夜はいま』（一九八七年）『長い町の眠り』（一九八九年）とが入っていない。これはなぜでしょうか。驚くべき傑作だと思うのですが。

古井　選んだらきりがないので（笑）。

佐々木　そうでしたか（笑）。僕は大好きなんですが。

古井　選んでおきたいところでしたね（笑）。

複数のざわめき　蠢《うごめ》きの文学

佐々木　今回自撰作品を刊行するにあたって、もう一度自らの作品を振り返る機会を持たれたことと思います。ご自分の作品を読み返しながらどういうことをお考えになりましたか。

古井　最初の作品集のほうですが、ありがたい申し出があって実現したわけですね。僕が四五歳の時で、それで「まだこれからも小説を書いていくんですけど」と言うと、担当していた編集者が「そんなこと目じゃない、目じゃない」と言うんです（笑）。

　さて今度の作品集はどう銘打つか。「自撰作品」としたけれど「どういう案がありますか」と今回の編集担当から訊かれて、喉元まで出て言わなかったものがある。それは何かと言えば「生前の遺稿」というんです（笑）。

　ただ僕はここに収められた作品のことはほとんど忘れています。ゲラをいただいて読み始めたけどね、もう押し返されるだけ。若い力がありましたね。手を入れようにも、一箇所を直すと全体が狂ってくる。これはもう年寄りが出る幕ではない。それで校閲は諦めました。そんなことをやったら二、三年はかかってしまう。書き直すところもあるだろうけれど、書き直すと良くなるかというとそうとは限らない。これは別人の作品くらいに思えた。それで断念しました。小説の根もとから見れば、まったく変わっちゃいないんですけどね。

　ものを書いていると、年を取るとはどういうことかと特に考えるんです。普通に年を取る分ならば「こういうことか」と納得しながら年を取っていく。でも書いたものは残るでしょう。それを読み返してみると、今の僕より老成したものがある。年寄りがいるんだ、ちゃんと。そして現在の私のなかにも、ガキがいる。ものを書くというのはそういう変な、年を取れないところがあってね。逆に若い頃についていえば、早く年を取ってしまうところがある。書くということはあらゆる年齢が共存するということかもしれないですね。その一つでも欠けると文章が上手くいかないんじゃないかと思います。もともと僕はものを書いている時に、自分ひとりで書いているという感じがもてないんですよ。自分のなかにいろいろな人がいる。ただし多数決に従おうとはしませんよ、議長としてね（笑）。

佐々木　特に『仮往生伝試文』あたりから、古井さんの文学が「衰弱のエクリチュール」とか、あるいは死、あるいは老いの文学というふうに言われるようになった。これは売る側のコピーライティングのことでもありますから、ある意味では仕方がないことですし、批判してもさして意味はない。ただ長年にわたって古井さんを追いかけてきた読者からすれば、これは衰弱や死の文学ではない。かといってその逆、旺盛と生の文学かというと、そうでもない。むしろ、その旺盛さや衰弱、生や死の区別すらもが、その結果にすぎないような、まさに無数の、複数なるもののざわめき、どよめき、蠢き。ここに根ざす文学ではないかと思われます。古井さんがどこかで、自分は三十歳後半くらいからすでに老いばんだものを書いてきたと仰っていた。それは別に偽装していたからでも、俗に言うところの年の取り方がお上手だったからでもなくて、絶え間ない衰弱の過程そのものが生の横溢であるような、生死二つが概念として分かれる手前のところに凝然《じっ》と筆を構えて息を凝らして来られたということではないか。これは大変なことだと思います。

古井　人間を個人の観点から見ると、たしかに年を取るということは下降です。であるけれど、個人がひとりでものを書いているわけではないんですよ。無数の人間のもやもやを相手にしているわけだから。この無数のもやもやは、年を取らないんですよ。

佐々木　そうですね。

古井　だから私の場合は、その塩梅は若い頃と今と、ほとんど変わっていないんじゃないですかね。それに、下降と上昇はどこかで似ているところがある。ある下降のポイントがきわめて上昇に似ている。大病をしたことがあるんですが、だんだん症状が進んでいくでしょう。全身に衰えが出ます。でもその時の感情はたとえば思春期の感情によく似ているんです。上昇と下降というのはひとりの人間のなかに絶えず同時にあるんじゃないかな。僕の小説の舞台はその交差点ですね。

佐々木　上昇したり下降したり、時には横辷《すべ》りもするであろう、ありとあらゆる記憶、匂い、形、音声、詩句、一つ一つ動くこれら無数の重なり合いが、奇跡のように交差点でひしめき合う。さらに言葉は個人のものではない。文体ですら個人のものではありません。この交差点でそれらがそのような言葉となり、その言葉が不意に古井由吉という人の姿をとる。これがいかに恐ろしいことであるか。またしかし、いかに愉快なことであるか。それを体現している方がこうして目の前にいるということも、私などには畏怖すべきことです。

古井　表現するということは小説や評論やエッセイに限らず、書いている人間が憑坐《よりまし》なんです。愚鈍なる憑坐ですけどね。なかなか感応しないものだから。しょっちゅう煙草を吸ったりなんかしてね（笑）。それでも、自分個人としては書けないはずのことを書いているのが表現じゃないかと思っています。一度書いてしまうと、なんであんなものが書けたのか、今の自分では読みきれないことになるんですよ。不思議なものでね。

佐々木　自分を越えたものを書いているし、自分を越えたものに導かれて書いている。というと、すぐ人は揶揄《やゆ》の顔つきをして「神秘主義」と言う。しかし、むしろ丁寧に経緯を押さえてものを考えていくと、神秘主義というのは理が通らないということではない。理を詰めて詰めると理ではなくなる。明晰を極めて極めて極めると明晰ではなくなる。ということなのであろうと思います。平出隆さんとの対談で、自分は合理主義者であると、古井さんははっきりと仰っている。今、自分を越えたものを書いていると仰られましたが、これはいわゆる俗流の意味での「神秘主義」では全くなく、むしろ理についているということなんだと思います。

古井　越えるといっても上下は関係ないんです。水平に越えるんですね。それから、もしこういう行き方を神秘主義というならば、少なくとも日本の古典文学はすべて神秘主義じゃありませんか。

合理主義という言葉が出ましたのでその方向から言うと、これは数学で言う「微分」と「積分」ですよ。近代人の考え方、表現の仕方はまず「微分」なんですよね。現実を細かく分析、分解、解体していく。しかしそれでは済まない。その後「積分」するわけでしょう。「微分」して現実から離れて、「積分」してまた現実に戻る。それで辻褄が合っているのが数学や工学です。だけど人間の現実感覚としては、「積分」しても必ず現実に戻るわけじゃないんですよね。

佐々木　辻褄が合わないんですね。

古井　そうなんです。誤差のことを言っているのではないですよ。私だって大雑把な人間だから少々の誤差はいいんです。ただ、我々のものを感じ取るという主体性を中心にして言うならば、細かく割ったのを積み重ねると元に戻るかというと、必ずしも元に戻っていないんです。だから、行きはいいけど帰りきれないというのが文学じゃないかと思いますね。

徹底した分析、と同時に通俗性を保つこと

古井　一般社会や時局についての評論を読むと、なかなか優れた分析はあるけれど、やっぱり世間の情勢をまとめなくてはならないから、ずいぶん無理があるように見えますね。でもまとめて出さないと読む人の心が混乱するわけで、まとめるというのがどうしても義務なんですね。

佐々木　これは小説に引き寄せられる話でもあると思います。高橋源一郎さんとの対談の場でしたか、近代小説は意味と論理であると古井さんははっきりと言っている。他で、葛西善蔵などを取り上げて、日本の私小説の「良心」である、自分を突き放した客観性というものは驚くべきものなんだと発言されていましたが、また別の場では、「小説即物語性」というのは近代すぎはしないかと仰っている。「私小説の客観性」というのも「物語の近代性」というのも、ものを書くにあたっては拘束であるだろうと。大変な洞察であると思われます。

ジャーナリズムは無理でもまとめなくてはならないと仰った。これは結末なり辻褄をつけないといけない、ということでしょう。すると、実はそれはジャーナリズムの問題ではないのではないか。結局それは、

物語の近代性か私小説の客観性かを使って「けり」をつけることになります。わかりやすい物語に落とし込むか、もしくは顔のあるジャーナリストとして体験を物語るかということになる。それはやはり拘束なのではないか。古井さんははじめからその拘束を意識してものをお書きになっている。

古井さんは、エッセイと小説をあまり区別しないというあり方を「エッセイズム」と呼んでおられます。処女作「木曜日に」（一九六八年）をお書きになった一年後の三二歳のときに、既にこうした概念を出されていらっしゃる。この言葉を使って古井さんは、経歴の始めから自覚的に「私小説の客観性」と「物語の近代性」という拘束から抜け出ようとしている。

ところが、です。古井由吉は「生」と「性」と「聖」の恣意性を「文体」の恣意性として生きている作家であろうと考えます。最近も、書くことがほとんど不可能である、「てにをは」もあやしい、自分の文体は恣意であると折に触れて仰っている。今回の自撰作品のパンフレットでも「とぼしさのほうへ付いた」という言葉が出てくるのは、この文体の恣意性のことであろうと思う。ところが、生死の恣意性について、文体の恣意を引き受けつつ書くということは恐ろしいことである筈です。その恣意性から逃れる術はあるんですね。先ほどの二つの拘束にすがってしまえばいい。しかし古井さんはけっしておすがりにならない。すると、普通の書き手なら、物語もない、私小説でもない、私もない、文体もないところに追い詰めていけば、拘束がないのだから、もう果てしなくだらしなくなってしまえばいいし、だらしなくなりうる。のに、そこで逆に、古井さんの文体には異常な緊張が出てくる。戒め、戒律、禁忌、掟と呼ぶべき、自らが自らだけに課したものの異常な緊張が伝わってくる。この二つの拘束性を抜け出している以上、やはり自在闊達な感じ、解放感も伝わってはくる。のですが、それと共に、「絶対にこうは書かない」とか「絶対にこれは書かない」ということを極めて強く打ち出されてこられる。ここで率直にお聞きしたい。古井さんはこの長い期間、何を書いてはいけないか、どのように書いてはいけないかと自ら禁じてこられたのでしょうか。

古井　僕は若い頃から二つの方向に考えているんです。一つは何度も言っているように、私が書くものは小説だろうと何であろうとエッセイである、ということ。それからもう一つは、少なくとも小説は通俗的である役目がある、ということ。その上で、その両極を僕は禁じているんです。まったくのエッセイになるのも快い通俗になるのも禁じている。では、その真ん中のどこに立つかと考えるんですが、僕が神秘主義からヒントを受けているのはそこなんですよ。神秘主義というのも恐るべき試みですよね。恐るべき分析、分解。容赦がないんです。しかも、それなりの通俗性を保っていなくてはならない。

佐々木　はい、「様式」があります。

古井　その試み《エッセイ》と通俗が一体になって一種の戦慄を生む。その戦慄を伝えるのが文学ではないかと考えているんです。どちらかの方向にいっても、「聖」的な戦慄がまったく絶えてしまうような書き方はすまい。そのためにもすんなりと通る文章にまずこだわって、もっと分析できるところは分析する。その分析から出てくるのはアンリアルなものなんです。そういうやり方で若い頃からやってきたし、今もあまり変わらない。年を取った分、通俗的になる材料が増えたという違いはあると思いますけど。

佐々木　今、通俗と仰いましたけど、古井さんの仰る通俗は、普通の通俗のとらえ方とは明らかに違うと思うのですが。

古井　はい。通俗こそ難しいと言ったことがあるんですよ。本当の通俗というのは今ありえないんじゃないかと思うほどです。

たとえば古来の秀歌、名歌といわれるものは大変な言葉の操作だけど、通俗的なところがある。俗に通じる。水平に無数の心へ通じる。これが実はひょっとすると必要条件になるかもしれない。だけど十分条件になったらおしまいだと僕は思っている。

佐々木　集団的な様式として、「俗に通じ」ないと、「聖」も立ちませんからね。もう一つ、分析をしたらアンリアルなものが出てくると仰る。普通は、分析をしたらリアルなものが出てくる、「現実的なもの」が出てくると思うわけですけれども。

古井　それはやはりドイツ文学をやった影響からだと思います。ドイツの文学や哲学はずいぶん早い時期から、リアルに押し進めるほどにアンリアルなものが出てくるという所に突きあたるという。

佐々木　しかし、そのアンリアルこそが、実はもっとも「リアルなもの」である、と。

古井　そうです。その相克のなかで文章は成り立っている。それはね、生意気に言ってしまえば、ドイツ語はフランス語ほど文章に明快さ、クラルテがなかったので、余計に顕著なんです。

佐々木　フランス語だと文法が堅固なために、時にするする流れてしまう。ドイツ語はもう少し結び目がごつりごつりとできるので成り立つ、という理解でよろしいのでしょうか。

古井　僕がデビューする頃、ヌーヴォー・ロマンやアンチロマンが流行って、それらの小説を読んでみると、いかに分解していったとしても明快だなって思いましたよ。

佐々木　確かにそうですね。やはり、古井さんがドイツ表現主義を学ばれたということと、関係がありましょうか。

古井　ありますね。二〇世紀初めに合理主義が解体された。

佐々木　ああいう無茶なことを……、「無茶な」と言ってはいけないな（笑）。

古井　でも、あの頃の表現主義の作家たちに一人一人尋ねたら、たいてい自分たちは「合理主義者だ」と答えていたかもしれない（笑）。

佐々木　理で詰め切ったあげく到達したものが非現実に転じ、その非現実こそが我々の日々の現実性を切り裂くようなものとして、まさに抜き身の現実そのものの刃として迫ってくる――このように理屈で語ることは簡単です。これを四十年にわたって、古井さんは書いて貫き通してこられた。そのような作家を難解でありかつ朦朧だと評するのは、大変な間違いだと力説したいですね。

小説が持つ三つの起源

佐々木　散文芸術作品としての小説にはおそらく起源が三つありますね。一つめは「聖典の翻訳」。聖典は詩でありうる。韻文と散文の境を越えた、「原－韻文」でありうる。その翻訳となるとなかなかそうはいきません。二つめは「聖典の注釈」です。聖典は詩でありうるが、注釈は詩ではありえない。ただ、法や聖典というものは古くなる。我々の日々の暮らしに通じなくなります。古井さんのおっしゃる意味での「通俗」ではなくなるんですね。それを「俗に通す」ために注釈というものは必要になってくる。これは法解釈の問題ですね。

古井　そのために分析もしなくてはいけない。余計な分析までね（笑）。

佐々木　そうです（笑）。これはどの社会でも大変なことで、古来から文字を読み書く人間すべてが七転八倒してやってきた作業ですね。そして三つめは多分古代から続く法廷や民会における「弁論」である。自分の行為や、ともすると存在自体について問い詰められて申し開きをしろと言われる。これは「弁明・弁護」ですね。もう一つ、「弾劾」があります。キケロのカティリナ弾劾というのがありますね「カティリナよ、君は一体いつまで我々の忍耐を濫用するのか」と始まる名演説です。

古井　もうひとつ付け加えると、法廷に限らず宗教上、重い嫌疑をかけられた人間の自己弁明、一身の申し開き書ですね。これは今の世界だったら自分の行為に対する申し開きですね。しかし宗教のことにおよぶと、自分の存在に関する弁明になる。カフカの『審判』にも見えますね。どの行為を訴えられたかわからない。裁判がどう進行しているのかもわからない。弁護のしようがない。それで一身上の申し開き書を書こうとすると、子どもの時から書き起こさなくてはいけない。これは異端の嫌疑をかけられた聖人たちの申し開きにも見られる。それを踏まえたのがエドガー・アラン・ポーの『黒猫』じゃないかな。あの冒頭はまさに自己弁明のかたちですね。

佐々木　存在自体を弁明せよ、というのは無茶で、しかしキリスト教などはそれを切りなく要請するところがありますね。

古井さんの理、明快さというのは、この小説の三つの起源の理と明晰さの要請とぴったり重なり合っていると思います。古井さんは若い頃からムージル、リルケなどを翻訳され、改訳も何度もなさっている。ある時、ご自分の小説を「存在しないテクストの翻訳」とおっしゃっている。これは大変なことです。「空襲で生き残ってしまったことは完全に偶然であります。恣意であります。しかも、あちら側の恣意である」と書かれている。なのに、その恣意を文体の恣意として書くにあたっては、決して放埒に落ちることなく、きわめて緊張感のある律する掟、明晰さ、理が出てくる。それは、おそらく古井さんの小説に「存在しない原文」があるからなのでしょう。その翻訳である、という別の拘束ですね。聖典の翻訳をするということは、一行間違ったら大変なことになるわけです。その震えや緊張感を我々は古井文学から感じ取っている。もう一つは、自らの作品を「存在しないお芝居の注釈である。お芝居のお囃子を書いている」と仰っていて。

古井　お芝居が始まるまでを書いている。また、自分のは原文のない翻訳みたいなものだと言っていたこともあります。実際に原典があったらどんなに幸せだろうと思いますよ。ただ、原典のない翻訳というものは、文学一般のことかもしれないとも思っているんです。

佐々木　とはいえ、翻訳というのは、原典がないからといって好き勝手にできるものではないですね。

古井　そうです。

佐々木　それが古井由吉の掟であるだろうし、「自分の文体は恣意である」と深く知りつつ、しかしそこに一本連なる理路が入ってきてしまう訳なのだろうと思うのです。

　お芝居のお囃子、注釈をやるというのは悲劇の問題でもある。悲劇というのはもともとギリシア語で生贄の山羊の歌という意味ですね。「屠《ほふ》り」です。社会が必要とする生贄の祭りなわけですから、社会的な機能としても法の問題である。法の演劇的様態が悲劇で、その注釈である。そういうところも古井さんの小説は、法と演劇というものから散文が派生する歴史的過程をなぞっておられるようなところがある。法、祭り、儀礼、歌、囃子、弁論というものから散文が発生する、ある理をもってどうしても発生してこざるをえないという必然性に、非常に忠実でおられる。だからこそ、古井由吉は本質的な作家である。だからこそ、古井さんの作品は、小説ではなくなってしまうまでに小説であり、韻文になり果ててしまうまでに散文である。そう思われます。

文学は知らないことへの「既視感」である

佐々木　散文の起源としての「法廷弁論」、ということで言うと、古井さんは「申し開き」はしていらっしゃると思うんですね。では、不躾の誇りを覚悟でまた率直に伺いますが、「弾劾」はしていらっしゃるか。時折、僕は何ものかへの静かな怒りを感じるのですが。

古井　身も蓋もないようだけど、結局こういうふうに社会的に生きてきてしまった今の生活、今の自分たちに対する弾劾があるようです。これは是非もないと思うものの、今の社会はもう地獄に向かっての滑落ではないかというような、つい旧約聖書の預言者みたいな情動に駆られることがある。それはいつも抑えていますけど。

　昨晩、佐々木さんといとうせいこうさんが二人で交互に小説を書き継いだ新刊の『Back 2 Back』（河出書房新社）を読んでいました。いとうせいこうさんが提出したものだと思いますけど、クアラルンプールの作家の、現に自分がそこに住んでいるその町のなかでいきなり迷子になって、知らないところにごろんと放り出されたような気持ちになる。郊外のほうへ向かって自転車を漕いでいくんですけど、行けば行くほど見知らぬ土地になる。そのかわりに、向こうからくる人間たちの顔が全部よくよく見知った顔になる。

　この「既視感」ね。そんな訳がないんだと思ってもそうなんだ。僕の明快さというのはその既視感、既知感と関わりがあるんだと思うんです。知らないはずのものがよくよく知っているものに見える。その逆に、知っているはずのところが全く知らないところに見える。これを間違いとも感じるんで、どこかに弾劾の気持ちが潜むかもしれません。

佐々木　どのような間違いでしょうか。

古井　明快さというのはよく知った感じを踏まえないと出ませんでしょう。それが、あるはずのない既視感、既知感を踏まえて出るある種の明快さ、明晰さがあるんですよね。これをどこまでも続けたら狂ってしまう。どこかで必ず行き詰まる。人は、何を知っているか何を知らないか、自分でわからない。知っているつもりで知らないことはいくらでもあるけど、知らないつもりで本当は知っていることがあってね。このへんが僕のものを書く場所になっているんじゃないかと思うんです。オイディプスだって謎の解ける前から、いや、初めから自分の罪に対する弾劾の気配がありますね。

佐々木　そうですね。あの自分と自分の無知に対する執拗な追い込みですね。あれは弾劾でしょう。

古井　そうなんですよ。

佐々木　自分に跳ね返ってくる弾劾ですね。古井さんは、みずからの既知と無知への弾劾と答えられましたが、古井さんは決して自分を高みにおいて、そこから見下すかたちでは弾劾されない。我々を弾劾される、その「われわれ」のなかに古井さんもいらっしゃる。それもまた、作家古井由吉が自らに課した美しい掟であろうと思います。

「掟」自体も恣意である

佐々木　話を戻します。古井さんの作家としての偉大さというものは、散文が世界史上出てこざるをえなかった運命というものの根源に身を添わせて離れないところだと思います。翻訳であることによって、注釈であることによって、弁論であることによって、恣意に浸りつつかろうじて放埒を免れる。その緊張感たるや、我々を四十年間惹きつけてきたものである。しかしやはり、そこでもうひとつ、揺れが膨らむということがある。うまく言えるかわからないのですが——「掟」というもの自体も恣意だからですね。

古井　突き詰めるとそうですね。

佐々木　初期長篇三部作『聖』『栖』『親』の中で、『聖』という作品は「聖性」や「掟」というものがいかにそれ自体恣意であるかということについて書かれたものだと思われます。「掟」自体が恣意であるとすると、ではどうすればいいのか。「掟」について書く、あるいはもっと言えば「掟」を書く時に、どう書けばいいのかに関する「掟」はない。「掟」について翻訳をする、注釈を書く、準拠して弁論するということは、すべて次の瞬間には砂のように崩れてしまうかもしれない。「掟」が堅固であるからこその翻訳・注釈・弁論それ自体が、突如、掟の恣意を暴く瞬間もある。「掟」の堅固さ自体から「掟」の恣意が出てくる、この悪循環ですね。この場における悪戦苦闘、これをこのように形式化して喋ることは私みたいな小僧にでもできる。ただ古井さんは実際にそれを生きて書いてこられた訳ですから。そこで一つ出てくる事があるんです。昔、べらんめえ口調で「どんな話になるか、わかった上で書くなんて誰がするか」という意味のことをエッセイに書かれていた。どういう小説になるかプランもない只中で、言葉そのものに従って、言葉に付いて書く。自分は「言葉の犬」であるということを仰っていましたね。そういった言葉と「掟」というものの関係について、今はどのようなことをお考えでしょうか。

古井　「掟」を言い換えると、「謂れ《いわ》」ということがある。僕が若くて生意気盛りの頃、なんでこれはこうなんだと食って掛かると、年を取った連中が「それは『謂れ』のあることだ」と言うんです。しかし、どうしてそういう「謂れ」があるんですかと問うと、誰も答えられないんです。「謂れ」や「掟」

というのは、発生した初期は何らかの強い必然に迫られて、これなくしては滅亡だという切羽詰まったところから生まれますよね。これはそれなりのリアリティがある。その「掟」のおかげで世の中は安定した。しかし時代が経つとその必然性が忘れられる。にもかかわらず「掟」自体は残る。そのうちにだんだん社会が大きくなって、その足元もあやしくなる。それが近代だと思うんです。文学の側から見れば、「謂れ」の中から詩や演劇が生まれ、そこからさらにまた「謂れ」があってある必然性があって散文、そして小説が出てきた。ですから一八世紀から一九世紀の小説はその「謂れ」をよく踏まえていたんです。詩文からどうして抜け出してこなければいけないかという苦しみがあった。たとえば一九世紀の詩人や小説家は、本当は芝居を書きたかった。芝居を書いて、特に悲劇ですが、それが都市の中央劇場で演じられることが本願だった。しかしその望みは果たせない。世の中が変わったということもある。作家の内部が変化して悲劇をつくるような器ではなくなってきたということもある。それでもその「謂れ」はよく踏まえていた。この前の戦争の直後まではそうだったんじゃありませんか。少なくとも戦争の直前、一九三〇年代のヨーロッパに、はっきりありますよね。あそこで文学が花咲いた。リルケもカフカもベルリンに行った時期があったりしてね。

しかし戦後の金融工学というのは恐ろしいものです。大量生産大量販売のうちはそれでもまだリアリティがあったけど、今や時価だけで取引をして、その時その時の利益を稼いでいくんだけど、本当のところ収支がわからないというような、バーチャルなものが経済を支える社会になったでしょう。これはいよいよ「謂れ」がわからなくなる。そこで僕は「謂れ」を踏む、詩文の根っこを戻せるかどうかが大事なんだと思います。それでもあなたを含めて、詩文の「謂れ」を探っている若い人も結構出てきましたね。散文の起源の一つが裁判だとしても、裁判の追及の方向は変わるでしょう？　今の時代は「謂れ」の踏まえどころがないと言われるけど、やはり踏まえているんだと思います。そうでなければ文章がまとまらない。

翻訳と時制によって切り開かれる文体

佐々木　書くことの恣意性を真正面から見て、なおかつ翻訳・注釈・弁明という散文の起源を踏まれておられる。そこで一つ、古井さんは『仮往生伝試文』を書かれていた頃に、自分がかつてした翻訳を改訳なさっているんですね。その時に、翻訳も連句的な繋がりであり、言葉が響く方に連なっていく感性があって、そういうふうにご自分も小説を書いていると仰っている。

また、これは大江健三郎さんとの対談で大変に印象的だったことがある。過去のヨーロッパの小説は単純過去で書かれていた。ところが古井さんが日本語で書かれる過去はまだ未完了なものを含んでいて、そのことを古井さんご自身が強い言い方で、「不潔である」と仰っている。ただし一方で、単純過去で自分はものを書けないし、単純過去の清潔さを自分は得ようとは思わないというようなことも仰られていた。それを受けて大江さんが、小説は元来過去を書くものだけれども、古井さんは現在を書こうしているからではないかとお答えになっていた。私などからするととても恐ろしい切り結びですが。

そういう翻訳と、時制の揺れということがあるだろう。たとえば西洋語はピリオドが強くて、センテンスがそこでぴたっと決まる。だから単純過去で終わる、そこで止める、というのは、インド＝ヨーロッパ語では出来る。しかし、日本語の句点、「丸」では止まらないんですね。故あって世に出なかったある碩学の大著を翻訳した時の体験ですけど、これは大変に困る。ピリオドからピリオドまでを、句点から句点に入るように訳すと意味が通らない。特に関係詞というのは大変に困惑させられる。下手をすると、関係詞を目印に主節を句点で折って、そこから覆いかぶせるように関係節をつけた方がきれいな日本語になるんです。とはいえ、その「きれいな日本語」というのもあやしいと、また頭を抱える訳ですが（笑）。

この時制の問題と翻訳の問題、日本語と西洋語の「センテンス」の問題、そして連句の問題は繋がっていますね。それが古井由吉という作家の非常に美しくくねる文体の特徴であろうと思うのですが、ご自身ではいかがでしょうか。

古井　まず僕の場合、ブロッホやムージルの翻訳をやっていましたでしょう。彼らの文章は本来のピリオドにもどそうとしていたんです。本来のピリオドというのは一文章の呼吸、一思想、一表現の一周期をピリオドというらしくて、近代語のピリオドとは必ずしも同じでない。ある表白とはその音声が高まって頂点を回って降りてくる。この上昇と下降が一ピリオドですよね。ところが今だとそうはいかないから意味で区切っていくんですけど、本来のピリオドに戻そうとすると、長い長い文章になるんですよ。そうやって本来のピリオドを取り戻そうと書かれたものを日本語に訳さなくてはならない。これは無理だと思いながらやっているうちに、日本語にもいわゆる点丸はないんだと気づいた。それで本来のピリオドが持つ呼吸を元に翻訳を進めたらよく繫がる。

もうひとつ、連句の場合、読んでいる内容にしても口調にしてもぴったりと決まってはいけない。というのも後が繫げにくくなるわけですね。あくまでも他者に送る。翻って自分独りで書いている時も、自分で書いたものに自分で足す作業をしなければならない。その時他者に送るものなのだから、限定してしまっては駄目なんですよ。特にどういう場面で必要になるかというと、段落のところで何らかの展開がいるでしょう。小説の展開というのは連句の作りに似ているんですよ。そこまで書いてきたことを他者化しないと、その先跳ねられないんです。どうしてこういう続け方ができるのかと自分でさえ首を傾げることがある。

でも、単純過去的なものを使わないと読者にとっては非常にわずらわしいんですよね。だから単純過去の安定感があって、しかも止まらないという書き方があるのではないかと思ってるんです。それは今でもうまくいっているところもあるしうまくいっていないところもある。

文学だってもとは音声ですよ。詩文はまして音声です。意味のほうに付くという必然性から、散文あるいは特に小説が生まれていると思うのです。でも詩文の口調は文学だけでなく世の中一般に染み込んでいるものです。世の中の人の口調がそれまでの詩文と関係ないかというと、そんなことはないですよね。だから、ちょっと複雑な文章を読み込むコツはその口調に乗ることなんですよ。音声に乗る。翻訳しているとよくわかります。どうしてもわからない文章でも、声に出してみるとわかることがある。今小説のことを考えると、詩文の足場がおぼつかなくて苦しい。はたして復活の見込みがあるかどうか、そう考えると悲観的にもなるかもしれない。だけど、世の人の口調というものがあるわけで、そこに詩文というのは潜在しているはずなんですよ。だからそのうちもう一度、文学が世の中から必要とされる時がくるのではないか。その時どういう口調で話し、書くのか。漱石や鷗外などの明治の作家たちがどうしてあれだけ世の関心を呼んだのかといえば、もちろん文学愛好者が中心だったにしても、どう書きどう話したらいいか、ということで読まれていたらしい。口語になったばかりの時代でしたからね。僕が若い時の高齢者が書く文章はどこか漱石めいたところがありました（笑）。あまり使いたくない言葉だけれども、そういう大衆との繋がり、そういう通俗も実は大事なんですよね。

とすると、佐々木さんの読みにくい小説も（笑）、どういう口調を読者から誘っているかというところがあるんですよ。向こうで共鳴したいという欲求が選ばれて出てくる。

佐々木　なんだか無限に「存在の申し開き」をしたくなってきましたが、今日は古井さんのお話なので我慢します（笑）。今、連句ということを例に出されて、言葉における音声と口調の問題、そしてそれによって言葉を他者にひらくということをお話しして下さいました。話はずっと繋がっているように思います。散文の三つの起源も、「掟」が他者へ、小さな村の寄り合いからもっと広い社会や世界へ開こうする運動に、密接に関わりがあるわけですから。つまり言葉が他者にひらくということ自体に。なおかつまた通俗ということを捨てずに文章をお書きになってきた方が、なぜ「内向の世代」と呼ばれなくてはならなかったのか。もはや、今となっては謎というほかない（笑）。

詩文や韻、言葉の問題というものは、どう喋ればいいのか、どういうリズムで喋ればいいのかという問いとなって、いつも人々の日々の明け暮れのなかに根ざしている訳ですね。逆に言えば、たとえば国会答弁などを見ていると、もしかしてこの人は「口調」を無闇と失っているだけで、言いたいことはちゃんとあるのではないか、そう訝しむことがあります。そういう時代にあって、とても巨きな意味での文学を、古井さんは敢行していらっしゃる。これ以上なく開かれている作家だということです。「外部」とか「他者」という言葉は、いつの間にか使い古しになってしまいました。が、だからといって自閉していいわけがない。母国語との、また外国語との熾烈な摩擦なしに文学がありえた試しはありません。そういった「他なるもの」への繋がりということをお聞きできてよかったです。

古井　文学は自閉できないんですよ。言葉は自分のものではないんだから。言葉そのものが開かれているんだから、自閉はありえないんですよ。

小説の中に流れる時間

佐々木　古井さんは、戦時中の焼け跡に非現実感がしたと書かれていた。しかしその後ビルが樹木が生えるように建っていく。その復興の姿も非現実感がした、と。そこで、復興したビルが燃え上がったら現実感がするのではないか、とも。しかし燃え上がってしまえばまた非現実感がするんだと思うのです。まさに我々が今、その「非現実」を日常として生きてしまっているということがあるかと思いますが。

古井　破滅、消滅、破壊を含まない存在は非現実なんですよ。現にあるものでもおのずから破滅、消滅を内包しているでしょう。その内包を感じてこそ初めて現実性があると、僕は感じるわけです。焼け跡だってのちに復興したのに比べるともっと現実味がありましたよ。

佐々木　原稿をお書きになっている時には、どうしようもなく言葉という現実がありますね。言葉があるという切迫した現実については、どうお考えですか。

古井　言葉があり現実があると思わなければ、この仕事はできないことは確かなんですよ。だから書いている時は、書いている自分より言葉のほうが現実だという気になります。言葉に付いてもらうよりしょうがない時があるでしょう。言葉ってとんでもない生命をもっているんですよね。自分が考えてもいないような、とてもついていけないような。言葉というのは「掟」に対する儀式であり祭りでもあるんです。「掟」を全面的に否定するのも儀式のひとつでね。

佐々木　まったくそのとおりです。

古井　書くということに縁のない人から見ると本末転倒に思われるだろうけど、少なくとも書いている最中は言葉のほうが現実で、自分はそれに導かれてやっているだけだと感じるんです。要するに、自分は言葉の、出来の悪い弟子になる。戦時中の粗末なラジオみたいなもので、すぐ聞こえなくなる。すぐ声が割れる。でも言葉に運ばれる時があるんです。それは一種の恍惚だけど、一体自分は何者なのか、とそら恐ろしくもなりますよね。でも、そういうところがないと三十枚の小説でも書ききれない。自分のなかから絞り出すだけだったら、とてもじゃないけど。

佐々木　どこに連れていかれるのかもわからない、と思っていたら、ふと自分が誰だかも分からなくなってしまう、という……。

古井　そうなんです。三十枚でも長篇のように思われる。そういう時間の中で書くようになったんです。あるとき古い歌を読んでいて、詠《よ》む人にとってはこれは長く感じただろうなと思った。長大な時間のなかを行ったり来たりして、ようやく言葉が出てくる。この三十一文字は長いと思ったな。

佐々木　言葉につれて、つれられておのずと出てくる、それを待つ、その長さですね。……古井さんが、今の僕よりお若いときのエッセイと、最近の対談の中でまったく同じ、興味深いことを仰っていて。架空の名前をつけて人物を出す、というのが骨が折れると。骨が折れるというか、恥ずかしい、疲れる、と。

古井　ひとりの人物を出すとその分げっそりしますよ。肉を削がれるようにね。

佐々木　いま一本小説を書いているのですが、固有名を出さぬつもりで書いていたら、ふと「晰子《あきこ》」という女の子が出てきてしまって、始末におえない。これはもう、すごく恥ずかしいんですね。頭を掻きむしってしまう。「どうしよう、こいつ。誰だよ……」と。

古井　でも出てきてしまったら仕方がない。人と出会うのと一緒で、何も選んだわけじゃないんだから。はぁと溜息をついてしまいますよね。「もうひとり人物を出さなくてはいけないのか」とか、「うるさいからあっちいってよ」とか。でも生き生きしているんだな、新しく出てきたほうが。

佐々木　生き生きしています。ご退場願おうと思ったのですが、急に女性の声が聞こえてきて。「晰子って誰だ……」と茫然として、それで数日止まってしまいました。あの恥ずかしさ、辛さは何なんでしょうか。

古井　昔の人は人物を出すのがうまかったんだよね。下の道を通る女の子の声とかでその人生を想像させるような。人物をどこで登場させるかというのは短篇では難しいですね。ときどき、名作と言われるものでも遅れて出てきてしまった人物がありますね（笑）。最初から人物が決まっているのが芝居でしょう。そういうふうにうまくいかない。

佐々木　古井さんの作品では、深く入り込んだ後に、急に固有名が出てきて戦慄させられる瞬間がある。それがもう、完璧なタイミングの「入り」で。いつも澱みなく進んでいるように見え、逡巡なんて欠片もないように感じるんですけども。

古井　そうとうもたつきますよ（笑）。「今日の仕事はここでやめておこう」となったり。名前をつけるのは難しくてね。西洋人の名前はだいたいクリスチャンネームとその周辺なので、楽だなと思いますよ。

佐々木　名前が少ないですからね。僕は、出てきちゃった名前がよりによって晰子なんです。杏子と真逆でしょう。あざといし、古井さんにたいへん失礼なようで、本当に嫌なんですよ。でも一度出てきたら存外にふてぶてしく居直ってくれて、困る（笑）。

古井　小説ってそんなふうに突然、人物が出てきちゃうものなんですよ。ほら、夢のなかで余計な人物が出てきちゃうでしょう。「前後に関係ないと思うんだけどな」と思いながら、でも出るんです。

佐々木　幽霊みたいですね（笑）。

古井　何の契機もなくあらわれることがあって、芝居とか浄瑠璃とかでは全然関係ない場面で義経公が出てくるんだ。「さしたる用もなかりせば」って（笑）。

佐々木　「さしたる用もなかりせば」で出てくるものなんですね、人物って（笑）。

古井　増殖しちゃうんですね。ここでひとり人物が出てきたら枚数が増えてしまうぞってうんざりすることもあるでしょう（笑）。そこからまた起こさなくてはならなくなる。

非常時の言葉

佐々木　最近のことを少しお伺いしたいと思います。今、震災に対する言葉がインフレーション気味ですね。皆、震災についてお喋りが過ぎて、長丁場ですから食傷気味になっている暇はない筈なのに、飽きちゃっている。「反原発という考え方」ではなく、「反原発という言葉」に食傷気味になって、生理的に食わず嫌いになってしまっている。これは五十年、百年、万年の単位のことですから、そう流してもらっては困るのですが。そこで、『円陣を組む女たち』（一九七〇年）から空襲の体験を書き続けてこられた、古井さんのお立場をお聞きしたいのです。

古井　今回の震災を、僕は空襲のときと照らし合わせる。あの時、やっぱり人は黙りぎみだった。空襲や罹災のことについて喋るとしてもごく日常的なこと、配給がどうだとか何が焼け残ったかだとか、そういったことを割合気楽な口調で話していました。けれど今に比べると随分と寡黙でしたね。ものの言いようがない。僕は子どもだったので戦地には行きませんでしたけれども、戦後十年くらいになると戦地に行ったおじさんたちと同じ職場になるわけ。この人たちの口の重いことね。古山高麗雄さんや山本七平さんもそうですけど、戦地体験を語り始めたのは一九七〇年代だったですね。それぞれ自分のなかに断層があるはずなんです。その断層がどういう齟齬をきたしているかを自分では感じ取るんですけど、なかなかそれを上手く言えないんですよ。僕なんかはせいぜい空襲の時と照らし合わせて、その違いを言っているくらいのものです。ただ戦争の時に、一瞬のうちに日常が破壊され断層ができるということを、子どもながらに体験したので、かなり洞察できたと思います。

危機に迫られた時、聴覚が感受の度合いを越されて利かなくなる。それから、光景を見てしまうとね、これはもう迫力だけの、非現実になってしまう。そういうことを今回の震災の中で被災地の消防団員でかろうじて津波に呑まれるのをまぬがれた人が同じようなことを言っていました。その人はまわりの悲鳴が聞こえなかったという。こういう「境」を話せる人は今や少ないです。それを体験した多くの人が亡くなってしまっているから。人間なんてバリアの内で生きているようなもので、そのバリアはいつ壊れるかわからない。バリアが壊れたらひとたまりもない。だから人間の感覚で行くというのは、限界があるんですよ。

佐々木　今も、言葉の空白を埋めるために、なにかしら言葉を大量に積んで空白を塞《せ》き止めようとしているかに見えます。その焦慮の気持ちは理解できますが。元来、なかなかその断層を言葉にはできないはずなのに。

古井　我々の内部に起こったものは、具体的にして根本的な何かなんですよ。これを言い当てるのは難しい。「日常とは何か」とか「なんで人間は気も狂わないで持続していたんだろう」とかね。でもこれはだんだんに効いてくるんですよ。

佐々木　古井さんが仰るように、言葉になるにはもう少し時間がかかりますよね。

古井　ええ、時間がかかります。

佐々木　古井さんには天変地異や災厄について、大変な明察というか、感覚というか、――予言とまで言いたくはないのですが、そういうものがおありになる……。

古井　日本でもドイツでも伝えられていることなんですけど、戦争中の大空爆の直後、人は饒舌になる。ベルリンの瓦礫のなかでも人ははしゃいだそうです。ゲッベルスが一人で葉巻をくわえて出てきてね。すると、わーっと人が集まってきてゲッベルスをフォアネームで呼ぶんです。それで煙草を回し飲みしてね。そういうはしゃぎと饒舌というのは避けられない。もう一方では鬱がある。こういうことが起こった以上は、遠隔の地の人間でも大なり小なり躁鬱症にかかっているはずなんです。

佐々木　その昂揚と沈鬱の交代自体は、仕方がないことですね。広島・長崎がありながら、あれを福島に導入したのは、我々自身でもあるわけですから。我々が投票した我々の代表がしたわけですから、我々の問題です。

古井　我々がしてきた生活のひとつの結果なんですよね。

この先に何を書き出すか

佐々木　古井さんが深川で遭われた東京大空襲の原型というのは、ナチスがやったゲルニカ空爆と、もう一つは一九三八年に九六式陸上攻撃機で日本軍がやった重慶爆撃なんですね。その前に南京も爆撃していますす。歴史の皮肉というべきでしょうか。もちろんドイツと日本はアメリカほど徹底してシステマティックに、かつ機械的にやったわけではありませんが。

古井　本質的に違うんですよ。ドイツや日本がやった空爆は近代なんだ。けれどアメリカがやった空爆は超近代。超技術主義、超方法論主義ね。体系的に整然としたものです。戦じゃないですね、あれはもう。

佐々木　軍事歴史家の中では諸論あるらしいですけれど、戦略爆撃を最初に着想したのはミッドウェイ海戦で戦死した人らしい。それが重慶爆撃になった。このアイデアが、もっと徹底的に、量が質に転化してしまった形で跳ね返って来てしまった。日本人は加担してきたわけです。空襲においても、今の福島においても。無論、だからといって、即誰がそして何が免罪になるわけではありません。そういう話ではない筈です。

古井　その時の殲滅的な軍事技術、それが戦後の世界で経済成長に繫がった。オートメーション化、市場主義というのもそうでしょう。絨毯爆撃をするように一拭したほうが市場効率はいいわけだ。選ばせないわけですね。やられるほうは戦うか逃げるかの選択の余地もない。それでこれだけ経済が急速に展開してきた、その挙げ句の果てなんです。文明技術が正体を現したというわけですね。

佐々木　これはナチスでも連合国でも、現在ネオリベラリズムと呼ばれるものも含めて、ありとあらゆる経済政策の原型みたいなものは戦争中に出ているんです。それが全面展開した結果がこうだとなると、ではどういうことになるのか。

古井　コンピュータの走りも戦時中にあるんですね。後のものほど精密じゃないけれど、熱線を追いかける初歩的な誘導弾もアメリカにはあったそうです。

佐々木　二〇〇九年の島田雅彦さんとの対談で、古井さんは、慄然とすべき示唆をされています。「核発電というのは核兵器の元である。管理するには国家よりも上位の機関が必要なのだ。しかしその時はもっと人間の管理が成就しているはずなのだ」と、非常に冷静に。また二〇〇八年の十一人大座談会でも——読み上げます——「どういう風が吹くかわかりませんよ。明日にでも大地震が起こるかもしれない。世界恐慌が起こるかもしれない。そのときに人がどういうふうに文学、あるいは小説を求めるか、予測はできませんからね。そういう異変の中で根本的なところへ突き落とされるということはよくありますから。そのために体の体力と筆の体力は蓄えておきたいものです」。ここだけでもう大変なことを仰っているのですが、その後ですね。司会の高橋源一郎さんから、これまで素晴らしいものをお書きになってきて、これからどうするのか、といったお話を向けられると「これがいつまでもつか、はて、わかりませんね」と古井さんは答える。どうしてかと訊かれると、「いや、寿命がきますから。もうだって、四コーナー回って直線は短いんだから。もう変更はききませんよ」と。高橋さんが「あとはゴールするしかないんですか?」と言ったら、古井さんは「ただ天変地異が起こったときは、どういうものを書き出すかはわからない。これだけは覚悟しています。死ねばいいけど」とおっしゃっている。

ここで話が繋がるのです。古井由吉という作家は、前回の「古井由吉　作品」という集成をまとめるとともに、初期古井由吉とそれ以降の古井由吉を分かつ『山躁賦』という決定的に特異な小説を書いた。この特異性は明らかで、その時期ご自分でもめずらしく、不思議と矛盾したようなことを仰っている。「フィクションに疲れた」から「エッセイ」のほうで「筆が暢びるような気持ちでいた」と言う一方で、「『山躁賦』を書いてやっと小説家としてやっていけると思った」とも仰っていた。また「それに比べて『仮往生伝試文』はエッセイに近づきたがっている」という言葉もあり、ご自分でも位置づけが揺れておられるようです。

そこで、質問が出てきます。そのあと飛躍を果たした前回同様、今回「古井由吉自撰作品」をまとめられました。天変地異は起こりました。そしてもちろんお亡くなりにもなっていない。となると、今後どういうものをお書きになるのでしょうか。

古井　『山躁賦』の書き方をその後、封印したでしょう。いつか解禁するか。最後にはそのへんかなと思います。でもね、ゴールは近くでも無限接近ですから。到達不可能なようなものですからね。

佐々木　おそらくまだ次があるのだろうと思っております。今回の自撰作品はそのためのひとまとめだろう、と。第四コーナー回って、直線で天変地異が起こってしまいましたし。

古井　もっとゴールが遠くなるんだ。

佐々木　近作だと『野川』(二〇〇四年)あたりから出てきて、『蜩の声』(二〇一一年)に収められた「子供の行方」の終幕で決定的となったモチーフがありますね。それが次の兆しなのかと思っています。空襲に遭って「リヤカーのうしろにのせられてひかれて行く子供の姿が見える」と突き放した、離人症的な書きくちでお書きになっているんですが、これは古井さんご自身なんですね。古井さんの自伝的な空襲のお話があり、その後、「現在ではいちばん年上の孫がすでに敗戦の時の私の年齢になっている」と続き……いや、これはそのまま、読み上げましょう。ご本人を前にして不躾をお許し下さい。

「子供の頃の私に似ず、活発な子である。その孫が生まれて半年あまりの頃だったか、母子で私のところに来ていたのが、母親が寝かしつけて近所に買物に出かけるとすぐに目を覚まして泣きやまず、しかたなしに私が抱きあげて、眠りそうになってはまた泣き出すのを揺すり揺すり、母親のもどってくるまで、家の中をうろついていたということがあった。泣く子をあやしかねていると、やがて不憫なような気持になるものだ。何がということもない。ただ生まれてきたことが、この先何が起ってどんな怖い目を見るかしれないと思えば、小さなからだの温みとともに、あわれと感じられる。

　いずれまた出会うことになるだろう、とその頃から、暮れ時にリヤカーにひかれて行った子のことを、今では暗い土をひたひたと踏む足の気配しか伝わって来ないが、振り返るようになった。とにかく無事だった子供の身にいつまでこだわっているのか、何の悔いのあることか、と訝りながら年を取ってきたけれど、この年になれば、ひとりきりになって行った子を、それこそいつまでも、放っておけるものではない、というような気もしてきた。記憶はいよいよ声や音を消されて、いたずらに鮮明なようになって遠ざかるそのかわりに、静かな夜明けの、ふっと耳について静まりをさらに深める木の葉の、一葉ずつのさやぎの内から、これを限りの切迫が兆しかけるように、聞こえることがある。それが天地に満ちて、身の内にも満ちきる時、そばに子供がいるか。

　黙って手を引いてやらなくてはならない。手を引いて、そこから先はもう一本道になり、その涯までつれて行く」

　自分でもあり、自分の子でもあり、自分の孫でもあり、もしかしたら自分の親かもしれないという、この手を引いて涯まで行くわけです。父は子であり、子は父である。子はいずれ父になるが父は子であったというこの循環を、手を引いて涯まで連れていく。あらん最悪のところからまた来るであろう最悪のところまで。

古井　つまり、行方不明の自分ということですね。だいたいそういう了見で書いてきて、いまだにそうなんですね。手を引いて面倒見てやらなきゃいけない（笑）。でも案外、手を引いているほうよりも、引かれている子供のほうが、ものが見えているのかもしれない。

佐々木　また、涯まで我々を連れていっていただければと思います。それが古井さんを尊敬する作家たちの、そして誰よりも古井由吉という作家の読者たちの希みだろうと思われます。手を引いてもらいたいなんて安い、甘えた了見はもっては居らぬつもりですけれども、でも追いかけて行けばやがて涯が見えて、そこはおそらく楽天の地だろうと、私は思っています。

古井　被災者のなかには今の世の誰よりも、ものが見えている人がいるだろうね。

佐々木　いるでしょうね。まだ言葉にならないだけで。

古井　少しはこちらにも乗り移るかな。ものが見えてしまうというのは大変なことです。恐ろしいことですよ。振り向いて津波が襲ってくるのを見てしまった人間がいたんだ。振り向くんですね。

　人間というのはいかに哀しい動物かと感じたと思いますよ。歩けなくなってしまう。腰が抜けて。動物はそういうことがないでしょう、直立動物は直立のおかげで。弱いですよ。

佐々木　でも、その弱さゆえに、手が空いてものが書けるようになったわけですから。周回遅れの駄馬が言うことですけども、またゴールが遠ざかった訳ですから。その遥か前を駆ける優駿の鬣《たてがみ》を、後ろ姿を、これからも見せ続けて下さるのだと思っております。

（「文藝」二〇一二年夏号）

作家が選ぶ偏愛的「古井由吉他撰作品」

以下は『古井由吉自撰作品』の刊行を期して「文藝」二〇一二年夏号に掲載された「偏愛的「古井由吉他撰作品」」からの再録です。福永信氏には作品を選び直していただきました。

選者＝

鹿島田真希

『槿』
（一九八三年／福武書店）
『仮往生伝試文』
（一九八九年／河出書房新社）
「瓦礫の陰に」
（二〇一〇年／『やすらい花』収録
／新潮社）

生から性、そして聖へ

古井さんの作品は、一見すると形而下の事柄について描かれているような印象を覚える。形而下、すなわち瑣末な衣食住、なにを食べてどこへ行き、いくらのものを買ったか。さもなければ、人間が現在ここに生きている限りの関心事、すなわち性について、男と女がある一線を越えたのか、それとも越えていないのか、そんなことについて描かれているようにも感じられる。

しかし、それらの物象から連想されるのは、広大なる形而上学的な世界だ。形而下と、形而上をつなぐ世界、すなわちそれはひとつの霊が肉体をとって現れたような、聖なる世界を構築しているように思われる。古井さんの作品から、一つの官能を感じるとしたら、それは、藉身《せきしん》というものが、なんらかの計らいによって、エロスを伴う証拠だろう。また、古井さんの作品に哀しみを感じるとしたら、そのエロスというものが、快楽と、それとは矛盾した残酷な苦難をもたらすという、過酷の現実をつきつけられるためだろうと考えられる。古井作品は、パッション、すなわち情熱と受難という両方の言葉を持ち合わせたこの言葉の逐語訳的、テキストであるともいえるだろう。

選者＝川上弘美

『野川』
（二〇〇四年／講談社）
『辻』
（二〇〇六年／新潮社）
『白暗淵』
（二〇〇七年／講談社）

読む

最初に古井由吉を読んだのは、いつだったろう。「古井由吉の小説を読む」ではなく、「古井由吉を読む」という言いようをしている。小説なのだけれど、「小説」という言葉で分け隔てられる文章ではないような気がするからだ。

いくつか読んだ後に、しばらく読まなくなっていた時期もある。自分の小説が、活字になりはじめの頃だ。ある時しめきり間近なのにうまく書き出せなくて、近所の、真夜中までやっている古本屋に行った。古井由吉の本を買って帰り、読みはじめた。うまく書けない、だったのが、全然書けなくなった。担当編集者に「ふ、古井由吉を読んだら書けなくなりました」と言うと、「そりゃあそうでしょう」と言われた。以来こわくて遠ざけた。でも、やはり読みたくて、そのうちにまた読んだ。古井由吉を読むときには、一度きりではいやだ。何度も繰り返し、または行ったり来たりしながら、同じ文章を読む。だから自分のベスト3は、ともかく読んだのべ量がたくさんのものということになる。ここに挙げたもののうち、『野川』と『辻』は、書評を書きたくてぜんたいを四回くらい繰り返し読んだ。『白暗淵』は書評を書かなかったけれど、三回読んだ。でもみんな、なかみを覚えていない。ただ古井由吉を読んだ、という記憶があるばかりなのである。

選者＝

谷崎由依

『木犀の日』（一九九八年／講談社文芸文庫）

『槿』（一九八三年／福武書店）

「愛の完成」「静かなヴェロニカの誘惑」［ロベルト・ムージル／古井由吉訳］（一九六八年／『世界文学全集49』収録／筑摩書房のち岩波文庫）

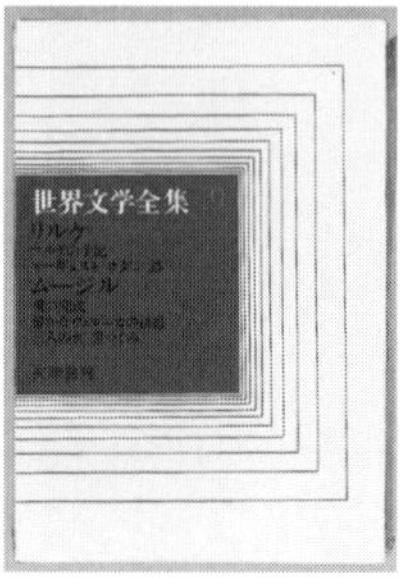

幽霊をうつす言葉

はじめて古井氏の文章に触れたのは、その翻訳によってだった。岩波文庫のムージルを、学生のとき古書店で偶然見つけた。

翻訳物を読んでいると、いっそ言葉は透明にして向こう側だけ読みたいような、じれったい気分になることがある。しかしこの本は、いつまでも言葉のうえにとどまり、巻き込まれていたいと思う文体を持っていた。小説を手に取ると、そこにはいっそう加速され、広がり、無限に続くかのような言葉の運動があった。そこでは言葉は、言葉と言葉のあいだから、事象と事象のあいだから、現れてくるようだった。

通常の言語では拾い切れないもの、といって、無い、とは言えないもの。すなわち、幽霊のごときもの。この空間を領しているのはそんなものかもしれない。わたしは人間が怖いけれど、それはひととひととのあいだに生じる何かが怖いのだ。容易に名指せないその何かが、いつも気に懸かっている。

『木犀の日』では、だから、女と女と主人公とのあいだの、刃物の先が見え隠れするような距離の描かれた「椋鳥」がいっとう好きで、それがさらに敷衍されたかのような『槿』に、いつまでも捕えられてしまうのだろう。ああ、この感覚、と思う。古井氏の小説は、怖いと同時に懐かしい。

選者＝中村文則

『蜩の声』（二〇一一年／講談社）

『やすらい花』（二〇一〇年／新潮社）

『野川』（二〇〇四年／講談社）

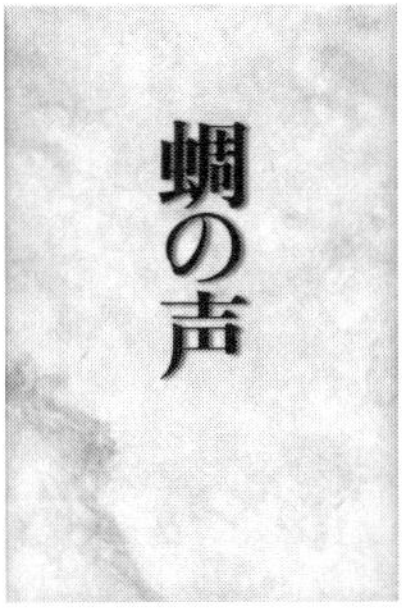

尊敬と喜び

新作が出る度に、古井さんの作品に感動する。

深みとひらめきに満ちている。作家の凄まじいひらめき。読み手が戦慄する文章。文学の深淵に、浸り続けることができる至福の時。毎作毎作、新作の度に、読みながらしびれる。読みながら、思わず声が出ることもある。僕の人生にとって、絶対にかかせない滋養となっている。小さく音楽をかけながら読む、ということもしない。そこに書かれてある言葉だけに浸る。

新作が出る度に感動させてもらえるのだから、新しい順に三作を選ぼうと思ったのだけど、『野川』だけは入れさせていただいた。作品の見事さは当然のことながら、僕が古井さんに初めてお会いした時、この作品を手がかりに、様々にお話をお聞きすることができたから。静かに、ゆっくりと、濃密に時間が過ぎていくように思えた。つまり僕にとって特別な本ということになる。

古井さんの作品を三冊選べというのは無理な話だ。あれもこれも……と、お勧めを挙げればきりがなくなる。新しいものからでも初期からでも、様々に読んでいくのが一番いい。この度の自撰集は大変にお勧めである。ページをめくりさえすれば、そこに凄まじい文学がある。

選者＝ **蜂飼耳**

『槿』（一九八三年／福武書店）
『山躁賦』（一九八二年／集英社）
『野川』（二〇〇四年／講談社）

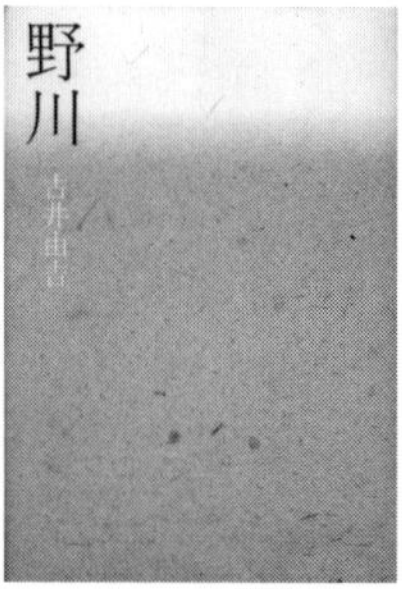

記憶に残る三冊

古井由吉の小説は、知らないあいだに身についてしまっている物事の境界線を、じりじりと融かしていく。そこにある言葉は、手元にあるものを幾度も撫でて確かめる角度に満ち満ちている。行ったり来たりする言葉の足取りはいつも、現実を切り取っても、夢の地面を踏んでいる。言葉だけに可能な世界がじっくりと編み上げられていく。『槿』は、主人公・杉尾と二人の女性、それぞれの記憶と過去、現在が、あさがおの蔓のごとくに絡み合う。植物でできた迷宮をさまよったような読後感が、ずしりと残る。『山躁賦』は、幻想、という言葉で近づくことがためらわれるほど、幻想の織り成す層に手応えのある作品。言葉が、言葉を、確かめたり疑ったりしながら、ずんずんと深山へ分け入っていく。ストーリーだけではなく、言葉そのものを読んでいるのだ、小説を読むということはそういうことだ、という実感が、読んでいるあいだ途切れることなく湧きあがる。『野川』は、旧友の思い出、邂逅と別離、生きているものと死者たちの時空を、言葉の舟にのって辿っていくような作品。空襲にあった戦時中の記憶、高度成長期、そして現代へ。死者の声、沈黙の痕跡が、聞こえたかもしれない。そのわずかな跡や隙間こそが拡大され、濃密になっていく。源の見えない、言葉の川だ。

選者＝平出隆

『山躁賦』（一九八二年／集英社）
『詩への小路』（二〇〇五年／書肆山田）
『野川』（二〇〇四年／講談社）

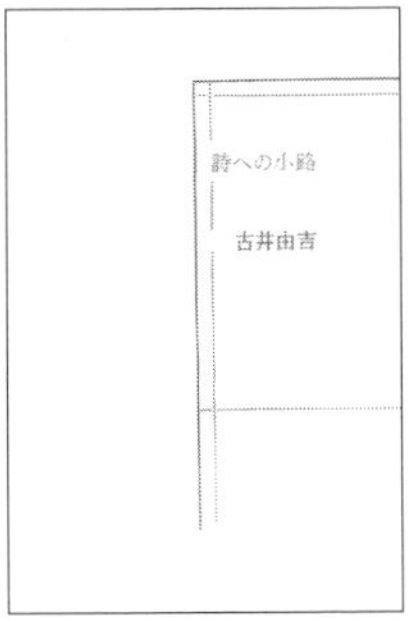

吉《よ》き口

『山躁賦』の刊行された、一九八二年の印象が鮮明に残っている。小説の文章がここまであらぬかたへ振れるということについて、文学的世間においても驚きをもって眺められていたと思う。私も驚いた一人ではあったが、感想は逆向きで、散文の骨組みが露わになっているところを読もうとした。

その振れるということ、あらぬかたということは、この世の外へ出て、この世を外から見るということにかかわる。とは、文学によって、世界の吉兆と凶兆とをふたつながら示そうとする。予言とは言い切らないまでも、大きな時間とともに行き、試みは死力を尽される。

『詩への小路』は散文論だと思うが、詩に対してこそ、捨て身がとれるというかのようである。そもそも詩を手に入れられるとしていないから、これでは大方の詩人の詩論を凌駕してしまう。「ドゥイノ・エレギー」の訳文を散文訳としてにとどめ、頑として行分けしようとなさらないのは、沈黙への認識の厳正さというべきだ。

「吉き口」という章にはこうある。「告知と沈黙と。予言者になるか占者になるか解卜者になるか、神官になるか巫女になるか、とにかく兆を告げる者と、それを待ち受ける衆、という光景は見える。告知の前の沈黙は両者にある」と。もう一冊は、と聞かれそうだが、撰びきれなかった。どうしてもということなら、『野川』ということにしたい。

選者＝**平野啓一郎**

『夜明けの家』（一九九八年／講談社）
『神秘の人びと』（一九九六年／岩波書店）
『詩への小路』（二〇〇五年／書肆山田）

深みを探る言葉

特集のタイトルに「偏愛的」とあるので、『山躁賦』や『野川』など、真っ先に名前の挙がりそうな代表作を避け、今度の「自撰作品」に収録されなかったものを敢えて撰んだ。

『夜明けの家』は、全古井作品の中でも屈指の傑作だと思っていたので、撰集から漏れたことを、偏愛者としては残念がっている。取り分け、「祈りのように」に描かれた、主人公が髪を撫で上げる仕草は印象深く、それがやがて「かすかに融けのこり消えのこり」、最後には「撫でる感触だけが細く続いた」という一文は、私にとって忘れがたい。

不勉強な私が、『神秘の人びと』を読んだのは拙著『日蝕』を書いたあとだったが、90年代後半に、ヨーロッパ中世末期の神秘主義に惹かれるということが、決して、私独りの妙な見当違いではなかったのを知って、ひどくうれしかった。マイスター・エックハルトが現代文学の源泉たり得ること証した稀有の書。

『詩への小道』は、「ドゥイノ・エレギー」の古井訳が収録されているというだけでも、もっと大騒ぎされるべき本だと思う。

読み手としての古井氏の深みには、酔うような恍惚がある。

選者＝福永信

『椋鳥』（一九八〇年／中央公論社）
『聖耳』（二〇〇〇年／講談社）
『この道』（二〇一九年／講談社）

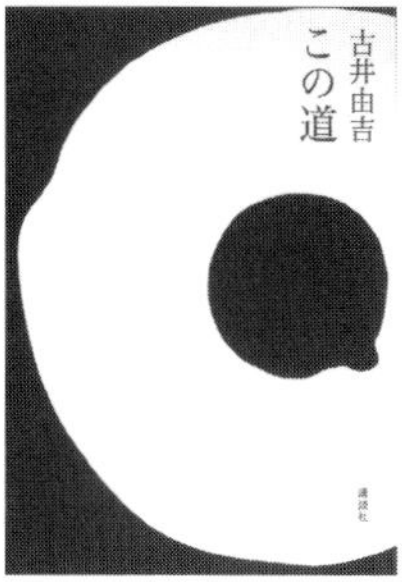

一九八〇年、二〇〇〇年、二〇一九年の三冊

『椋鳥』――出てくるのはたぶん全員おばけだ。男女は生々しく物音を立てながら正体が定まらない。回想に読者を連れ込み、いきなり現在に突き落とす。不意に姿を現すのはお手のものであり、生身の読者は震え上がる。よく喋るイキのいい幽霊達。有名な初期の本よりこの恐怖短編集が僕は好きだ。生きているしかない「読者」という存在が、終始励まされているような気がするから。

『聖耳』――語り手は入院で身動きもとれぬ、退院したところで歩き、座り、寝て起きて、日常の単調な運動ばかり、にもかかわらず、この連作、読むとヘトヘト、心地よく疲れる。登場人物達の口から声が洩れると言葉は文字であることを忘れ、読者の耳に直接届き、水の波紋のように肌に伝わり、鼻の中をくすぐり、挙句、口をこじ開けて不思議な苦味さえ感じさせる。出てすぐに読んだが、本ってのは全然おとなしいものじゃないんだよなと再認識させられたのを覚えている。

『この道』――出てくるのは全員生きている者らである。回想や夢の中であっても、身体の衰えを強く感じながらも、容赦なく全員生きている。そう信じられる。今日は莫迦に心地が良い、ひさしぶりのことだ、と言った老人は次の行ではもう死んでしまうが、それらの文字を書きつける手の、ペンの動き、はっきり浮かび上がる。柔らかな装幀が、その「生きている」に拍車をかける。

『椋鳥』は菊地信義との最初のタッグ。『聖耳』の装幀も素晴らしく、『この道』のカバーの黒い余白も捨てがたい。単行本で出会うのがいい。

選者＝**藤沢周**

『白髪の唄』（一九九六年／新潮社）
『辻』（二〇〇六年／新潮社）
『蜩の声』（二〇一一年／講談社）

虚白

明日、でもなく、明々後日でもない。明後日――。霊や幻像はそこから彷徨い出てくるものではないか。古い家屋が不意に息をついたように軋む時も、あれを明後日の音と思うから、人は何事か不穏な虚白として感受する。現在と地続きである「明日」という明朗さや、「明々後日」という予知もできぬ先の日の大雑把さは、彼岸此岸と事もなげに口にするのにも似て、文学のものではない。「生きては死者たちの死を生きている、死んでは生者たちの生を死んでいる」（『蜩の声』「明後日になれば」）という一文は、「刻々在ることをいっさい既往のものにして、それによって現在を虚白にすること」（『白髪の唄』「朱鷺色の道」）に限りなく耳を澄ました時に、招来された言葉であろう。昨日のことであれ、はるか昔日の記憶であれ、それらが今この刹那に思い出されるのではなく、「明後日」というよろぼうような日に思い出されるであろう予兆。それが幽かな呼び声にも、仄白い手招きにも近い匂いとして描き出されるから、日常に偶然にも立たされている人の無常を知る。だからこそ、「呼ばれても急に振り向いてはいけない」（『辻』「始まり」）。そうすると病人は怯えた顔をするからである。最も不確実な「明後日」を抱えている老いた病人は、死者たちの死を生きているのではないかと疑い、抗い続けているものなのだ。今まさに自らが「明後日」の虚白として日常に降りたかと、たじろぐわけである。

選者＝**保坂和志**

『槿』
（一九八三年／福武書店）

『眉雨』
（一九八六年／福武書店）

『仮往生伝試文』
（一九八九年／河出書房新社）

ジャケ買い3冊

この当時、私は古井作品を読むのでなく、ジャケ買いしていた。日本画には全然関心なかったが、『槿』の表紙は凄い！と思った。『眉雨』の表紙に使われている絵は単体で見たら、私は絶対に何も感じない。『仮往生伝試文』は古文書の風格がある。

「群像」に載った「背中ばかりが暮れ残る」（『木犀の日』講談社文芸文庫収録）を読んだときにはじめて心から凄いと思った。開いているページからぼそぼそ低く呟く声が聞こえてくるようだった。

選者＝町田康

『野川』（二〇〇四年／講談社）
『辻』（二〇〇六年／新潮社）
『やすらい花』（二〇一〇年／新潮社）

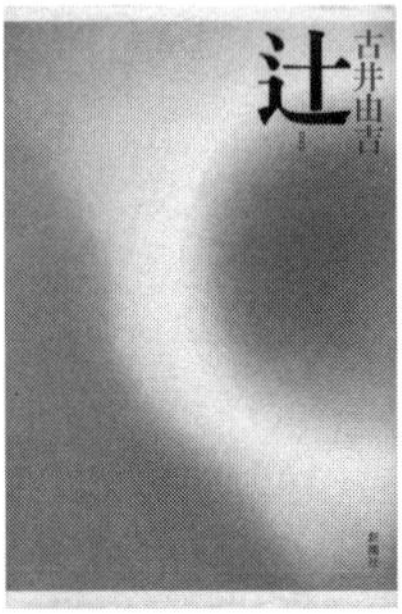

たのしい

自分というのはこの世にできたこわばりのように思う。しかし自分だけが自分なのではなく多くの人が自分なので世の中のあちこちがこわばって世の中がおかしくなる。そして世の中のおかしさはこわばりを促進するので自分がますますこわばり世の中がますますおかしくなっているように自分が思う。ああ。こんなにこわばってしまって。と思う。そんなとき例えば、『辻』を読む。いろんな自分の方《かた》が冥顕の境を出歩いているのでついていくと、大体の人のこわばりの原因である自分そのものがほどけて、したがってこわばりもなくなって、ああよかった。これで少しはよくなるだろうと思っていたら、次第に自分もほどけていきその後に春風が吹いていたり水が流れていたりして、最終的には読んでいた自分もほどけてしまったようなことになって、まあ生身の身体がバラバラになる訳ではないのだが、それからはしばらく様子がおかしい、仕事の方もいけなくなっていつも通りやっているはずなのだけれどもいろんなものが逆転したり境が曖昧になるし言葉もやられてしかしこっちは根本の水準が低いからベラベラになってオホホホホホホたのしくてうれしくて春風に吹かれてるみてぇな。

選者＝**松浦寿輝**

『山躁賦』
（一九八二年／集英社）

『槿』
（一九八三年／福武書店）

『仮往生伝試文』
（一九八九年／河出書房新社）

もはや年齢がない

古井由吉は四十六歳で『槿』を、五十二歳で『仮往生伝試文』を刊行している。この二作の間に何か本質的な断裂線が走っていることは明らかだ。極度に単純化して言うなら、もう『槿』のようなことはやるまい、あるいはやっても仕方ないと考えたのだと思う。『杳子・妻隠』が青年の物語であるように、『槿』は中年の物語である。『槿』までの古井由吉は、生物学的な加齢の必然に寄り添って書いているのだ。ところが、『仮往生伝試文』の三年後に刊行される『楽天記』には、もはや年齢がない。以後の彼の作品が老年の物語になると見なして安心してしまうのは、よほど楽天的な読者だろう。彼の文学は老いの主題などよりはるかに恐ろしい領野に入っていったのであり、その寥々たる荒野を彼は今なお孤独に歩みつづけている。この転機の要に位置するのが『仮往生伝試文』という傑作である。ところで、エクリチュールの中で年齢が消えるというこの事件をめぐって、彼がみずからその機微を、一種の「メタフィクション」的時間論のように語っている戦慄的な短篇がある。五十七歳で発表した「背中ばかりが暮れ残る」だ（『陽気な夜まわり』所収、後に『木犀の日』収録）。このささやかな一篇は、絶えざる生成変化を続けるこの巨大な迷宮のような精神世界の、虚の焦点をなす一証言なのではないか。

古井由吉　競馬徒然草

「優駿」で一九八五年四月から開始された競馬のエッセイの連載は「馬事公苑前便り」「折々の馬たち／こんな日もある」「競馬徒然草」とタイトルを変えつつ、二〇一九年二月まで続いた。ここに収録するのは「競馬徒然草」の二編、そして連載終了後の二〇一九年七月号に掲載された「優駿」に寄せた最後のエッセイである。

起爆装置

夏である。競馬は阪神から小倉へ、福島から新潟へ、北海道は函館から札幌へ。列島はさすがに長いので土地によって気候が違うものだ、と中継のテレビの前に坐って感心するのは梅雨明けの頃までで、やがてどこもかしこも夏になる。

夏のローカル競馬こそ馬券の醍醐味、と言う人がある。宝塚記念も済んだ頃になって目を覚ましたように馬券に熱中しはじめる人もあるとか聞く。たしかにそれまで馬たちの、それぞれ戦績と状態の上がり下がり、競馬場によるターフの特性や厩舎の狙いをよくよく読んでいる人たちには、しっかり踏まえられる判断の材料は多いにちがいない。先入観や雑音にも、中央場所よりもわずらわされない。しかも、平場やら特別やら重賞やらの別に構わず、判断の通りそうなレースを狙うという。私のように馬券の才能もないくせに不勉強な人間にはとても、駄目である。

まだ梅雨時の土日曜の朝にスポーツ紙の出馬表を見ると、もう新馬戦が始まっていることに、驚かされる。しかしその二歳の新馬戦を取り囲むようにして、三歳の未勝利戦が並んでいる。未勝利戦の中には、三歳で未出走の馬もいる。ひかされてテレビ中継をつけると、未勝利ながらどの馬も、一頭ずつに限って見れば、なかなか良い馬たちなのだ。サンデーサイレンスの仔もいる。レースも烈しい。十五、六頭中、勝ち上がるのはただの一頭とは、この際、いかにも残酷に感じられる。

　人の運不運はそれほどに露骨ではなくて、また取り返しもよほどつくようにも思われるが、人の運命ということになれば、本人は気がついていないだけで、同じことなのかもしれない。

　六月五日の安田記念を七番人気で快勝した六歳馬アサクサデンエンは、やはり特筆されるべきなのだろう。新馬の頃から期待された馬であり、そこまで二十三戦七勝、そのうちマイル戦で四勝、悪い戦績ではない。この春からやや本格化して、重賞やオープンでかならず上位に喰いこみ、先走の京王杯では、降り出した雨の中、四コーナー好位から直線抜け出して、他馬を寄せつけず二馬身半差、まさに圧勝だった。ところが本番では単勝十二・三倍。おそらく客はトライアルの快走に感嘆はしたものの、それまでの条件戦の有力馬、重賞の健闘馬というイメージが抜けなくて、ようやく重賞が取れよかった、と祝うだけで済ましたのだろう。それが四コーナー中団から坂上で馬群を割って来て、すでに抜け出して粘る香港の大物、十七勝馬のサイレントウィットネスを捉え、すでに外から迫るスイープトウショウをわずかに抑えた、あの勝ち方は番狂わせにも見えなかった。

　一時はバランスオブゲームを交わしかけながら、一時はスイープトウショウに交わされかけながら、GIのゴールへ道をこじあけるようにして馬を押し込んだ鞍上の藤田伸二の気迫も烈しかった。リプレイを見れば四コーナーでも同じ気迫で、馬の力を絞りこんでいた。四コーナーの回り方にはコース取り、位置取り、間合い、追う抑える、とさまざまあっても、いずれにしても馬の力を引き絞る鞍上の気迫が、とくにGIのレースでは、必要なのだろう。絞らなくては弾けない。GIのゴール前は、各馬もう、死に物狂いになるらしい。その気迫の藤田伸二がGIをいくつも取っているのに、この三年、ダンツフレームの宝塚記念以来、GIの勝利に縁がなかったのは、意外だった。三年とは長かっただろう。

　河野厩舎は開業十五年目、平地GI二十九回目にしての、初GIだという。田原オーナーは馬主歴四十年にして初GIだという。昔、アサクサスケールという名の、それこそスケールの大きな牝馬がいて、当時四歳牝馬の三冠目にあたったエリザベス女王杯で圧倒的な一番人気となり、二四◯◯ゴール前で、わずか一馬身ほど足らず、六番人気のリワードウイングに交わされた。今から二十年前のことである。

人生五十年、あるいは、人間五十年、と言われていた時代もある。

タップダンスシチーももう八歳になる。つい近年までの数え方だと九歳、九歳馬がＧＩで一番人気になるとは、以前なら信じられないことだった。これまでにＧＩ重賞ふくめて勝星は数あるが、着外の数もこれに劣らない。苦労した馬であるのだ。考えてみれば一昨々年、五歳時の有馬記念で、三コーナーのだいぶ手前から先頭を奪い返してスパートをかけ、直線では逃切りの様相が見えて満場をどよめかせ、ゴールでシンボリクリスエスの強襲には屈したものの二着を確保した時には、あの馬、誰、と呆れた客も多かったはずだ。五歳の秋にして、まだ五勝馬ではなかったか。一昨年のジャパンカップ、道悪を九馬身差で逃げ切った時にも、前走の京都大賞典で楽勝しているにもかかわらず、四番人気。昨年の宝塚記念でようやく、ＧＩ一番人気。しかし昨年の有馬記念は凱旋門賞遂行の不利があり、三番人気。勝ち上がりの遅かった頃のことが、客の頭にまで染みついたらしい。

これと人気を分かつゼンノロブロイも、昨秋の三冠の王者ながら、勝てない時期は長かった。一昨年の雨のダービーで一瞬の隙を衝かれて長蛇を逸した後、秋の神戸新聞杯で圧勝して人の目を瞠らせてからというもの、昨年の秋の天皇賞まで勝てなかった。一時は型通りに走って相応の着にしか来ない。殊に秋の京都大賞典でゴール前、ナリタセンチュリーに競り負けた時には、もはやこれまで、と見捨てた人もすくなくはなかった。天皇賞では一番人気だったが、単勝三・四倍、としぶいものだった。

オグリキャップも長い不調の後で有馬記念で勝っている。トウカイテイオーも長期休養の後で、もう忘れられかけた頃、有馬記念に出て来て快勝している。スペシャルウィークも京都大賞典に惨敗して、天皇賞で一番人気から滑っている。パドックでは、正直のところ、買える馬体ではなかった。ところがスタートして後方から行く馬体がだんだんに良くなってくる。四コーナーを大外から回った時には、先を行く馬群とかなり距離はあったが、もう脚いろが違っていた。

強い馬にも、起爆装置がどうにも作動しない時期があるのだろう。起爆剤に再点火するのが騎手の腕なのだろう。あるいは、思いきりかもしれない。

さて、タップダンスシチーが単勝一・九倍、半年休養明けのゼンノロブロイが三・〇倍と、予想どおりの人気の宝塚記念が、あのような結果となったわけだ。私も両頭の対決と思っていた。タップダンスシチーが三コーナー手前から行く。のがさず中団からゼンノロブロイがあがる。どちらが勝つかは、双方の仕掛けの間合いによる、と見た。

大外から好スタートしてタップダンスシチーが先頭をのぞくところまで行って、そこでコスモバルクに寄せて控えた。コスモバルクもまだ行きたくはない様子だ。最内枠から出たシルクフェイマスが先頭に押し出されたが、この馬もタップダンスシチーの後に行ってこそ好成績を残している。結局、コスモバルクが先頭に立ち、向正面で折り合った。ゼンノロブロイは中団の好い所の内に控えた。すべて予想の範囲の内である。

三コーナーのだいぶ手前でタップダンスシチーがコスモバルクの二番手にあがり、一気に交わして先頭に立つかに見えた。これを早すぎるとは、この馬の長駆の力からして、私は思わなかった。ところがテレビの画面がまた先頭を映すと、タップダンスシチーはまだコスモバルクを交わしていない。ようやく交わしたところで、残り八〇〇地点の標識が見えた。すこしてこずった。

それでも四コーナーを回ってタップダンスシチーが先頭に立ち、ゼンノロブロイも馬群のやや内目を割りにかかった時には、タップダンスが馬群を突き放し、ゼンノロブロイが猛追にかかり、やはり両頭のゴール前の争いか、と私は見た。ところが割って出るかと思われたゼンノロブロイがやや置かれ、見ればタップダンスシチーのほうも行き脚がつかず、リンカーンが先頭に立った。ゼンノロブロイがようやく馬群をさばいてリンカーンに並びかけ、そこで弾けるかと思った時には、外からもうスイープトウショウが来ていた。ずいぶん早くに来て勝負を決めたのだ。後方に控えていたハーツクライがゴール前で二着に突っ込んだ。ゼンノロブロイはそのハーツクライとも競る力がなくて、鞍上は手綱を控えてゴールに入った。

コスモバルクが波乱の鍵を握ることになったのかもしれない。タップダンスシチーの脚を以ってしても、三コーナー前で簡単に交わせる相手ではない。やはり只者ではないのだ。ただし、コスモバルクも、いつもはゴール前で見せる粘りを、あそこで使ってしまった。

ゼンノロブロイは立場上、三コーナーからの速い流れを追わぬわけにいかなかった。休養明けで息が持たなかった。前肢の送りもやや硬いようにも見えた。しかし直線で前の流れがすっきりと速くならないと、行き脚を誘われない馬ではないのか。仇敵タップダンスシチーの失速がかえって仇になった。

　勝ったスイープトウショウはただ後方一気のように見えるが、じつはこの馬も三コーナー手前でするすると、射程距離まで上がって行っている。つまり、いよいよ長い脚を使えるようになった。強くなったということだ。

　ハーツクライは、一度どこかで勝てば、すべて良くなる。


（「優駿」二〇〇五年八月号）

はしゃぐ風

　枯木の杯の中に、鳥が実をくわえて来て種を落としたものか、自生の棕櫚《しゅろ》の樹が育って、寒風にちらちらと揺れている。その葉が冬の午前の陽を浴びて、みずみずしい緑に光る。冬枯れの色も見えない。あれは椰子の仲間で、元来、南国の産である。植物の生態も変わるものだ。

　それでも今年の冬は寒い、と言う人があれば、いやいや、それはここ何年かの内のことであって、十年二十年前にくらべればよっぽど暖い、と言う人もある。寒ければ寒いとこぼし、暖ければ暖いで、何か異変でも起こるのではないか、と心配する。

　若い人なら寒い寒いで済むのだろうけれど、中年に深く入れば、冷えこんだ日には全身の筋肉がすこしずつ、こわばっているはずだ。不用意な動作をすると、腰やら膝やらを傷めるおそれがある。陰険にも半日も一日も経ってから痛みがおもむろに出てきて、ああ、あの時の、あれがいけなかったのだ、と気がつくこともある。とりわけ、からだのまだ覚めきっていない朝方と、気温の急にさがる晩方には、用心したほうがよい。夜更けに酒に酔って、凍《い》てついた道を帰って来る時には、あれであんがい、怪我はすくないようだ。心身がほぐれているせいだろう。ただし駅の階段を、とくに降りる時には、歩調や歩幅の狂っていることを自分で気がついていないので、段を踏みはずしかねない。転がると、酔った足は制動がききにくい。自宅のもう間近まで来た、つまりホームストレッチからゴール前にかかるあたりも、気がゆるむので、あぶないという。

それにつけても、心やさしき馬好きは厳冬期のレースの最中、馬券本位のつもりでも、つい馬の脚のことが気になってしまうことがある。馬は人よりも寒さに強い。調教も十分に積まれたはずだ。冬場の運動はとくに入念であろう。レース前のウォーミングアップも欠かさない。とは思うものの、馬群が三コーナーで詰まって、四コーナーへの早瀬にかかる時、何頭かの馬の脚の乱れにひやりとさせられて、一瞬、自分の勝負を忘れる。おしなべてあれだけ跳びの大きな馬たちが密集して激走するのだから、すぐ前の馬たちの動きに乱れがあれば、つまずいたり空足《からあし》を踏んだりして、痛みが骨に響くということもあるだろう。見ている本人がその朝、ちょっとした無理な動作をしたために、膝や大腿や腰に厭ぁな疼きが走ったなどということがあれば、なおさらのことだ。四コーナーを軽快にまくって来た馬が直線に入ってまもなくパッタリ、ずるずるとさがったとなると、展開やペース配分からの説明もあるのだろうが、やはり故障を思う。事後に故障が発表されなくても、それから長い間出て来なくなる馬がある。それをきっかけに、いれこむようになる馬もいる。

競走馬たちはレースの勝負所でそれぞれ、自身の限界域ぎりぎりのところを走るものではないか。時にはその限界域を超えてしまうこともあるのだろう。それが大駆けになることもあれば、故障となって断たれることもある。わずかの差で分かれる明暗なのかもしれない。

人も自分の勢いに自分で振り回される。物に急いで駆け出す時など、つい自分の現在の足腰では支えきれぬ速度がついてしまう。とかく間違いの元になる。

過労が或る境を超えると、心身がかえって爽快になるという、怪しい現象もある。連夜あまり眠っていないのに、頭も眼も耳も明澄に冴えて、手際《てぎわ》も適確になる。これに乗じなくてはさばけない難事はあるのだが、しかし黄信号でもある。だんだんに狂いが出てくる。赤信号を見たら、遠慮なく不調に沈みこむのが身のためである。冬場にはとくに心すべき事である。

今年の元旦は東京のあたりでは穏やかに明けて、晴れた空に風も吹かず、暖冬を思わせた。二日三日の恒例の箱根駅伝もよく晴れあがり、選手たちは袖なしのランニングシャツで走っていた。しかし五日の金杯の日は雲が出て冷えこんで来た。

競馬場には正月の客が詰めかけていた。これがもしも暮れの有馬記念からの「連闘」だとしたら、懐中のほうのローテーションもなかなかきびしいものがあるだろう、とひそかに拝察した。正月のターフを目にしたとたんに、年末の苦敗がまざまざと浮かんで、思わず唇をかむということはないだろうか。いや、競馬の客は切り換えが早い。早すぎるほどのものだ。

中山の金杯はアドマイヤフジが好位追走から余裕を持って抜け出し、ひさびさの重賞勝ちとなった。早くに期待を寄せられた馬はどこかで出て来るものだ。どこでだか、それがわからないので苦しい。二着がエアシェイディ。追い込んで、また二着。不思議な馬だ。京都の金杯マイル戦のほうはエイシンデピュティがアドマイヤオーラの追撃を押さえこんだ。力をつけている。

金杯の後はまた穏やかな日が続いて、金曜日には早春を思わせる空になったが、土曜は雨となり、終日寒く降り、十三日の日曜日は曇りの後晴れて、北風が残った。中山のダートのガーネットステークスはタイセイアトムが、京都のシンザン記念はドリームシグナルが、それぞれ快勝した。

その頃から厳冬の様相が見えた。それまでは風の吹く日が思いのほかすくなかったのに、連日北風が荒く吹いて、空気は乾燥して冷えこみ、これで関東の一月らしくなった。天気晴朗のもと、風は肌にとげとげしく、西のほうの人のもっとも嫌うところである。

風が乾いて走る。これを昔の人は、風がはしゃぐ、と言ったそうだ。どこかで半鐘の鳴り出す頃である。その音を遠くから耳にすると、江戸人種の、心もはしゃぐ。現在でも東京の暮らしに馴れて、東京人になると、はしゃぐ癖が付くようだ。

一月二十日の日曜日は、東京では午前中晴れて午後から曇り、競馬中継をつけると京都は小雨、小倉では見るからに寒そうな雨が降っていた。中山の京成杯は、一番人気のマイネルチャールズが四コーナーを外目からあがってきたら、そのまた外をまくる馬にかぶせられ、首のあたりが接触したようにも見えて、内へ押しこまれたところが、前にひとすじ道があいていた。そこへひるまず割って入り、その足で残りの馬群もじわりと割って抜け、じつにしぶといところを見せて勝った。よほど鍛えられたものらしい。時計の速いレースでもこの脚を使えれば、春のクラシックの有力馬になる。

京都の日経新春杯は一枠一番の一番人気のアドマイヤジュピタが直線で抜けられそうで抜けられずにいるところへ、その外から来たもう一頭のアドマイヤ、一枠二番のモナークのほうが脚いろが良く、そのまままっすぐに伸びてゴールを先頭で駆け抜けた。このアドマイヤモナーク、道中後方にいて三コーナーでもまだ控えていた。どうやら、ペースの速い遅いにかかわらず、ぎりぎりまで待機していないと、末脚が半端になるらしい。試行錯誤を重ねた末での初重賞のようだ。


一月二十七日の中山はアメリカＪＣＣ、エアシェイディがとうとう、重賞挑戦十五回目にして、これを制した。二着の多い馬を、荷が多いということで、運送屋などと呼んだものだが、この馬はいつでも、外からしっかりと差して来て、しっかりと二着に入る。レース運びに落度があったようにも見えない。力がひとつ足りないような印象も受けない。ただ、何かほかの一頭がかならず早目に抜け出して、追込みのわずかに届かない、間合いの圏外へ走り込んでしまう。そんなめぐり合わせを背負った馬か、とまで思われた。厩舎も騎手も、どうしたものか、と首をひねっていたに違いない。

道中いつもよりは前につけて四コーナーにかかった時、鞍上は馬を今日は外へ振らず、馬群の中へもろに突っ込ませた。すると馬が怪力を発揮した。今にも前の塞がりそうなのを押し分け、きっぱりと先頭に立って、脚いろさらに衰えず、差をつけてゴールを駆け抜けた。これが出来たのだ。鞍上の思いきった冒険であり、そして結果として、発見だった。馬込みを嫌うところがあったからこそ、今までの、馬群の外に出して追込む戦法だったのだろう。じつは芯のしぶとい馬だった。何事にも時機というものはある。やって見なくてはわからないものだ。

われわれもまた、サラブレッドではないけれど、自身の内にどんな強い根性がひそんでいるか知れない、と思って生きていたい。諸般の事情があり、その力が生涯発揮されないことになっても、それはそれで、折り合いようもある。

同じ日の京都はダートの平安ステークス、千八からフェブラリーステークス千六へ向かう前哨戦、スタートの直前にゲートの中で暴れる馬がいた。鞍上がゲートの前のほうへ下馬して、ゲートを回って裏から再騎乗した。その馬の名がクワイエットデイ、「静かな日」だった。この静かならざる馬、それでもスタートは良くて好位二、三番手につけ、鞍上はやわらかに御していたが、頭をぐいとさげ、どう見てもまだ怒っている。それが四コーナーを回って先頭に立ち、そこで疲れてパッタリかと思ったら、脚いろがかえって冴えて、馬群を突き離しにかかる。ゴールでは人気馬メイショウトウコンの猛追をたっぷり押さえた。頭に来たほうが力の出る場合もある。

（「優駿」二〇〇八年三月号）

令和元年のダービー

五月二十六日、日曜日の東京競馬場は、改元後の初のダービーになる。第八六回の東京優駿である。思い出して見れば、平成十六年、第七一回のダービーはキングカメハメハ、道中ハイペースから直線の耐久戦で他馬を圧倒した。翌平成十七年、第七二回のダービーはディープインパクト、直線の後方から、これまで見たこともないような末脚を使って圧勝した。キングカメハメハとディープインパクトは、年を隔てての同タイム、ダービーレコードだった。昭和までさかのぼれば第五一回、昭和五十九年はシンボリルドルフ、四コーナーへかかったところでルドルフがさがったかに見えて満場がどよめいたのも、やがてルドルフが外から真一文字に前の四頭をたちまちかわしたのも、つい昨日のことのように目に浮かぶ。競馬の四季をともにめぐっていると、年月の経つのは速い。

さて、令和初のダービーは晴れて、猛暑となった。三日続きの真夏日だが、今日はとりわけ暑い。それでも十一万からの人が集まった。無敗の皐月賞馬サートゥルナーリアがどんな勝ち方をするか、見に来た人も多かっただろう。

天の熱気と人の熱気とで、場内は三五度あまりにもなったのではないか。暑さに飽和したように空気もかすかに靄《もや》っていた。芝はよほど軽快のようで、前座のレースから速い時計が出ている。

人気はサートゥルナーリアが単勝一・六倍と抜けている。続いて皐月賞二、三着のヴェロックスとダノンキングリー。その後がまただいぶ離れた。まず固く決まると大方は踏んだようだ。しかし前座のレースでは、直線なぜか外からの追い込みが決まらず、内目の好位からの粘り込みを許している。そのことを気にしている人もいた。

大歓声のもとでゲートが開くと、青葉賞を逃げ切ったリオンリオンが十五番枠から先頭に立ち、最内枠のロジャーバローズが続き、二枠のサトノルークスがそれに付けた。サートゥルナーリアと言えば、これが出遅れた。その上、前の馬たちがやや乱れたので、位置を求めて左右したあげく、後方にさがった。パドックでは落着いて見えたが、発走が近づくにつれて、首をしきりに上下させていた。

向正面に入りリオンリオンが飛ばし、離れてロジャーバローズが行く。また離れてサトノルークス、置かれた後続の馬群の好位に、ダノンキングリーがいる。だいぶ速い。サートゥルナーリアは後方の内目に入っている。外へ出せないようだ。そのまま、四コーナーまで来た。

やがてロジャーバローズが先頭を奪い、ダノンキングリーが二番手にあがり、坂を昇ってくる。さて、これから後続馬たちの追い込みである。ところは坂上にかかっても、前の二頭と後続の間は、いよいよひらく。追い込みの決まる間合いではもはやない。

結局、ロジャーバローズが、よろけながらも追うダノンキングリーを、クビ差抑えてゴールを駆け抜けた。迫られたというものの、道中と変わらぬ軽快な脚だった。三着はヴェロニックスだが、二着に二馬身半もおよばなかった。サートゥルナーリアは四着。二分二二秒六の、上がりが三五秒九。ロジャーバローズは一二番人気で単勝は九三一〇円、馬単は四万七千あまり、三連単は二〇万近く。

馬券をはずした客たちはしばし狐につままれた顔をしていた。勝った馬はまるでひとりで気分よく走って、ひとりで悠々と勝ったかのようだった。唖然とした口からやがて、いや、面白いダービーでした、こんな面白いダービーはめったに見られませんぞ、と溜息まじりの声が洩れた。帰り道は、風はやや涼しくなっていたが、まだ夏日だった。

後から聞くと、サートゥルナーリアは十八頭中随一の、上がり時計を出しているそうだ。

（「優駿」二〇一九年七月号）

◉新論考

時間の感染

石川義正

預言

二〇一六年に『錯乱の日本文学――建築／小説をめざして』を刊行したことが機縁となり、「終の住処」というテーマで短いエッセイを書いたことがある。そこでル・コルビュジエの「カップ・マルタンの休暇小屋」などとともに取り上げたのが『楽天記』（一九九二年）の冒頭に「長い旅から戻ると、息子が家に帰っていた」と記されている、あのまぼろしの家だった。「これが仔細ながらすべて夢だった」という、「見るからに安普請の、時代もかかった二階家」である。

「家そのものから慄えながら暮れていくかのようだった」というそれ自体が戦慄的な一文を書き写しながら、「かれこれ四十の厄年にかかる頃だ」という「息子」の背中にわたしは自分自身を重ね合わせていたのだが、その一方でこの長篇の主要な登場人物のひとりである関屋青年が柿原に語る文政・安政年間の「風邪感冒の大流行」にはまるで注意を払っていなかった。二〇代なかばながら博覧強記のこの青年は惨憺たる疫病大流行をめぐる会話の最後で、どこか独りごとのように「僕らはもしかすると、知らずに、死なずに、凄惨な疫病の厲気《れいき》の中をすでに潜ってきた跡、跡そのものなのではないか、大量死の影か脱け殻みたいなものではないか」と呟くのである。

エッセイが掲載された雑誌の発行される八月初旬、古い友人ふたりから相次いで連絡があった。ひとりは大学時代の旧知で、少年期に手術し完治したはずの骨肉腫が再発し、がんが肺と脊髄に転移して余命いくばくもない、という家族の代筆による手紙で、もうひとりの中学以来の友人からは、ＡＬＳ（筋萎縮性側索硬化症）を発症し、まもなくベッドから離れられなくなる、という本人の電子メールによる短い文面だった。ふたりはたがいに面識もなく、示し合わせたわけでもないのに、みずからの死にいたる病を数日とあけずに伝えてきたのである。わたしはすぐにかれらが療養しているそれぞれのホスピス（緩和ケア施設）を見舞ったが、そこがふたりの「終の住処」になることはわかっていたし、事実そうなった。がんが再発した旧知は翌年の九月のなかばに、ＡＬＳを発症した友人は翌年の九月に亡くなった。ふたりの死ののちに、わたしはかれらの密かな共通点に不意に思い当たった。ひとりは大学を卒業してから故郷の福島に戻って暮らしており、ひとりは父親が広島の原子爆弾の被爆者だった。かれらの生はどちらも撒き散らされた人工的な放射性物質という「凄惨な疫病の厲気の中をすでに潜ってきた跡」そのものだったのである。わたしは自分が書いた軽薄な文章を恥じ入るしかなかった。

古井由吉が今年の二月十八日に逝去したという記事を読んだとき、すぐに思いが及んだのはそのことだった。『楽天記』の翌年に刊行された『魂の日』（一九九三年）にはこのように書かれている、「すでに見たことがそのとおりに起った、あるいは、起りつつあることがすでに見たことであった、という《成就》から、直接鋭く差しこんでくる羞恥があるのだろう。その時、恐怖は最後の堰を溢れ出て、逃げ惑っていた人間はその場にうずくまりこむ。その羞恥と恐怖において、人は過去へさかのぼって預言者となる。あるいは、過去によってその地点まで迫られて、ありのまま預言者であるのだ[*1]」。

ここでいわれている「羞恥」は、しかしわたしが感じたそれとはやや異なるものだ。わたしの羞恥は自分の言葉がそれとは知らずに生と死の識閾を土足で踏みにじってしまった無自覚な鈍感さに由来しているが、古井が語っているのは未来をあらかじめ知ってしまったことへの、既知と未知とがたがいに反転し、現実が言葉に、言葉がそのまま現実に癒着してしまったことへの「羞恥」なのである。災いの襲いかかる以前、その前の数日、あるいは前日、その前夜に、予兆はすでにあらわれている、いや、「奇異という以上に動かしがたい兆しが天に地にあらわれているのであるから、すでに災いの始まり、とも考えられる。［……］その時、人はすべての既知を奪われる、と言える。しかしまた、その時、人は眼前に起った未曾有のはずの異変を既知のものと感じさせられる、とも言えば言える。どちらも同じ恐怖と羞恥をあらわしていると私には思われる[*2]」。

すべての災いの予兆は、最後には誰にでも訪れる自分自身の死を意味している。ならば『仮往生伝試文』（一九八九年）で世の人びとに極楽往生必定と夢みられたという男は、あたかもコロナウイルス禍を見定める直前に身罷った作家自身の死を予期してはいなかったか。

するうちに明けて長治三年という年の早々に、この男、ほんとうに死んでしまう。正月の三日からにわかにいささかわずらったのが、日に日に重り、七日には命を終えた。迅速なことだ。疫病の流行はその年にあたるので、そのはしりにちがいない。あるいは疫病猖獗のきわみから、巻き戻して掛けられた夢想か、という疑いも起る。この世の地獄の始まる前に、ひとり選ばれ、あの世の極楽へ人に慕われて去った、しあわせな善人の話として。いや、名もなき男の往生必定の夢が、本人を置いて、人の間へ急速にひろがったというような出来事は、規模はともかく、実際にその前年にあったはずだ。そのような夢想の伝染こそが、疫病流行の前触れであった。心が染まりやすい時には、身《からだ》のほうもおのずと染まりやすくなっている。その逆もまた成り立つか。

ともあれ、万人の見まもるうちに、夢の主は往った。

死の夢想は感染する。いつのまにやら融通無碍にひろまり、遂にはわたしのもとに到来する。死はいずれにせよ確実であるのだから、予兆はいたるところに存在するのだ。「マーゴール・ミッサービーブ、周囲至るところに恐怖あり」（『楽天記』）。わたしは死につつある。わたしはやがて死ぬだろう。そのように考えるとき、死はすでにはじまっている。そのときにはもう、わたしはなかば死んでいる。「徴がひとつ出たらもうそれまでだ、檻の落とし戸がパタンと降りる」と、それから半年ほどで亡くなるはずのある病者がそう語っていた、「求めなくても徴はいくらでもある、何でも徴になる、なにせ、本人が先刻、知っているんだから、と声をひそめた。徴のほうが、見られるのを待っている、笑いを噛み殺して、と言って自分で笑った」（『野川』）。この病者が語る「笑い」は預言者の「恐怖と羞恥」とさして異なるものではない。むしろその「恐怖と羞恥」が笑いを引き起こすのだ。「わたしはもう死んでいる、という言葉は人間の口に出る最大の諧謔ではないのか」。いうまでもなく「楽天」とはこの諧謔《ユーモア》のことである。

交換

だが、この「未来が現在の中へ押し入り、現在を過去へ押しやる、予兆の境に踏みこみながら、予言めいたことまで口走」る語り手というのはいったい誰なのか。――「あれ以来つねに往生していた。往生していながら往生を求めてやがて往生した」かりそめの者である、というのが『仮往生伝試文』でのかりそめの応答ということになるのだろう。たとえば後鳥羽院の世の京の街、家を出て、街並みの平屋の「屋根の上に坐って念仏三昧に入ったという」老人である。老人は板屋根の上で念仏にふけり、道を行き交う人びとは「ああ、法師か」といぶかりもせず通り過ぎる。老人は「こうして繁華の巷の、小家の屋根の上から、念仏しながら往来を見おろし、人の躁ぎ奔るのを眺めて、世間の無常を悟っていったという」。

見ながら見られている、見られながら見ている、しかもそこに相互性はない。物を乞うわけでない。法を説くでもない。ただ一方的に見ている、ただ一方的に見られている。その荒涼の中に、かえって、別の相互性は生じないか。居ながらに抜ける境はないか。水平方向へ抜けて行くように想像される。まわりの狂躁がそのままに静まり、寂しくなり、その中を地に沿って、ひとところで念仏しながら無常の心が八方へどこまでもひろがる。街の殷賑に往来され、賭場の血気に触れられ、それにまじわり、それに染まり、さらにたいらかに敷きのべられていく。忙しさがきわまって念仏の端をうわのそらに洩らし洩らし大道を奔る者たちとも、声はひとつになる。

周囲の狂躁がそのままに静まりかえってゆく。みずからもその狂躁の一部、あるいはその狂躁の原因でありながらそこから切断されている。切断されることでかえってすべてが静寂そのものへとかえってゆく。「往来は今において幽明の境、生者と死者の行きかうところだ。是非もない」。それはすべてが死に絶えた死後の光景といってもおなじことだ。狂躁が極まった末の、現実とも非現実とも、夢とも幻覚とも判然としない、無人の、無音の情景がほかにもいくつも読まれる。「仮に夢として、内容はおおよそこうである。夜明け近くになるが、時刻は定かでない。あたり四方に深い静まりが、驟雨の走るのよりも、遠い潮騒の寄せるのよりも、確かな感触で降りる。人が死に絶えた、としか思えない。ひどい戦だった、とその静まりそのものが憮然とした面持をしている。生き残った身は無事の奇跡をいっそう空恐しく感じる。詰めればそれだけの話だ[*3]。これは『白暗淵』（二〇〇七年）の一節だが、「深い静まりが〔……〕降りる」と語る話者は、だがこの「凄惨な戦いの果ての事らしい」光景のどこに佇んでいるのか。「生き残った身」というが、ほんとうはすでに死んでいるのではないのか。この話者も、『仮往生伝試文』の老人も「わたしはもう死んでいる」という「諧謔」で語っているのだとしたら、かれらと同様に、おそらくは目には見えなくともすでに死んでいる往来との「水平方向へ抜けて行く」「別の相互性」が死そのものなのである。

『仮往生伝試文』以降、古井の小説やエッセイを問わずとりわけ顕著となった疫病という形象の頻出は、おそらくこの死の水平方向の相互性——「明かしえぬ共同体」？——と深いかかわりがあるように思われる。『楽天記』——このタイトル自体がＡＩＤＳと呼ばれる「後天性免疫不全症候群」から連想された「楽天性免疫不全症候群」という語呂合わせに発しているのだが——で、柿原が関屋青年と語りあう藤原道長の死と疱瘡の流行、あるいは芭蕉の死と流感といった話題がわかりやすいが、空襲と疫病との奇妙な類似——たとえば「空襲も子供の想像の中で、空が疫病のように紅かった」（『役』、『辻』二〇〇六年、傍点引用者）という直喩——もそうだし、『白暗淵』で男たちが風邪の感染から病原菌の交換としての「男女の交わり」をたわむれに語らいあうエピソードにもそれはあらわれている。

とりわけその場面で「私」が「体内の無数の細菌の微妙な平衡」は男女の「分け隔てもない交換」によって「危機」とともに「均衡の更新」をもたらされる、とことさらに言い募るのは、『仮往生伝試文』で「同じ屋根の下」で共棲する者同士が「ひとつの安定した、微生物の系」をつくりなす、と話者が述べる箇所と直接の関連がある。「外から日々にかりそめに運びこまれる微生物にたいしては、この系はきわめて柔軟に対応し、百鬼夜行に唾を吐きかけられた程度の影響は、直《ちょく》接やられた本人には重篤になり得ても、系としては大差もなく、たちまち呑みこんで以前とわずか違った釣合《バランス》の中へ落ち着かせてしまうが、しかし誰かがあらたに入りこむとなると、猫一匹の場合でも、系は大きく動揺」する。だが「人が去るか消えるかした時には、人は居なくなってもその者に馴染んだ微生物はのこるので、しばらく系全体として大きな変化もなく、漸次新たな釣合へ移行するので、その間にさほどの混乱もない」。では、家を忘れ「六角堂のようなところに繁々とお籠りをして［……］聖なるまどろみをもとめて来た者」はどうか。その者は「参籠所の、それこそ百鬼夜行のごとく錯綜した微生物の系に深く染まって、家うちの系からはおのずと、おもむろな排除を受けていたのではないか」〔傍点すべて引用者〕。

この箇所がわけても注目に値するのは、古井の視線が病をめぐって「排除」から「交換」という主題へと更新されつつある痕跡を認めることができるからだ。ここで想起すべきなのは、もちろん『聖』（一九七六年）の「サエモンヒジリ」のことである。地蔵堂に籠っている乞食が、流行病《はやりやまい》などのせいで村に瀕死の重病人が出ると「ヒジリさま」と呼ばれ、敬われる。《川向う》と呼ばれる墓所に足を踏み入れる村人は誰もおらず、それができるのはサエモンヒジリだけなのだ。村に流れてくる代々のサエモンたちは「十何年も居つづけて、ホトケを何人も渡し、よそ者ながらここにすっかり根を生やしたと思われる頃になって、とつぜん姿を消す。すると一、二年のうちに、新しいのが流れてくる」。このように叙述されるサエモンヒジリは民俗学的な「異人」として解釈されるのがつねであったし、『聖』にかんするかぎりそれは正しい。共同体にとって歓待と排除の対象となる異者である。

ところが『仮往生伝試文』における決定的な変容に関与するのは、そこに導入された「系」という概念である。参籠所にお籠りをする者は、家と参籠所というふたつの異なる微生物の系のあいだで、この両者の微生物を交換する媒介とみなされる。これは民俗学というよりも、むしろ構造主義人類学における親族間の女性の「交換」形態に類似している。ただし系を形成するのは人間の家族集団ではなく、微生物、細菌、ウイルスである。人の誕生と死滅とはそれらの非人間的な存在が交換という機能を果たした結果としてあるにすぎず、したがって生と死の反転可能性はここに論理的な土壌をもちうる。

柿原が「犠牲《いけにえ》と言えば、これを神殿の祭司のもとに集中させたのは、家畜の生産管理と人畜の疫病抑制の役も兼ねていたようだよ、と旧約聖書からなまかじりに読み取ったことを口走って、存外に青年の興味を惹いた」とはじまる『楽天記』のユダヤ教の祭祀をめぐる関屋青年との長い対話は、したがってこうした脱人間的《ポストヒューマン》な系《システム》にかんする神学的な再解釈であると見立てることが可能だろう。「ひとつの危機ではあるだろう、危機のはずだろう、男女の相接するということは［……］悪菌と言わず、あらゆる持合わせの細菌を交換しあうようなものだから。もちろんウイルスもふくめて」。このように語らいながら柿原が想起するのは、マイスター・エックハルトのキリスト教神秘主義をめぐるかれの友人の書き残した思弁である。「魂の永遠の今において父はそのひとり子を産むのだそうです。それに応えて魂はひとり子を父の内へ産み返し、そして自身も父の内においてふたたび、ひとり子として、産まれるのだそうです。［……］神のなす業のうちには、ひとり子を産むことばかりでなく、そのひとり子を亡ぼす、その受難、その犠牲、その刑死もふくまれるとすれば、そのふたつがひとつのことだとすれば、当のイエスですら被造物であるかぎりにおいてはのぞくことも許されぬ秘事とはちょっと、陰惨の色をおびませんか」〔傍点引用者〕。

ここで「のぞくことも許されぬ秘事」といわれているのは、創造と犠牲をつかさどる系《システム》の作動そのものである。エックハルトの説教のおなじ箇所をめぐって、『魂の日』では「その誕生といわば反誕生、創造と反創造とが、つねにあらたにくりかえされるのが、魂の日なのではないか」[*4]と作家自身の声で直裁に記される。もしそうだとすれば、「エックハルトは、ひとしくただひとつの日であるところの、日常の日々を思っているのではないか」と続いて記されるその「日常の日々」の、「ちょっと、陰惨の色をおび」た膨大な反復を描きつづけることが、その後の古井由吉の文業の一切となるはずである。

防疫

芭蕉七部集の一とされる連句集『冬の日』の最初の巻に収められた荷兮《かけい》のよく知られた句「有明の主水に酒屋つくらせて」をめぐって『野川』の話者が――やや唐突な印象は否めないものの――詳細な解釈を加えている。「読んだ時にはそのつど会心、腑にまで染みた心地がするのに、考えると判らなくなる付句《つけく》」とあるように、「有明の主水」がなにを意味するのか、いささか不分明なのである。安東次男の『完本　風狂始末』をひくと「有明は月のとばしり（残）である」[*5]とある。つまり夜明けになお空に残る月のことである。主水は人名、すなわち京都の御大工頭の中井正知、その職掌である従五位下主水正からとされる。ほかにも官職名である、架空の人物である、銘酒に由来する等の説があるようだが、話者もかつては「有明の主水と仇名される男」と読んでいた。しかし一〇年ほど前に主水が星ともとれることを知った。「晩秋にかかる頃だろうか、有明の空に現われる星だそうで、酒の仕込みを促す、という筋になるらしい」。話者はこの解釈に「目から長年の鱗の落ちた気がしばしばした」と書くが、ただし「星を見て酒の仕込みに手をつけるのを、酒屋をつくらせて、と言うのはやはり無理だと思われた」。

　有明の主水を人ととる場合と、星ととる場合とでは、「に」という格助詞の用法がまったく異なる。前者であれば「つくらせる」という使役の動詞の対象となるが、後者なら晩秋という季節をあらわしていることになる。前者は「酒屋」をつくる主体だが、後者では「酒屋」をつくる者はほかにいる。話者が当初、後者の解釈に目から鱗が落ちたように思ったのは、それが句の示す情景から行為の主体を消去するからである。難所と思われた「酒屋」も、酒蔵のような酒造業を意味するのではなく「別に仕切られた所」、つまり「部屋でなくても敷地内の小棟のこと」と思い当たる。「それにしても、有明の主水に酒屋をつくらせるのは、一体、何者なのか。星が昇る、酒屋の棟が立ちあがる、人物はいない、と嘱目も絶えた光景はたいそう心を惹いた」。

　主体を欠いた仮屋というのが、ここまで読んできた古井の典型的な情景に連なるのはみやすい。しかもそれが酒造を介して麴（細菌）の「系」を形成するのだから、この文脈に荷兮の句が登場するのは唐突どころか、むしろ必然ですらある。

　お屋敷に今年の酒を仕込ませたのも年々の行事の内のことで、季節の巡りに従ったまでだ。酒の出来る頃まで、自分はこの世にいるかどうか、知れたものではない、と徒労をむしろ楽しんでいる。自分がいなくなった後も、酒は熟成し続ける。そのふつふつと沸く匂いが主人のいない家の内に満ちる。秋になり蔵から出した新酒を家人や知人が試みて、故人の息のかかった最後の酒だ、と上機嫌に偲ぶ。まもなく有明に主水星が迫りあがり、主人はいなくても、また酒屋をつくらせる。

　この一見すると穏やかな年ごとの季節のめぐりのうちに、主体をめぐる血なまぐさい創造と犠牲とが隠されているのだ。むろん「酒屋」に商家ではなく家族の集う小屋を読み込むことも、「百鬼夜行のごとく錯綜した微生物の系」が「家うちの系」から「おもむろな排除」を受けた果ての、上質な日本酒の舌ざわりにも似た洗練された美的表象なのである。それはユダヤ教の「神殿の祭司」の手つきとおなじく、存在からの表象の防疫といってもよい。

ただし古井はエックハルトをめぐるべつのエッセイで、日本語には存在論的な含意が不可能ではないかという旨を書いている。そこで古井はエックハルトの言葉（現代ドイツ語訳）である《sah er mit offenen Augen nichts, und dieses Nichts war Gott》を、「彼は無を見た、そしてこの無は神であった」と訳すのと、「彼は何も見えなかった、そしてその無は神であった」と訳すのとでは、「かりに行き着く先は同じだとしても、おそらく道程が異なる。Nichts ＝ nothing は、《er sah nichts ＝ he saw nothing》の全体を、その主格と対格との緊張が窮極において解消されるまでは、いわば活きたまま、ふくむはずなのだ」[*6]と記している。Nichts ＝ nothing は存在論的な水準における無底のようなものだが、日本語では厳密にはそれを捉えることができないというのである。

　この制約、あるいは防疫は、古井によるリルケの『ドゥイノの悲歌』の邦訳の試みにも露呈している。「第八の悲歌」の冒頭を古井は「あらゆる眼でもって、生き物はひらかれた前方を見ている」[*7]と訳している。「ひらかれた前方」と訳されたドイツ語の原文は《das Offene》、手塚富雄訳では「開かれた世界」[*8]とされる言葉である。それは遍在する無としての空間といった意味だが、古井はそこに強い志向性としての「前方」を加えることであえて存在論的含意を抹消しているのである。しかも「前方」とはおそらく空間的な方向ではなく、生物にとっての時間的な前方性、すなわち死なのだ。古井は注釈で次のように書く、「動物が老いて行く。老病死の境へ、日常と変わらぬ足取りで踏み入って行く。路地を抜けるのとさほどの違いもない」[*9]。

　その数行後の《Frei von Tod》、つまり《das Offene》の言い換えだから「死から自由のその世界」と読むべき箇所を、古井はあえて「死から免れている動物」ととる。このほとんど誤訳といってもいい強引な解釈において、リルケの原詩と古井の解釈との矛盾があらわになる。リルケの動物はおのれの没落（Untergang）に追いつかれることなく、自身の前に神あるいは「否定のないどこでもないところ（Nirgends ohne Nicht）」を臨むのに対して、古井の解釈では動物は死を免れつつも死に向かうことになるからだ。死を免れているとは、死の認識をもたないとでも理解するしかない。「それでも、鋭敏な温血の動物の内には深い憂愁の、重荷と不安がある。動物にも、われわれをとかく押しひしぐところの、記憶が絶えずまつわりつく」[*10]。ここにいたると古井の《Frei von Tod》は、ほとんどハイデガーの「死への存在（Sein Zum Tode）」[*11]に反転している。

猫には振り向く背中がない、と古井は記している。猫の背は天を向いていて背後を察知するようにはできていない。対して人間が振り向くとは、対象を認識する行為なのである。「その人間にも振り向けぬ状態はある。仰臥の時である。ところが仰臥の時こそ人は振り返る。眠れば夢を見る。夢もまた振り返りである。［……］夢に限らず予兆も記憶と想起、忘れられた過去の認識あるいは熟知の、前へ回りこんだものだ」。「前」とはまたしても現在そして未来である。リルケの動物とは対極的に、ハイデガーにとって存在の「開かれ」の可能性は人間の側にあるはずだが、夢や予兆はむしろ動物の聴覚や嗅覚、触覚などに近しいものだろう。「手の前にあるとは、或る哲学者によれば、世界の初めになるそうだが、動物はそれをつねに全身で「見ている」」[*12]。「手の前にある」とは、ここでは『存在と時間』のいわゆる「道具的存在（Zuhandenheit）」のことである。だが、夢や予兆としてあらわれる存在者たちは、「死への存在」である動物にも人間にもけっして「存在」の開示にいたることがない。それらはどこまでも徴つまり表象にとどまり、しかも事物との因果性を切断されたイメージのたわむれにすぎないのである。それは日本におけるポストモダンの——いうなれば「動物化したポストモダン」の——ひとつの極限の像を呈示している。

（文芸批評）

註

古井由吉のテキストの引用は、以下に記す以外はすべて『古井由吉自撰作品』（河出書房新社）による。

＊1　古井由吉『魂の日』福武書店、一九九三年、一二四頁。
＊2　同書、一二二頁。
＊3　古井『白暗淵』講談社文芸文庫、二〇一六年、一五二頁。
＊4　古井『魂の日』前掲書、二四四頁。
＊5　安東次男『完本　風狂始末』ちくま文学文庫、二〇〇五年、二九頁。
＊6　古井『神秘の人びと』岩波書店、一九九六年、二四頁。
＊7　古井『詩への小路』書肆山田、二〇〇五年、二二七頁。
＊8　リルケ『ドゥイノの悲歌』手塚富雄訳、岩波文庫、二〇一〇年、六三頁。
＊9　古井、前掲書、二三一頁。
＊10　同書、二二九頁。
＊11　古井はハイデガー研究者の木田元との対談で「死への存在」という言葉が「特攻隊の青年の気持を思いながら読むと結構わかる」と発言し、木田を唖然とさせている（古井由吉・木田元「ハイデガーの魔力」、『思想読本3　ハイデガー』作品社、二〇〇一年、一二三頁）が、古井がここであえてハイデガーから存在論を抹消するという挑発を試みていると考えれば理解できるかもしれない。
＊12　古井、前掲書、二二六頁。

◉新論考

古井由吉の風景のための序説

片岡大右

そしてわれわれは、上昇する幸福を思うわれわれは、おそらく心を揺り動かされ、そのあまり戸惑うばかりになるだろう――幸福なものは下降する、と悟った時には。

――リルケ『ドゥイノの悲歌』（古井由吉訳）第十歌

殺す風景!!　生かす風景!!

――NUMBER GIRL「SAPPUKEI」

I　作家と批評家

古井由吉の仕事を現代日本文学の「最高峰」と称する文芸ジャーナリズムの習わしの起源も、それが今日におけるような自明性を獲得するに至った経緯も、今は調べる余裕がない。いずれにせよ、一九九〇年代の文学的青春のなかでこの作家の人と作品に接した者として確実に証言できるのは、このほとんど満場一致の、あるいは義務として課されているかのごとき称賛の環境は決して、二〇世紀の古井のものではなかったということだ。前世紀の最後の十年間は何より中上健次の時代――あるいはむしろ、没後刊行の『全集』（一九九五～九六年、集英社）の編集委員の顔ぶれがひとりの小説家も含まない事実からもうかがえるように、「路地」の作家を特権的な小説家に仕立て上げることに貢献した批評家たちの時代であって[*1]、わたしたちの作家はそうしたなかで、たしかに一定の敬意を受けつつもおおむね、一九六〇年代末から七〇年代にかけてのいくつかの傑作によって戦後文学史にその名を刻みえた、しかしその近作が同時代における事件として受け止められることをやめて久しい文壇の大御所、といった処遇に甘んじていたように思う。

当時の雰囲気の一端は、例えば、柄谷行人編『近代日本の批評Ⅱ　昭和篇［下］』に所収の批評家たちの討議（「昭和批評の諸問題――一九六五－一九八九」『季刊思潮』第8号、一九九〇年四月）のうちに見て取ることができる。一九六〇年代末に執筆活動を開始し、同時期に現れた「内向の世代」に伴走した過去を持つ同書の編者は、かつての評価を「いまや錯覚だったかもしれないと思うほうが多い」（柄谷 1997, 179）と振り返りつつ、自分は「「内向の世代」を非常にラディカルにしようとした」（183）のだと語ることで、同時代の作家たちに対する自己の優越の意識を明らかにする。同じ優越の意識は、この討議中でもう少し古井の文学を高く見積もる姿勢を示している蓮實重彦のうちにも見て取ることができよう。作家のやはりデビュー当時の仕事を歴史状況との関わりで擁護する批評家が、「知的に理解したかどうかはともかくとして、事態に対して聡明に対応していた」（182 強調引用者）といった口調を選ぶことで知的判断の権限を占有しながらそうしている事実は、二人が同じ大学の同級生であり一九六〇年代末を別の大学の同僚として過ごしたことを思うならいっそう印象深い。

けれども、それから三十年後に訪れた古井由吉の死に際しては、状況は様変わりしていたように思う。彼と親しく交わった年少の小説家が総合雑誌に追悼の談話を寄せ、一九九九年の初の出会いに先立って編集者から聞かされた「一言で言うとすごくＩＱの高い人」という評言を伝えることでわたしたちの作家の知的資質を強調する一方（平野啓一郎 2020, 313）、かつて上記の討議でそれぞれが古井文学に下す評価の若干の相違を争った二人はともに追悼文や談話を発表し、当時とは多少とも異なった態度で――もはや価値評価の純粋な客体としてではなく、いわば相互に測りあう知的な対等者として扱いながら――彼に向き合い、その仕事に敬意を表しているように見える（柄谷『朝日新聞』三月四日、『文學界』五月号、蓮實『文學界』『群像』『新潮』五月号）。一九九〇年と二〇二〇年のあいだに、知性の配分先をめぐる共通了解の地平で、何かが起こったのだ。じっさい、古井由吉の文学を最もよく理解し、最も正確に説明しえているのはいまだ作家本人であり続けているように見えるという一事をとっても、彼の仕事知的次元を軽視することほど不適切な振る舞いはなかろうと思う。

Ⅱ　「最高峰」とアナーキー

「今世紀に入っての《古井ブーム》」（モブ・ノリオ 2020, 164）の背景をなすこうした変化が、まずは歓迎すべきものであるのは間違いない。誰が言い出したことなのか、これもまた今は調べることができないけれど、一九九〇年代の古井由吉は称賛される場合であっても、「衰弱」の文学としての留保をつけながらそうするのが一種の知的な作法とみなされていたように記憶している。今日、こうした気取りを抜きにして、わたしたちの作家に衒いのない賛辞が寄せられるようになったのは、ともあれ健全なことだろう。

それにもかかわらず、率直に言って、そうした賛辞があまりにしばしば「最高峰」の呼び声に収斂してしまう事実にはうろたえてしまう。単に「最高」と称されるのであっても、若干の居心地の悪さは消えない。しかし、このありふれた形容では物足りないと感じられるのだろうか、古井由吉を前にしてひとは、山岳の映像を召喚しようとの誘惑にたやすく身を委ねてしまうのだから、違和感は募るばかりだ。

登山愛好家として知られる小説家には、いかにも似つかわしい賛辞だと言うのかもしれない。けれども、問題はまさにこの点に関わっている。彼が登山をどのような経験として生きたのかを理解し、それが作中においてどのように描かれているのかをよく知る読者であればこそ、このような比喩には納得しえないはずなのだ。「古井由吉の文業を現代日本文学の「最高峰」と称し、新作毎にさらなる高みに到達したとして称揚する二十一世紀の紋切り型」（片岡 2020, 3）を通して喚起される風景はおそらく、わたしたちがわたしたちの作家をその内部に想い描く風景と同じものではない。新作が出るたびに高みの更新を確認しなければとの焦燥に駆られることがなくなった今こそ、この紋切り型がほんとうに古井由吉の文学にふさわしいものなのか、むしろそれが、古井由吉を読むわたしたちが彼とともに身を置いているはずの風景を、奇妙にもわたしたち自身から覆い隠してはいないか、真剣に検討すべき時なのではないだろうか。

そもそも、「最高峰」が連呼されるようになった今世紀の諸作においては、登山のモチーフが相対的に希薄になっているという一種の逆説を確認しておこう。それでは、作家がこの時期において、より一般的なかたちで高みの経験に言葉を与えていたのかといえば、そういうわけでもない。それどころかむしろ、椎間板ヘルニアの発症とそれに伴う手術入院（一九九一年二月〜四月）の経験以後、すなわち一九九〇年代初めからずっと、彼は空間感覚の失調を主題化し、とりわけ上下の感覚の喪失を強調してきたのだった。『楽天記』（一九九二年）――発症と入院はその連載中（一九九〇年一月〜一九九一年九月）に生じた――には、以後の諸作が繰り返し立ち返る病室での出来事の最初の記述が読まれる。背を壁に押し付け、白壁をじっと見据えていたつもりが、実はベッドに横たわって天井を見ていたにすぎなかったということに気づいた「柿原」は、次のようにつぶやく。「しかたのないことだよ〔…〕。人間、ほどほどに歩きまわっていればこそ、垂直と水平の軸をたえず摑みなおして、感覚を平常に保っていられるのだから……」（自七、196）。「これでは上下も前後も左右も失せかねない」――同じ経験を振り返り、『やすらい花』の「私」は述懐するけれども（2010b, 88）、五十代半ばのこの出来事とそれに引き続く老いの過程を生きるなかで、とりわけ強調されたのは上下の対比関係の解体だ。

まさにこの主題に捧げられた「坂の子」（二〇〇二年の『忿翁』の中の一作）で、「上るも下るも、大差はないな」（自七、363）とつぶやきながら坂を上り下りする「私」は、一度はこの等価性の感覚を老境が膝の力を衰えさせたことによる下りの困難によって説明したものの、やがてそれを年齢を超えた人間の一般的条件として捉えなおそうとする――「しかしそんな老いを見なくたって、上ると下るはもともと一緒のことなんだ、としばらくして言い放った。一瞬の得心から出た言葉だが、なぜって、考えてみろ、と自明の後を継ごうとして、何も出て来ない。空虚に張りつめた頭が固くなった」（364）。

説明困難でありながら自明のものと感じられるこの「得心」は、人間的生の次元でも文学的次元でも、古井由吉にとって根本的なものであったように見える。あるインタヴューで、大病を得た際の衰弱の感情が「たとえば思春期の感情によく似ている」ものだったと振り返り、「上昇と下降というのはひとりの人間のなかに絶えず同時にあるんじゃないか」と示唆する小説家は（2012b, 37）、「僕の小説の舞台はその交差点ですね」（同）と言葉を次ぐことで、「上りも下りもありはしない」（自七、364）ものとして生きられる人生の境地そのものが、自らの文学的試みの基盤をなしているのだと打ち明ける。

また同じインタヴューで、「自分個人としては書けないはずのことを書いている」――「無数の人間のもやもや」の集合性のただなかに身を置いているのだから――と述べた古井は（2012b, 37）、「今、自分を越えたものを書いていると仰られましたが」という聞き手による再定式化を前にして、留保ないし補足の必要を感じたものと見えて、「越えるといっても上下は関係ないんです。水平に越えるんですね」と断っている（38）。こうした細心の配慮を見るなら、いわんや、自らの仕事が絶えざる高みの——「最高峰」の——追求として捉えられることについて、彼がどのように考えていたかは十分に推察できるのではないだろうか。

ともあれ、こうして上下の軸の自明性の失調を語りつつ、二一世紀の古井由吉は垂直性の想像力に従うのとは異なった境地を開いてきた。それが自覚的に選び取られた展開であったことは、「町はずれ」の交差路における「死者や異境の人、あるいは異形のもの」の声の響き合い（2012a, 27）を主題化した『辻』（二〇〇六年）、そして完結した最後の作品となった『この道』（二〇一九年）の表題を見るだけでも容易に察せられよう。すでに触れた手術入院後の知的な「リハビリ」の延長線上に取り組まれたある雑誌連載（『世界』一九九四年十月号〜九六年一月号）が「日暮れて道草」と題されていたことを思えば、こうした水平的な彷徨いの感覚は、一九九一年の大病ののちの作家の文業——半世紀におよぶその全体の後半部（あるいは三分の二近くをなす）——の基調をなすものだったと言ってよい。今世紀における古井由吉再評価の文脈が、人びとの垂直的な想像力に訴えながら確立してきた事実が皮肉に感じられる所以だ。

しかしそうは言っても、古井由吉が登山愛好家だったことは誰もが知っている。そして「日暮れて道草」の主題は、書籍化された際の表題『神秘の人びと』（一九九六年）に示唆されているように、中世ヨーロッパ（最終回はイスラーム世界）における神秘体験、すなわち超越的なものとの接触にほかならない。彼にとって何らかの仕方で、高みの経験が貴重なものだったことはたしかだ。それでもやはり、というよりむしろまさにこの観点に立ってこそ、わたしたちの作家の文業を「最高峰」の一語によって表現することの不都合さは明らかだろうと思う。

例えば古井は、山に関するエッセイと山を舞台とする小説作品の抜粋をまとめた『山に彷徨う心』の「あとがき」で、「私にとって、物を表す労苦は山を登る心に似ている」と明言し、「息づかいすら、はるかに通じあう」と念を押している（1996, 204）。そして「自分が生きているのも、じつは山に登る心に通じている」と続けている。するとここには、書くことと生きることとの並行性の指摘は共通でも、すでに引いた二〇一二年のインタヴューとは異なった立場が提示されているのか。直後の箇所を読むなら、そうではないことが了解される。「山をくだり、谷間の村の停留所からバスに乗り、街へ日常へ還る。その延長線上に自分の暮しは続いているわけだが、心のどこかに、いつまでも山道をたどり続けるもう一人の、自分が残っているのではな

いか」（同）。ほとんど何気ないもののようにも見えるこの一節には、古井由吉の全作品に一貫する何かが明かされているように思う。そこでは、山に登ることそれ自体は、本質的ではあっても決定的な意味を持っておらず、この経験を抱えながら再び麓へと下り、それにより平地の生活を二重化することこそが問題になっている。

それにまた、この「あとがき」の表題が「歩き続ける」であって「登り続ける」ではないという事実もまた、古井における登山がひたすらな「高みへのステップ」（文部省 1985）とは別の何かであることを示唆していると言えよう。しかしだからと言って、それが高みの経験を本質的な一要素として含んでいることには変わりない。ではそれはどのような経験なのか。

実のところ、ヘルマン・ブロッホの『誘惑者』――「ブロッホ研究者の間では《山の小説》（ベルク・ロマン）という無色な名前で呼ばれている」（1980-I, 51）――の翻訳（一九六七年四月）を世に問うて間もない少壮気鋭のドイツ文学者が最初の小説作品として発表した「木曜日に」（一九六八年一月）は、まさしく高みの、それも「最高峰」の経験を主題としている。しかし「私」にとって、「このあたりの最高峰である」（作一, 11）御越山の登山は、到達しえないものを前にしての不可能性の経験にほかならない。

「実現とは、机の前で物憂い夢に耽る私にとって、ほとんどひとつの奇跡、日に日に無数の事どもが現実に運ばれる世界の彼方に聳え立つ、青い山だった」(同)。山頂に立つ幻影を繰り返し見たのち、茫然自失の体で谷間の温泉宿に降りた「私」は、勤め人の日常に帰ってからも、木曜日——当時の六日間の勤務日の前半から後半に差し掛かる境——になるたびに、「道のなかばで疲れはてて解けてもいない靴紐を結びなおしている登山者」(17)の疲労を感じながら生きる。彼の人生は以後、「この山頂をさまざまに思い起こしている木曜日、あるいはさまざまに忘れている木曜日」(26)の数限りない反復となるのだ。

低みにおいてこそ強烈に生きられる高みという同じ主題は、「杳子」(一九七〇年八月)のものでもある。ヒロインの抱える狂気は——同時期のエッセイ「山に行く心」(一九七三年)を引くなら——「視界がせばまり、水平方向より垂直の方向の感覚が強まり、両側から山の重みに迫られる」(作七,119)という谷の経験の全般化にほかならない。じっさい、古井由吉における山の経験はすぐれて谷の経験でもあって、そのことは何より、『山躁賦』(一九八二年)を読むなら明らかとなる。わけても典型的な一節を引こう——「それでも谷は残る。聖たちの棲んでいた、ときにはひしめいていたという、谷をこの目で、すぐには摑めぬとしたら、あたりの余物を消去するぐらいにして、つかのまでも蘇らせなくてはならない。広さを知りたい、高さを知りたい。〔…〕谷は荒涼とした、夢殿みたいなものだ。夢想と熱狂と、俗界にたいする呪力を、恨みがましく煮つめる器だ」(1982, 80)。

低みに据えられることで高みへの——聖なる何か、超越的な何かへの——通路を開く谷。平地なる「俗界」は、この逆説的な場に魅せられつつも、自ら谷間となるならば日常を脅威にさらさざるをえない。杳子もまた、「いつも境い目にいて、〔…〕薄い膜みたいに顫えて、それで生きていることを感じて」いたいと願いながらも同時に、「病気の中へ坐りこんでしまいたくない」と——すなわち谷底の経験の反復から逃れようと——望んでいた(1971, 114)。「あまり山に近く迫られると、水平方向と垂直方向がおかしくなるんです」(1987, 53)——一九八六年のある対談で、作家は語っている。「人間は本来、水平方向と垂直方向がお互いに見合った状態で生きるのがいちばん居心地がいいのだと思う」(54)。山は必要だけれど、「深い谷底」(1971, 8)を日常とすることはできない。それでは、どうすればよいのか。京都と比叡山の関係性のうちに、古井由吉はひとつの妥協のかたちを見出す。「叡山にあれだけ重きを置いたというのはただの宗教的な感情だけではなくて、京の町は平坦な町ではなくて垂直の町だという保証のためだったんじゃないでしょうか。絶えず上から見おろされているという感じで生きていたんじゃないか」(1987, 52)。

わたしたちの作家は、穏健とも保守的とも言いうるこうした妥協的な知恵に守られつつも、あるいはこうした守りを細心に備えていればこそいっそう大胆に、このような暫定的な妥協に先立って存在しいつでもそれを食い破ろうとする力の場へと接近していく。古井由吉の文学は、瞬間的に経験されるにすぎない「達成」と、たちまちに回帰する日常のあいだの緊張によって構成されるものである限りで(2010a, 156)——すなわち高さと平坦さのあいだの関係をこそ表現している限りで——、「最高峰」の規定によってはその本質は取り逃がされるほかない。それにもかかわらず、果敢になされるこの接近を高みへの冒険として想い描きうる限りにおいて、このような規定に誘惑される精神がまったく理を欠いているわけでもないと言うことは許されるのかもしれない。古井自身、最晩年のインタヴューで、「上昇志向」の文学が伴いがちな「誇大な表現」への違和感を表明する一方で(「僕には気恥ずかしくてできない」)、「心の上昇」を求める読者には「少しでも応えなきゃと思っています」と述べることで、高みへの希求の持つ両義的な性格を認めている(2019a, 35)。

それでも、同じ最晩年の『この道』において霊魂の観念を表現する言葉として「天翔ける鳥」と「深淵に潜む魚」が併置されていることからもうかがえるように(2019b, 232強調引用者)、やはりわたしたちの作家にあって、高みを目指す想像力は、非空間的な事象を空間的な秩序のもとに想い描くためのひとつの方便以上のものではなかったに違いない。問題となるのは、むしろ上下の秩序を解いたところに露呈する力の場への接近そのものである。この接近は、病気と老いの三十年においては避けがたい宿命として生きられたものでもあっただろう。けれどもすでに「木曜日に」と「杏子」を通して示唆しえたように、それはまた、デビュー当初からことさらに企てられてきた冒険の継続でもあったはずだ。

こうして、『人生の色気』(二〇〇九年)では、病気や老いによる空間感覚の失調がアナーキーの経験として語られるとともに、文学者の使命と結び付けられることになる。「手術をしたり、長いこと病気したりしていると、空間の縦軸と横軸が逆転するんです。これはアナーキーだと思いました。年をとって、家の中で迷うことがあるでしょう。広い家ではないのに、トイレの場所を見失ってしまう。老人はアナーキーになっているわけです」(2009, 215)。既存の秩序を支えてきた垂直性の高みを雪崩れさせるこの水平性の経験は、古井由吉にとって、恐るべきものであると同時に、人生と社会の更新に不可欠な貴重な何かでもある。誰かがこのアナーキーの力に身をさらすとともに、その全面化を食い止めるという二重の作業を担わなければならない。それは文学者の務めだと古井は言う。「文学者は、社会がアナーキーに突入する前に、あらかじめアナーキーの境に住んでいる番人みたいなものだと思っています」(214)。「アナーキーの境の番人」(212)——本人によって差し出されたこの肖像は、「最高峰」の合唱よりもはるかに、わたしたちの作家にふさわしいものだと言えるのではないか。[*2]

Ⅲ　風景と殺風景、ほか（素描的覚え書き）

アナーキーの場への接近は、古井由吉にあって、折りに触れ提示される「風景」と「殺風景」の主題とも関わっている。この対比関係のもとに語られる際の前者が、いわば保守的な社会的機能を担うものであることは容易に察せられるだろう。じっさいそれは、大病と老いによる空間感覚の失調を和らげる宥和の装置として、とりわけ『楽天記』以降の諸作でしばしば言及される。しかしすでに見てきたことから了解されるように——あるいはそもそも、古井由吉の全読者が当然わきまえているように——、わたしたちがこの小説家の作品を読みながら身を置いているのは、何かしらの安定した高みではないのと同じく、心安らぐ穏やかな景観では必ずしもない。この観点からして注目に値するのは、無題の「遺稿」において病室の窓から眺められる「風景」、「その全体の静まりのほかはどこと摑みどころもない風景」(2020, 14)が、死にゆく身体をひととき日常へと送り返す機能を果たすものではまったくないというのに、そのまま風景として受け入れられていることだ。直前の連作『この道』では、敗戦の年の夏に眺めた「古風な町並み」と「ずんぐりとした山」からなる「風景」が少年の気を紛らわしはしなかったことが振り返られつつ、「目に映るものがそれぞれ、町も山も、重さばかりになり、心身はふさがれ、時間がいよいよ止まったように感じられた」と記されている(2019b, 177 強調引用者)。しかし「遺稿」では、肝細胞癌が徐々に解いていく身体をそのままに放置するこの殺す風景による時間の停止を前にして、以下の感慨が書きつけられるのだ——「ようやく、時間の停滞に消耗させられずに折り合っている自身を見た」(2020, 14 強調引用者)。ここに差し迫った死を引き受けた者の達観を見るのはやさしい。しかしこのような解体の風景は、すでに初期の諸作のものでもあったことをわたしたちは思い出すことができる。ここでは「雪の下の蟹」(一九六九年十一月)——豪雪下の金沢を永遠化するとともに風景のなかでの、あるいは風景による思考という古井由吉の方法がいかんなく発揮された傑作――の一節を引こう。「無数の蜘蛛が力尽きて天井からポトリと落ち、ふくれあがった腹を上にむけ、長い醜悪な脚を風にゆだねて吹き流されてくる。そんなふうだった。あるいは、疲れきった脳が弾力を失って脆くなり、とうとう襞という襞から罅割れを起し、たったひとつのため息を合図に細かく砕けて街の上へ一斉にうっとりと降ってくる」（作一、181）。しかもこの白い死の風景は、生殖力の過剰によって個の生命を滅ぼすに至る癌細胞の働きを夢想しながら眺められるのだ。『白暗淵』（二〇〇七年）が表題そのものによって明かしているように、古井由吉の色彩的想像力にあっては白さは奇妙な仕方で闇と結びつき、全作品に浸透しながら生と死のわかちがたさをわたしたちに伝える。繰り返し主題化される夜の白さは、時間感覚の解体の表現として、ひとつの近代論を開く射程を持つ。白さがとりわけ初期の作中ですぐれて女性的身体の属性として現われている事実は、単にエロス的表象の問題にのみならず、近代市民社会のなかでの女性たちの困難な生の問題にも関わっている。しかしこうしたいっさいを詳述するには、機会を改めなければならない。

文献（記載ある場合、引用と参照頁は［ ］内の版による）

古井由吉の著作・発言

【作】『古井由吉作品』全七巻、河出書房新社、一九八二〜一九八三年
【自】『古井由吉自撰作品』全八巻、河出書房新社、二〇一二年
【1971】『杳子・妻隠』河出書房新社、一九七一年一月［新潮文庫、一九七九年］
【1980】『古井由吉全エッセイ』作品社、全三巻、一九八〇年四〜六月
【1982】『山躁賦』集英社、一九八二年四月［講談社文芸文庫、二〇〇六年］
【1984】『招魂のささやき』福武書店、一九八四年十一月
【1987】「魔のさす場所」（吉増剛造との対話）、吉増剛造『打ち震えていく時間』思潮社、一九八七年一月
【1996】『山に彷徨う心』アリアドネ企画、一九九六年八月
【2000】「三島由紀夫不在の三十年」（島田雅彦・平野啓一郎との座談会）『新潮』二〇〇〇年十一月臨時増刊号、三二二〜三四〇頁
【2004】「神話である「私」――中上健次の方法」（島田雅彦との対談、司会：高澤秀次）『早稲田文学』二〇〇四年十一月号、四〜二一頁
【2009】『人生の色気』新潮社、二〇〇九年十一月
【2010a】「詩を読む、時を眺める」（大江健三郎との対談）『新潮』二〇一〇年一月号、二二三〜二四一頁［大江健三郎・古井由吉『文学の淵を渡る』新潮文庫、二〇一七年十二月］
【2010b】『やすらい花』新潮社、二〇一〇年三月
【2012a】「文学は「辻」で生まれる」（聞き手：堀江敏幸）『文藝』二〇一二年夏号、一二〜二九頁［本書一八〜三三頁］
【2012b】「40年の試行と思考――古井由吉を、今読むということ」（聞き手：佐々木中）『文藝』二〇一二年夏号、四六〜六六頁［本書三四〜五

二頁〕
【2019a】「読むことと書くことの共振れ」（聞き手・構成：すんみ）『すばる』二〇一九年一月号、二四～三五頁
【2019b】『この道』講談社、二〇一九年一月

その他

片岡大右「現代日本文学の最高峰？」『週刊読書人』二〇二〇年四月十日・三三三五号、三面
柄谷行人（編）『近代日本の批評Ⅱ　昭和篇［下］』講談社文芸文庫、一九九七年
平野啓一郎「追悼　古井由吉「日本文学は精神的支柱を失った」」『文藝春秋』二〇二〇年五月号、三二二～三二九頁
モブ・ノリオ「古井ゼミのこと」『すばる』二〇二〇年五月号、一六四～一六五頁
文部省『高みへのステップ——登山と技術』東洋館出版社、一九八五年七月

＊1　古井由吉がこの『全集』の月報執筆を断ったという事実は、当時の中上健次評価の風潮とその背景をなす文脈を前にして彼が抱いていたはずの一定の違和感を証言している。なお、古井自身の中上理解は、『朝日新聞』での「文芸時評」担当時の『地の果て至上の時』評において簡潔に提示され、ここで打ち出された見方——彼自身の文学観に引き寄せつつも、中上文学の一面を的確に捉えたものと言いうる——は、以後二一世紀に至るまでおおむね保持されたように思われる。じっさい、一九八三年五月の「文芸時評」における「作中を長くひそめて流れる、細い声」（1984, 392）を重視するその見解は、中上をめぐり二〇〇四年になされたある対談で「細い嘆き節」（2004, 9）の強調として繰り返されているし、本稿の筆者が個人的な場で何度か耳にしえたのも同種の言葉だった。

＊2　アナーキーの還元不能性を厳しく見据え、この解体の力に惹かれさえしながらも、そこから新たな何かを持ち来たらせること。この両義的な務めの自覚において、古井由吉が三島由紀夫以後の時代を最も誠実に生きたひとりであるのは間違いない。じっさい、大学を退職し作家専業となった一九七〇年を「僕が文壇にデビューした年」（2000, 324）として認識する彼は、自らの文業の年数を数えることが「三島さんが亡くなってから何年という数え方」（340）と一致することをつねに意識してきたのだという。

もちろん、彼の自決の年にこの道に入り、彼の没後五十年に自らの作家生活五十年を重ね合わせながら世を去ったという事実を強調するからといって、わたしたちの作家を単純に三島由紀夫の後継者として描き出そうというのではない。二〇〇八年のインタヴューで『天人五衰』の著者の感慨を「もう嫌だ」のひとことで要約し、「記憶もなければ何もないところ」への到達というあの最終場面の夏の庭の境地のうちに正当な危機の意識を認める古井由吉が（2009, 106-107）、例えば一九八〇年代初めの『山躁賦』のなかに延暦寺で用を足すエピソードを書き込み、「ここには年月もない、場所もない、親も女房も子もない、有縁無縁もない」、「もしも自分に記憶が失せるようなことがあるとすれば、厠で失せるにちがいない」などと記しているのを読むだけでも（1982, 165）、単純な継承を語りえないことは容易に察せられる。

（批評・フランス文学）

◉新論考

反復する「永遠の今」

築地正明

一

　何よりも「時間」の表現を通して、古井由吉の文学は、その特異性をあらわにする。語られているのは、一体いつのことなのか。この問いは、古井由吉の文学にとって最も重要なもののひとつとなる。氏の作品が繰り返し分け入っていく地平が、年齢不詳のごとく時間不詳、不詳の時間とも言うべきものだからである。ただし個々の作品の中に、時代や状況や場所、また時の推移が書かれていないわけではない。むしろそれらははっきりと、またこまやかに記されている。しかし読みすすめていくうちに読者は、錯綜し、重層化していく時間の中をさまよいはじめる。読者は、たとえば病院の室内だとか、アパートや集合住宅の一室だとか、児童公園だとか、地下鉄の中だとか郊外に広がる新興住宅地だとか、具体的な空間や場所を、確かに文章のうちに知覚している。そうでありながら、同時に、いつともにわかにはつかない場所や情景の中へと、すでに深く分け入ってもいることに不意に、あるいは徐々に気づかされる。ただそれは時間を超越していくという感覚ではけっしてなく、むしろ時間が静かにどこまでもひろがっていく感覚、もしくは逆に、様々な時間がこの今のうちに渦巻いていくといった感覚を、読む者に残す。

　――「自分にはどこか時間の流れにたいして関心の薄いところがある。かかわるときにはどちらかというと義務的に、自戒の心でかかわる。まっすぐ流れる時間よりも、重なる、照応しあう、融合してしまう時間のほうに、放っておけば際限もなく心が行く」（「やや鬱の頃」『半自叙伝』初出一九八二年）。この「重なる、照応しあう、融合してしまう時間」の探求がはっきりと自覚され、作品の中に表われてくるのは、いくつかの理由から一九八〇年代以降であると思われる。そこにいたるまでの経緯についてはひとまず措くが、この時期以降、「時間の流れ」をおもむろに解体してしまうような表現が顕著なものとなっていく。後ほど見るように、以前の作品には認められなかった、「時間」の表現に関わる、まったくと言ってよいほど新たな性質が現われてくる。そしてそれにともなって、作中の「私」という人称の意味は、根本から変容することになるだろう。あるいは順序はその逆で、「私」のラディカルな変容によって、「時間」は未知の力を獲得することになる。いずれにせよ、両者は表現において表裏一体を成しているように思われる。

さて、古井由吉の全作品の中でも、このような意味での小説の発生の機微を、著者自身が、おそらく他のどの作品よりも赤裸々に表白しているような小品がある。それは著者が五十七歳の時、一九九四年に発表された、自伝的おもむきの濃い短篇「背中ばかりが暮れ残る」（『陽気な夜まわり』所収、後に『木犀の日』に再録）である。以下に本作を取り上げてくわしく見ていこうと思うが、それはそこに古井由吉の文学について、内的、発生的な観点から考える上で、最も重要な核となるもののひとつが認められるからである。

二

――「遠くで風が鳴り、男の目が起きかけたが、ひと声だけで吹き続くけはいもなく、背はまた坐り机の上へまるくなった。

そうして終日ほとんど動かず、物を読んでいる」（「背中ばかりが暮れ残る」以下、引用は注記のない限りすべて本作より）。こんな風に小説は始まる。「男」が住んでいる処も細かく書かれている。――「住まいは六畳ひと間と台所と便所からなり、建替えの時期を逸した木造アパートの二階の端にあたる」。そしてさらにこまやかな室内の描写が続くのだが、そこは明らかに独身者向け、ひとり暮らし用の部屋である。が、「男」独りではない。――「やがて女が夕飯の支度を提げ、息せき切らして戻ってくる。一日のうち初めて、男は机の前から振り向いて人の顔を見る。誰とたずねるような、訝りの色が男の目にあらわれる」。

小説の冒頭からの引用だが、ここまででも、すでに凄まじいほどの荒涼感を呈している。なんとうそ寒くなるような光景であろうか。この男は一体何歳《いくつ》なのか、働きには出ていないのか。電灯のまだ灯らない古びたアパートの二階の部屋で、終日坐り机に向かっているこの「男」は、夕暮れ時にもなると、もう今朝のことを忘れかけている。一緒に暮らしている女の顔さえ、それと認めるまでに、一瞬「誰とたずねるような」間が挟まる。——「判で捺したように繰り返されて長年に及ぶ朝の習慣を、男は暮れた戸口に立つ女の顔を眺めながらあらためて、やや遠い記憶のようにたぐり寄せる。女と暮らしている。女に養われている」。

ただ「男」と「女」という性別だけで呼ばれる登場人物たち。この話が、世に行われているおよそ様々な男女の恋物語の様相から、どれほどかけ離れていることか。時代の流れから取り残された、古アパートの一室にひきこもって暮らす男、そしてどんな理由からかその世話をする女。かわり映えのしない日常の反復のほか、ドラマなど、事件などどこにもない。ただ天候と日の移ろいだけが、刻々とせつないほど身に沁みてくるようである。ただこのようなドラマなき、事件なき日常の反復とは、ひとまずは誰もが身に沁みて体験していることであるはずだ。そして、実にこのような日常のうちにこそ、何か異様なもの、特異なものの気配が最も濃くただようという視座が、古井由吉の文学を一本の矢のように貫いている。

「そうして三十年という歳月が経った。三十代が過ぎ、四十代も過ぎ、五十代も尽きた。——中頃までは世間に背を向ける緊張もあっただろう。よくよくの覚悟、静まり返った拒絶であったはずだ。何を境にして、意地が絶えたのか。銭湯へ通うほかはろくに外へ出なくなったのか。窓に鉢植を見なくなってからもひさしい」。

「三十年という歳月」、古アパートにこもって暮らしている。しかも進行形の話だ。いきなりそう聞くと、ほとんど想像を絶するような長さのようだが、もう一方では妙に生々しく想像できるような気もされる。しかしそれはなぜだろうか。この短篇が書かれたのが一九九四年、著者が五十七歳となる年であることは述べた。だから、この「三十年という歳月」は、ほぼ著者が大学を卒業して以降の、執筆当時の現在までの半生と重なる。つまり一九六〇年代から九〇年代までということになり、もう少し広くとってみても、五〇年代後半頃からのことになる。してみると、ほとんど二十世紀後半の大部分になるではないか、この男がアパートの一室にこもって「物を読んで」過ごしてきた歳月というのは。想像を超えるようで、何とか人の想像の範囲の内のようでもあるのは、「三十年という歳月」が、自分の身に引きつけて考えられるぎりぎりの時間だからだろうか。

――「男の背に向かって私は呼びかけ、その声がやや迫りかかる。ここ数年来の習いだ。そして私自身も五十代の中途を過ぎた」。このように叙述はつづいていく。男に呼びかけたこの「私」とはひとまず、あえて著者、古井由吉のことと受けとめてみたい。その理由のひとつは、この「男」の身元について、次のようなやや奇妙な断り書きが挟まるからでもある。――「分身のようなものではない。自分とはおよそ異った生涯を送る他人と感じている。年齢も自分よりは四、五歳上と見ている」。古井氏が、登場人物の「男」を、小説の中の「私」とは異なる一人物として、あえてはっきり切りはなすようにして書くことは、実はかなり異例のことではないかと思われる。では、この「男」は作者、古井由吉にとって一体何なのか。――「夜の夢でもない。昼の妄想とも言いきれない。私の念頭のうちにくっきりと存在している」。これを素直に受けとめるなら、単なる虚構の、創作上の一人物という風には片づけられないはずである。実際この男は、古井氏がまだ大学院生の頃、山登りの帰り道のバス停で出会った、ビジネスマンとおぼしいひとりの若い男性の記憶と深く結びついていることが、続く文章で明かされる。――「その帰り、日も暮れきった時刻に、山から降りて谷間の村はずれでバスを待っていると、夕闇の中から男がひとり、黙って私の脇に立った。ひと足遅れに同じ道を降りてきたらしく、私より四、五歳ほど上の、三十手前」か、「顔つきからしても、どこぞ良いところへ勤める身分に見えた」という。その男が、バスが列車の発着する街に着くと、「夕飯を御馳走すると言い出したものだ」。

若き日の古井由吉と夕食を共にしながら、男はなかば自分に語って聞かせるかのようにこうつぶやいている。――「大学を出て会社に入ってから、そろそろ九年経つか。その間、もうこれまでと、まわりでもささやかれたことが、何度あったことやら。そのたびに上から下まで殺気立って駆けずりまわって、しゃにむに押し上げてきた。今から振り返ると、僕など若手が見ても、おそろしいように高いところまで昇ってきたものだ。しかしこれもすべて、しばしの夢みたいなものだった、ということになるのかもしれない。いや、夢などとは、僕らの言うべきことじゃない。ただ、もうこれまで、もうこれまで、と今までくりかえしてきたことが、もしもそのうちに、ほんとうのこれまでになったら、僕らは、やっぱりそうなったか、いい夢を見させてもらったわけか、とそう思うだろうな。そんな心で今までやって来た、今もそういう心でやっている。古い人は危機を乗り越えるたびにはしゃいでいる。新しい人は何とも思わない。僕らが、徒労感のようなものに、身が持つかということでね。見かけによらないでしょう」。

山登りの帰りに、ただ一度きり会っただけの男の、この詠嘆まじりの述懐は、まだ社会に出る前の学生の身分であった古井由吉のうちに長く根をはり、その後さきざきまで持ち越され、繰り越されて、様々なニュアンスを帯びながら、氏の作品の基調のひとつとなっていったように思われる。案内された小体な料理屋での、見も知らぬ男との「おかしな座」がおひらきになると、ふたりはタクシーをまた拾って駅まで戻り、男のほうは預り所から、小ぶりのトランクを提げてもどり、それからなんとそのまま、寝台で仕事へ向かうとのことであった。ただそれっきりの出会いであり、別れであったという。

しかし、――「あの駅の待合室の、やがて腕も組んで目をつぶった男の姿が、後々まで私の内にのこった」。のこっただけではない。その後の古井由吉の生の不可解な伴走者となったようなのだ。冒頭のアパートの男が部屋にこもりきりになってから、「三十年という歳月が経った」と書かれていた。ちょうどそれと重なるように、山登りの帰りに出会った男性とのことは、「今から三十年あまりも昔の話になる。その翌年の春、私は地方の大学の教職にありついた」。

古井由吉が金沢大学に赴任することになったのは、著者自身の手になる年譜によれば、昭和三十七年、一九六二年のことである。だから、山登りの男性との一件は一九六一年、著者が二十四歳になる年のことであったと推定される。それ以来、古井氏の念頭に存在し続けた古アパートの男は、ではたった一度会ったきりの、名前もわからないこの実在の人物のことなのだろうか。しかしその男性は「世に有為な若手の一人」として、登山の帰りにその足で出張におもむくほど、身を粉にして働いていたのではなかったか。ならば古アパートに終日こもりきりの男は、その人物から想像されて正反対のかたちを取った、一種のネガなのか。古井氏は続けて書いている。

――「ところが城下町の裏小路の二階の下宿に若い私の腰がとにかく据わったその頃を境にして、古アパートの一室で終日変わらず、坐り机に向かう、いま現在の私の想像上の人物の背後から、時間が断ち切られる。筋の曲がりくねった話である。筋が通っているとは言い難い。時差の混乱がある。彼我の混同も疑える。しかし男の背が念頭にあらわれる瞬間に私の中を走り抜ける驚きの感情に、手を添えると、そんな表現になる」。

するとこの「男の背」は、古井氏が初めて教職について以来、折にふれて現われ、付かず離れず添うように歩んできた、一個の「分身」ということに、やはりなるのではないか。しかし同時に、「歳月をかけてだんだんに薄れ、そして十年、あるいは二十年も経った或る境から、急に隔たった、と一方では感じているのだ」とも言われる。この明らかな矛盾、というか分裂は一体何なのか。やはりこの点に、この作品の核心となる何かがあるようであり、作中で古井氏自身がその点を巡るように、自問自答を繰り返している。つまり、この不可解な「男」をめぐる自問自答そのものが、この不思議な自伝性を帯びた短篇の骨子を成していると言っていい。

やはり注意すべきなのは、この「想像上の人物」が古井由吉の念頭に現われるようになったその時期であると思われる。この短篇を読むかぎり、古アパートに終日こもりきりになった「男の背」が現われるようになるのは、ちょうど古井氏が、現実において教職についた頃からのようである。すなわち現実の男が職を得て働くようになった時期と、想像の男が職を辞めてひきこもるようになった時期とが、ぴったりと重なるのだ。そこで「時間が断ち切られる」。あたかも、これがもうひとりの、本来の自分なのだと、「私」なのだと言わんばかりに。ここに古井由吉における、最初の「私」のあらわな分裂が、もしくは二重化が認められるのではないだろうか。実際、古井由吉はそれからおよそ十年後に、まるでこの「男の背」に今度は自分のほうから重なろうとでもするかのように、「勤めを放擲してしまった」。古井由吉がドイツ語文学研究者ではなくなり、年齢も身元も不詳の「私」をはっきりと身うちに抱えることになるのは、つまり《作家》となるのは、この時である。

さらに作中の「私」は、自身に問うている。――「ならば、机の前に坐りつく男の背は、私自身の自己投影に過ぎないのか。外見からすれば、投影としても安直なぐらいのものだ。また、自己を投影して、そして背中しか見えないというのも、気味の良くないことだ。考えようによっては不吉なしるしとも取れる。しかし、やはり私ではないのだ。私ではない、と私に感じられている」。

繰り返し自分にひきつけ自問しては、「やはり私ではないのだ」と否定される。このような問答は、古井氏の作品の中には他におそらく例がない。ということは、逆に言えばこの「男」は、それほどまでに「私」に近い存在だということでもあるはずだ。しかし顔は見えない。背中しか見えない。

なぜ背中しか見えないのだろう。それは、この「男」が文字通りの意味で、過去におき残してきた「私」自身だからではないだろうか。だから誰においても年齢が多かれ少なかれ不詳となる背中、何歳の時の自分でもありえる「背中」しか見えないのではないか。なるほど、このアパートの男の年齢は、自分よりも四、五歳上のように最初は思いなされていた。しかしながらそれもやがて、「時差の混乱」、「彼我の混同」とともに怪しくなっていく。誰のうちにも、過去という時間の中に潜む無数の分岐点で、その度ごとにおき残してきた「私」というものはある。だがこの場合、「ある」とはどういう意味に解すべきか。過去におき残してきた「私」は、いま現在の私にとって、もはや消えて失われてしまったのだろうか。どうもそうではない。人生のそこここの分かれ道で、おき残してきたそれぞれの「私」は、むしろどこにも消え去りなどしていないのではないか。どこかにおき残された「私」は、たとえすっかり忘れていても、過去の中にそっくりそのままいて、辿ることのなかったもうひとつの別の道を、ひとりまだ細々と歩いてさえいるのかもしれない……。古井由吉の文学の土壌はここにある。

——「そしてある日、思い出すことがあった。すっかり忘れていたが、例の三十年あまりも昔の山登りの日、私は峠から村へくだる途中で、わずかな間、違った道へ迷いこんでいた。分岐点のところでそちらの道のほうが、人の踏み跡が確かだったのだ」。山の中で道に迷うことは誰にもある。自身でも疑いを感じていながら、ますます頑なになってその道を進んで行ってしまうということはあるものだ。山登りにつきものの、分岐する道の話が突如思い出されたのは、おそらく偶然ではない。これは何かの比喩ではないのだ。分岐し、絶えず分岐しつづける時間と、複数に枝分かれしていく山道との間には、確かに比喩を超えたアナロジーが認められるように思われる。——「あるいはあの男も、同じ道に入りこんだのかもしれない、と三十年あまりも隔てて、物の音に驚いたように目をあげる私がいた」。

あの時、あの道をそのまま進んでいたら、私は男に出会うこともなかった。今こうしてここにもいなかった。私は部屋にこもったきり、今も机の前に坐りついたまま日々を過ごしていた、かもしれない……。様々な〈可能的なもの〉は、たいていは過去に投影された、現在の蜃気楼のようなものに過ぎないだろう。だが完全にそうと言い切れるだろうか。今こうしていることが、奇怪な偶然とか、恣意としか感じられなくなる境というものはある。意志とか選択とか決定とか判断力とか、およそ主体的特性とされるものが、一瞬のことであっても効かなくなるか、もしくはそれよりももっとはるかに大きな、たとえば空襲による爆撃のような圧倒的な力に凌駕されてしまうなら、今この現在の私の存在が、〈可能的なもの〉以上にも以下にも感じられなくなる、ということはあるはずだ。ごくごく些細な事柄にかぎってみても、たとえば旅先や見知らぬ土地に思いがけず来てしまった時など、私が今こうしてここにいるということが何かの間違いのように、あらわな悪意のようにふと感じられてしまうことは確かにある。――「一瞬、私はうろうろと自分の身体を、左右の腕から、足の先まで見まわした。どこから来た、何者であるのか、何事に責任があるのか、急いで思出そうとすれば片端から跡かたもなく消える気がした」(「無言のうちは」『山躁賦』一九八二年)。古井由吉は様々な作品の中で、繰り返しそうした奇妙な瞬間を鋭く描写している。――「立ちつくしたとたんに、周囲の雑踏も躁がしいながらの無音に聞こえる。空間も時間も、いまここにいる自分も、間違いと感じられる」(「躁がしい徒然」『雨の裾』二〇一五年)。このような「間違い」や恣意につながる感覚は、「既視感」とともに、古井由吉のほとんど全作品を貫くモチーフのひとつでもある。そしてそのことと、氏の幼少期の空襲体験とは、おそらく極めて深く関わっている。

――「我が家の燃えるのをまのあたりにした人間たちの、私もその一人である。空襲の危機の近づきつつあることを、避けられぬことと前々から予測していたとしても、自身の家の焼けるところを、誰が想像するだろうか。まして子供である。思いもかけぬ光景を見あげる子供の眼にしかし、既視感のようなものがたしかに、恐怖と重なったのは、あれは何だったのか」(「戦災下の幼年」『半自叙伝』初出二〇一二年)。

この「恐怖」と重なりあった「既視感のようなもの」、それがこの時以来、長い長い歳月をかけて、古井由吉にとって、思考を強いる秘められた問いとひとつになっていったようなのだ。

普通の人も、むろんこれよりも比べものにならないほど弱い度合か、もしくは束の間のことではあるが、「既視感」や「既視体験」と呼ばれる経験をすることがある。今まさに見ている、またこれから見るであろう光景を、すでによく知っている、見たことがあると感じながら、どうしてもそれが宙に浮いたまま、特定の過去の光景と結びつこうとしない。その際、私は現実から薄膜のようなものによってわずかに隔てられ、もうひとりの「私」によって見られているような、意識の分裂を引きおこすことがあるといわれる。古井由吉においてはそれが、都市を丸ごと焼き尽くし殲滅しようとした、人智を超えたシステマティックな爆撃による極限的な「恐怖」の中で、鮮明に、くっきりとしたかたちを取ったのではないか。満で八歳にもならない幼児である。古井由吉にとって「私」は、あえて断定的に述べてみるなら、この時初めて、一度決定的に断ち切られた。以後「私」が立ちあがる瞬間、それはもうひとりの「私」

を見ている「私」へと分裂し、さらにその「私」は、過去の、記憶の中の無数の「私」へと分裂する。必ずしも現実の記憶の中の「私」にではない。想像の、虚構の、仮構された偽の記憶の「私」かもしれない。というのもその「私」は、古井由吉が出会ったかすれ違った、あるいは人づてに聞いたか書物で読んだ、あるいは出会うことのついになかったか、覚えもなく出会っていたのかもしれない無数の「他者」を、「死者」を含むことになるからだ。そしてその核に、どうやらあのアパートの坐り机にひっそりと向かう「男の背」があるようなのだ。次の一節は、あの「男の背」がついに「私」と重なり合うのと同時に、過去の、少年の「私」のヴィジョンへと分裂する瞬間をはっきりと表わしている。

「――あれは自己投影どころか、自分の背中そのものではないか。行き着く先の老耄の背に、まもなく寸分違わず重なる生涯の背中だ。何をしようと、いかに走りまわろうと、背後から見ればいつでもあんなだった。

ある夜、長いこと黙りこくっていた末に、そうつぶやいた。自問自答のようではなかった。背から声がもれたように、背へ感覚を集めていた。するとその背へ寒い風が吹き寄せ、その風筋が形を取って、長い道がつらなった。薄暮の中を男がひとり疾駆して来る。額から血を流し、片手に薪ざっぽうを握っている。下駄はとうに脱ぎ飛ばした。ぶっ殺してやる、と呻いている。しかし道の先にはもう人影も見えない」。

この薄暮の中を駆ける「男」はもはや、先の山登りの男とはまったく別人になっている。時期や場所もまるで違う。それは前後の描写から推して、古井由吉が終戦後まもなく、疎開先の両親の郷里である岐阜から、東京に戻った際に一時的に住まっていた、八王子あたりの土手道の光景であることがわかる。では男は一体どこから湧いてでてきて、またどこへ向かって駆けているのか。なぜ「ぶっ殺してやる」と呻いているのか。仇の姿はもう見えない。それに男も。

――「男の姿はとうになくなっていた。しかし、しょせんは行くあてもない疾駆だったので、その徒労感は生涯、一本の道を駆けつづけているのかもしれないと思われた。記憶の中ではいつのまにか一人前の男になっていたが、考えてみれば、まだ十六、七の少年だった」。

ここでも、この短篇の冒頭で吹いたのと同じ風が吹いている。この誰とも知れぬ男の呻き声は、土手を渡る冷たいからっ風とともに、この小説の中でも最も悲痛で、赤剝けのするもののように感じられる。それは特定の誰かの呻きというより、戦争に敗れて生き残った者たちの恥と恐怖が結晶した叫び、あてのない疾駆だったのだろうか。そうかもしれない。が、それだけではない。古アパートにこもる男の話から始まった尋常な脈略からは、すでにほぼ完全に逸脱している。時間の自然な流れは断ち切られ、時系列を表わす前後関係も、時間軸も解体している。だが、その解体の果てにはじめて、しかも繰り返しひらけてくる、古井由吉の文学というものがあるのだ。物語というより文学、ひとつの象徴に至るまで純化された虚構、あるいは純化された現実としての虚構。この作品は、その発生と展開をこの上なく切実に、赤裸々に示している。

独り古アパートにこもる「男の背」から、時間は波紋のように広がり、独り山登りをしている青年の私、若い男、そしてそのふたりの姿を背後から見つめる五十代後半にさしかかった現在の「私」、その背が古アパートの「男の背」と「生涯の背中」となって再びひとつに重なる時、その「私」は、さらに敗戦後すぐの、からっ風が吹きすさぶ街はずれの土手道を疾駆する男を見つめる、もうひとりの少年の「私」と重なり合う。いや、額から血を流しながら、薪ざっぽうを振り上げぶっ殺してやると呻いている、この見も知らぬ哀れな男も、やはり同じ「私」なのだ。「しかし、しょせんは行くあてもない疾駆だったので、その徒労感は生涯、一本の道を駆けつづけているのかもしれないと思われた」。

この「思われた」は、さていつの視点のことなのか。いつの「私」の感慨か。まるでそれは、「生前の遺稿」(ムージル)のように、言葉そのものが《永遠の今》と化して、すべての「私」を、いや、「私」であるところの「他者」を、「死者」を、この今のうちに唯ひとつのものとして招きよせ、共存させている。しかも興味深いことに、この「背中ばかりが暮れ残る」と題された、ある種赤裸な自伝は、現実の現在の作者、古井由吉が暮らす集合住宅の同じ階の近所に住まう、ひとりの知人から届いた手紙の引用で閉じられるのだが、その人は、その手紙が古井氏の手元に届いて読まれる時分には、すでに故人となっていた。そしてその、文字通り死者から届いた手紙には、自身の無事と退院の見通しとを報告するとともに、来る年の多幸を祈る、慇懃な型どおりの挨拶がつづられていた。

三

――『槿』までの古井由吉は、生物学的な加齢の必然に寄り添って書いているのだ。ところが、『仮往生伝試文』の三年後に刊行される『楽天記』には、もはや年齢がない」(『文藝』二〇一二年夏号、本書再録、六五頁)。このように書いたのは、古井由吉との往復書簡、および数回にわたる濃密な対談をしたことのある作家、松浦寿輝である。松浦氏は、続けて次のように述べている。「ところで、エクリチュールの中で年齢が消えるという事件をめぐって、彼がみずからその機微を、一種の「メタフィクション」的時間論のように語っている戦慄的な短篇がある。五十七歳で発表した「背中ばかりが暮れ残る」だ。このささやかな一篇は、絶えざる生成変化を続けるこの巨大な迷宮のような精神世界の、虚の焦点をなす一証言なのではないか」(同前)。

短篇「背中ばかりが暮れ残る」が、不思議な自伝性を持つということはたぶん誰の目にも明らかだろう。しかし同時にそれが、「一種の「メタフィクション」的時間論」のようなものとして、古井氏の全作品を条件づけているものの「虚の焦点をなす一証言」でもある、という鋭い指摘については、さてどうだろうか。松浦氏の「もはや年齢がない」という恐るべき言葉は、「もはや時間がない」という意味ではけっしてない。究極的には年齢も、人称もなくなる。だがそれは、何よりもまず、時系列が語りそのものによって破壊され、時間がラディカルに解体されているからだ。そしてさらに、様々な時間が新たに「エクリチュールの中で」召喚され、書くことそれ自体のうちにあらゆる「年齢」が同時的に共存するという事態が、文学空間の中に創りだされているからである。これが古井由吉の文学における《永劫回帰》であり、《永遠の今》の、第一の意味である。作家本人によって自己客観された、次のような要約も交換も不可能な一文を見ておこう。――「初老と呼ばれる年齢に入った頃に、こんなことを思った。自分は空襲下から終戦直後の幼年期にひとたび老いて、古い書に見るような、敗北の塵芥を頭《かしら》にかぶり、瓦礫の中にうずくまる年寄りのようなところのあったのが、それから世の平穏と繁栄とやらのすすむにつれて、青年期から逆に幼いようになり、今に至り、老病の声を聞いて、渋々ながら年を取り直しているのではないか、と。さらに老年に入っては何かの折りに、少年の、青年の、中年の自分の影が背後から近寄り、早い足取りで追い抜いて行くかと思うと、老いの背中から内へ入りこんで、しばらくひとつになって歩むような、妙な温みを感じて後であやしむことがあるようになった」(「もう半分だけ」『半自叙伝』初出二〇一四年)。

なまじいの解説などのはいり込む余地のない、もの凄いことが静かに語られている。人生を逆からたどり、そして「今に至り、老病の声を聞いて」ようやく通常の順序にもどって老いの方向へと進むのかと思いきや、そうではなく、ここでもあらゆる年齢がこの今に寄りそい、共存している。

このような作者の感慨が、けっして言葉だけのものでないことは、古井由吉の文学をつぶさに読んできた者は知っている。すでに八〇年代の随想の中に、次のような一文が見える。――「歳月に沿って人は年を取っていく。これは尋常の考え方である。少年が青年になり、青年が中年になり、中年が老年になる。ということは、青年はもはや少年でなく、中年は青年でなく、老年は中年でない、と通常考えられる。そう決めていかなくては、世のもろもろのいとなみに、始末がつかなくなる。いかめしく言えば、やむを得ぬ擬制である。

しかし現実には、過ぎたものは存在しなくなるのではない。たとえば五十男は同時に四十男であり、三十男であり、二十代の青年であり、十代の少年であり、三歳の童児でもある。そればかりか将来を先取りして、六十、七十の老人でもある。じつにさまざまの年齢が併存している。もともと始末の悪い全体なのだ」(「年を取る」『日や月や』一九八八年)。

われわれの社会が採用し、誰もがそうと信じきってさえいる、一本の線のように過去から未来へと伸びていく時間、そうして古びてやがてうすれて消えていってしまう時間、それが「やむを得ぬ擬制」と古井由吉の目には映っているのである。古井由吉の文学は、この「やむを得ぬ擬制」による、仮の時間の裏側に広大にひろがる、真に実在する「時間」を見つめ、表現している。だからこの後者の時間が、あたかも現実の裂け目のように小説の中に現われる時に、私たちはそこにある種の時間の解体を、逸脱を、もしくは危機を見てしまうのだ。しかしもし、その解体された時間のほうこそが、すなわち過ぎ去ると同時に永遠に留まり続ける、純粋状態における幾ばくかの時間のほうこそが、この世界の実相であるとしたらどうか。古井由吉の文学は、このような不断の危機として感受される時間を、実に粘り強く、繰り返し繰り返し捉えて表現している。ふたたび古井氏の言葉を聞こう。――「作中の「私」はそれこそ月ごとに老境に入りつつあるが、著者には以前から自分なりの、年齢の受け止め方がある。すべて過ぎ去り、しかも留まる、と思うのだ」(「野川をたどる」『楽天の日々』初出二〇〇四年)。「すべて過ぎ去り、しかも留まる」。これが古井由吉の文学における《永遠の今》のもうひとつの意味だ。

さきほどの、九〇年代に書かれた短篇「背中ばかりが暮れ残る」は、まだ非常に深刻で陰鬱な雰囲気につつまれていたが、二〇〇〇年代の作品ともなると、「私」をめぐる問題は、ある突きぬけた「楽天」によって掬い上げられ、変奏され、「中年男」と見知らぬ「老人」との、ユーモアを含んだ問答の形で表わされもするようになる。

「――女たちでないとしたら、誰がこんな坂までついて来るんですか。

――俺だよ。俺が俺に、うしろからついてくる。

――分身みたいなものですか。それにしても、一列になって続くとは。

――俺のうしろに以前の俺が続く。その以前の俺のうしろからそのまた以前の俺が来る。どうだ、一列になるだろうが。あれこれの齢の、それぞれ行き迷った時の俺さ。初老もあり、中年もあり、青年もあり。

――追い抜いて行きませんか。

――歳月を追い越せるものか。

――振り向かなくても、見えますか。

――背中で見えるな。思いつめたような顔をしているが、どいつもこいつも、莫迦だ。折りにかなって、莫迦だ。

――折りにかなって……。

――知りもせぬことを知ったつもりの莫迦はともかく、大事な際《きわ》に、知っているはずのことも知らなくなるのだから。もっとも、見えないおかげで、危いところを渡って来たわけだ。まだ生きてやがる。

――大勢のように聞こえますが。

――それは、過去の衆生だからな。一人《いちにん》にして衆生でもある」(「春の坂道」『雨の裾』二〇一五年)。


古井由吉への文学的な影響としては普通、古今東西の古典が挙げられるはずだが、これを読むと案外、小学生の頃から氏が愛した「落語」の掛合いこそ、最も根源的なもののひとつのようにも思われてくる。ただしそこには強烈な、非人称の、疑問形ではあるが認識的な言葉が挿入されるのだが。――「背後からついて来るという列の中にところどころ、何かの境い目であるいは死んでいたかもしれぬ自身の、死者の姿がまじるのか」(同前)。

四

オーストリア出身のドイツ語の作家ロベルト・ムージルが、若き古井由吉に実に様々な影響を与えたということについては、すでによく知られている。たとえば古井氏は、ムージルの小説の翻訳だけでなく、彼に関する見事な論文やエッセイをいくつも書いており、それは『ロベルト・ムージル』(『ムージル　観念のエロス』として一九八八年に上梓され、二〇〇八年に増補改訂)という題で一冊にまとめられている。その中で古井由吉は、「ムージルが現実感覚に対して可能性感覚と呼んでいるもの」(同書、二〇八ページ)について、次のように書いている。――「可能性感覚とは、ムージルの定義するところによれば、現にあるものに対して、またこうもありうるであろうもの一切を考える能力、現にあるものを現にないものよりも重くは取らずにいる能力のことである」。

どういうことだろう。まず多くの場合、人は自分の現実感覚に見合った仕方で、「可能性」という観念を理解している。たとえば人は、「可能性」という言葉によって、将来実現されるであろう事柄を思い浮かべる。一方「ムージルのいう可能性感覚とは、将来において実現されるかどうかは問わず現にいま考えられうるもの、われわれが理論《セオリー》の領分に打ち捨ててわれわれの現実感覚に干渉させぬものを、現にあるものと等しい重みで感じ取ることのできる感覚である。おそらくその際ムージルにとって重要だったのは、可能性の理論によって現実の支配を失効させるという精神の自由ではなくて、現実がそのように眺められるときに取る異なった姿、それに対する繊細な感覚であったのだろう。そう考えると、可能性感覚とは現実に対する異なった感覚のことだとも言える。このことは可能性という言葉を潜在性という言葉で置きかえるといっそう明白になるかもしれない。潜在するものはついに実際に顕われることがないとしても、現にいま潜在することによって、現にいま顕在するものに力を及ぼさずにいない。そしてこのように潜在するものが顕在するものに絶えず及ぼす力に対する、顫えにも似た感受性、それが可能性感覚というものなのだろう」（同前、二〇八〜二〇九ページ）。

この一節は、古井由吉の文学を理解する上でも、非常に重要な点だと思われる。「現にいま潜在する」ものを、あるがままに受けとることのできる「顫えにも似た感受性」、それがムージルのいう「可能性感覚」の最も精確な定義だとするなら、それは、同時に古井由吉の文学の〈発生〉そのものに関わるものでもあるのではないか。実際、先に引用したムージル論が最初に発表されたのは、書誌によれば一九七三年、すなわち古井由吉が小説家としてデビューして間もない時期におおよそ重なっている。つまりこの論文は、ムージルを論じながら、自身の作家としての発想の源を表白してもいるのだと考えられる。鋭敏な批評家を内に蔵した作家が、一種の自己注釈となることなしに、自身が深く影響を受けたと語る作家について論じることなどできないのではないか。煎じつめて考えるなら、適当な距離を保って対象を相対的に捉えたそつのない評論が、人を心底から揺るがすようなことはないのだろう。なぜなら論じようとする対象の核心部に深く分け入って行けば行くほど、同時にそれは、おのずから自分自身の核心について語ることとひとつになっていくように思われるからだ。あるいは、対象について論じていたはずの言葉が、おのれ自身の意識と、態度と、感性とある瞬間ぴったり重なる。あらゆる本質的な影響、より正確に言えば〈感応〉は、おそらく常にこのようにして起こるのではないかと思われる。

試みにもうひとつ、古井由吉が敬愛する大正期の私小説作家、葛西善蔵の作品を語って、その言葉がそのまま自身の作品の発生の機微をも物語っている興味深い一節を引いてみることもできる。

――「理屈から言ったら、実際に行なった、実際に身に起きた、というかたちで書くのが小説ですよね。ところが行なったことがあれば、一方には行なわなかったこともあるわけです。行なったかもしれないけれど実際には行なわなかったこともある。その時の自分の心境とか運命を書き表わそうとすれば、どうかすると、実際に行なったことと、行なわなかったことが、同等の重みを持つことがある。行なったことのほうをたどっていくよりも、行なわなかったことのほうを、もしそれを行なったとしたらとたどっていってみる。そのほうが自分の存在が現われる」(『「私」という白道』一九八六年)。

確かにそういうことはある。しかもそうした事態が、おそらく最もあらわなかたちで生じやすいのが、いわゆる「私小説」と呼ばれる領域なのだろう。古井氏は次のように続ける。――「ちょっと考えてみても、私が今ここにいる私であるのは、私がいろいろ行なってきたことの積み重ねでもありますけれども、でも行なってこなかったことの積み重ねなのかもしれない。あれを行なわなかった、これを行なわなかった、その結果、今ここにあるような私がいる、と。ということは、仮定法でたどっていった場合に出てくる私も実は可能性として私のなかにいるわけで、あれを行なったかもしれない、次にこれを行なったかもしれない、そういうふうにしてできたかもしれない私。これは想像上のものかというと、それがそうでもないんです。それは肉体の中にも潜んでいるわけですよ」(同前)。

以上の一節は、先のムージル論の一節と厳密に呼応するはずである。古井氏がここで、その〈可能的なものとしての私〉を単に「想像上のもの」と捉える常識的な解釈をしりぞけつつ、しかもそれを観念や想念のうちにではなく、「肉体の中」における「潜在性」として位置づけていることに、注目すべきだろう。なぜならそれは、一般に「現実」と考えられているものの境界線に対して、疑問符を突きつけ、「想像」や「妄想」、つまりは「フィクション」として安易に処理されている事柄の地位を、あらためてラディカルに問い直す視点をわれわれに与えてくれるはずだからだ。つまり「私小説」は、「フィクション」をあたうかぎり「現実」へと接近させ、その本来の虚構性を切り詰めていこうとするわけだが、まさにその運動そのものによって、かえって純粋なる「虚構」を現実から抽出することになる。それは、「虚構」を「肉体の中」に内在化することによって、従来の「現実」との境界線を権利上、消滅させてしまうだけではない。さらにそれは、「虚構」を純化することによって、逆に「現実」との間の絶対的な差異を生み出し、「虚構」と呼ばれる特異な機能が、この世界の中に在ることそれ自体の意味へと、われわれの意識を向けさせる機縁ともなるのだ。短篇「背中ばかりが暮れ残る」が、私小説の伝統を踏まえた極めて純度の高い「フィクション」でありながら、同時にそれが、小説の発生そのものへの問いを孕んだ「メタフィクション」でもあるのはそのためだ。

なぜ「フィクション」は、「虚構」は在るのか。これは文学における根源的な問いである。あるいはなぜ「虚構」を生み出す機能が、他の生き物にはなく人間にのみ備わっているのか。もはや「虚構」は従来の意味での「虚構」、架空の出来事とは呼べない、固有の実在性を持つ純粋な「象徴」とでも呼ぶべき、そのような境位にまで古井由吉の作品によって、われわれは連れて来られる。それは、物理的な「現実」(たとえば脳の機能など)に吸収されつくすことはない。なぜなら人はここで、純化された「言葉」の存在、象徴なるものの存在に向き合わされることになるからである。虚構はぎりぎりまで切り詰められ、虚構性を排除していけばいくほど、その限界において最もあらわな虚構性を示す。そしてその時、物語られる言葉は、もはや作者の意識の力によってではなく、言葉そのものに内在する、おのずからな性質に従って、〈聖なるもの〉を表わそうとするようである。古井由吉によれば、それを一語に集約する言葉が「聖譚」ということになる。――「これは作家の意志の問題ではなくて、小説を書くことに常に内在している。小説というのは、どんなに暗澹とした解決不能なことを書いても、おのずから形が聖譚に寄っていくという楽天的なものを内在させていると思う」(『文学の淵を渡る』二〇一五年)。

「楽天」という言葉は、古井由吉の文学において次第に本質的な意味を持つようになっていくものである。しかしそれは、古井氏固有の気質を指すのでも、作家としての態度といったものでもない。本来「小説を書くこと」に内在しているものなのだ。「聖譚」とは、その「楽天」がついにとるかもしれない、究極的な姿を指す言葉であろう。

古井由吉の作品を明確に〈現代〉の作品たらしめているのは、しかしこの「聖譚」的な点にあるのではない。そうではなく、この「聖譚」へとおのずから向かおうとする言葉の内在的な力を見つめ、それに半ば従おうとしながらも、他方において、「聖譚」となることを戒める力学が、絶えず働いてもいる点にあると思われる。これは確かに、物事を相対化して認識しようとする科学の、知性の力学であるだろう。それは別の面から言えば、散文が純然たる韻文となること、詩歌となることを、ぎりぎりのところで戒める力でもある。古井由吉の作品には、つねに牽引しあうふたつの相反する力が、驚くべき緊張関係を維持しながら持続するという性質が認められる。しかしそのことにもまして重要なのは、両者の均衡がある時ふっと消え、一方に振れる瞬間があるという点だろう。そこに純粋な歌が、響きが、音楽が、舞いあがる。多くの批評家が、晩年の古井由吉の作品がいっそう詩に近づいてきていることを指摘しているのは、確かに正しい。だがより厳密に言えば、散文という性質は、試論、エッセイという構造は、ぎりぎりの境まで、あるいは境が遠のいていった後もつねに保持されている。だからそれは、散文の持続をたどりながら、それが歌や舞と化す、詩と化す特異な瞬間に、読者が繰り返し遭遇すると言ったほうが、より正確なのだ。散文と詩歌、歩行と舞踏、試論と聖譚、両者のたえざる緊張関係、牽引しあう力学の持続、しかしそれは、つねに古井氏がそこに身を置きつづけた「エッセイズム」に支えられている。そしてそれこそが、古井由吉の文学を根底において規定するとともに、比類なく倫理的で、途方もなく見事なものにしている。

（映像論・批評）

◉エッセイ

三度会った印象

小島信夫

古井君には三度ばかり会ったことがある。一度は川村二郎さんの会のときである。会には出席しないことに決めているがこのときは何かしゃべらされそうなので断わりにくくて出かけた。

その帰りに新宿の「マツリカ」へ同席の福永、中村、篠田の諸氏といっしょに行ったら、ドイツ文学者の中にかこまれて、さっき会のときに紹介された彼が、あの独特の音のしない笑い方をして座っていた。眼つきも優しいし、顔の表情もおだやかで、彼の表現によくある「ゆっくり」した感じだが、何かからまれかかった記憶がある。川村氏にも何となくからまれそうなところがあるところからみると、ドイツ文学者の共通の特徴かなと思ったが、そんなことはなかろう。昔、フランス文学者はよくからんだし、紳士然としたイギリス文学者にも「ナルシス」でひどくからまれたことがある。だからこれは冗談である。

二回目はよく例に出して恐縮だが私の芝居とかんけいがある。初日に観にきてくれた。その帰りに、やはり「マツリカ」へ寄ったら、彼がいた。このとき彼は私に向って「芝居も芝居だが、あれだな、ぼくは、小島さんのは評伝がいいなあ、ああいうのがいいなあ」といった。心中の呟きを、風が吹いてくるように、語る人だなと思った。早く息子を作れば十分に父親の年齢である私に向って、学生時代からの友人に向ってしゃべるように敬語ぬきで話しかける人は、昔はともかく今どき珍らしい。ところが座談会の記録などたまたま眼についたのを見ると、古井君は穏かに多少自虐、他虐的にしゃべっているが、敬語ぬきというような気配は感じないのだからいうまでもなく親しみの表現である。彼は東京育ちのようだが、これまたいわぬもがなのことで恐縮だが、彼は岐阜の大垣あたりの出身である親ごさんをもっているらしい。お互いに素手で親しみをかわすのは難かしいことだから、出身地のことを話の種にすることは、私もするし、そのことを彼も心得ている。それに岐阜人の特徴も分るといっているそうだ、私なども勝手に、彼の中にもそういう特徴を見たつもりでいる。

三度目は、彼自身の受賞のパーティのときだった。このとき、立ってしゃべる前に、私はいくらか彼の作品評をやり、彼は例の調子で、「……だなあ」とそよ風が吹いてくるようにしゃべった。音楽のことはよく分らぬが、きっと彼のそのときの話し方は音楽の音色や、リズムや、速度にたとえるうまい表現があるのだろう、と思う。

私は立ってマイクに向い一九七〇年代は古井君の時代だという意見もあるが、と前置きして何かしゃべり、数日前に朝日新聞に彼がよせた一文にふれた。彼はその中で、自分の文章表現をどのように作ってきたかを述べ、これからさきもう既に変りそうであるといい、「ヘルマンとドロテア」のようなものや、「今昔物語」のようなものを書いてみたいと思ったりしていたはずである。私はこのことにふれ、このことはよくおぼえて置きましょう、といった。

そのあと江藤淳氏が「小島さんはああいったが、ほんとはおそらく七〇年代は古井君の時代と自分も思っているのだ」と語った。最後に古井君が立って私の言葉にもいくらか反論めいたことをいった。

そのあとまた、「マツリカ」へ寄った（この一、二年「マツリカ」へ寄ったのは、だいたい、この三回であそこの女主人から、からかわれる）。このときか前のときか記憶にさだかでないが、古井君は瀬沼茂樹さんにからまれ（あるいはからんでいたのかも分らない）ていた。瀬沼氏は、「ぼくなんか古いかもしれないが、どうもきみらの小説は分らない、その情況を書くというのが分らん。まあせいぜい小島君ぐらいまでだ分るのは」といわれ、古井君は気の弱いようなしんの強いような様子で、少し上唇をあげ、いつもより早口にそして顔を顰めて、「情況から一歩出るか出られないか、その一歩に賭けるのがわれわれなんですよ。分らないかなあ」といっていた。きいていて、私にもよく分るように思った。

年齢も離れているせいか私には最も好きな作家の一人である。その作品の特質はいい尽されている。目のさめるような傑作もいくつかある。私にはここで一段落のように思える。

（『新鋭作家叢書　古井由吉集』栞、河出書房新社、一九七一年）

◉エッセイ

古井由吉について

吉本隆明

この難解な作家の任意な作品を、あちこち振りかえってはかんがえながら、幾日かたどり暮らした。すると体液と心液とが境を接した海みたいなところを漂っている気分にひたされた。体液というのは身体、肉体、体軀から分泌される生理液として、また皮膚の内側をめぐる血液や淋巴液みたいなものとして実在する。心液なんてものは実在しない。だが古井由吉の作品の登場人物たちが、いったん自然物や他の登場人物と心やからだの関係にはいると、その働きは空想や幻覚ですら、気体よりも液体で暗喩されるとおもわれてくる。流れる心液、とどこおる心液、溢れる心液という概念がこの作家の作品の要めをなすのではないか。

この中枢概念はいつどうやって形成されたのか。ありふれたいい方をすると、模索するうちに開花したことがどの時期かにあった気がする。この模索はすくなくとも〈同型なものの集中〉というところから出発した。処女作ともいえる「木曜日に」や「円陣を組む女たち」などをあれこれかんがえて読んでいるうちに、そんなところに落ち着いてきた。「木曜日に」という作品では山登りに出かけた主人公が遭難しかかってやっとたどりついた宿屋で、意識をもうろうとさせながら尋ねた《今日は何曜日》という問いが《木曜日》につながる。そしてこの《木曜日》は山からかえって勤め人の日常に戻ってからも主人公を拘束する。勤め人の主人公にとって《木曜日》あたりが週のうちいちばん疲労と怠惰に陥ちこむ曜日であり、以前の女と奇妙な出遇い方をする日であり、しまいには何か思いがけない出来ごとが、かならずその日に集まってくる。そんな迷信じみた不安を感じる日である。作者は外形的な型を《木曜日》という概念に集中し、そこに出来ごとの起伏を超えた日常の情感の液体が、濃厚に漂う雰囲気を拵えあげる。そしてその情感の液体に粘りこまれ足をとられて、ときに白日夢のように意識を拡散させてしまう瞬間の異変をもぐり込ませる。『円陣を組む女たち』もおなじように、勤めの途次の公園で円陣を組んで遊ぶ娘たちの輪の延び縮みを目撃するところからはじまる。そこに学生のころ野球場で、学生たちの練習するギリシャ古典劇のひとりの王を囲む女たちを目撃した場面、デモの学生をとり囲んで文句をいう主婦たちの集団、分譲住宅に引越した夜、それぞれの窓の内側にひとりずつの女がいて、それぞれの住居者の生活が営まれるのをみて、それらの窓の女たちを、廊下のようにつなげてみたいとおもった光景、高校生のとき温泉場で年とった十人くらいの女たちと二人の若い女たちに浴場で囲まれた思い、空襲で焼け出された夜に、母や主婦たちに火のなかで覆いかぶせられたような体験の光景というように、女たちがひとりひとり男とペアを組んでいる平穏なときではなく、女たちだけが集合するときに醸し出される一種の不穏の型が重ねあわされる。日常性が繰返しめぐるときには不安も怖れもすこしも不可解ではないのに、日常性がつぎの日常性だけで疎通して、ひとつの海のようになってしまうと、不気味な怖れや不安の源泉に変わってしまう。この作家のモチーフは執拗にそのところに固執される。

たしかにこの作家は、同じ型ノ感受素ヲ幾ツモ連結スルト、ソレゾレノ感受素ト異質ナモノニ融合シテシマウ。ソレト一緒ニ不安や怖レヲ与エルモノニ転化スル。そういうモチーフから出発した。そして作品の開花があるとすれば、斯クシテ融合サレタ感受素ノ果ノ世界ニハ、最早型モ輪郭モナイ。タダ生理ト心理トガ自然トシテ融化シタ境界ガアルダケダ。そういう関心に集約されていったようにみえる。それは男性の生理の女性への移し植えによって、洞察が成立っている世界とおもえる。生理によって逆に心理が微分され積分される世界なのだ。

それ以後、流れる心液、とどこおる心液、溢れる心液という概念が、作品に登場する男女たちのあいだを自在に走る。

倫理も論理も無化されて、生理ガソノヨウニ感受サレルトキハ、ジッサイニソノ通リノ状態ナノダという世界が実現される。いわば世界の〈意味〉が身体的な生理の状態や動作に粘りついたときだけ形成される。ほんとは男女のエロス的な情念が描かれたはずなのに、達成されたものは、それと似てもにつかない。透明な水槽の水を張った層の上に、油の層を重ねて、横から観察する。水は体液であり、油は心液なのだ。たとえ男女や自然のすがたが水槽のなかに観察されたとしても、大切なのは男女のあいだがどうなったか、自然はいかに人間と和解したかということではない。水槽のなかの油層と水層のすがたそのものが何よりも大切なのだ、というよりも男女や自然のあいだの関係を、水槽のなかの油層と水層の動きの問題に還元してしまっていることが重要なのだ。この水槽のなかには一種の甘美さが漂うのだが、それはこの作家が男ガ女ヲソウ思ウト、女モカナラズソウ応エルモノダと信じているところからきているとおもえる。もしそういう信がゆらいだらどうなるか。わたしは本質的な意味で背徳的な怖ろしい作家が、日本にもいてもいいような気がするが、古井由吉は最後はその岐路のまえに佇たされる気がする。

（『古井由吉作品』一、月報、河出書房新社、一九八二年）

●エッセイ

古井氏の「古井です」

後藤明生

このところ暫く古井氏に会っていない。電話でも話していない。そう、かれこれ二月近くになるのじゃないかと思う。これは最近では珍しいことである。「文体」をやっていた三年間は、まあこれは実務上（「文体」編集を実務と見做してのことであるが）のこともあるから一応例外だということにしても、「文体」終刊後も割と電話でよく話した。用事のこともあり、暇潰しのこともあった。

こちらからかけたり、彼がかけて来たり、まあ半々くらいではないかと思う。こちらがかけて、彼が入浴中（彼の小説には、散歩はよく出るが、入浴は出ない。しかし、もちろん入浴するに決っている）ということもあった。ということは、逆の場合もあっただろうと思うが、彼が風呂から上り、かけて来ると今度はこちらが食事中で、終ってかけ直すと返事すると、ちょうど終った頃向うからかかって来る、という場合もあったようだ。いわゆる電話魔というのじゃないが、電話嫌いではないように思う。そういえば、彼は電話をどう思うか、ちょっときいてみたいような気になって来たが、『栖』の女性がアパートの部屋の電話に黒い布をかぶせていたのを、いま思い出した。

もうだいぶ前だが、ある酒場で古井氏の「古井です」が、何かの拍子で話題になった。前後関係はまるで思い出せぬが、「あの、電話口の一瞬には、たいてい誰でもたじろぐんじゃないの」と、ある人物が話した。文芸誌のベテラン編集者だったと思う。今度創刊された「海燕」の編集長だったかも知れないが、話はこちらからかけた場合で、何度かベルで呼んでいると古井氏が彼の部屋で受話器を取り上げる。そのすぐあとの「一瞬」の呼吸のことらしい。つまり、「はい」でもなければ、「もしもし」でもない。一呼吸の沈黙のあと、いきなり「古井です」となる。

いわれて、なるほどと、用賀から電話線を伝って来るような、その時差的沈黙を思い出した。同時に、これもある人物からきいた壇一雄さんのことを思い出した。壇さんとは確か一度だけ電話でお話した。たぶん、晩年ポルトガルへ出かけられる二、三年前だったと思うが、ある晩とつぜん自宅にかかって来た。壇さんの方も自宅からだったらしく、「ポリタイア」の同人会で大勢集った夜だったらしい。「いま、あなたを同人にすることに決めました。全員一致で、合格です」

確か、そんなふうなものだったと思うが、その人物の話は壇さんが電話を受ける場合で、それは、受話器を取るや否や、「はい、壇です」だという。いわれて、なるほどこれは古井氏の「古井です」と対照的だなと思ったのである。もちろん古井氏は壇さんを知らないと思うし、二人の作家をいま比較する意味はどこにもない。作品についても人物についてもであるが、古井氏に電話するとき、いまでもその意味のないことを、ふっと思い出すことがある。いつもではないが、これまで何度かあったのは事実だ。

またこれも、ある女性からきいた話で、二、三年前、ある文学講座のようなところの講師に古井氏を紹介したことがあった。ある女性というのはその講座の担当者だったが、彼女は最初電話したとき、やはり、古井氏の「古井です」に恐怖心を抱いたそうである。しかし「お会いしてみると、とてもやさしい方なので、ホッとしました」と彼女はいっていた。余程おそろしい人物だと思ったらしい。

さて今度は自分の話であるが、ある年の夏、仕事のことでちょっとした事情が生じて、ほとんど毎日毎晩、古井氏と電話で話し続けたものだ。実際、月に四度、五度ということもあり、しかもエンエン二時間に及ぶこともしばしばであった。それが半月ほど続いた頃、近くの耳鼻科へ出かけた。左耳の中でカサカサと何か乾いた音が鳴るのである。しかしズボンをはいたふとった女医さんは、いろいろ検査した挙句、別に異常はないという。そして風邪でも引いたのではないかというので、腹を立てて帰って来た。風邪を引いたのでないことくらいは自分でわかったから、ヤブだと思ったのである。夕飯のときその話をすると、ふだんはほとんどものをいわない息子が、「お父さん、電話のかけ過ぎじゃないの」という。息子はちょうど大学の受験勉強中で、いささか異常な古井氏との電話往来の気配を察していたらしい。それから一週間ほどで、耳の中の奇妙な音は消えた。

ところでこの頃では、ダイヤルをまわし終えたあと、その「古井です」をアテにするというのか、待ち受けるような形になっているようである。しかし今夜久しぶりにかけてみると古井氏は留守で、受話器を取ったお嬢さんが「はい、古井です」と、いい声で答えた。

（『古井由吉作品』一、月報、河出書房新社、一九八二年）

◉エッセイ

隠遁者への忠告

佐伯一麦

私の住まう東北は、梅の花が咲き始めたと思った頃になって、春の大雪に見舞われた。低気圧の通過が、身体に応える質なので、一日寝てやり過ごしたが、今朝は台風一過ならぬ、雪雲一過とでもいうのか、仕事場の窓辺に立つと、春霞の空が見えている。雪の反射を受けて街が明るい。ずいぶんと幾種類もの鳥の囀りがきこえるようになり、鶯の初啼きも直だと知れた。

けれども、地上に目を移すと、雪一色の世界に更新されたのもつかの間、土と雪とが斑となった泥濘に変わりつつある。

その境目が薄汚れたものとして映るのを見ながら、何か諦めのような親しみを覚えた。日々の散歩の途中で目にする橋の架け替え工事が、遅々として進まない光景を想い、古い橋の橋桁や岸で断ち切られた古い橋の断面が、陰気なもののように浮かんだ。そうしては、さっぱりと取り壊して建て直せばよいものを、最小限の補修を加えては、必要に応じて建て増しを繰り返し、その都度、繋ぎ目繋ぎ目に、不穏な時間を滞らせたままでいる、空間も時間も更新の健やかさに恵まれないいまの日本人の暮しに改めて感じ入らされた。

われわれは親たちのもとから流出してきた。親たちもその親たちのもとから流出してきて、その「間違い」の結果、われわれは生まれた。子たちも流出していく。それどころか、われわれ自身の現在すら、居ながらにさらに流亡中なのかもしれない。

「間違い」という言葉が、それからずっと胸に留まっている。一年半にわたって古井由吉氏と交わした往復書簡に記されてあった一節である。確かに、健やかさに恵まれないのは、今に始まったことではなかった。日本の近代文学は、ずっとその「間違い」をひたすら記してきたようなものだ。その見栄えのしない、時空間をあざむかないこと、それが古井氏の、「いま」「ここ」を一作ごとに捉え直す意志に貫かれた流動的な「私」を形づくっているのだと私は思っている。

もう三年前の夏になる。一年間の予定でのノルウェーへの旅立ちを控えて、留守中の家の管理が心配なので慌てて引っ越した新居の荷物の整理もつかず、途方に暮れていた深夜、突然古井氏から電話がかかってきた。今、新宿の酒場からだという。

「編集者から、あなたがノルウェーに行くと聞いたんだが、異国で小説を書こうという了見なんかは決して起こさない方がいい。隠遁者とまでは言わないが、言語上の孤立に追い込まれることは必至だから。そうだ、僕と往復書簡をやりましょう、手紙を書くぐらいが、ちょうどいいんだ」

やや酔いが含まれていたが、真剣な口調で言われた。その言葉に居住まいを正す気持ちで受けたのが、その往復書簡のはじまりだった。

とりあえず、はじめに共通していた認識は流動する現在であったとおもわれる。そのせいかどうか、発表の手段も、新聞、書き下ろし、出版社のPR誌、再び書き下ろし、と流動を重ねた。結局、互いに十六通ずつの書簡のやりとりが、オスロ—東京間を、そして帰国してからも仙台—東京間を行き来した。

古井氏の言葉通り、異国で言葉を失いかけていた私は、来信を、隠遁者のもとへカラスが届けて恵んでくれるという僅かな食糧のように貴重なものとして受け取った。そして、後に知ったことだが、書簡を交わしている間に古井氏は、目の手術で五度にもわたって入退院をされていたのだった。いくらかその話題に触れることはあったが、それほど、とは想っていなかった私は、その病苦の気配が文面にまるで現れていなかったことに、何という粘りだろう、と嘆息させられた。

ものを書くということは、新たに言葉を造って生み出すことではない。夜空に撒き散らされている星星のような言葉の断片を、その作家それぞれのやり方で繋ぎ合わせて、その時々の、ただ一回限りの象徴的な意味を引き出してみせるようなものだ。

　そうした孤独な営みにあって、他者の連想力に促されて、己の象徴力が強まるということはある。小説を書いていて一番の難所は、自分の書いているものがまるで意味をなしていないのではないか、これはあまりにも恣意的すぎるのではないか、と思われる局面である。多くの場合はそこで、安易な象徴に逃れてしまうのが常だが、その時に自分でも成算の見えない、恣意すれすれの象徴力にかけてみる勇気を与えられた、と感謝している。

　雪の下から現れる春の枯葉のような、生死にかかわらずあらゆるものの表層の下に隠されたものの存在に、ひそかに耳を澄ませている作家の存在は、心強い。

（「國文学」二〇〇〇年五月号、『麦主義者の小説論』岩波書店、二〇一五年）

◉論考

陽気なリビング・デッドたち

島田雅彦

度の強い眼鏡越しの眼差しは何処に向けられているのか、はっきりとはわからない。人と話す時は、相手の顔も見ているだろう。町をゆっくりとした足取りで歩く時も、風景やすれ違う人を、また風流に季節の移ろいを眺めているに違いない。おそらくは私と同じ対象を見ているはずだが、別様の映り方をしているか、視覚のスイッチの入り方が違うという気もしてくる。風景をめくることはできないが、その裏を見ている、とか、事物の背後に漂う気を見ている、などと書けば、古井さんの眼差しの神秘を騙《かた》ることになる。古井さんの眼差しは、いつだって、しっかりと俗にまみれている。何を見ているのかわからないけれども、つぶさに窃視《せっし》している。それも微細な皺やシミや解《ほつ》れや乱れや狂いに至るまで。その露骨な窃視を他人に気取られないようにするために、古井さんは眼差しを曖昧にしているに違いない。

改めて、古井さんのポートレートを見てみる。近年、ますます仙人に近づいているせいか、その眼差しはやはり捉えどころがない。川端康成も、その謎めいた眼差しが何を見ていたかが、人々の好奇心をそそったものだが、彼は自分から「末期の眼」というキーワードを授けてくれた。「末期の眼」というのは、インコの目にも似た無表情なギヨロ目のことであり、緊張に耐えかねた祇園の舞妓が泣き出したといういわくつきの、見つめられる側に緊張を強いるあの爬虫類的な目であった。神秘的な眼差しというのは、大抵、弱視だ、という皮肉屋もいるが、そういう眼差しは見られることの方を意識しているもので、実際には大したものを見ていない。川端が見ていたのは、おそらく舞妓の肌であり、唇であり、所作でありそして、空虚さであっただろう。実際、川端の文章は、モダニストの痕跡はあるものの、見事なまでに、心にひっかかるものがなく、装飾も外連《けれん》もなく、象徴作用や異化効果も乏しく、読み進めるのが不安になるほど、のっぺりとしている。文字通りのスーパーフラット。平面好きの日本人は、川端的な陰影のなさにこそ萌えるのかもしれない。

古井さんの文章は、川端の対極にあるといっても、過言ではない。川端が平面的過ぎるあまりに、詩的であるのに対し、古井さんは対象に多面的アプローチを行うので、その結果立ち上がってくる文章が、三次元的、時に四次元的な膨らみを伴い、過剰なまでの具体性を帯びる。これほど散文的な世界はない。

多くの作品で短編連作の形態を取っているが、古井さんにとっては、それが最も自分のリズムやスタイルに適っているのだろう。『楽天記』も『忿翁』も一篇が三十から四十枚ほどの分量でまとめられ、一回読み切りの「古井劇場」となっている。この形式は『源氏物語』以来、千年に亙り、物語作者たちが踏襲してきた黄金律に違いない。それぞれの短編は独立していながら、相互に深く関連し合い、語り手や登場人物は歌舞伎の花道や能舞台の橋掛かりを渡るようにして、短編と短編のあいだを移動してゆく。

一つの大きな起承転結をなぞるというより、日々の暮らしの反復の中に生じる小さな波乱や亀裂を描いているので、どちらかといえば、日記に近い。自然に即し、日々の移ろい、変化を敏感に察知しながら、折々の心境を自然の中に溶かし込んでゆく日記は、日本文学の王道と見做されてきたが、古井さんはその伝統に則りつつも、確実に日常の向こう、認識の外へと突き抜けてゆく躍動性を常に孕ませている。日記のように淡々と語られているかに見える一人の語り手の日常生活だが、そこに大きな波瀾万丈が隠されていたりする。用心深く、その語りを追いかけてゆかないと、置いてきぼりを食らわされる。あるいは不意に口を開けた亀裂にはまり、抜けられなくなる。

どの短編も導入部は鮮烈な印象を読者に刻み付ける。時に淡々と、時に怪談風に、またある時は、熱病時のうわ言のように綴られた「いわくありげな」一文は後の条《くだり》へと読者をけん引する。

世間は私にとって、私は世間にとって、死んだとは何事だ、と柿原はつぶやいた。

（「雛祭り」、『自撰作品』七〔以下同〕、六二頁）

これなどはほとんどカフカの書き出しである。突然、逮捕されるヨーゼフ・Kや毒虫に変わったグレゴールのごとく、生きながら、死者になってしまうのだから。『楽天記』最初の短編「息子」でも、妻子も仕事もある中年の息子が突然、世捨て人みたいになって、親元に帰ってくるが、その息子もKの仲間だ。それは柿原が見る夢に現れる息子であるにもかかわらず、無気味な実在感をともなっている。

上り坂と下り坂とでは、ぜんぶ合わせて、どちらが多いか。

（「坂の子」、三五七頁）

なぞなぞは、答えを知る前と知った後では世界観が少しだけ変わる。人を常識や思い込みから解放してくれるが、それが別世界への入口にもなる。

朝の目覚めが悪かった日には、一日中、用心することにしている。昔、まだ三十にもならぬ頃、高年の人がそう話した。身体《からだ》のことかと思ったら、それだけでなくて、何が起こるか、自分が何をしでかすか、わからないので、ということだった。

（「或る朝」、三〇二頁）

ある朝目覚めると、世界や自分が変わっていた、という設定自体は物語にはありがちだけれども、その後、登場人物たちは戸惑いつつも、その変化に即して、淡々と生きていかなければならない。現実がナンセンスなら、それに対応する営みはもっとナンセンスになる。だが、後者の努力を怠ると、狂ってしまうので、彼らは必死である。頑張り過ぎるのもつらいので、少しだけ気を抜けるところを模索する。そんな悪戦苦闘の記録がヒューモアを生み出す。古井文学は、狂気との上手な戯れ方をそれとなく教唆してくれもするので、狂いそうな人には格好の薬になる。

濃密な風景、情景描写は古井さんの得意とするところであるが、しばしば語り手の心情を反映し、俳句的な冴《さ》えを見せる。凡百の目は見過ごしてしまう風景の微細な差異や気配の変化を鮮やかに切り取ってくる技は、志賀直哉に代表される自然主義文学の進化形といってもいい。

静かな高曇りの、底冷えのする年末の一日がまたはさまった。…中略… 風陰はどうやら末広がりとは逆のかたちに林を覆って、団地から二百米はゆうに離れたこの笹原の辺がその先端か要《かなめ》かにあたるらしく、そこで気流がいま一度淀みがちのようで、林はあらかた裸木になっているのに、ここの楓だけがなごりに赤く焼けて、風の死角のような、いっそうの渦を孕むような、眺める目には妙につらい、日々の差を失わせかねぬ静閑が笹の上を領している。

（「好日」、三四頁）

語り手は読者を日常の向こうに誘う案内人である。異界への入口は目立たず、目印も看板もないので、見過ごされてしまうことが多い。それは発見するものというより、何となく感じ取るものだ。冬枯れの林の一角に不自然に残った紅葉……それは普通なら、「ああ、まだ枯れ落ちていないのか」で済まされるところだろうが、語り手はそこにカメラのフォーカスを当て、読者に見えない風の渦を想像させ、さらには渦の中心の静閑をも聞かせようとするのである。

そう言えば、あの頃、こんなことがあった、と今現在の、まのあたりの事象なり光景なりを、過去において見すごされていた予兆のごとくに眺めて、声をひそめんばかりにすることはある。想像の過剰を嫌う人間でも折りにつけ、そんなふうに今を見るようだ。あるいは誰しも常に、幾分かづつ、そんな目を分有している。目というよりは気分に近い。対象もおよそ些細な事どもだ。細事のほうがその気分を呼びやすい。本人はろくに意識に留めない。

（「荒野の花嫁」、一一五頁）

この導入部などは古井さんの眼差しの特質を自己解説しているようにも受け取れる。一連の謎めいた書き出しによって、開示されるこの世ならぬ世界、見知らぬ異界や異人は、あくまでも日常の中に隠れている。日常と異界のあいだには明確な境界があるわけではなく、誰もがいつの間にか迷い込んでしまう。そこに迷い込むきっかけ、あるいは兆しは、ささやかな違和感だ。「おや」という感覚は、誰しも一日に二、三度は経験するが、大抵は「目の錯覚」とか、「勘違い」とか、「ボケ」などと呼び、あえて気にすることもしない。だが、ひとたび、錯覚や勘違いの秘密を探ろうとすると、日常の中に不可分に組み込まれているあの世や死者、狂気、深淵などに、否応なく触れることになってしまう。

パラレル・ワールドを描くSFや死後の世界を描く怪奇小説などと趣向が似ている、などと早とちりしてはならない。それらに描かれている異界やあの世は、作者の想像力の見せどころではあっても、あくまで想像の産物に過ぎない。そのため多くはエンターテインメントの予定調和に終わる。安心して読めるという利点はあるが、読者の不安を誘うものではない。

古井作品の魅力はそうしたジャンルの対極にあって、読者をひどく不安にする。作中人物が抱く不安が読者に伝染し、読後にも不気味な後味を引きずることになる。しかも、その不安、不気味さがあまりにリアルなので、作中人物は本当に死者と会ったり、狂気に触れたりしてしまったのではないか、とさえ思えるのだ。

実体験を語る人の口調はいたって真面目で、ほら話と決めてかかると、怒られそうな迫力を伴っていることがある。しかし、「死んだ人に会った」なんていう話をどういう顔をして聞いたらいいというのか？　「そんなことありえない」、「いや、あったんだから」と何度か応酬するうちに、面倒だから信じる、とか、少なくとも本人にとってはリアルなんだ、と思わざるをえなくなる。一瞬、相手は狂っているのではないかと思うが、普段の言動には何ら変わったところはなかったりする。まともに考えると、恐ろしいので、深くは追及しないまま放置するのが大人のやり方だろうか？

どのページを開いても、そこには理解しがたい他者がいる。そこにいるのが身内や友人であっても、自分の知らない一面を垣間見せたり、意外な変容を遂げていたりする。実は狂っているのは、登場人物たちではなく、語り手の方ではないかという疑問さえ湧いてくる。川端の『雪国』はトンネルの向こうに死者の世界を幻視した作品で、駒子をはじめとする登場人物は川端ゆかりの懐かしい死者たちであるという魅力的な説があるが、古井作品はそれに似て、死者との共生、あの世とこの世の自由な往還を実現させるべく、語り手を忙しく動き回らせる小説と、定義したくもなってくる。

またその語り手は自然科学者の目も併せ持っている。

> 楢や櫟はまっすぐに伸びているようでも、根を生やしたところによりそれぞれの風を受けて、身を捩りまた捩り返したその跡が幹の曲がりくねりとなって残るものだが、その屈曲は根元にも出る。
>
> （「枯れし林に」、二七四頁）

手足が麻痺しそうになった経験を重ねあわせながら、木の瘤を観察する自然科学者というのは珍しい。いや、死者が日常生活を送っている様子を幻視してしまう自然科学者などいない。やはり、語り手は文学者なのだ。だが、もし自然科学者が老いたり、病気をしたりして、幻覚を見るようになれば、生来の几帳面さから、死者やあの世をつぶさに観察し、緻密な分析を加えるだろう。

『楽天記』の語り手かつ主人公たる柿原自身が、風変わりな他者たちの良き理解者であるが、逆にいえば、彼らはみな、死の研究を始めたばかりの語り手にとっては良きパートナーなのである。早々に世捨てを決意した息子や、千日回峰行の修行僧や、あるいは病で死にかけた友人奈倉、また物いわぬばんえい競馬の「夢のように太い馬」たちでさえも、柿原によるあの世の測量の助手を務めている。柿原は折々、彼らと「わかる人にしかわからない」やり取りを交わすわけだが、それがやけに軽々しく、またそこはかとなく可笑しい。大の大人がおそらくは真面目な顔をして、死を想うありさまは、楽天の極みであり、風流の粋である。


「死びとを見ていたよ。あちこちにいた。いや、そんな陰気なことではない。人も車も街も、元気だった」

「死の舞踊か……死びとは昔から、元気なんですよ。しかしあの道路では、死びとだって車に轢かれるぞ。車も踊っていたか」

「誰も踊ってはいなかったよ。往来していただけだ。しかし、人はあちこちで死んでいるんだねえ。何も知らずに」

（「蒲公英」、八五頁）


「雛祭り」は『楽天記』のメインテーマたる「死に体」についての考察となっているが、「生ける屍」、「落伍」、「破産」、「失格」などのコトバにあるように、私たちは誰しも、生きながら、死に接近するし、おのが状態、世界の様態を死の比喩で語りたがる。なるほど、幽霊を見てしまうような人でなくても、人は多かれ少なかれ、死んでいるし、実質死んでいる人とも浅からぬ関係にある。

死者は亡者でも、化け物でもなく、あの世は業火に焼かれているわけでもなく、凄惨を極める地獄でもない。語り手が垣間見る死者や死後の世界はダンテの『神曲』地獄篇などとは似ても似つかない。私たちはそろそろ古井さんが描き出した陽気で、穏やかで、散文的日常性を帯びたあの世のイメージをこそ、新しい標準として採用してもよいのではないか？

（『古井由吉　自撰作品』七「楽天記」「忿翁」解説、河出書房新社、二〇一二年）

◉論考

仮の、往生の、傳の、試みの、文

佐々木中

往生とは、死ぬことである。一応は。ただ、往生というこの文字のおもてに、死は影も見せない。それは文字通りに「生き往く」ことであり、生きに往く、ことだ。この世の生を脱して、他の世界に生まれることだ。

　善因によって死後天界に生まれ変わらんという考えは仏教以前、インドにあっては古来から存在した。だがこれは「輪廻」を超えない。sansāra すなわち、それ自体が「生死」とも訳される「輪廻」を。輪廻において死は死ではない。個々の死は、死ではない。死んだことになっていない。死はゆくりなく「次の生」に転位してしまうのだから。来世が犬畜生の類であろうと蚊蜻蛉の類であろうと、生きていることには変わりがない。

　釈尊はここに一つの断絶を置く。絶対的な死を置く。解脱と言う、涅槃と言う、往生極楽と言う。その絶対的な死において「生死」である「輪廻」を脱出しないかぎり、生ある者は正確には死ぬことができず、迷いと苦しみの世界である三界六道を「生死」を繰り返して「輪廻」し続けなければならない。

　ここにあるのは、奇妙な「死の絶対化による死の相対化」だ。真の死による、個々の。ひとが恐れ、惑い、憧れすらする、あの動かしがたいと思われた「死」はここに脱臼する。あっけなく生と死の対立は蒸発し、生と死の相互作用だの弁証法だのといった文言も萎え果てて行く。生や死などといったものはない。あるのは「生死」＝「輪廻」

である。それは同じ一つのものである。同じ一つのものの別の側面、ですら、ない。他方が他方を含むのでも他方が他方の結果、でもない。

すでに、生と死を二つ独立した項として考える思考は無効になっている。さらに釈尊は、この「生死」を超える「死」に向かう道を示して行く。初期仏典によれば、その彼方にあるのは感官が通用しない、時間がない、場所ですらない、もはや無ですらないかもしれぬ何かだ。そう読める。そこに向かうことを「往生」と言う。生き往くこと、と呼ぶ。以上、何ら難解なことはないはずである。

大乗仏教の空観では、ここで「生死即涅槃」と言う。つまり、大乗仏教は釈尊が設けたこの「生死（＝輪廻）」対「涅槃（＝絶対的な死）」という対立自体を解消してしまう。迷える衆生の苦界こそが、そのままに不生不滅の涅槃であり極楽浄土である、と。まさに生死を超えた悟達の世界がありうると考えることこそが、凡夫の執着にすぎないのだ、と。ゆえに、「生死即涅槃」であり、「煩悩即菩提」となる。

以上、まずは入門どころか門前にすら居ない、門外漢の復習にすぎない。が、この空観の「解決」は何かが早い気がする。何か観念の遊戯の匂いがする、と言えば、言葉が過ぎるか。これもまた長い歳月を経て生まれた思考なのだから。だが、これは何かを飛ばしている、か、その後に付け足すべき何かが要る文言だ。むろん、法然と親鸞が「来迎」を拒み、それぞれ結縁を拒絶し平生往生を説いたなどという挿話はわれわれを揺り動かすが、それは、しかし。

——と、食い下がっても詮方無い。すくなくとも、ここでは。門外漢の繰り言はこれくらいにしよう。

また、言語学者バンヴェニストを俟つまでもなく、言語の本質は間接法である。間接話法、だ。蜜を発見した蜜蜂は蜜の存在を他の蜜蜂に伝えることができる。ゆえに蜜蜂は直接法現在を知っている。だが、蜜の存在を伝えられた蜜蜂は他の蜜蜂に蜜の存在を知らせることはできない。つまり、蜜蜂には「伝聞」がない。だから蜜蜂は間接法を知らず、ゆえに言語を持たない。伝聞そして間接法は言語の本質である。それは派生物ではなく、言語の起源である。

そしてまた、白川静によれば、伝の旧字「傳」は、そもそも「大きな袋のなかに担げる財産を詰めさせてこれを背負わせ、追放する」の意味である。故郷を捨てて四方に官を求めることも傳と言う。いわく、「伝質とは、出仕するときの贄を負うて、諸国に歴遊する意」。

『仮往生伝試文』は、仮の、往生の、伝についての、試みの、文である。表題は正確無比である。何の気取りも衒いもそこには無い。無い、残酷なまでに。往生の、伝についての、文、ならば、これは正気で書けるものではなくなる。ゆえの仮であり、ゆえの試の字であると、古井氏も言っていなかったか。

冒頭、「厠の静まり」から、原則として各章は、古典に属するさまざまな「往生伝」の引用、それについての解釈、克明に日付が打たれた日記と思しき文章、の三要素から成立している。これを安易な読書随筆の類と取り違えてはならない。これは、それ自体が「伝」である「往生伝」をまた伝聞する企てである。繰り返す、伝聞は言語の本質である。が、間接法に間接法を重ね、伝に伝を重ねることは言語の、語りの確実性を揺さぶる。静かに、しかし確実に。往生伝だ、はじめから伝聞である。しかもこれは「往生」した者の伝聞であって、伝聞される側の者はこの世には居ない。死とは呼べぬとしても、消滅の伝聞である。そこでもう何かが定かならぬ。それをまた伝聞すれば、その語りは恣意に晒される。往生伝それ自体の恣意と、さらにいや増すみずからの語り自身の恣意に、だ。本文で浮き彫りにされて行くのは、原典として成立し活字化されてもいよう往生伝に「語られていないこと」だ。それは「表象不可能」だの「言語化不可能」だの、そのまた逆だのといっただらしのない事柄とは関係ない。単に、伝聞されなかったということだ。恣意だ。端的な言語の本質の苛酷さだ。単純な忘失によって、傳の袋に詰められなかったということだ。追い立てられて、故郷を放逐されるときに。

或る国文学者に拠れば、明治以前の和本はすくなく見積もって百万残っており、そのうち活字化されているものはたった一万以下、つまり一％以下に過ぎないと言う。あなたはあの、筆で書かれた古文書を読めるか。われわれは日本語を知らない。われわれは日本語が読めない。ということにならないか。

古井由吉は、ここで消滅の伝聞をまた伝聞することによって、この歴史のただなかにある言語の苛酷な薄明としか言いようがない何かを見ようとする。一糸まとわぬ恣意だ。傳によってまた恣意に重ねられた恣意だ、そしてその往生の人々の生も恣意にさらされている。まさにそのことが描かれていく。[*1] だが、それだけではない。迂回して行こう。以下具体的に述べるが、このような作品をまた伝聞するわけだ。おそらくは痴愚にかたむく列挙と、そして反復は避けられまい。

本書冒頭に来る「厠の静まり」は、或る上人が往生の前に一場の囲碁と泥障《あふり》胡蝶の舞いをする描写からはじまる。ただ、若いころ目にして「好ましと思ひしが」「年頃は忘れたりつる」ことごとにすぎない。恣意だ、しかし伝聞されて、その伝聞にまた恣意が挟まる。その伝聞の恣意に、解釈を重ねていく。みずからのその行いの恣意をまざまざと意識しながら、そしてまたこの小説で伝聞されなかったことの匂いを濃く残しながら。古井由吉は次のように書く。

> 今はつゆ思ふことなし——生涯の心のこしを、最後に果たした。人のやっていたのを眺めて、自分もやってみたいと思ったが、やらずじまいで来たことを、最後に形ばかりなぞって往く。やりおおせた、遂げたことになるのだろうか。いや、これはすでに反復である。自分もやってみたいと、うち眺めたことが、やったにひとしい、そんな瞬間はある。それが臨終の際に、思い出され、繰り返される。充足がひとつに重なり、忘失の輪が円結する。すでに遂げた、つねに遂げた、いままた遂げた。生涯、聖人はかりそめに、碁を打っていた、泥障をかぶって胡蝶を舞っていた、おもしろくも、おかしくもないが、好ましと思った。[*2]
>
> さればまた、まことに最後に思ひ出でむこと——。
>
> 最後とは往生の際になるわけだが、しかし、そうと限ったものでもない。日常坐臥の内にもおのずと、そのつど最後はある。その時までの最後だと考えられる境はある。常住即何やらと、そんな尊げな見当ではなくて、生きる心がいきなり、先をつかのま堰かれて、何事かがいまにも思い出されかかる。遂げばや、と歎息する。遂げるというほどの、おもおもしい事柄が念頭にあるわけでない。情念がどこかへ粘るでもない。ただ、いつかたまたま心にのこして過ぎた、ささやかな時が振り返られる。しかし何時だか、何事だか、定まらない。自身の行為だか、人の姿だか、それも分からない。過去に実際にあった事なのか、それとも、今ここで何事かを振り返る自身を、すでに一身を超えた情景として、自身がまたどこかから振り返り、眺めているのか、泣き濡れて……。

往生の伝をまた「傳」すること。それは生死輪廻《サンサーラ》の巨大な反復そのものを言語の本質を使ってふたたび二重化することにほかならない。ここまでは理解はたやすい。たいしたことではない。次だ。「生死」を超脱する「涅槃」への「往生」は、しかし「生死即涅槃」で堰きとめられて空転する。生死を超える、筈、だった「往生」はまた新たに生死に帰着する。そこにはとめどない反復しかなくなる。ここにおいて、往生とは反復を反復することでしかなくなる。そして往生伝とは反復の反復を反復することでしかなくなる。そして『仮往生伝試文』は、反復の反復の反復を反復することになる。ゆえにそこでは、一つの生の折節、あらゆる襞に反復が潜在することになる。その反復の一回転ずつ、「円結」ずつ、生は遂げられていくことになる。「すでに遂げた、つねに遂げた、いままた遂げた」。そこではもう、「しかし何時だか、何事だか、定まらない。自身の行為だか、人の姿だか、それも分からない。過去に実際にあった事なのか、それとも」。反復、永劫回帰というものはない。その主体も。それはその都度創り直されねばならない。すなわち、反復と永劫回帰とは、これである。ここでなされていることとである。

　厠の中から不意に消えて、数十年後往生した上人の話を引用してのち、古井氏はこの僧はいつ往生したことになるのか、と問う。「夜中に寝覚めして、とうの昔に往生していた自分を、まだ往生していない身でもって、思い出すような、そんな心地になったこともあったかもしれない。やがて厠から立った姿が、念仏に縋ってこちらへ転げるように駆け降りてくるのを、訝しく眺める」。「あれ以来つねに往生していた。往生していながら往生を求めてやがて往生した」。

　あれ以来つねに反復を反復していた。反復を反復しながら反復の反復を求めてやがて反復を反復した。という、ことに、なる。その伝聞を、また伝聞している。今。ここで。「ごとしごとし、またごとし、菩薩の衆に例の微妙の音楽、雨と降る花、やがて」。

　かくして時間はその瞬間ごとに過去と未来を孕んで異常なまでに屈曲する。屈曲する、か。そうではない、われわれの生きている無事の時間ありのままを、古井由吉は書いている。われわれのこの往生そのものを。古井由吉の文体の特徴は一つ、正確無比ということだけだ。長らく難解と呼ばれてきた氏の文体だが、こう反問することが許されよう。なら、あなたは、自分の生を、自分の往生を、難解だと言うのか。——伝聞、それはうわさ話、でもあるのに。それが難解か。難解なのだろう、おそらくは。あまりの明晰、あまりの正確は、なかなかに耐え難いのだから。

「厠の静まり」に戻る。往生の伝の、伝、が連ねられたあと、不意に「十二月十三日、金曜日、晴」の一行が置かれて、日記と思しき文章が書かれる。十二月十三日が金曜日だったのは一九八五年であり、「文藝」の一九八六年春季号が初出のこの一章と日付は一致する。何故の突如の日記か。氏が何と言っていようとも、氏が往生伝の著者が思いもかけなかったことをこの書で書いている以上、ここでわれわれはこの問いを発することが許されている。許されている、この小説の運動自身に。

以下各章、往生伝と日記をつらぬいて、信心と不信心、食と飢餓、通夜と野晒し、清浄と汚穢、男女の交わり、夫婦の睦み合い、旅と彷徨、食い扶持の稼ぎ、病と病人の世話、老いと老人の遺棄、博打、窃盗、わけては四季の光景の、誰が見たとも知れぬ描写がつづく。それぞれ反復こそを本義とし、反復の位相においてしか描かれ得ないことごとだ。あるいは反復の反復……を正確に書くことにおいて比肩する者が居ない古井由吉の筆によってしか。時折挟まれる頓狂なユーモアは、その正確な記述によってさらに水際立ったものとなる。

その蛇行する筆のはこびのなかで、厠から行方知れずになった僧をはじめとして、家を出て姿を消した者たちの彷徨の話は幾度と無く繰り返される。出家、の話なのだから当然だが、しかし。たとえば、「いかゞせむと鳥部野に」では老人を捨てる、往生を前にして家を出す話が引用される。「家にては殺さじ」。「世上の多くはいずれ、息のあるうちに、野辺とは言わず、家から出される者たちだ」。そうだ、これは「往生伝」の「傳」である。「傳」は、そもそも「大きな袋のなかに担げる財産を詰めさせてこれを背負わせ、追放する」の意味であるとは、既に述べた。故郷を捨てて四方に、諸国に歴遊することだと。だが、古井氏が本書で述べるところにしたがって問おう。追放、歴遊、彷徨はいつはじまったか。それは往生とおなじく、いつはじまったかいつ終わったかもわからぬものではないか。彷徨はつねにすでにはじまり、彷徨はつねにすでに止む。つまり、ここで彷徨は往生となり、往生は彷徨となり、つまり往生と傳は一つの同じ反復を反復することになる。だから往生伝とはすでに贅語であり、反復の反復であり、ゆえに本書は、反復の反復の反復の反復であると言った。それにまた、反復が反復する。なぜそうしなければならないのか、と問うならば、また反復は重なり行くことになる。

ここで注意しよう。すでに往生伝を伝える文章のあとに日記という形式はかりそめのものとして、冒頭「厠の静まり」の直後の「水漿の境」で既に破られている。この章では、往生伝の伝聞が日記になってもう一度往生伝に戻ってきている。次の章「命は惜しく妻も去り難し」では、日記と往生伝が交互に置かれる。ばかりか、その次の「いかゞせむと鳥部野に」では藤原定家の日記「明月記」が日記のただなかに執拗に引用され、その内容は定家の老父の俊成の往生伝である。往生伝が日記のなかに、日記の引用として、出現する。さらに、その次の章「いま暫くは人間に」では、末尾、三月十八日の日記全体がほぼ「明月記」の引用そのものとなる。安貞元年十一月十二日から延々と、異様なまでに。伝聞の伝聞として過去を語る往生伝の部分が、いま現在を語る筈の日記を侵食し、蹂躙する。そして「声まぎらはしほとゝぎす」で、遂に日記の日付は消える。古典の引用も止む。ならば、ここで『仮往生伝試文』は、日記でも、往生伝でもなくなったのか。違う。反復に反復を重ねるこの小説にこの語が適当かどうか不明だが他に致し様もないので本文と呼ぶが、この目前の本文そのものが「往生伝」になるのだ。それは伝聞を一枚剝いだことに、反復を一枚薄くしたことになるか。それも違う。何が起こっているのか。

　間接法は原則として過去の叙述をその始原に持たざるをえない。あの蜜蜂が蜜を見つけたと、その蜜蜂は私に語った……。だから語りは、言語の本質からして、過去についての間接話法にならざるを得ず、ゆえにそれはもっともわれわれの日々に親しい通俗なるものとしての物語にならざるを得ない。

　だが、伝に伝を重ね、間接法に間接法を重ねて、願望と伝聞とに願望と伝聞とを重ねて、そしてまた過去に過去を重ねて、しかし古井由吉はそのことにおいて、直接法を、現在を目指そうとする。歌を、とまで、古井作品の全体を見渡すならば言いうる。物語をつむぐ筈だった過去と間接が、今ここに殺到する。そのことによって、今ここを絶対的な反復そのものに、反復の反復の反復の反復……そのものに、する。今ここは知れぬ誰かの、知れぬ何かの、何時ともわからぬ反復となる、からこそ、生きそして書いている、往生しつつ伝聞しつつある今ここは、果てしない未来への「直前」になる。本書の言い方を借りるならば「生前」に。過去が反復として現在に胚胎されているのなら、今ここは、次の瞬間の永遠の未来に向かって無限に警戒すること、いや無限に身を解くことにしかならない。こうして、異様な澄明さで、古井由吉の小説は、未来の小説となるのだ[*3]。未だ来ぬものについての、未だ来ぬ文だ。ゆえに、それは試みることしか出来ぬ。おそらく、ここで古井氏が行っていることは、言語の本質を摑みつつ、なおも言語を虐げ、軋ませるわざだ。おそらくは、演劇でも詩でも演説でも可能ではない、小説のみがなせることだ。だからこそ、もはや古井氏の小説をめぐって語られる「生と死のあわい」だの「過去と現在の混交」などという常套は破られている。ここにあるのは生でもなく、死でもなく、過去でもなく、現在でもない。そのあいだでもない。往生であり、傳である。未来を無限に待機する過去を反復する現在、その反復のありのままである。

そしてこの章はこうはじまる。

老いるということは、しだいに狂うことではないか。おもむろにやすらかに狂っていくのが本来、めでたい年の取り方ではないのか。では、狂っていないのは、いつの年齢のことか。

まさに、老いと狂いと、反復の語りが反復される。そしてこの章は、古井由吉がその最初期から繰り返し語ってきた、家を出て身寄りもない男女の偶然の邂逅と交わりを、「新世帯」の結びを語るのだ。「そんな頃のこと、人と別れてひとりで暮す女のところに、男がわずかな荷物を運びこんで居ついた。年齢《とし》はどちらも三十の手前で、ほかに寄りつくあてもなくなっていた」。つまり、この男女は、傳の境涯にある。袋ひとつ身ぐるみを負って家を出て彷徨う、そのありふれて反復されてきた流謫にある。二人は誰もがするように出会い、誰もがするように睦み合い、そして誰もがするように新たな栖《すみか》を結ぶ。われらもそうするように、あるいはわれらの親がそうしてきたように。あるいはわれらの子らも。「男に抱かれるうちに、軒が暮れていく。その時間を女は、眠りこんだ男を暗くなった部屋に置いて寒い台所で夕飯の仕度を続けるあいだも、肌に曳いていた。しあわせという気持にまして、いつかこの時間がつくづくしあわせだったと思い返される時があるだろうなと感じた」。「俺たちはもう何年も前に死んでいるような気はしないか、こうして帰って来る時には、すぐ近くまで寄りながら、もうすこしのところでたどりつけなくて、せめて肌を触れたいという心だけのこして、身が消えかかるような、そんな気はしないかと、今朝も服は居間に揃えて、洗い立ての肌着をひたりと肌につけて待つはずの女へ呼びかけた」。この男女は生きている。反復を、傳を。つまり、往生している。

そして、次章「四方に雨を見るやうに」では、空襲が語られる。古井由吉がやはり初期から繰り返し語ってきた、あの空襲が。初期の「円陣を組む女たち」の末尾にあらわれるあの光景が、ふたたび反復される。「七月なかばの大垣の空襲の夜には、小路を抜けて濠端の通りへ逃げると、わずか三発ほど、二百米はゆうに離れていたのだろうが、焼夷弾の落下に追われるかたちになり、振り向いて着弾の炸裂も目にして、あげくに女子供ばかりか七、八人、小さな水場を囲んで動きもならず、直撃を受けたらもろともに死にましょう、と一人が叫んだきり、たがいに肩を抱きあってすくみこんだ」。今も、私がこれを書いている今も、あなたがこれを読んでいる今も、くりかえし、くりかえし、誰もがそうするように、世界のどこかでそうするように、家を焼きだされて、傳に在って、往生している——。

ふと、この章で日付が戻ってくる。だが、そこで語られるのは、まさに語り手の友人の、往生伝そのものだ。そして語り手は死の床にある友人にこう言い放たれる。

——まだ、いたのか。いい加減にひきあげたらどうだ。つぎへまわる用があるのだろう。早く往生しろよ。

もう説明の用はあるまい。最終章「また明後日ばかりまゐるべきよし」ではこう語られる。

生前と何もかも、まるっきり変らなくなるんだよ、そうなるともう往生は近いんだ、往生するよりほかに、ないんだよ、どうしてもこうしても、すでにして、往生なんだから、

そしてこの小説の末尾はこうである。

蒼ざめた地平から、今日も息災に明けていくぞう、日々にあらたまるなあ、と太い呻きがまっすぐ天へ昇り、喉の奥が陰気に鳴って、はたと目を剝いたふうに落ちた。それに耳をやっていたなごりをふくんで、ところで、この谷に集まっておる者たちは、往生人か、と気のない声がまたたずねた。いやいや、あれは、すでに穢に触れたかどうか、そのあらわれを、ここで息をひそめて、かなたの沈黙におのれの沈黙を重ねて、ただ待つ連中にすぎない、と答えていた。ふいに背後へ山が迫りあがり、その懐にひろがって、花が一斉に咲いたように、白く坐りつく姿が、それぞれに小さく

切られた土の棚から棚へ、無数に反復した。

無論、かなたの沈黙におのれの沈黙を重ねてただ待つのならば、それは発話に発話を重ねて待つにひとしく、まして姿が無数に反復するのならば、ここにあるのは傳であり、往生である、などと言えば蛇足の類になる。

驚嘆すべき小説である。ひとはこの小説を反復せざるを得ない。古井由吉は現存する世界最大の作家だ。——などという当然のことを述べて、また蛇足に蛇足を重ねることにする。しかし、これは、どうも、以前にどこかで書いたことがあるような気がする。これからも、繰り返し、語ることになる気がする。[*4]

＊1　恣意、そして永遠と災厄の作家としての古井由吉については、以下の拙稿を参照。「古井由吉、災厄の後の永遠」、『古井由吉自撰作品』四、河出書房新社、二〇一二年。『この熾烈なる無力を』、河出書房新社、二〇一二年に再録。

＊2　かりそめ、という文言が引用に見える。「仮ながらせっかく立《たち》往生に居《すわり》往生しているのを」(同章) など、この『仮往生伝試文』の「仮」「かりそめ」は本稿の理路からしても反復の別の位相を意味する言葉として理解しうるが、錯綜に錯綜を重ねることをおそれる。割愛して、ここでは読者の推論に期待する。

＊3　当然だが未来のことを物語に書いても過去形でしか述べることが出来ない。いわゆる未来小説は未来小説ではない。

＊4　空観の解決は何か早い気がすると書いた。古井氏はその驚くべき遅さ、氏の小説を読んだ者なら甘やかに思い出されもしよう読むものの身ごとを霧雨にすこしずつ濡れさせ重くさせていくような遅さで、これを補い得ていると考える。が、ここでは紙幅がない。

(『仮往生伝試文』解説、講談社文芸文庫、二〇一五年)

◉論考

「夢は終ることがないように、言葉も終るすべを知らない——夢のなかでは」

朝吹真理子

装幀をみると、たしかに「古井由吉」という人名が書かれてあるのだけれど、いったいどんな人物なのかが、著者紹介をみても年譜をみても近影をみても、実体がよくわからない。『山躁賦』や『仮往生伝試文』を読むたび、ほんとうに生きた人間の手によって書かれた作品なのかをあやしく思う。

山手線の駅構内で読もうと、病院の待合室で読もうと、熊野の温泉旅館の休憩椅子、目黒川沿いのカフェ、瀬戸内海のフェリー乗場、大学図書館の脇、浴室、トイレ、布団のなか、そこに流れている「現在」とはまったく別の時間が小説からのぼってくる。じつにまともな言葉で書かれてあるようでいて、読むそばから不安定で無秩序な世界へと連れて行かれてしまう。しかしそれもまたまぎれもない「現在」として、読む人の身体のなかを流れてゆく。

古井由吉の小説は、かつて書かれた作品であるという実感がない。いつまでも読んだときの感覚が過去のものとならず、小説のなかの「現在」はいつまでも「現在」のままある。作品個体としての時間の経過がない。おそらく、明日も百年後であっても、いつだって書かれてあるのは「現在」でしかない。

小説のなかで「私」と称している人のことも、読んでいるうちにわからなくなってしまう。人は簡単に人でなくなってしまうらしい。小説のなかにいる「私」なんて、どこにもいないのではないだろうかと思う。「私」が一貫した意志を持ったひとりの人間である制約などほんとうはないのだから、「私」は誰でもなくていいのかもしれない。

あらすじ、起承転結、そうした辻褄をあわせて読もうとすれば、即座にはねかえされる。言葉に拒否される。時制はすぐにほどけてしまう。晴れたり曇ったりするだけの、女の襟首のにおいがふとよぎるだけの、思い出す「現在」があるだけの、未来にむかう「現在」があるだけの、ひたすら苛烈な体感がある。反復によってどんどん白くなる。同時に、目の前がみえなくなって真っ黒になってしまう。時制なんてものは簡単に失われる。もとから時制なんてものので人間のようなだらしない生きものの思考を仮止めしてみても、結局、何かを捉えることなどできないのだろうと思い知る。

＊

私は一度だけ「古井由吉」を見たことがある。二〇〇六年の夏の夜だった。当時大学四年生だった私は、新宿三丁目のバーで古井由吉がホストをつとめる朗読会があることを知った。ゲストは吉増剛造。大学院試験を控えていたにもかかわらず、私は吉増剛造の詩に惹かれっぱなしで寝ても覚めても彼の綴る言葉ばかり読んでいた。「吉増剛造」もまた、作品を読むたびに、固有の肉体を持った人物のようには思えず、荒木経惟による著者近影もじつに幽霊的だった。

この世に生きているのかどうかあやしいふたりのすがたをみたい、というちょっとした好奇心で、朗読会場までおそるおそる出かけたのだった。毎晩夜十時ごろには就寝していたので、新宿アルタ前の人数の多さやチカチカ光る表示灯にまごつき、方向音痴なこともあって店に着くまでさんざん迷った。会場に到着したとき、朗読会は既にはじまっていた。店外まで人はあふれて、熱気と、声を逃したくないという聴衆の妙な静けさとがまぜこぜにただよっていた。もののにおいがたくさんした。蒸した夜だった。そっとなかをのぞくと、バーのカウンターで、ぎょろっとした眼光鋭い男性がゆっくり文章を読み上げていた。それが古井由吉だった。朗読会が終わるとたんに酒場らしいくだけた雰囲気になって、贈りもののシャンパンもあけられ、店先にテーブルとイスをだして飲み食いする。煙っぽい埃っぽい賑やかさだった。お酒を飲む人々をぬけて店をでた。奇妙な沼地に足を踏み入れてしまった気がしていた。生がほんとうに漲っているときは、それと同量の死もまた迫っているという気がした。生きた人の声をきいたのか、家に帰る途中からわからなくなってしまった。

「古井由吉」とは誰なのだろうかと背表紙をみるたびに思う。対称的な字面の一点一画すらほどけてゆきそうで、個人名のようには思えなくなってゆく。「古井由吉」は匿名の人々の声の集積でできているようにも思える。四文字が、おおきな卒塔婆だとか、墓碑銘のようにみえる。

*

古井由吉の小説は、書かれていないことばかり記憶に残る。「杳子」「妻隠」から現在の作品に至るまでそれはかわらない。書かれた言葉によって書かれていないところを読み手に届けているように思える。

著者自身も、松浦寿輝との対談で、「言語に関しては表現そのものが表現ではないんじゃないか、表現したときにこぼれ落ちるものがしょせん表現じゃないか」(「「私」と「言語」の間で」、『色《しき》と空《くう》のあわいで』講談社)と語っている。

小説の略図や説明を意識すると、もののかたち、人々の行為、風景、物音、気配、すべての流れが寸断されてしまう。何かはっきりとした出来事があるのかと問われるとよくわからなくなる。読んでいる最中にだけ小説は流れていて、目を離したとたんにどこかに行ってしまう。繰り返し読むのだが、遅延しているかと思うとするすると時間が経っていったりする。ひとたびも安心できない。気がついたら事が運ばれてゆく、その「流れ」しか古井由吉の小説にないのかもしれない。それは苛烈で怖ろしいことだと思う。

*

古井由吉は吉増剛造との対談で、小説に流れる時間や出来事の有り無しについて語っている面白いくだりがある。

古井　例えば昼下りから夕方までの時間を書く時、これは小説の場合、その間に出来事がなけりゃいけない。外からのものでも内部のものでも出来事があってこそ、それに沿って書いて行ける。でも出来事のない、無事の時間ね、その無事の時間を掴んでみたい気持ちがあるんです。無事の時間を掴むと、異った時間がうらはらに現れ出るんですね。(中略)ぼくらが時間を生きたと感覚するのは何か事があるときなんですね。事がないと死んでるのね、時間が。それではしかしちょっと合わないなと思ってね、事がない時の方が多いんだもん。事がない時間というのをないがしろにしすぎてると思うのね。昔は事がなくても共通に時間をこしらえてくれたわけ。正午《ひる》になるとサイレンがなるとか、暮になると豆腐屋がくるとか、日没には鐘が鳴るとか。共通の時間がなくなって時間がそれぞれ個人に委ねられると、事のあるときだけ時間を感じて、事のない時間がおろそかになる。

吉増　それはひじょうにいい話だな。それを聞きながら一つ思い出していたんだけど、古井さん、ちょうど欧州から戻ってカフカ論を書かれたでしょう。それをいま思い浮かべたけど、カフカの有名な『変身』という作品があるでしょ。あれはまあいろいろ言われるけどぼくが一番好きなのは終り方が好きなんですね。終りは、虫になった人が死んじゃってからなんですね、それでまあほっと安心してみんなで郊外電車に乗ってピクニックに行きますよね。あそこがいま古井さんがおっしゃったのと同じで、カフカはやっぱりすごいなあと思うのは、あそこは何でもない普通の時間を生かすでしょう。あれはやっぱり本当に、あいつと言ったら悪いけれども、いいところですよね。

古井　あれは面白いんですよね。事がある内は時間が流れないんですよ。不穏当な言い方だけども、事が片付くと、つまり虫が死ぬと時間が流れて、その証拠にハイキングの電車の中で親たちが娘を見て、ああそろそろ結婚が近いなあ、と初めて時間を感じるんです。

吉増　そうなんですね、だから確かにカフカがあの作品がうまくいって好きだった理由が分りますね。残していいといったのね。

古井　無事と有事を逆転させた人ですよね。事があるときは時間が流れない、事がなくなってから時間が流れる。まさにそうですね。

（吉増剛造「魔のさす場所　対話　古井由吉」、『打ち震えていく時間』思潮社）

静けさ、平穏さ、何事もないような出来事、そのかさなりで、小説のなかの日常生活の時間に、もうひとつの時間をひらく。それは言葉ではないところにある。物音がたえずしていて、不穏で、事もなく時間が流れる。凄絶だと思う。

人前でものを飲み食いできない杏子がショートケーキを頬ばるときの「静かな音」、桃の果肉が寿夫の弱った喉を通りぬけるときの濡れた感触。目で読むのではなく、言葉の背後にあるくにゃくにゃした生理が、読む人の身体のなかに入りこむ。杏子の表情はわかるのに顔立ちを想像することはふしぎとできない。彼女の体臭や軀の肉付きは想像することができる。性的な交わりが深くなるごとにふくらむ腰まわりや、「薄い膜みたいに顫えて、それで生きていることを感じてるの」と身をよじるときの肩や乳房、毛穴、口のにおい、書かれていないはずの光景ばかり読んでいるときに感触として迫ってくる。

「妻隠」を読んでいると目に音が流れこむ。アパート一室にきこえたりただよったりする気配の音がこの小説のすべてだというような気がしていた。外と内の境界に音がはいりこむ。その音によってかえって間仕切りの内側が盛り上がり、空間が浮き立って、外と内とをかえって強く隔てているようにも思える。女が男と生活する空間がたしかにそこにあるという気がした。野菜畑のはずれにあるポリバケツまで妻の礼子がサンダルをつっかけて歩くときの音、ヒロシがバケツを洗う水音、礼子の夏の記憶、金槌、男のだみ声。ただ流れる日常の様子であるからことさら不穏に思える。萌葱色のカーテンの揺れる音。ホウロウびきの浴槽、ピンク色のタイルが張られた洗い場、がらんとした部屋に点く蛍光灯の明るさ。白い軀。老婆の声。台所にただよう、味噌、醬油、酒のにおい。真夜中、戸棚の奥を拭き掃除する礼子のすがた。「無事」のなんということのないはずの気配が濃霧となって、読み終えてなお身体にまとわりついている。何もないことの不穏さが、読む側にはみだしてきてしまう。

「夢は終ることがないように、言葉も終るすべを知らない――夢のなかでは」

病床の瀧口修造が武満徹に宛てた書簡の結びを、古井由吉の作品を読みながら思い出した。

古井由吉の作品は、終わりのなさだけを読み手に残してふいに終わる。小説の「現在」は宙吊りのまま、目の前から失われて、作品の外に放り出される。現実の「現在」がどっと流れはじめる。それで途方にくれる。

（『古井由吉　自撰作品』一「杏子・妻隠」「行隠れ」「聖」解説、河出書房新社、二〇一二年）

古井由吉初期エッセイ・アンソロジー

「死刑判決」に至るまでのカフカ
私のエッセイズム
表現ということ
翻訳から創作へ
言葉の呪術
山に行く心

「死刑判決」に至るまでのカフカ

ある詩人の「絶望」に至る過程

前世紀の後半から今世紀にかけて「詩人」(Dichter)なる言葉に異常に高い精神的意味を与えたものは、詩人の自己意識をめぐる苛酷な苦行だった。孤独の内部において、詩人は自己の生の多様性からひとつの不変な自己についての意識を抽出し、これに彼の全的な生を挙げて奉仕し、一般の人間達が曖昧に人間的なと呼んでいるものへの配慮によってもその奉仕を妨げられなかった。そのようにして、「詩人」は唯一にして、永遠な存在としての自己像を彼自身の死後に残そうとする。

フランツ・カフカ(一八八九—一九二四)もそのような詩人のイデーを追求した作家達の一人であった。現代社会の勤務生活者として(カフカは労働災害保険局の局員だった)さまざまな障害に詩人的欲求を嘲弄され、また紛らわされながら、なおかつ彼は独特な執拗さをもって、自己の生をひとつの不変な意識へと詩作(dichten)しようという試みを生涯にわたって繰返した。そして、その間に詩人的な欲求と詩人的現象の喪失との矛盾についてさまざまなイロニーが彼によって表白されたが、トーマス・マンの如く自己を作家(Schriftsteller)として限定する事は彼にはなかった。例えばカフカの日記は同時に習作ノートであり、その中において日々の個人的な記述と詩作の修業とは互にほとんど区別がつかないものであった。また、彼の主要な作品の幾つかは彼自身のまだ日の浅い体験のきわめて直截な形象化であり、特に「審判」と「城」においては主人公達はKなる頭文字のみを名に与えられ、彼らが彼らの追求の途上で出会する女性達はその頭文字を、当時カフカに深刻な体験をもたらしたある女性の名前から与えられている。さらに父親や愛人へあてた手紙において、カフカは孤独の中で育てたネガティーヴな自己像を、彼と直接に生を触れ合っている人間達に対して容赦なくつきつけた。父親に対しては、父親の影響によってもはや救われ難い不幸な存在へと定められてしまった自分の姿を、情熱的に迫る女性に対しては、「不安」と婚約していてもはや如何なる愛にも答えられぬ自分の姿を、カフカは幾様もの鮮やかな比喩をもって表現した。

しかし、このような事柄に見られる容赦なき自己意識への密着に、厳しい「絶望」に反して、「審判」や「城」の主人公達は自己の本質を意識し続ける事を独特な風に妨げられている。彼らはいわば絶望の品位をいささかも持たず、願望に繰返し駆り立てられては、自己を見失う。そして、カフカはそのような自己喪失の不安と笑止さを表現することに著しい力と関心を持っている。それでは、「審判」や「城」の主人公達における自己喪失と、例えば手紙におけるカフカの苛酷な自己集中とは如何にして統一されるのだろう。しかも、この両者はカフカの婚約破棄という同じ体験から生じたふたつの自己把握の表現であった。

一九一二年、カフカが二十九歳の秋、短篇小説「死刑判決」(Das Urteil) が一夜のうちに一気に書き上げられた。それはカフカの数年にわたる「書く事の不能」における低迷の後、突然成功した作品であり、真にカフカ的な文学へと最初の道を開いた作品であった。それより以前すでにかなり若い頃から作家への志を立てていたカフカは多数の断片的な試みをなしており、その中には「ある闘争の記録」など後に二十世紀初めにおける精神の体験の記録として重要視されるに至っているものがある。「生きる事が不可能であるという事の証明」というある章の副題が青春時代のカフカの創作態度をよく表わしている。[*1] すなわち、世紀末より受け継いだペシミスティックな思想と、彼自身の内にある生への不安の感覚と、さらに市民的な現実崩壊の体験に導かれて、彼は彼の「不幸である事」[*2] (Unglücklichsein) の意識を幻想的に、また同時にかなり論理的に形象化しようとした。一人の男が内面的に構成された夜景の中を歩みながらモノローグし、モノローグにつれて夜景が移り変る。あるいは、同じような風景の中を二人の男が歩み、ほとんど互に孤立したモノローグに過ぎぬ対話をかわす。日常的なものが幻想的なものと頻繁に交換し合い、自明なものが唐突として恣意へと陥落し、カフカは現実の崩壊について、崩壊における人間の不安な自由について、異常に豊かな感覚と発想と形象を示している。ところが、このような豊かな才能の駆使の果に彼は根深い「書く事の不能」に陥り、豊かな発想が実際の生と如何に関係づけられて把握され得るのか、判らぬ自分を見出したのである。

それに対して「死刑判決」においては、主人公ゲオルク・ベンデマンはカフカと同じように父親の影響の下で喘ぐ男であり、当時のカフカがすでにそうであったように結婚を前にして甘美な物思わしさに耽る男であり、小説の成立後およそ二年でカフカが実際に体験する事になったように結婚を目前にして不条理な力によって「死刑判決」を下されるのである。そこには無邪気な願望によって常に見失われる自己の罪、不安、突然下される罰という、後の「審判」や「城」の基調となったテーマが含まれているばかりか、作品そのものが後のカフカの婚約破棄という体験の予言にすらなっている。つまり、「死刑判決」においてカフカは罪ある存在としての自己についての意識を定着し、それを婚約という体験を通じて貫いたのである。「死刑判決」はカフカによって「正式の誕生」(Die regelrechte Geburt)を認められた最初の作品であった。

しかし、ある作家がある自己についての意識に初めて到達するというのは、後の作品や回想によって説明される程に自明で、必然的な結果ではない。そこに至るまでに作家はさまざまな現実喪失や恣意の危険に触れながら、空虚の中を模索するのである。カフカの場合も、人々が「死刑判決」の成立を説明するのに使う彼の生の現実――父への関係や罪意識――についての記述は「死刑判決」以前の日記においてほとんど見出せない。「死刑判決」はむしろカフカが語った通り、自己意識の空白の真只中より一気に把み取られたものであり、後の自己意識を育てる最初の核となったものであった。それでは、それは如何なる空白だったのだろう、そして如何にして最初の核はそこより得られたのだろう。

「死刑判決」の書かれた夜から二年余り前、一九一〇年の初めに、後にカフカの日記として出版される事になった四つ折半ノートが始まった。それは単に新しいノートの始まりという偶然なものではなく、カフカの危機意識の高まりと時を同じくしている。すなわち、当時すでに二十七歳にもなり、相変らず勤め人として、また息子として「非生活」を送りながら、文学においてのみ真の生活の打開を期待していたカフカは肝心の文学において甚だしい「書く事の不能」に突き当り、何時果てるとない低迷を続けていたのである。彼を苦しめたものは一方においては精神の揺がし難い冷淡さ、空虚への陥落であった。彼は自分の状態をもはやどんな感情も想念も受け容れる隙間のない石にたとえた。しかし、それと同時に、それ以上に彼を苦しめたのは彼をしばしば襲うインスピレーションの異常な豊かさ、彼をして今こそ何でも書き得るとほとんど確信させるような豊かさであった。というのは、それらの想念や形象は彼自身による把握を許さないのである。彼の表現を借りると、それらはその根元のほうから彼に確認されつつ彼の内に入って来るのではなくて、いきなりその真中のあたりから、最も生々しいあたりから彼の内に飛び込んで来るのである。[*3] このような豊かさは確かにカフカに作家としての可能性を示しはした。しかし、それは当時において彼の心を占め始めていた願望、すなわち、言葉を自己によって充満させ、言葉において自己を確認したいという願望をいささかも満たす事が出来ず、豊かさのままやはり彼には不幸な空虚として感じられた。

ここでカフカが陥っているのは自己喪失の状態である。「僕の状態は幸福でもなければ、不幸でもない。冷淡さでもなく、弱さでもなく、疲れでもなく、また他の関心事でもない。それじゃ一体何だというのだ。それが判らぬということが書けぬ事に関係しているに違いない」[*4] と彼は嘆いている。中心にあるべき自己の現実が見失われている故に、彼は自身の豊富な想念や形象に意味の秩序を与えることが出来ないのである。しかし、このような豊かさそのものはカフカの内において自己についての意識がまとまりかけている事を意味している。それは彼の青春時代を通じて追求されて来たネガティーヴな自己についての、つまり「生きる事の出来ぬ」自己についての意識であり、そしてこの意識の凝縮がカフカにあるペルスペクティーヴを与え、今まで眼につかなかった事どもを次々に見えるようにさせたのである。カフカは机に向っている彼自身を、広場の真中で両脚を折って倒れている男の状態にたとえた。[*5] 車は倒れている男には構いなしにひっきりなしに男の周囲を往来し続ける。しかし、男の激しい苦痛は彼の眼を閉じさせる事によって「交通巡査よりもっと巧みに」あたりに秩序を与える、つまり、あたりを荒涼としたものにしてしまう。ここで起ったのはネガティーヴな自己への集中によるペルスペクティーヴの獲得と同じものである。ところがカフカはこのようにして彼の内に生じた精神的秩序を彼の現実として担う事を拒否したのである。彼は先の比喩に次のような結びをつけた。「あたりのにぎやかな生活は彼を苦しめる。なぜって、彼は往来の邪魔なのだから。しかし、空虚はもっと悪い。空虚は彼の本来の苦痛を失わせてしまうのだ。」カフカはネガティーヴな自己意識が彼の内で遂に凝縮しかけた時にはすでに現実を喪失し、虚無へと崩壊し始めているのに気づいたのである。

しかし、ここに起ったネガティーヴな自己意識の崩壊は、「絶望」があまりに徹底的な精神化によって最初に存在した体験の現実を失ってしまった事を意味しない。それは精神化の、自己意識の抽象のもっと押し進められた段階において生じる問題である。ところが、カフカの場合には崩壊は精神化がいよいよ厳しい第一歩を進めようとした時にすでに起ったのである。カフカの自己意識を崩壊させたのは、むしろ最初における「絶望」の弱さであった。多様な生の現実において不幸であらざるを得ない存在としての自己を十分に体験する事なく、ネガティーヴな自己の構成に向った事であった。それ故、ネガティーヴなものへのいよいよ冷やかな密着もカフカにおいては無邪気な「願望」の跳梁をすこしも抑えなかった。そして、「願望」は彼がネガティーヴなるものを全的に生を挙げて担う事を妨げ、ネガティーヴなるものも「願望」の跳梁を許す事によって自ら現実性を失うのである。

カフカが書けなくなったのはこのような「絶望」と「願望」の白々しい共存、あるべき葛藤の失われた膠着の故であった。このような彼の精神状況は日記の始まり近くになされた「ある闘争の記録」のひとつのヴァリエイションといわれる「Bauernfänger」の試み[*6]にうかがわれる。

「私」は栄達の願望を抱いて田舎から都会にやって来るが、「正しい人々」の処へ道を通じる前に都会の「独身者」に出会ってしまい、暫くつき会っているうちに彼によって自分の不幸な本質を目覚めさせられ、彼から離れ難くなる。「独身者」とは世界から自己を孤立させた事によって正しい現実感覚を奪われてしまい、何処へ行こうと同じ事だと都会の汚物の中に横たわる男である。「私」はこの男の現実喪失に感染されて、すでに最初の願望の素直さを失いかけている。小説の場面は、丁度「私」が「独身者」につきまとわれながらようよう「正しい人々」の集りが催されている建物の前まで来て、彼と共に階段の下の暗がりに立つ処である。今こそ「独身者」と訣別する潮時なのである。「私」はどうしても「独身者」を振り切って、必要とあらばトンボ返りを打ってさえ階段を昇り、集りに仲間入りしなくてはならないと考える。何故なら、集りにおいて「私」にすべてが約束されており、一歩そこに足を踏み込みさえすれば「私」の一切が改善される、と「私」は信じるからである。「私」が是非とも必要だと考えているのは逃走であった。成程、「独身者」は彼の本質に従ったのに過ぎないと「私」は認める。しかし、「独身者」は自分の不幸な本質に気づいたその時、取り返しのつかぬ誤ちを犯したのだ。「逃げ出す事のみが彼をこの世界において真直に保つことが出来る」というのに、彼は逃げ出さずに、自分の不幸の中へ長々と寝そべってしまったのだ。そう「私」は彼を非難して、誤ちを二度と繰返すまいと思う。しかし、それにも拘わらず依然として「私」は彼を振り払う事が出来ない。彼は「私」を引き止めるどころか、「ここより上のほうがいいと思うなら、遠慮なくすぐに昇って行き給え、私のことなぞ考えずに昇って行き給え」と促しさえする。それなのに、「私」は決着をつけかねて、玄関前の暗がりで彼と果しのない問答を続けるのである。

この「私」こそ「独身者」に映った自己の本来の姿を前にして、「絶望」を前にしてなおかつ何処かへ走り去ろうとする「願望」を表わしている。しかし、その「願望」は自分自身の正当さをすでに十分に確信していないので、逃亡の試みは真剣な決断を欠いて、むしろ果しない、笑止な戯れに見える。しかもまた、「独身者」のほうも真の「絶望」における精神の高貴さを持たず、ただ自己のネガティーヴな本質に冷やかに耽っているのみである。そして、彼は「私」に「私」の本質を示して「絶望」を迫るのでもなければ、また「私」を完全に解放するでもなく、ただ黙々と「私」について来るのである。この両者の間のやりとりには如何なる展開も結末もあり得ず、そもそも本来の意味で対話になり得ないのである。ここにカフカの書けぬ原因があった。カフカはすでに大きく育ちつつあったネガティーヴな自己意識と、それによって一向に弱まらぬ願望との間で、自己を把握する事に迷っていた。そして、それが小説の試みにおいてあるペルスペクティーヴを立てる事を、特に主人公の位置を定める事を不可能にしたのである。カフカの日記はこのような自己喪失の状態において、自己を何らかの方法で把握し直さねばならぬという必要から始まった。そして、「死刑判決」が書かれるまでの二年余りの間はカフカの生涯のうちで日記の分量の最も多い時期であった。

カフカ自身の表現を借りれば、日記において彼は毎夜、丁度人々が当時地球に接近しつつあった彗星に望遠鏡を向けていたように、遠く紛れた自己に向けて文章を書き、何時か真の自己が姿を現わすのを促そうとしたのである。しかし、それは多くの詩人達や思想家達の場合のように、意識の展開の為に自由な時間を豊富に許された精神的追求ではなかった。その間ずっとプラハの労働災害保険局に勤務していたカフカは精神的生活を勤め人の生活のプログラムに無理にも合わせる事を要求され、その結果、多くの都会人と同じく精神の営みを切れ切れに中断されるという苦しみをなめなくてはならなかった。そして、遂には自分の意識がたったひとつの文章を包括する程にも持続せず、完全に断片化してしまったと嘆く程であった。しかし、このような悪条件のもとにありながら、詩人の自由のイデーは独特な具合に固持された。世間に対する義務を支払った後、職務から解放された夜の時間において、初めて純粋な精神の自由が得られ、あらゆる体験を自分の内部から展開出来る、とカフカは信じたのである。カフカに敢えて勤務生活を選ばせたのも、カフカに文学以外の領域におけるあらゆる貧しさ――音楽を感受する事の不能、女性を愛する事の不能――を受け容れさせ、夜々書く事に集中させたのも、この確信であった。何時か孤独の中から真に彼を満足させる作品が生れ、彼の惨めな「非生活」を改善しなくてはならなかった。

しかし、この期間の日記のうち最も多い分量を占めるのは外面の事柄の観察の記録であった。さまざまな人間との出会い、講演会、芝居、特に当時プラパに滞在していた東ユダヤ人劇団の仕事やその俳優達との交遊、それらの事をカフカは事細かく書きしるした。それは彼自身のペルスペクティーヴを獲得しようという試みであった。しかも、あの広場に倒れている男のような、ネガティーヴなものへの耽溺によって生じさせられたペルスペクティーヴではなく、ゲーテの旅行記や伝記においてカフカを感嘆させたような、生々とした観察から自ら生じて来るものをカフカは求めていたのである。しかし、これらの観察の試みの成果は乏しかった。微に入って具体的な描写も後にカフカの特徴となった端的な表現へとまとまりかねて、それぞれ孤立し拡散している。そして、観察の記録が途切れる度にカフカは外への逃避からもどって来て、相変らぬ空虚を内に見出した人間のように「何も書けぬ」という嘆きを繰返した。

これに対して日記において実際に試みられる事はほとんどなかったが、この時期におけるカフカの本来の関心が自叙伝、自叙伝的な作品に向けられていた事は日記の散在する記述からうかがわれる。カフカがその成功に現在の生活の打開を期待した作品とはそのような作品であった。カフカは如何なる自叙伝を意図していたのだろうか。彼が実際に行った自叙伝の試みの例は次のようなものであった。一九一一年の年末に、「幅広い、力強い想起によって生じる力の高まり。いわば、船跡のほうが自ら動き出し船尾に向っておし寄せて来るのだ。すると、いよいよ強力な効果をもって我々の力の意識は高まり、力そのものが高まる。」

という記述についで、二度にわたってかなり長い少年時代の回想が試みられている。[*7] カフカはそこにおいて、日頃から彼を苦しめる劣等感、決断の不能を少年時代から厳然として存在していたものとして確認しようとした。劣等感に余りに深く親しんでしまった故、自分に関する事柄を的確に判断する能力を、就中、自分の惨めな現状を改善する能力を喪失してしまった少年の姿をカフカは描いた。少年は両親にあてがわれた不様な服を着て劣等感をしきりに育てながら、服装をかえて劣等感の原因を取り除く事に思いつかない。服装が彼においてのみそのような醜悪な効果を発揮するのだと彼は固く信じ込んでいるのだ。

「私は新しい着物を欲しいとは思わなかった。どうせ私が醜い姿をしているのなら、醜いままですくなくとも気楽に過したい。また、私の何時もの醜い服装を見慣れている人々の眼の前にまた新しい服装の醜悪さを現わすことは避けたいと思ったのだ。」

ここには外的な状態の「改善」によっては揺がし得ぬ、不幸な自己についての濃厚な意識がある。カフカが試みたのは再び不幸な存在としての自己の把握であった。しかも、今までは劣等感や疎外感やあるいは現実崩壊のイメージへの節度なき密着に過ぎなかったものを、カフカは幻想を離れた過去の回想によって真の「絶望」として確認しようとしたのである。それは回想によって過去を精神化し、過去、現在、未来をその内部において統一するひとつの不変な自己像を得ようという試みであり、生を詩的形成（dichten）する詩人の苦行の第一歩であった。

しかし、カフカはそれにほとんど成功しなかった。成程、外的な事柄には揺がされぬ自己意識がそこには描かれている。しかし、それはむしろ否定的な面より強い光をあてられているのである。「絶望」の正当さが強調されるのではなく、劣等感へ密着した心の非人間的な冷やかさと揺がし難さ、それによる現実感覚の喪失の笑止さのほうがむしろ強い効果をもって描かれている。そして、その効果は「絶望」が相変らず生々とした「願望」と常に対比されて眺められている処から来るのである。このような効果はそれ自身、書かれたものに対するカフカ自身の疑いを意味している。そしてこの自叙伝の試みは中断し、「死刑判決」が書かれるまで自叙伝的試みは二度となされていない。

ところで、カフカの自叙伝的試みが成功しなかった原因は、彼の求める自叙伝のイメージが根本において分裂していたという事の中に初めから含まれていた。カフカは「絶望」を確認しようという意図を明瞭に抱いている一方、ディケンズ的な物語、新しい生活を求めて単身新世界に渡る純情なカルル・ロスマンの物語をも思い描いているのである[*8]。カフカにとって自叙伝という言葉はすでに先に見たようなペシミスティックな内容とはうらはらに、ひとりの「罪なき」人間がさまざまな迫害に虐げられながら遂に世界における自己の位置を獲得するという、自叙伝的な人間の苦闘談をも意味していた。カフカはそのような苦闘談の世界から決して縁遠くはなかった。彼のディケンズやB・フランクリンへの関心はそれを示しており、また、彼自身の父親は実際に彼の生活をゲットーに近い処からプラハのドイツ人系市民の水準にまで自力で引き上げて来た男であって、カフカは幼い頃から父親の苦闘談を苦痛な程に聞かされて来て、恐らく彼の人生とかロマンについてのイメージをそれによって影響されていたに違いないのである。さらに、カフカが文学に求める本来のものもやはり同じような二重性を蔵していた。彼はすでに幼い頃から現在に至るまで彼が求めて来た作品を次のように確認している。「一語一語私と結びついている描出。私はそれをこの胸に抱き締める事ができ、そしてそれは私を現在ある処より拉し去ってくれるような描出」すなわち、カフカは書くことによって不変な自己が確認される事を望み、そして同時にそれによって自己の惨めな状態が一気に改善されるのを望んだのである。この後者の願望はカフカが自叙伝的作品を求めていたこの時期において特に著しい。彼は自叙伝的に自己の姿を過去と現在、さらに未来にわたって確認してくれるような作品の成功に現在の「非生活」の打開、真の生活の展開を期待していた。それは「絶望」にもとづいた外面的には貧しい精神生活の展開をまず意味している。しかし、それに留らずにカフカは息子として父親の権威のもとに喘ぐ生活から逃れて大都会に行き、作家として自立の生活を得ることを、さらに人並な結婚の道が開くことをさえ望んでいた。それは故郷の閉塞を去って新世界に向う移民の願望と同じであった。そして、このような点から見ると、カフカの「絶望」の追求は「願望」に手段としてつかえているのではないかとほとんど見える程である。

このように日記において孤独に集中された自己の追求にも拘らず、カフカは「Bauernfänger」の試みにおけるような「絶望」と「願望」とのやりとりから抜け出る事が出来なかった。彼は逃走の衝動を克服して、不幸なる存在の意識を自らに引き寄せようとした。しかし、それは「願望」によって復讐を受けた。「願望」はカフカの中で折角生じかけた不幸なる存在としての自己像を非人間的なものに、笑止なものに、非現実的なものに変えてしまい、また、「絶望」を単に冷やかな自己没頭と貶めてしまい、カフカがそれを担う事を妨げたのである。

これはカフカの詩人としての将来の見込みを暗くするのに十分であった。しかしなお、彼は自分の苦悩の中に表現されるに値する精神的現実が存在するのを知っていた。「願望」によって見失わされながら、なおある「絶望」の現実が存在するのを知っていたのである。しかし、カフカはそれを表現するのに必要な正しいペルスペクティーヴを、特に彼のごとく作品と自己の生をかなり密着させる傾向のある作家にとって必要である、主人公の小説における正しい位置づけをまだ見出していなかった。主人公を「絶望」の意識に密着させる事は自叙伝の試みにおけるように失敗におわらざるを得ない。主人公を「願望」と「絶望」の間に置く事はBauernfängerの試みで見られたように、果しない逃亡の試みとなり、「願望」と「絶望」の両者から真摯さを失わせてしまう。これら二つとは異なった新しい精神的構成が必要であり、それを見出す事がとりもなおさず新しい道の打開であった。

日記の始まりから「死刑判決」の成立までの期間は日記の分量の豊富なのに比べて成果のきわめて乏しい時期であった。カフカはその間ずっと道の打開を彼の孤独な自由の内部においてのみ求め続けていたが、やがて、彼は自分が詩人の自由を夜々行使し、また発想も豊かに所有していながら、不毛の底に沈まねばならないのは何かひとつ条件が欠けている故であると考え始め、そして、その条件を勤務生活からの解放であると信じた。勤務生活の侵略より精神を守る事は結局彼の虚弱な体をもってしては力に余る事であり、勤務生活さえ除かれればおのずから例の自叙伝を、現在では夢を書き留める時にのみそうであるように、滑らかに書き進めることができ、しかも他の人間達に理解され得るのだと彼は確信したのである。しかし、勤務生活を続ける限りは満足な作品は書けないと考えながら、彼は何か満足なものを書かぬ限り勤務生活を捨てる事は出来ぬという矛盾した考えに固執した。彼の真の処女作はやはり彼の孤独の内部から生じなくてはならなかった。

しかし、最初の作品は外側からのきっかけなしにカフカの孤独の内部で自然に結晶したのではなかった。彼が日記において相変らず空を探っていた頃、一九一二年八月十三日、カフカはF・Bなる女性に初めて出会った。この女性は後に二度にわたる婚約と婚約解消という体験を通じてカフカの自己把握に決定的な影響を与え、「審判」や「城」

の成立に至らせた女性である。しかし、出会いの日から「死刑判決」の成立の日まで日記においてはこの女性についての注目すべき記述はなく、一切が以前と同じ低迷を続けている。唯、九月十六日、彼の妹の婚約に際して「困憊の底から我々はまた新しい力を得て浮び上る。暗黒の神々は子供らの弱り切るのを待っている」[*9]という意味深い予感に満ちた詩があり、それに加えてたった一行唯一の自叙伝の予感《Die Vorahnung des einzigen Biographen》という言葉があるのが注目される。それから約一週間後、九月二十三日の夜から翌二十四日の明け方にかけて「死刑判決」が日記のノートに一気に書かれた。カフカはその日の日記の内で「死刑判決」を疑い得ぬ作品と認めた。そして、翌日から翌年の二月中頃まで日記は欠け、その間に日記のノートに「火夫」が書き込まれ、次いで別の用紙に「変身」が書かれた。さらにおよそ四カ月後、「死刑判決」の校正刷が出来た折に、カフカは一夜の内に夢のように一気に捕えられた作品の自己解釈を試み、そして作品に「正式な誕生」(Die regelrechte Geburt)を認めた。[*10]

「死刑判決」はカフカの長い低迷を破り、カフカ的な文学へと最初の道を開いた作品であり、また彼の求めていた「自叙伝」のひとつの成就を意味していた。それは単一の出来事に集中された四十ページ足らずの短篇でありながら、その内容において自叙伝的なひろがりを有している。カフカが「自叙伝」において生い立ちから起して展開しようとしたさまざまなテーマ、父との関係、ネガティーヴな自己の本質と結婚や独立への願望、不安と罪なき者の罪意識等々が単一な出来事の展開の内に夢においてのみ可能な簡略さをもって包括されている。

それでは如何にして今まで不可能であった自己の現実の描出がここで可能になったのだろうか。それはまずカフカが彼の主人公を正しい位置に置いた事であった。先の自叙伝において少年はネガティーヴな自己についての意識に余りに冷やかに密着してしまった故、その存在の生々しさを失ってしまった。「Bauernfänger」の試みにおいては、「私」は「独身者」と「正しい人々」の集りが催されている建物との間におかれて、一体「独身者」を振り切る真剣さがあるのか、それとももう絶望的に彼のものになってしまったのか判らぬような、戯れじみたやりとりを果しなく続けている。それに対して「死刑判決」においては、カフカは主人公ゲオルク・ベンデマンの「独身者」を彼の失われた友人としての彼の身辺からはるか遠くロシアにまで退けてしまったのである。主人公がかつて大いに傾倒して、父親に逆らってまで友情を示したこの「一風変ったところのある」友人は故郷を出奔してロシアに去り、そこで決定的な事業の失敗をなめて今や惨めな「独身」の生涯を運命づけられている。そして一方、主人公のほうは故郷に残って勤勉な息子として次第に父親から商売の実権を受け継いで、現在では幸福な婚約者として結婚生活を、それに父親からの完全な独立を目前にしている。主人公を実際的にロシアの友人と結びつけているものはいまではいよいよまれな文通より他にない。しかも、友人の手紙には友人がもはや故郷の現実を完全に見失っている事が明白に表われており、主人公はただ救い難く失われてしまった者への当惑の混った配慮からお座なりな文通を維持しているのに過ぎない。彼は婚約を友人に知らせないままでいる程である。

このようにカフカは「故郷」に残った人間のほうにはっきり視点を定めたのである。主人公ゲオルク・ベンデマンは「Bauernfänger」の「私」と違って、逃亡の苦しみの覚えもなしに何時の間にか幸福な市民になっており、自らの不幸な本質に従って故郷を出奔した友人の没落を、どうにもならぬ遠方の出来事として当惑をもって眺めている。しかし、果して彼は自分で思っているほど十分に市民としての生存権利を確保しているのだろうか。自分で思っているほどにロシアの友人とすでに縁遠くなってしまっているのだろうか。ここにこの小説の視点が置かれている。カフカは主人公が現在の幸福な状態においても彼が意識するよりはるかに強く遠方の友人と結びつけられている事を指摘するのである。まず、彼の深い満足感において、友人の事を考える事は彼の満足感をいよいよ深くする。何故なら、友人の不幸が彼に自分の生き方の正当さを確信させるというばかりでなく、不幸になった友人を遠方に見捨てておくという事は彼の父親への恭順の証しを立て、父親の好意をいよいよ確実にすると彼は感じるからである。しかもまた、不安において。彼の深い満足感の中には一抹の罪悪感が混っており、それによって不安が醸し出され、彼をして満足を確める必要以上に友人の事に思いを耽らせるのである。彼が許嫁に、結婚を知らせたくない友人が一人いると告げた時、彼女は不可解にもその友人に深い関心を抱いて、「あなたにそんなお友達があるのなら、ゲオルク、あなたは婚約なぞすべきじゃなかったのよ」と彼に迫り、彼の不安はあらわになる。そして、不安に促されて、彼は友人に婚約を知らせる決心をするのである。

しかし、不安は幸福感の中に溺れて、ただ全体として甘美な物思しさが彼を包んでいるに過ぎない。その中で彼はゆっくりと手紙を書き、ロシアの友人に、彼はもはや唯の友人ではなくて幸福な婚約者である事をはっきり知らせる。そして、書き上げた手紙を携え、まだ残る不安を振り払う為に父親の処に何らかの承認の印を求めに行く。ところが、彼が今や従順な息子としていささかの後めたい良心もなしに父親の前に立った時、物語は急激に展開をとげ、彼は憎悪に満ちた父親から、あのロシアに失われた男こそ心の息子であり、二人はとうからゲオルクに対して同盟を結んで機会をうかがっていたのだ、と宣告される。そして、それに次いでたちまちに彼は両親への罪のため、友人への罪のため、父親から死刑判決を下され、すこしの抵抗もなく自ら家を走り出し、近くの橋から投身するのである。

父親の宣告した死刑判決は次の通りである。

「自分の他に何があるのか今こそお前は思い知っただろう。今までお前は自分の事しか知らなかった。本当は、お前は罪のない子供なのだ。しかし、もっと本当の事をいえば、お前は悪魔のような人間なのだ。だからよく聞け、私はお前に溺死刑の判決をくだす」

この死刑判決こそ、カフカが初めて自ら正当と認めた自己把握であり、カフカ文学の出発点になったものである。「Bauernfänger」や自叙伝における失敗の後、カフカは彼にとって真に精神的現実である「絶望」を定着することに成功した。それは「願望」に駆り立てられ、罪ある自己についての意識、すなわち「絶望」を繰返し失う人間の中になおかつ存在する「絶望」であった。ロシアへと出奔せざるを得なかった男の「心の兄弟」であるゲオルク・ベンデマンは幸福な市民たらんという願望のため自分を罪なきものと思い込み、事実、不安のささやきに苦しめられることがなければ完全に無邪気な人間として、結婚と独立の目前までやって来る。そこで罪意識を全く欠いた彼の心に有罪判決が鳴り響くのである。それはまず何よりも彼が自己の本質を裏切った事であり、次いで、彼がなおかつ無意識に、それ故一層無制限に自己の本質に従って、親しい人々を苦しめた事である。しかし、このような有罪判決は罪意識を欠いた彼にとっては甚だしい不条理としてしか体験されない。だが同時に、彼の意識の空白はこの不条理に抵抗出来ない。不安がたちまち空白を満たして、このあるはずもない罪について彼を納得させてしまう。これがカフカの定着した「絶望」であり、後のカフカ文学、特に「審判」や「城」の基調をなす体験なのである。

このような「絶望」と罪の形態は現代においてようやく明白な体験の現実となったものであるが、カフカはそれを小説において最初に定着するまでに日記が始まって以来二年余り、実際には恐らくそれ以上長きにわたって、書く事の不能に耐えねばならなかった。それは真に「コロンブスの卵」的な功績であった。絶望を失う事がなおかつ絶望であるという認識自体はすでに十九世紀中頃にキルケゴールによって思惟的に得られていたのである。ただ、精神的な現実をまだ十分に把握していたキルケゴールはこの絶望の形態を精神的に最低の段階のものとして、容易に克服し得るものとして、イロニーをもってしか語り得ぬものとして示し、通り過ぎた。彼の本来の関心は自己についての意識のもっと高まった、孤独な精神化の果における絶望の問題に向けられていたのである。そして、世紀末から世紀初めにかけてこのような「絶望」を求める精神は、キルケゴールからの直接的な影響の有無に拘らず、自己についての尖鋭な意識を求めるさまざまな態度の中に、さまざまな精神の高貴さの追求やペシミズムの中に生きていた。しかし、キルケゴールはそれを始めとしてこれらの「絶望」の追求は形而上的な体験、特に神体験に最後の現実の保証を得ているのであり、それ故、神体験が失われ、それを中核としたイデーの現実が失われた時には、「絶望」の追求はただ苛酷な自我至上主義の恣意に接するのである。そしてそれと同時に、今まで精神的に克服されていた「願望」が同じ恣意を回復し、恥辱として、下からの侵蝕として精神を脅かすのである。人は「願望」によって自己を繰返し駆り立てさせてはならぬいわれを再び見出せなくなる。勿論、このような精神的現実の危機に精神の側から直面した思想家達、詩人達は多い。彼らは精神の崩壊の危機に早急に促されて、さまざまなニュアンスを持った思想や象徴を展開した。しかし、カフカの如く精神的現実の崩壊を直接に書くことの不能として、思考を展開させることの不能として受け止め、その不能の中に自己をゆだね、なおかつ新しい生成を願った作家はすくなかった。それを可能ならしめたのはカフカにおいて並はずれて著しい、精神的現実を脅かす恣意への感覚、洞察力であった。それによってカフカは明晰な思考が行うのと一風別なやり方で幻滅を次々に引き寄せたのである。しかし、「お話にならぬ」状態の認識にも拘らずなお彼をして倦きずに新しい現実の把握へと向わせたのは彼の中の「願望」の力であった。すなわち、彼が人間を屈辱的に駆り立て続ける不条理な「願望」を根本においては精神的にも拒絶しなかった事であった。「死刑判決」によってさえカフカは精神的な決着をつけてしまわなかった。彼は「死刑判決」によって一度確認された「絶望」に固着してしまう事なく、繰返しそれを「願望」によって失わせた。「死刑判決」がその成立をF・Bなる女性の出現に負うている事を、また小説において父親から否認される許嫁が他ならぬF・Bに連らなっている事をカフカは小説の成立直後にはっきりと自己確認したにも拘らず、小説の成功は後に小説家としての可能性を確信させ、F・Bとの結婚と独立を望ませたのである。F・Bとの婚約破棄という体験はカフカの内にあるネガティーヴな自己についての意識を育てた。しかし、それによって彼は再びF・Bとの結婚を試みる事を妨げられなかった。そして、二度目の婚約破棄も三度目の別の女性との婚約を、さらに、その失敗もミレナなる女性との恋愛を妨げる事にならなかった。「父への手紙」や「ミレナへの手紙」の中で見られる苛酷に保たれた自己意識もたちまち「願望」の侵蝕にゆだねられる。そして、「審判」や「城」に見られ、カフカ文学の根底のリズムをなす《Und so weiter, weiter》という言葉に見られる、果しない反復が続く。しかし、そのようにしてカフカは「恐怖と戦慄」をもたらす精神の問題を日常的な心の動きの中に現実化する事が出来たのである。

*1 「ある闘争の記録」（Beschreibung eines Kampfes）第二章 Belustigungen oder Beweis dessen, daß es unmöglich ist zu leben. Seite 26, Franz Kafka/Gesammelte Schrifte IV, herausgegeben von Max Brod, Schockcn Books. 1946

*2 カフカの短篇集「観察」“Betrachtung”の最後の文章 “Unglücklichsein”.

*3 日記 Seite 12, Franz Kafka/Tagebücher, Max Brod, Fischer Verlag, 1954

*4 同上

*5 日記、Seite 15, Dezember, 1910

*6 日記、Seite 17.
この試みの圧縮されたものが「観察」の《Entlarvung eines Bauernfängers》。同時にBeschreibung eines Kampfesに関係があるというのは編集者Max Brodの説、なおBauernfängerというのは直訳すれば、「百姓釣り」、すなわち、都会へ出てきた素朴な田舎者をだます詐欺師。

*7 日記、Seite 222～227. 30, Dezember, 1911./2, Januar, 1912

*8 Der Heizer, 長篇「アメリカ」の第一章

*9 日記、Seite 290, 15, September, 1912

*10 日記、Seite 206, 11, Februar, 1913

（「金沢大学法文学部論集」一九六二年）

私のエッセイズム

その古い庭をふたたび目の前にした時、私はこの前の時と同じように《退屈なのが取得だ》とつぶやいて庭の縁に坐りついてしまった。《退屈なのが取得だ》とこの乱暴な感想の中には、しかし多くの屈託がひそんでいるようだった。つまり、目の前にはこれほどの精神が簡素な形を静かに顕わしているのに、ここにはこのような神経のざわめきが、目の前の存在をどうしても、どうしてもひとまとまりの印象としてとらえかねている。一時間坐っていようと、半日坐っていようと同じ事である。

しかしどうせそうと分っているのなら、いっそ気やすく交わるのが得だ、と私は思いなおした。そしてますます乱暴なことに、ひとつ想像力に訴えて、この庭をもう一度はじめから自分自身の手で創ってみてやろうと考えた。たわいのないことに、私はまず土塀を立てて四角い空間を囲いこみ、そこに白い砂利を一面に敷くことしか思いつかなかった。いや、それ以上に私の想像力はついに一歩も出ることができなかった。そのかわりに、私はこの囲いこまれた、手つかずの空間の想像にたちまち魅せられた。ただの四角四面の空間に魅せられる者もないものだ。それはもう自然の一部でもなければ、精神の支配する領分でもまだなく、縦は何間、横は何間、したがって広さは何坪と、たったひとつの数字に置き換えられてしまってもすこしもかまわない空間でしかない。しかし創ろうとする者にとっては、これもまた、ちょうど子供に与えられた一枚の画用紙のように、ひとつの無限なのであり、海原の広がりと同じ質の広がりをもち、しかもくっきりと囲いこまれて、思いのままの細工を待っている。ところが作者はいっこうに細工に取りかかろうともせず、有限の中におさめられた無限の眺めにただ魅せられて、その辺りに手をこまねいて何時までも坐りついている。もうことさらに手を加える必要もないのではなかろうかと、静かな絶望が彼の心を満たしていく。

ところで、この無限の中にいくつかの石を配したのは、それは途方に暮れた作者の、途方に暮れた恣意にすぎないのではなかろうか。

そう思った途端に、私の前で石と石との諧和がすうっと引いてゆき、どの石も大海に点々と孤立する島のように見えてきた。石と石の配置はどんなに強靭な形式感覚に従っておこなわれても、この広漠とした海を支配しきれるものでない。出来あがった庭の中に唯一無二のフォルムの支配を見るのは鑑賞者の自由だが、創る者の目になって見れば石と石との間の広がりはあまりにも広大であり、その中にひそむ無限の可能性を思うと、現に顕われている諧和はひとつの哀しい恣意にすぎない。依然として空無が全体を支配している。そればかりか、一粒の恣意をその中に置くと、空無はいよいよ空無になりまさっていく。しかしその時はじめて私はその庭を美しいと思った。滔々と流れる空無の中からわずかに生れかけた人間の精神の美が、おのれの拙さと無力を噛みしめながらまた空無の中へ呑みこまれてゆき、いよいよ姿を流れに没するその寸前の表情が、そこにとらえられている。しかも唯一無二のものとしてではなく、数かぎりない試行のひとつの表情として。

その頃から私は自分のおこなっていることを私なりのエッセイズムという漠とした概念でつかむようになり、小説とか評論とかの行き方にこだわらずに、自分の性にあった規模の事をとにかくトータルに表わしたいという表現欲にだけ従って、直截に試みてゆけばよいのだと、自分の迷いをすこしずつ清算しはじめた。それまでは、私は内的な必然性によって小説なり評論なりどちらか一方の道へ駆り立てられることのない人間の常として、両方のジャンルに対して曖昧な懐疑をいだきつづけてきた。評論については、批判精神の行使がどうしても空転するように今の世の中ができているように、私には思えてならなかった。小説については、外的な出来事にせよ、内的な出来事にせよ、小説として詳らかに書きしるして人に伝えるに価するような出来事がそもそもあるのだろうか、という疑いをどうしても払いのけられなかった。

このような疑い、というよりも無力感は、ことによると今の世の中のタブーというもののあり方と何か関連があるのかもしれない、と私は何時からか思うようになった。数年前に私はある本の中で、タブーというものをただただ嘲笑するのは精神の浅薄さを意味する、というような事を読んでハッとしたことがあった。私はこんな風に了解した。つまり、タブーとはひとつの社会が内外においていかなる脅威と戦いながら存続しているかを端的に示すものであり、文化という名に価する文化の暗い核心である。市民はタブーの存在に苦しみながらも、それをあからさまにすればたちまち自分たちの生活の現実が崩壊せざるを得ないことを知っているので、それを暗黙の了解の内につつんで独特な生活様式を展開していく。そして批判者と芸術家は社会全体の硬直と頽廃の気配に鋭敏に感応して、人間の現実を救うために、たえずタブーと危険な戯れをおこなう……。

要するに、本質的なタブーが万人の暗黙の了解のもとにある世界において、はじめて理性と非理性との相剋というものはその名に価するものになり、人の精神は秩序の肯定においても、秩序への反抗においても、許されざるものへの傾倒においても深みをもつ、と私は考えるのだ。それにひきかえ私たちの住んでいる世の中では、タブーは人の精神を深めるていのものではなく、たとえばサルグツワをはめてから自由に語らせるといったものであり、大声で叫んでも喧騒が掻き消してしまうといったものであり、あるいはある領分ではたちまち型にはまってしまう言葉がもうひとつの領分では口にするのも許されないといったものであり、ありとあらゆる批判が飛びかいながら実は何がタブーなのかはっきりせず、強靭な意志と緻密な頭脳をもたない私などは、ものを考えはじめるやたちまち疲れてしまう。そこで、目の前にある物事をもう一度自分の手ではじめから粗描してみようというエッセイズムの行き方は、私の思考の出発点となる。

（「新潮」一九六九年一二月号）

表現ということ

表現というものの無力さの認識、それがあらゆる表現者の出発点であると私は考える。

茫漠とひろがる死の海を表わそうとして、小石をひとつ闇の中へ投げこんで、それが水の中に落ちる音をもって海だとする。結局その程度のことしか表現者には出来ないのにちがいない。小石をひとつしか投げこまない倹《つま》しさも、むやみやたらに放りこむ饒舌さも、表現を脱がれてしまうものの大きさを前にすればそれほどの違いではなく、表現者の気質の相違、あるいは心境の相違に帰してしまってもかまわないことのように思える。

表現とはおそらく不能をそのまま能に転ずることによってのみ成り立つ。それは、表わせないものをなおかつ表わすという、それ自体矛盾した行為なのだ。どんなに微に入り細をうがった表現でも、どんなに明快な表現でも、しょせんは直接の表現ではなくて、表現の無力さについての表現であり、言葉にならないもどかしさを叫ぶ声や、良きにつけ悪しきにつけ言葉への絶望から歌う声が、もっともなまなましい表現となる。表現力と表現の無力さの認識は相携えて深まるようだ。この二つのものはどうやら本来一つのものらしい。

表現の明快さということについて、もっとも素朴な誤解は、そもそも対象自体が明快であって、その対象を正確に表わしさえすれば明快な表現となる考えである。それはひとつの完結した擬制のシステムの内側でのみ成り立つことだ。たとえば、法律のある種のものはきわめて明快であるといわれる。たぶんそういう自己完結的なシステムがあるのだろう。しかし、このシステムの論理でもってシステムの細部まで規定していけば、全体がまずくだくだしいという意味で明快でなくなり、それからその細部において、かならず全体を裏切るような矛盾を露呈するにちがいない。

文学的表現の明快さというものは表現者のモラルにかかわる、それのみにかかわる、と私は考える者である。古典の明快さは、おそらくその時代の全体的なモラルの明快さを映しているのだろう。一社会の生存というレアリティーの作り出した擬制のシステムは、ただ論理的に構築されたシステムと違ったその中心に暗い混沌を宿しているので、おのれの論理によっておのれの土台を揺すったりしはしない。その意味で犯しがたい。その犯しがたさと、それでもなお崩壊の運命を免れていないという認識とが、古典的な明快さをつくりなしているのだろう。鑑賞者としてこれを美味と感じるのは勝手だが、しかしその古典的明快さの拠って立っている時代のモラルと、自分の生活の現実とを、いったんモラルという同一平面に並べて眺めてみれば、人は古典美の残酷さに怖気をふるわずにいられないだろう。美しかった一行がたちまち、われわれを夷狄として、下民として情容赦なく踏みにじる峻厳な生存の相貌を表わす。

時代全体をおおうモラルから来る表現の明快さ・雄勁さに私も憬れはするけれど、現実の事として望みはしない。

それを望めば、政治的教条の前に屈するだけのことだ。全体のモラルに従って簡素な精神生活を送るには、人は自我の断念を美徳とする素朴な生活感覚をもたなくてはならない。それがないところで、自己否定の熱狂に走れば、結局は自我の奔放な主張に陥って、事はおぞましくなるばかりだ。

だから、表現の明快さは個人のモラルに基くよりほかにない。ところがこの個人のモラルというのがまた動揺に満ち満ちていて、モラルとしてははなはだ明快ではない。モラルというのは生き方を選ぶことだという言葉があるが、この言葉を実生活の中から考えてみれば、《生き方》という表現の曖昧さによってかろうじて成り立っているずいぶん楽天的な言葉で、人は両親や生い立ちを自分で選び取ったわけでないように、生活のほうもかならずしも自分で選び取ったわけでない。

それでも、表現の明快さは個人のモラルに基くよりほかにない。なぜといって表現の対象はつねに混沌であり、明快さとは混沌をつかむ手つきの定かさのことであり、千差万別ある手つきの中でひとつの手つきを定めるものといって、根本において自分の現にある生活よりほかにないのだ。その際、モラルとは自分で選び取ったというようなものでなくて、むしろ自分の選び取る余地もなかったもの、つまり自分が自分でしかあり得ないところ、それに忠実であることである。

しかし私がいままで小説を書く人間として体験したところでは、表現者はモラルによっては、描写に立ち向えないのではないかと思う。小説において表現者の自由というものがあるとすれば、まさに描写にあって、この自由が作家にとってもっとも苦痛なものなのではないだろうか。現に身のまわりにあるもの、目に見た覚えのはっきり残るものを、微に入って立体的に描いていくのは、技倆さえたしかに我が物にしていれば、ずいぶん楽しいものにちがいない。しかし作家はいずれどこかで、白紙に向うようにして、描写の要請に立ち向うところに来る。むろん誰が要請するわけでもなく、ほかならぬ自分の書きすすめてきた小説が要請するのだ。その時、描写というのはかなりいかがわしい性格を帯びる。つまり、対象をいきいきと思い浮べようとすることと、それを綿密に描こうとすることとが、相前後してではなく、同時に、相携えて行なわれる。描きながら、描く対象を生み出していく、というところがあるのだ。何の足場もないような不安に襲われて、ただ浮わつくまいと、乏しい現実感覚をすべて動員して、一筆を抑え抑え進んでいく。すこしでも厳密たらんことで、この自由の奔放さを克服しようとする。しかしその厳密さがときどきほんの一歩、現実感覚の外へはみ出してしまう。

ちょっとした動きや身振りの描写にすぎないのだが、私はその時、表現というものをもっとも強く感じる。

（「毎日新聞」一九七一年一月二〇日夕刊）

翻訳から創作へ

私は外国文学者の畑から迷い出てきた小説書きである。そのことは、ことさらに経歴を語らなくても、私の文体に歴然と表われている。自他の区別をしっかりつけて言うべきところかもしれないが、外国文学者の文体とは、日本語の微妙な勘をすくなくとも一度は失いかけたことのある人間の文体であるように私には思える。それはほかでもなく、外国語の文章を一語一語たどって読みこむという作業が長く続いたせいであり、そしてそれよりも厄介なことには、外国作家の文体にまがりなりにも魅惑された結果である。だいたい、かりそめにも外国語の文章の魅力に触れて、そして母国語の微妙な勘をまったく損われずに済むなどということは、近接した言語どうしの間ならいざ知らず、ヨーロッパの言葉と日本語というようなおよそ異った言語の間では、あり得ないことなのだ。

四年前、私はまる一年間ひとつの小説の翻訳にかかりきっていた。翻訳というと、とかく小綺麗な仕事と考えられがちだが、実際には泥道に重い荷車を引っぱるような、なんとも難儀な作業である。私が訳していたのはヘルマン・ブロッホというユダヤ系亡命作家の長編だが、この作家得意の一ページにもわたる長いセンテンスをいかにしてこなれた日本語に訳すかが最大の苦労だった。一般にヨーロッパの言葉では、接続詞や関係詞によって論理のつながりを明らかにしながらクローズをいくつも重ねるということが可能である。しかもクローズからクローズに移るにつれて、論理を展開させるだけでなく、叙事から省察へ、省察から叙情へと、いわば表現の次元をひと文章の内部で展開させていくことさえできる。しかもまた、文章は全体として論理の構築であり、動的なものを内におさめたひとつの現在であることを損われない。

訳者たる私は事をいっそ悟性のレベルまで引き下げて、とにかく意味の通る日本語をめざすよりほかにないと考えた。しかし翻訳という作業はどのみち表現の建築物をひと部分ずつ解体して、また組立てていくことであり、建築物全体の微妙な成り立ちに触れて、いやでも物を思わされる。論理の構築というものがいかに表現の音楽性に支えられているかを、私は原文に倣って訳文の細部の論理を組立てていく作業の中で知った。読んでいるかぎりは明快でも、いざ翻訳してみると言葉の響きなり律動なりに支えられなければつながらない論理の部分がある。そしてその部分が全体の構築の成り立ちに無関係ではないのだ。論理というものは記号にまで抽象化されないかぎり、結局ひとり立ちのできないものなのではないか。言葉による了解というものは、論理性と音楽性が共振れを起すところで、はじめて生じるのではないか。そんなことまで私は考えた。

そのころ、私はいちいち苦労させられる翻訳者の恨みもあって、西洋的な表現の構築にたいして拒絶的な気持に傾きがちだった。あの峻厳な論理性は、結局のところ、自己放棄の熱狂の満ちるのを待っているのではないか、「汝ら悔い改めよ」の声が鳴り響くのを待っているのではないか、などと考えたりした。そして長いセンテンスをぎごちなく訳しながら、文章の論理の節を取り払って日本の古文の語りの調子に流してしまいたいという誘惑にしきりに駆られた。というよりも、いくつものクローズをひとつの表現の構築にまとめかねていると、日ごろは縁遠くしている古文の調子が私の中でふとよみがえりかけるのだ。

私を誘ったのは、論理の堰を呑みこんで流れていく情緒である。堅固な建築物を時間の流れの中に押し立て、その壁を流れが嚙んで逆巻くさまを見つめて、時間について纖細な省察を育てる西洋的な表現様式とは異って、それはみずから時間の流れの一部となって流れてゆき、しかも全体として濃密な淀みを表わしている。その淀みの中心には命惜しさ、命いとおしさの感情がある。そしてその感情の中に生と死が、ひとつに映っている。

これはもちろん翻訳者の心に去来する日本的な優情にすぎない。私は依然として建築物をひと部分ずつ解体して組立てなおす作業に従っていた。しかしときどき、論理の節があるべきところで、筆がひとりでに日本の長文の情緒に流れ出す。すると言葉は原文のレアリティーからどうしようもなくくずれてゆくのだが、日本語としてたしかに生きてくる。

そんな分裂からひとまず逃がれられたというだけでも、外国文学者の畑から迷い出て小説に深入りした甲斐があったと、今はつらくなると自分を慰めている。小説となれば、表現は書き手の自我をめぐることであって、自我によってその可能性を細部にいたるまで規定されている。そう諦めをつけると、筆に手ごたえが出てきた。手ごたえとは、所詮は変えようのない自我を知るということである。それも省察して悟るのとは違って、たえず自我に導かれて表現の取捨選択を行うことがとりもなおさず自我を知ることになるという、いわばきわめて具体的な手仕事の中における表現と自己認識の一体化である。

これが作家と小説との蜜月、しょぼくれた蜜月である。私の場合、小説の中で「私」という素っ気ない一人称を思い切りよく多用することを覚えてから、表現の腰がひとまず定まった。この一人称は自我を引寄せるよりも、ひとまず他者の近くまで遠ざける働きをする。それとひきかえに、私は表現といういとなみの中で以前よりもよほどしぶとく自我に付くことができるようになった。描写においてである。見たままを写す、記憶に残るままを写す、そこまではまさに描写だが、描写によって心象が呼び起され、その心象がさらに細部まで描写で満たすことを要請することがある。その時、人は物に向うようにして心象に向いながら、おのずと自我を描写することになる。描写のちょっとした行き過ぎであるが、私の小説はそこで展開する。そして小説は全体として、いくつかの描写による自我の構図となる。

しかし作家の蜜月などというものはせいぜい二作ぐらいまでのもので、三作目にはもう表現の手ごたえは微妙にずれて、言葉はもうなにか別なものを探っている。表現はたしかに自我をめぐるものだが、言葉は個人よりも広い現実を宿すものであって、それ自身の運動をする。それにまた表現自体にも、自我からひそかにひろがり出たいという欲求がある。

近ごろになって、私の文体の変化がはるか前の方に漠と望むようになったものがある。私にもよく見きわめがつかないが、どうやら今昔物語のような文学的風土らしい。私はあくまでも自我を表現しているつもりである。しかし自我と世俗との関係のもっと違った把み方があるはずだ。自我はもはや個人の中に閉ざされた自我ではなくて、世俗の鏡にさまざまな姿として映し出される。世俗のほうも単なる世俗ではなくて、生と死というものをどうしても悟り得ない人間の深層に育つ夢想と、たとえば奇跡譚や縁起譚と、地つづきになる。

その時、作家は細部の描写などというものを失って、おおらかな物語り手になれるかもしれない。

（「毎日新聞」一九七一年二月一五日夕刊）

言葉の呪術

子供の頃からの物の感じ方であるが、弁舌さわやかな人を見ると、なんとまあ奇怪な術を体得した人だろうと驚嘆する癖が私にはある。ことにその人がひとしきり弁じ立てたあとで、生来の体質みたいなものを剝き出しにして茶を啜ったり、独特な手つき顔つきで物を食べはじめたりすると、変幻ということの奇妙な物哀しさを感じたりする。あれは見かけほど軽快なものではなくて、始めと終りに重い重い溜息をともなう業にちがいない、と私は想像していた。もちろん自分には縁のない事としてである。口舌の徒になるとは思っていなかった。

私の周囲では、具体的でないことやあまりに一般的なことを口にすると、自分自身のことをくだくだと喋ることが、一種の恥知らずとして忌み嫌われていた。道義道徳の事柄も、実際にその場その場でふくみをもたせて判断されるべきで、それ自体を口にすることは《理屈》として敬遠された。要するに、もっぱら実際の仕事に携わるように出来た家庭である。誰でも生立ちはそんな風だと、私は長いこと思い込んでいた。

そんな私が口舌の徒に仲間入りして小説などというものを人前に晒しはじめたのだから、万事につけ具合の悪いことが出てくる。この具合の悪さから、私は小説というものについていろいろ考えさせられる。しかし認識らしきものはどれも、実際に書くことと相互作用の中にあって、論ずる言葉とはなかなかなりにくい。筆の重さ軽さ、文章の佶屈あるいは解放となって現われる。私はいまのところそんな風にしてしか考えられない。

小説を書く、つまり現実の生について虚構をめぐらすということは、それ自体すでに恥知らずをおかすことであり、現実《レアリテイー》を失うことであり、それゆえ、恥と現実とについて物を思わされる。考察とか省察とかいう言葉を使いたいところだが、実態はそんなに主体と対象が清潔に分離されているわけではなくて、変えがたい体質みたいなものがそれぞれ独特なニュアンスの恥を中心にトグロを巻いて、瘠せたやつは瘠せたなりに、肥えたやつは肥えたなりに、ぐるぐるとのたうつのに似ている。

現実の生から離れたところに表現世界をつくる行き方についてだけ言っているのではない。現実の生に密着しようとする行き方こそ危険は大きいとさえ私には思える。書き表わされたものである以上、現実との密着はあり得ない。そのズレが微妙になるだけである。しかも微妙になるということはけっして小さくなることではなくて、感じようによってはむしろ大きくなることだ。

これも新参者の感想であるが、日本の近代小説がひたすら育ててきたのがこの感じ方であるような気がする。つまり最小限に切りつめられた虚構と、生の現実との間の微妙な相互作用への感覚である。この場合、私の言う虚構とはまず文体のことである。文体こそ虚構の最たるものだと私は考える。もっと厳しく考えれば、書くことがすでに虚構とも言える。この意味で私小説風の行き方は、虚構を排するというよりは、虚構というものを、ただ《書き表わす》こと自体の虚構にまで純化して、現実と虚構とのかかわりを露わなかたちで見つめたいという志向であるように私には思える。《透明な文章》などという通り言葉があって、倫理性の証しと考えられているようだが、考えようによっては、大がかりに虚構を展開させるよりは、はるかに深く虚にかかわる。

憎まれ口ではなくて、新参者の溜息である。実際に、日本の近代小説は虚構にたいするこの感性を守るために、文学のいとなみのおよそさまざまな要素を切り捨ててきたようだ。雄弁、思弁、抒情の高揚、幻想の戯れ、修辞の歓び、実験等等。しかもこの切り捨ては相当に重い説得力をもつ。まず日本語の散文、近代日本語の口語文、この口語文が大がかりな虚構にたいして、思いきり醜い顰め面を顕わすのだ。われわれの口語文はそれ自身明治以来の近代化の流れの中で生まれてきたものであるくせに、その近代化にたいして、自ら醜くなることによって絶えず疑念を表明しているように、私には思える。まるで自分の相談を何ひとつ受けずに運ばれていく開発開化にたいして復讐しているように。

言葉には表現の働きのほかに、聞き手読み手の人格を通り越して情念の深層に働きかける、呪術的とでもいうべき働きがある。この働きも、日本の近代小説が出来るかぎり切り捨てようとしてきたもののひとつである。大筋として、余計な情感を掻き立てないという方向に、日本の小説はその文体の清潔さを育ててきた。それ自体としては正しい。情念の深みを濫りに揺することを人格にたいする凌辱と感じ、言葉の奔放な働きを抑制するのは、個と個の関係の中で生きる人間の感性としては当然の要請である。たしかにそうには違いないが、それにしても本来なら言葉のこの呪術的な生命と微妙な交わりをもつべき文学者がこれを潔癖に排する傾きにあり、逆にもろもろの評論家やオピニョンリーダー、政治家、商業資本、ジャーナリストや学生たちが言葉の呪文としての働きを大がかりに《解放》しているさまは奇怪であり、言霊などということばを思い合わせると、ことに不気味である。

これも日本の近代化の醜悪な素顔のひとつだと思われる。明治以来、たえずあらたに現われる事象を追って、たえず変化してきた言葉は、新しい事象にたいしてそのつどあまりにも不十分な認識および表現の具でありながら、新しくてより《崇高》なものへ人を仰ぎ向かせる具として、呪術の力を過度にふるってきた。われわれのまわりにひしめく言葉の呪術とはおおよそこの底のものであり、生死の境まで迫るものではない。つまり知識人の取りしきる領分であり、知識人とはその手の言葉をあやつる人間だという定義が世間ではまだ十分に生きている。しかし宗教の深みに根ざすものではなくても呪術は呪術であり、大なれ小なれ日常の人格を解き崩す方向に働きかけ、その場かぎりでは擬似宗教的な熱狂を誘い出す力はもつ。

このような言葉の呪術への嫌悪が、日本の小説の文体を形成する力のひとつになっている。言葉の過剰な働きにたいする潔癖さ、これはたしかに日本の小説の美点である。しかし小説は言語表現として、清潔になりきれないこともたしかである。人間の生を虚構すること自体が《淫ら》な業であり、その際言葉は音や色彩ほど踏まえるに確かな媒体ではなく、しかも日常の話し言葉と地続きの口語文であるから抽象化にも限りがある(言葉に粘りつく情念を嫌って、概念的抽象の中へ脱れる繊細な神経もあるが、そちらはそちらで、概念の固さをたのみにしてよけい奔放に情念を解きはなつ場合が多いようだ）。要するに、結果として清潔な文章でも、表現のプロセスとして見れば、けっして足場の確かな瀬を渡っているはずはないのだ。

虚構するということはいずれにせよ表現の足場をいったんは踏みはずすことであり、言葉はその時、踏まえどころを失ったその分だけ表現の力を失い、そしてまたその分だけ、書き手の意識の深層から、おそらく意識としての人格の解《ほど》けかかったところから何かを呼び出そうとする呪術の力を得る。小説が書き手の意識を超えて読み手に訴えるというのは、この過程をくぐるところから来るのにちがいない。小説は書き手の想念の表現に留まらず、それ自体として生命を帯びなくてはならないという要請も、おそらくこの事情にかかわることなのだろう。人格の限定から、集合的な土壌に、何らかの根でつながっていなくてはならぬということだ。

具体的に考えて、言葉の呪術のもっとも単純で強い表われは擬声語ではないかと私は思う。それにもうひとつ、常套句かもしれない。個人の感性によって選び抜かれた語句よりも、擬声語と常套句のほうが古くてしたたかな尻尾を引きずっている。初心者の文章がその鮮烈な表現衝動にもかかわらず——あるいはそれゆえに——擬声語と常套句に満ちる傾きがあるということは、ただの技術や言葉のセンスの問題として済まされそうにもない。また作家が擬声語と常套句を極端に忌み嫌うということも、きわめて象徴的である。つまり、表現の過程にあるおぞましいものを文章の中にもちこむまいとする態度、審美と倫理がひとつに融けあった一種のストイシズムである。もちろん、ストイシズムというものはその核心に怖れをつつみこむものである。

しかしこのストイックな言葉の抑制も、過程の緊張を失って結果としての美あるいは倫理だけとなれば、それはそれで常套化する。その時、細心に排除されたはずの言葉の呪術が平明な文章の底にかえってヒステリックな力となってこもり、作品の表わすものと微妙にずれたところで、読み手の情念に働きかける。この数年、自分も小説を書く立場になって、いろいろな人の作品をいままでと違った目で読むようになってから、くりかえし感じたことは、小説は読み手にたいして、二重三重のやり方で働きかけるということである。小説は自覚して表わされたもののまわりに、影の部分を幾重かにひろげている。普通、書き手は作品に立体性をあたえるために言外のものに配慮し、読み手も言外のものを感じ分けて印象にふくらみをあたえながら読んでいくものであるが、これはまだお互いの意識の内にある影の部分である。この影の外側に、なかば意識をのがれて、もう一重の影の部分がひろがっている。それは作品の表わしているものとかならずしもかかわりなく、文章そのものにひそむ情念、それも個人の自我から来るというよりも、世間の或る場に置かれた人間の、言うなれば大衆の心性から直接やってくる情念である。それが卑俗を拒む文章の検閲をかえってのがれ、簡明な文体に力を絞られて、読み手のほうの同じ大衆の心性にじわじわと働きかけてくる。

　新聞記事のもっともらしい文章の一節がふいに情念を剝き出しにして、朝の起き抜けの心の中でふくれあがったり、テレビのコマーシャルが土足で情緒の中に踏みこんできたりするのと、通じあうことなのかもしれない。要するに、輿論とか国民感情とかという、輪郭のおよそはっきりしないものの背後にさらに漠とひろがる、大衆的な表象とも情念とも気分ともつかぬ影の領分にかかわるものなのだ。いや、かかわるどころか、もっぱらそちらにかかりきって、その中にクラゲみたいに漂い、大海の力の動きにつれて淫らなカサをひろげたりすぼめたりしていながら、世間から著しい個性として、ときには輿論の先導者としても仰がれている作家もある。それにたいして、海岸の岩間の水溜りみたいに静かな面を空に向けていながら、外の海とはやはりどこかでつながっていて、潮の満干に微妙に反応している底の作家もいる。しかしいずれにしても、それ自身、潮の満干をつくり出すさまざまな力のひとつであることには変りない。

　文学は言葉の呪術の働きを払いのけることができない。その意味で淫らな業である。私はそう考える者だ。文学的なものを出来るかぎり排して、ただ生きてあることの感覚から透明な言葉で語ろうとしても、あるいは事物の関係を清潔な認識の言葉で語ろうとしても、活きた言葉でそれを語ろうとする以上、言葉の淫らな生命につきまとわれる。また文学作品であることをやめて、記録や手紙やパンフレットやビラであろうとしても、言葉への欲求が文学者のそれであるかぎり、今度は道義だとか真実だとかいう価値のお蔭で羞恥に煩わされなくなったその分だけ、言葉にかえって奔放な力を発揮してしまう。

　結局、避けることも払いのけることもできないものには、ごまかさずにかかわりあっていくよりほかにはないという、至極あたり前の処方がここでもあてはまりそうだ。それは肉親とのかかわり方によく似ている。たえず恥の気持につきまとわれながら、気がついてみるとたいそう恥知らずで、恥と無恥とが堂々めぐりをする。かかわる対象が他者でありながらなかば自分の内に喰いこんでいるので、あまりに情感にあふれたかかわり方も、あまりに認識的なかかわり方も、あまりに倫理的なかかわり方も嘘であり、審美の態度に至ってはここではもっとも遠いもののひとつである。思いきって遠くに離れて出ればたしかに清潔らしくなるが、清潔らしさのまま、案外、密着してたえず悩まされていた時よりも、《お里》を剝き出しにしたりする。つまりは、自覚も認識もあったものではないという状態で、わずかに見る目を保つよりほかにないのだ。

　そんな気持で小説を書きつづけていると、文学のおぞましい属性のひとつである煽動的な性格が、外側から眺めた時とはかなり違った姿でほの見えてくる。これは仰々しく外へ打って出る文章にも、内にしんねりとひそむ文章にも、ひとしく潜在して、書き手の怖れによって抑制されている。この煽動的な性格にたいする態度の違いだけによっても、さまざまな文体の取り方が生まれてくるのだと思う。もちろん大方は直接に政治的な煽動ではなくて、いわば大衆的自我の、まだ思惟とも表象ともなりきっていない情念の漠としたひろがりをかすかに搔き立てていく。文学と政治との気味の悪い接点である。

（『新鋭作家叢書　古井由吉』河出書房新社、一九七一年一一月）

山に行く心

　夢のような景色というものはやはりある。初心者ばかりでなく、山に登り馴れた人間でも、或る風景を前にして、夢のようだと感じることがときおりある。いわゆる絶景とはかぎらない。かならずしも感激しているわけでもない。ただ、目の前に厳然として存在する風景に、夢の味がかすかに入り混じる。むしろやや重苦しい印象である。

成句を避けるとすれば、夢の中で見たような、と言うべきだろう。あるいは、「夢」というのは説明しがたい印象を形容するために苦しまぎれに使った言葉にすぎなくて、要するに、すでにどこかで見たような感じ、のことなのかもしれない。はじめて見る風景であるのに、いつだかしみじみと眺めたことがあるような、いや、眺めたことがあるという以上に眺め馴れたような、そんな気がする。それはしばしば体験されることであるが、それよりももっと奇怪な場合もある。すでに何度かそこに来たことがあり、したがって「見たような感じ」は当り前であるのに、そのような確かな記憶とは別な、もっと深いところから、「すでに見た感じ」がしきりに湧いてくる。そんな体験がある。

私は東京育ちの人間であるが、私の子供の頃にはまだ街の中でも、そのような印象を誘い出す場所があった。坂の上にさしかかって目の前に空がひろがるとき、通りすがりに狭い路地の奥をなにげなくのぞきこむとき、人の往来のたまたま跡絶えた四つ辻で立ち止まるとき、もっともっと幼いころ誰かに手を引かれてここに来たことがあるという確信が急に強くなる。その時の気持は、今から分析すると、二つの相矛盾した印象から成り立っているようだ。ひとつは、ここは我身に深いかかわりのある場所だという印象、もうひとつはそれとは逆に、立ち止まって眺めているうちにいよいよ見馴れない、遠い遠い場所になっていく印象――この懐しさと気疎さの印象が子供の心の内ではすこしも分離しないで、ひとつの「すでに見た感じ」となって融け合っていた。

見馴れた、見馴れない、懐しい、気疎い。それはどれも生の「時間」にかかわる感覚である。人間は時間そのものをじかに目で見ることができないものだから、時間をたえず――無意識のうちに――空間において眺めている。そして自分が個を超える大きな時間の流れの一部であり、ささやかながら自然の連続そのものであることを見て取って、それによって――やはり無意識のうちに――個としての孤独から救われているようだ。時間の流れを内に宿した空間は、人間の精神の安らぎにとって不可欠なものであるらしく、それを奪われると、人は緩慢ではあるが一種の飢餓症状を呈する。

私の子供の頃には、街は時間の推移を自然に映していた。夕暮れ時に街の中を歩いていると、影法師がつきまとうように、懐しさと気疎さの印象が意識の背後にたえず漠とつきまとっていた。それにひきかえ現在の東京では、よく知っている場所でも、まるで既知の感覚に伴われずに、ただ年月の浅い習慣と知識だけをたよりに歩いているような、心細い印象におそわれることがときたまある。目に入る建物も店も道路も、記憶の連続を宿していない。時間の流れがコンクリート壁や舗装によって塗りこめられ、塗りつぶされ、あたりの風景がちょうど電光時計のように孤立した現在しか表わしていない……。

山に行くのはしょせん好きで行くのであって、その他のもっともらしい理由をつけることはつまらないことであるが、この単純明快な「好き」ということにはしばしば意外に深い、ほとんど本源的と言ってもよいような心身の欲求をふくんでいることがあるものだ。都会人の登山について言えば、生きた空間を取りもどしたいという欲求があきらかにはたらいている。都会の生活では空間は閉鎖的になるか、そうでなければただ平板にひろがるか、そのどちらかに傾きやすい。それにつれて人の存在感も根もとにおいて閉鎖的になるか、群衆的なものへひろがってしまうか、どちらかになりやすい。いずれにしてもそれによって張りを失った空間感覚と存在感を、平地から谷へ、谷から尾根へと運び上げて、地形の中にある人間のかたちを摑みなおそうとする。山地から平地へひらけていく自然の地形の展開を、途方もない時間の推移を逆に溯っていくことによって、存在を原始的なものへと煮つめていき、それからまた平地へ下ることによって、自然から文化への展開を自分の足と躰で確かめようとする。

それにまた、登山というものには、広い意味での労働の典型が純粋に保たれている。登山はしょせん遊びであり、日常にこそ労働があるわけであるが、われわれ都会人の仕事はどうしても労働の明快さをもたず、働けば働くほど労働のかたちを見失っていく。

山登りの基本的な型は、昔の峠越えではないか、と私は考える者である。その峠越えのまた基本的な型は、民俗学者の研究によれば、沢を溯って出来るだけ山の奥深くまで分け入り、そこから尾根の越えやすいところを目指して急登し、そこからまた向こう側の沢を目指して一気に下り、沢に沿って麓まで出る道だという。考えてみればこれはきわめて合理的であり、磁石も地図もなかった時代にあっては、道に迷わずに尾根を越える最善の方法だったと言える。なぜなら流れは麓から分水への、分水から麓への唯一確かな道しるべであるからだ。それにまた出来るだけ尾根に取りつくのを遅らせて、いったん取りついたら急登するというのも、樹林の中で迷わぬための賢明なやり方である。おそらく峠道の初期には交通もすくなく、旅人はなかば自然の中に紛れた踏み跡を探りながら、それと同時に、そのつど初めて道をひらく気持で進んだことだろう。それがやがて交通のふえるにつれて踏みならされて跡が消えにくくなり、さらに最初の道すじを基本にして、より安全で楽な道が尾根の中腹の樹林の中に切りひらかれ、道しるべなども置かれ、こうして人間の道が出来あがるわけである。

人の道というのは、山道に関して言えば、先人の体験の積み重ねを信頼して、いちいち自分で考えたり地形を読んだりしなくても済む道のことである。それにひきかえ初期の峠越えの道は水の流れる道であり、尾根の地形がおのずと指し示す道であり、まだ人の道となりきっていない。言いかえれば、人が誤りなく歩むそのつど、人の道となるのにすぎない。今日の登山のコースは、これは天候さえ順調ならばまずは人の道であり、おまけに昔の峠越えの旅人から見ればじつに余計なことに、山頂まで続いている。その点で今日の登山は修験道などの信仰登山の系列であると言えないでもないが、つまりは文明の過剰から来るものだと言ったほうが早い。それでも、登山コースは自然の真只中の文明の一本道であって、自然の侵蝕にたえずさらされている。

初期の峠越えの道を行く人間の気持はどんなであっただろうか。おそらく、人間の世界を出て、人のかすかな足跡をたどって原始の時間の中へ入りこみ、その重圧の下を、息をこらして潜り抜けるような気持だったにちがいない。谷に分け入っていく時の心理には、コースのはっきりしている登山でも、独特なものがある。人間の理性の安定には、ある程度の水平な視界のひろがりが必要なようだ。視界がせばまり、水平方向より垂直の方向の感覚が強まり、両側から山の重みに迫られると、人間の心の動きは微妙な変化を遂げて、一方では自己防禦的にけわしくなり、他方では幻想や幻覚へ誘われやすくなる、要するに、かなり原始的になる。谷を歩く人間はたいてい尾根の上よりも歩みのテンポが早く、口数もめっきりすくなく、視線を足もとに落している。谷の風景をのちのちまで視覚的に記憶している人間はすくない。むしろ重苦しい感覚として全身で記憶する。谷の空間は、人間にはとうてい受け止められないような、途方もない時間のひろがりを宿している。いや、それが感覚的にこちらに迫ってくるのだ。その中を、人はまるで来てはならぬところに来たように、一刻も早く通り抜けてしまおうと心の底で焦る。なぜなら、自分の内側でも原始的なものが動きかける。それと意識して眺めたことのないはずの岩や早瀬や絶壁や、コースからはずれた沢の出会いなどが、ふいに、ずっと昔にそっくり同じ気持で眺めたことのあるもののように目に映る。谷の中でのこの「すでに見たような感じ」ほど、個々の人間を超えた大きた反復を思わせ、薄気味悪いものはない。

それだけに、ようやく峠に出た昔の旅人の安堵はどれほど大きかったことか。峠に近づくにつれて、いままで前方を暗く塞いでいた樹林がだんだんにまばらになって、幹と幹の間から光が蒼白く洩れ、やがて樹林がぽっかりと天窓のようにひらく。峠からは両側の麓の暮しがふたつながら展望される。おそらく峠というものは、茶屋も道祖神もなかった昔から、この二つの暮しへの眺望によって、旅人には人間文化の離れ島のように感じられたのではないだろうか。旅人は自然の真只中に立って、いましがた原始の威圧の中をくぐりぬけてきた心で山の両側の人の生活をしみじみと眺め、それからまた、麓へつづく流れを目指して、眺望のきかない樹林の中へ降りていく。

現代の登山はむろん峠越えではない。出来るかぎり自然の脅威を避けて尾根をもっとも安全な地点から越えようとするほど慎ましくもないし、登らずとも済む山頂に登り、攀《よ》じらずとも済む岩壁を攀じる。それにまた、主要な峠にはいまでは自動車道路が走り、麓はそこまで這い上がって来ている。峠に立って両側の街を眺めたところで、生活様式の差などは見受けられない。山は何らの境界でなく、同質の文明に完全に包囲されている。

もはや登山は昔の峠越えと違って、ひとつの生活圏からもう一つの生活圏へ越えるという鮮やかな体験ではあり得ない。それにもかかわらず登山者は、山へ出かける前と、山からもどった後とで、自分の生活がいくらかでも異なった、より生きた様相を呈することを、心ひそかに願っているようだ。そしてその折返し点に、山に登るという行為のひとつの「峠」として、かたちを求める心の飽和として、鮮やかな山の風景をやはり期待している。

（「アルプ」一九七三年二月）

［以上、『古井由吉作品』七（河出書房新社、一九七三年）所収］

◉論考

閉ざされたる熱狂
――古井由吉論

柄谷行人

1

林のほうから《ほおい、ほおい》と二声に呼ぶ声が聞えるような気がした。すると、自分が呼ばれているように、信子はすうっと夢心地になりかけた。(『子供たちの道』)

古井氏の小説の文体にはいくつかのキイ・ワードがある。たとえば、〃ほおい、ほおい〃〃いいゾォ、ストップ〃(『雪の下の蟹』)、〃エイ、オウ〃(『男たちの円居』)というようなリフレインや、うつらうつら、ふらりふらり、ゆらゆら、じりじり、といった反復語、さらに、すうっと、ふうっと、ぼうっと、ぬうっと、〃死にとおなる〃(『雪の下の蟹』)というようなものうくひきのばされていく言葉がそれだ。これらのキイ・ワードはいずれもわれわれを知らず知らずに軽い催眠状態に導いていく効果を与えている。元来この種の語彙は普通の作家が用いるとはなはだ冴えないもので、むしろ非文学的であるといってもいい。それなのに、古井氏がこういう言葉をひんぱんに用いれば用いるほど、われわれはうっとりと「夢心地」に誘いこまれてしまうのである。小説の話者がつねに熱病、不眠症、神経症その他で類催眠状態にあるばかりでなく、われわれ読者も自然にそこに同化させられていく。イメージを大量に並べたいかにも幻想的な小説がしばしばわれわれを排除してしまうのに対して、氏の文体はわれわれをごく自然に語り手と共振れさせていき、いつのまにかわれわれを周囲の現実から遮断してしまっているのだ。そうなると、静かな森や街路からざわめきが聞えてき、穏やかで単純なものの形が物狂わしく淫らにうねりはじめ、騒々しい人々の群れが滑らかな沈黙に映じはじめたとしても何の不思議もない。氏の小説を読みおえた後にも、そういう拡大された感覚の名残りがどこおっていて、現実に対応することに少しばかり困難を覚えるようになってしまうほどである。

　たとえば、〝淫ら〟という言葉を、氏はものを食う姿とか清潔な風呂場などに、あるいは「妻のむいた桃を喰らって独り者めいた思いに耽っている男の淫らさ」といったふうに用いるのだが、そこでは「淫ら」という意味がすっかり価値顚倒されてしまっているので、思いもかけぬもののなかに淫らさが感受されていくのである。氏の小説を読みはじめて以来、私はこの「淫ら」の感覚につきまとわれていて、去年の秋鎌倉にムンク展を見に行ったときにも、「淫ら」という想念が脳裏をはなれなかった。

　木目が動きはじめたのだ。木質の中に固く封じこめられて、もう生命のなごりもない乾からびた節の中から、奇妙なリズムにのって、ふくよかな木目がつぎつぎに生まれてくる。数かぎりない同心円が若々しくひしめきあって輪をひろげ、やがて成長しきると、うっとり身をくねらせて板戸の表面を流れ、見つめる私の目をすうっと睡気の中へ誘いこんだ。（中略）……私の頭にはあの気味の悪い木目が、その淫らな流れと悶えが奇妙に鮮やかに浮び上ってきて、私を不眠の予感で怯やかすのだ。（『木曜日に』）

　ムンクのいくつかの絵のなかには、明らかに事物が異様に肉感的にうねりだし木目の流れのようにみえてくるものがある。またムンク独特の赤い色は、古井氏の小説のほとんどすべてに赤い光や焼けた空としてあらわれるだけに、私は偶然ならざる符合をそこに感じた。なぜならいずれのばあいにも、私は孤独の極みに達した人間が他者を呼び求める声にならない「叫び」のようなものを確かに聞いたからである。

　氏の処女作『木曜日に』はいってみれば心的異常とそこからの回復を描いたものだが、これは氏の作品のすべてに通底するものなので、私は先ずこの心的異常の特質をはっきりさせておきたいと思う。文学的イメージを取り払って考えてみると、それはわりあい単純なものだといっていいのである。

第一に、山頂の霧の中で私と石標が一体になってしまい区別もつかなくなってしまうところがある。

> しかしいまでは何もかもまた霧の中に溺れてしまい、もう右も左も、上も下も、〈いましがた〉も〈これから〉もなかった。（中略）私は、私と石標は、もうどんな空間も知らず、ひたすらおのれの存在に耽りこんでいた。

このばあい、「石標がいまここにある」ということと「私がいまここにある」ということが区別がつかなくなっている。「私」は、「私」と石標とを区別する自己同一性も、「いましがた」と「これから」を区別する自己連続性ももたないので、たんに「石標がいまここにある」にすぎなくなってしまっている。しかし、これは「私」からみれば、強烈な実在感覚である。なぜなら、「私」はもはや完全な「現在」としてしか存在していないからである。

第二に生じるのは、このような一体性が崩れ落ちる体験である。私は岩の上からすべり落ちていく私自身を、「ひとつの人影が《ああ》と叫んで赤い光の中へ躍りこみ、自分も赤く染まって両腕をうっとりとひろげ、ながい溜息をひとつ残して深みへ滑り落ちていった」というように幻覚する。山頂でのこの体験以来、私は木曜日ごろになると、「私は立ち止まった私のそばを自分自身の幽霊のように通り過ぎる」といった離魂現象にみまわれ、それも実際に女友達に指摘されたように奇矯なふるまいとしてもあらわれる。このような異常は、知覚するものを「いまここにある」というかたちで統覚することができなくなったため、したがって逆にいえば、「私がいまここにある」という同一性と連続性をもちえなくなったために生じたものだ。「私がいまここにある」ということと、「私はいましがたここにあった」ということとを連続性として関係づけることができないため、「いましがた」の私を「いま」の私のように幻覚するのである。要するに、ここで執拗に語られているのは自己自身との関係の障害であり、この障害のために外界の存在感が豊満になったり稀薄になったりしてしまうのである。

> ……それからだいぶたって、まるで遠い論理をたどっ

て来たように、私は表通りを歩いている自分に気づいた。街はようやく狂気から醒め、まだ再発を恐れているかのようにかたくなに凍りついていた。そしてその中を私の唇だけが生暖く羞恥を発散しながら、ゆうゆうと漂い流れて行く。長い間、それは漂っていた。それから、私の右手はふと何かやさしい生きものをつかんで硬直から甦った。なつかしい感触が私の指から腕を伝って胸まで昇って来た。私はまるで長い旅からもどって来たように、一本の街灯のひろげる光の無限のニュアンスを貪り眺めていた。いましがたまで、何もかも、なんと異様に凍りついていたことだろう、と私は驚いた。私のそばには一人の女があり、自分のひろげるやさしい息の中で、刻々、自然に老いつつあった。

これは自己の統覚をとりもどしたために、外界が元通りの現実性をもちはじめ他者が感じられるようになる瞬間である。骨格だけをとりだせば、『木曜日に』はただこれだけの体験が語られているにすぎない。

最初の小説集のあとがきに、処女作『木曜日に』について、古井氏は、「この作品は私の二十代の唯一の作品であり、およそ五年間さまざまな気持をこめて幾度となく書き直したあげくが、このような痩せこけた姿となって落着いた」と書いている。事実この小説を読んでみれば、氏が「痩せこけた」と形容している気持がよくわかるし、事実痩せこけているのだが、それにしてもこの小説の〝痩せ方〟は尋常ではない。尋常ならず痩せているというのは、このばあい極度の抽象性に達しているということである。ここには、青年期の混濁と錯綜を汚物のように吐きちらすかわりに、ひたすら透明に自己と世界との関係を見とどけようとする意志がある。その意志は最初からあったわけではあるまい。逆に、夾雑物をそぎ落として作品を抽象化していった過程、すなわち痩せこけていく「五年間」の過程に古井氏の自己発見があったので、おそらく「痩せ方」の凄さにすべてが賭けられているといっていいほどだ。痩せられるだけ痩せようと決意したかのごとく、あるいは痩せられるだけ痩せきれれば後は肉づきふくらんでいくのみといえるような地点に、『木曜日に』という作品は立っているのである。

たとえば、漱石の『坑夫』という小説には、すでに自分のやることが「どうあっても他人の事としか受け取れない」ような人物が描かれている。しばしばひとはここに漱石の神経症体験を見出すが、私は必ずしもそれだけで済ませたくない。たしかに漱石の神経症は、彼自身書いているように、二つの文化体系において生きなければならない者が、自己の経験を構造的に統合する枠組をうしない、そのため心的にも自己自身の連続性と同一性を害われていった結果生じたといっていいかもしれない。しかし、ある意味では、漱石はそのような心的障害が文化的混乱や幼年期体験にもはや還元することのできない、それ自身独立した領域の問題であることを知っていた。すなわち「頭の恐ろしさ」ではなく「心臓の恐ろしさ」（『行人』）というべきものがあり、それはそれ自身で追求さるべき問題であることを彼は予感していた。しかし『坑夫』や『行人』の書き方が示すように、漱石は依然この問題を外在的に見ている。おそらくそれは、どのような人格的解体にもかかわらず、それを外側から統合しうるだけの強靭さが漱石にはあったからである。それは漱石が「明治の人間」であり、どんな文化的無秩序のなかでも、なお、それらを超えたある種の秩序、いいかえれば感受性の連続性を信ずることができたということと対応している。

　しかし、古井氏の『木曜日に』は、もはや病理体験を病理体験として外側からみようとしていないし、実はみることもできない。「二十代」のあらゆる精神的経験をここに抽象し、そしてその抽象の細い尖端において、氏は「病気」の内側から「病気」に即して語ることを選ぶほかなかったのである。それは、同世代の作家たちが青年期の自己混乱と政治、思想的情況の混迷を直接引きうけて反射的な叫喚のように表出していたとき、逆にそれをもっぱら自己と世界の関係としてレンズをみがくように透明化していく道を選んだ、ということを意味する。この鋭い抽象性が、現実の思想的、政治的問題を少しも外していないだけでなく、もっとも明晰な洞察を可能にしたということは、のちの作品が示すとおりである。また、『木曜日に』という作品の抽象度の高さは、異常感覚を誇示しただけの文字通り気違いじみた昨今の小説群の内的貧困とは逆に、抽象が切りすてていったものの豊饒さを想像させずにいない。きわめて抽象的な問題を語りながら、それが奇妙に手応えのあるサブスタンスを感じさせるのはこのためであって、透明な抽象性・論理性が観念的な哲学小説や作り物のアンチ・ロマンにはならずに、豊かな肉感性と抒情性に支えられて生き生きと動きはじめる作品と作家を、われわれはようやく発見しえたといっても過言ではあるまい。

　古井氏の小説にはつねに「旅からの帰還」という主題が

あるが、それはわれわれがどこかで非連続感をもってしまったため、もはや元のような日常的慣性に復帰できなくなるということを暗喩している。

どんなにささやかな山旅であれ、旅からの帰還は私にとってつねにひとつの危機なのだ。旅からの日常生活への着地は、どんなに滑らかにやっても滑らか過ぎるということはない。旅からもち帰る軽い現実喪失感は、最初の数日をほのかに染めて過ぎ去るように見えて、じつは思ったよりはるかに長く尾をひき、そして思いがけない頃に思いがけない振舞いとなって顕われるものだ。（『木曜日に』）

『先導獣の話』などでは、赴任していた金沢から東京に帰ってきたときの不適合感と非現実感が素材となっている。しかし、古井氏はその少年期にある深刻な「旅からの帰還」を経験していたはずである。「旅からもち帰る非現実感」が過去にむけて遡行されていったのは、『子供たちの道』が最初であり、この作品において氏ははじめて自己の歴史性を確認しようとしたということができる。『子供たちの道』はもの悲しい小説である。主人公の信子という少女は、戦火に追われて逃げまどう途中、《ほうい、ほうい》という声を聞くと「夢心地」になり、その声の方向にふらりふらりと招きよせられていきそうになる。信子を引きとめる母親は、彼女には見も知らぬ「鬼のような怖い顔」にしかみえない。以後も、信子はしばしば「夢心地」にみまわれ、《ほうい、ほうい》という声の方向に誘いこまれそうになるが、その一歩手前で踏みとどまっている。

しかし彼女の疎開先の村にやってきた二人の浮浪児は、明らかに、《ほうい、ほうい》という声の彼方へ越境してしまった者たちであり、もはや自分らの名前さえ憶えていない。彼らの人格の「解体」は徹底的で、ほとんど獣のように生きていて、何にも所属することがない。二人を子供にして育てようとした女は、食物を通すほかにつながりをもつことができず、結局その努力を放棄してしまう。その女は二人の浮浪児をついに了解できなかったのであり、了解できたのは彼らと同じようにあやうく「越境」しそうになった信子だけである。やがて二人は次々と、何ものにも所属しない彼方へ、いいかえれば《群れ》にむかって融け去ってしまう。

私はこの小説を大江健三郎の『芽むしり仔撃ち』と対比すべきものだと考えている。なぜなら、古井氏は『子供たちの道』において、たんに氏自身の体験だけではなく、あるひとつの世代体験をも、おそらくは意図せずして表現しえているからである。『芽むしり仔撃ち』の少年は自己を確信したヒーローであり、大人たちを倫理的に裁くことができるのに対して、『子供たちの道』の少年（少女）たちは自分のアイデンティティをつかみえないような者たちにすぎない。

たしかに、それは大江氏より年少で且つ混乱をきわめた都市に育った古井氏が、戦争を倫理的な問題として受けとる以前に、生理に直接迫るようなものとして、すなわち自己自身の統覚を喪うようないい知れぬ怯えとして受感したからだ、ということができるだろう。しかし、むしろ両氏の作品の間には、個人的な体験の差異というよりも、「戦後文学」を大きな意味で両サイドに分けてしまうような重要な争点がひそんでいる。

たとえば、大江氏は大人たちを倫理的に卑劣な否定すべき相手としてみなしているが、古井氏にとって大人たちはそんな表情をしていない。氏のエッセイによれば、戦後一時期氏の父親は職にもつかず家でぶらぶらしていたらしい。このような父親の無為徒食を実質的に支えていたのはたぶん母親であったろうが、古井氏はむしろぶらりぶらりしている父親の方に自分を同一化させたにちがいない。氏の父親がなぜそうしていたかは知らない。しかしそれは敗戦により急激な世界と認識体系の変化にうちのめされて自己をうしない、そして自己をうしなうことが文字通り無能者として現象せざるをえなかったからだといってさしつかえない。

たぶん敗戦はほとんどすべての日本人をこのように「解体」したはずである。昨日と今日とで考え方の隅々まで切り換えねばならないようなとき、ひとが「解体」せずに済んだとしたら、それは「母親」のように生活に根をおろし生活に追いまくられていたからにすぎない。ほとんどの日本人はこの時点で自己の連続性を失い、しかも失ったことをろくに意識しなかった。この非連続性《ディスコンティニュイティ》は、進歩と新生という名分によって肯定されたし、また多くの戦後文学者（転向左翼）は戦前と戦後をつないでしまうことで、このような不連続による解体を黙殺し見かけだけの連続性を仮構しようとしたにすぎなかった。その意味において、『芽むしり仔撃ち』は敗戦によるディスコンティニュイティを思想的に肯定し促進しようとする作家によって書かれ、『子供たちの道』はディスコンティニュイティがもたらす精神の解体から、いかに自己を再統合すべきかを模索する作家によって書かれた、ということができる。

古井氏は戦後の父親のイメージのなかに、人間が自己の経験を統合することができずしたがって非連続的にならざるをえないとき、実際に人格的にもどれだけだらしなく解体してしまうかを見た。それは『子供たちの道』の二人の浮浪児や『男たちの円居』の男たちとして、あるいは『妻隠』における寮の若い職人たちとして見事に形象化されている。『男たちの円居』を書くとき、氏は大学紛争の泥沼でなすすべもなくなった教師たちが、寄り集まっては雑談に耽りだらしなくふやけていってしまった姿を想い浮べていたといっている。教師たちは「自己批判」や「自己否定」を迫られたとき、というより実は何をどう考えるべきかさっぱりわけがわからなくなったとき、いかにふがいなく《群れ》の堕性のなかに墜ちこんでいったか。

いずれにせよ、われわれはどこかで一度連続性を絶たれると、よくも悪くも、二度と連続性をとりもどすことはできないのであって、ただ他人にそう見えるだけの贋の同一性を仮構しているにすぎないのである。それは「じつは思ったよりはるかに長く尾をひき」、辻褄を合わせただけの連続性は「思いがけない頃に思いがけない振舞い」によって破綻してしまう。

しかし、その綻びはすぐにまた縫い合わされ依然として空洞の生じるまもない、これこそ杳子が「健康ということの凄さ」と呼んだものだ。他人を気にして自己の空疎なアイデンティティを保つだけにパラノイックな努力をそそぎ、それでいて内部はガタガタに壊れてしまっている姉の「健康さ」を憎悪する杳子を描くとき、古井氏が何を暗喩していたかは明白である。姉の姿は、「戦後」というものを一種の「病者の光学」からのぞきみたときあらわになる欺瞞的光景にほかならない。しかもこの欺瞞的光景の底には、実際は芯のない物狂わしい孤独がひろがっているのだ。

したがって、古井氏はむしろ「病気」のなかにとどまろうとし、見せかけの治癒を拒む。なぜなら、見せかけの治癒によって失われていく《現在》——未来や過去のためにつねに犠牲にされていく《現在》——を、もっとも十全に感受しうるのは「病者の光学」だからだ。氏の小説のなかで、「病気」がポジティヴなものとしてあらわれるのは、だからそれが《現在》の感覚をぎりぎりまで拡大するときであり、たとえば『先導獣の話』の最後で「内と外」の区別がつかなくなってしまった「私」は、自己解体というよりもむしろ、冷え冷えとして且つ熱っぽい自己拡大感を味わうのであり、『雪の下の蟹』の「私」も同様である。

夢と目覚めの境い目で、まるであらゆる小路の、あらゆる雪のはざまを、無数の私がふらりふらりと歩いているような、つらくて快い幻覚があった。（『雪の下の蟹』）

私にとって、自分の内と外の区別が以前ほど定かではなくなってしまった。現に今こうしておもてでひっきりなしに降る雨の音につつまれて仰向けに寝ていると、私はまるで自分が無数の雨粒となって汚水の中へ落ちていくような、そんな感じにすうっと陥っていく。おもてで俺が降っている、とつぶやきはじめれば、これはもう立派な狂気であり、病院をかえなくてはならない。（『先導獣の話』）

このような幻覚が幻覚として自覚されている（したがって幻覚ではない）ことに注意すべきだ。「個体からの脱れがたさを感じつくした者には、幻覚を抱きしめる自由がある」（『雪の下の蟹』）という自覚が基底にあるので、それは「病気」というよりも拡張された《現在》感覚にほかならないのである。「個体」がそのまま自足してしまっている姿を淫らと感じ、しかも同時に「個体」が自己同一性を喪って《群れ》の熱狂に溶融していくことを嫌悪する古井氏のアンビヴァレンツが微妙な均衡を示すのは、このように《現在》の感覚が柔らかくひろがりながら、しかも「狂気」に逸脱しない微かな一瞬のみである。

病気の中へ坐りこんでしまいたくないのよ。あたしはいつも境い目にいて、薄い膜みたいなの。薄い膜みたいに顫えて、それで生きていることを感じてるの。（『杳子』）

杳子は、夕焼けの赤い光のなかで、「ああ、美しい。今があたしの頂点みたい」とつぶやくが、このように「物の姿が一回限りの深い表情を帯びる」瞬間はおそらく彼女にはもどってくることはあるまい。しかし、《現在》をたえず「一回限りの深い表情」において感受したい、というのが杳子の願望であり、また古井氏の願望といってよい。

しかし、もちろん『杳子』にあるのは何よりも、自己を連続性として統合しえない者が陥っていく深い寂寥であり、他者を求めながら他者を感じることができない孤絶の苦しみにほかならない。われわれはここにたとえば漱石の『行人』の一郎を想い浮べてもよい。

古井氏は『杏子』において、『木曜日に』の主題を発展させ、一対の男女というきわめて抽象的な関係においてではあるが、はじめて「他者」を問題にしはじめたということができる。「痩せこけた」世界は、このときダイナミックにふくらみはじめたのである。


……杏子の病気の深みと完全にひとすじにつながりあったように思う瞬間がある。しかし杏子の感覚の中へもう一息深く分け入ろうとすると、糸は微妙にほぐれて、性の興奮の中へ乱れていく。それでも同じ事の繰り返しに、今度は彼は歓びを覚えた。

　そんな繰り返しに耽って彼の躯は杏子とのいとなみを重ねてもいっこうに成熟しないで、いつまでも若い男らしい求めの中に留まっていた。それにひきかえ、杏子の肌は素肌の冷たさを相変らず保ちながら、彼の知らぬ間に、病気を内に宿したまま女として成熟していた。（『杏子』）

　杏子は彼を意識的に拒んでいるのではない。むしろそれは彼女自身にもどうにもならないことなのだ。杏子は自己関係づけの障害のため、他者と内面的な関係をもつことができない。内面的な関係をもつことができないために、表面的言動は正常であっても恐ろしい寂寥のなかにある。「狂気」はその本質においては静かなものだし、静かだからこそ堪えがたい、あるいは静かだからこそ、もっとも根源的な場で他者との関係を絶たれてしまった癒しがたい孤絶感を育てていくのだ。「他者の回復」という言葉の意味はおそらく深く病んだことのある者にしか了解できまい。それは「他者意識」とかいったレベルの問題ではなく、それよりもっと深い場所での関係性の問題なのである。

　けれども、逆に考えてみれば、「愛」を不可能にする孤絶性から杏子を導き出そうとするのも実は「愛」なのだ。たとえば漱石の『坑夫』の「自分」は、文字通り地の底で出会った安さんという男とのまじわりによって現実を回復していった。杏子にとっては「彼」がそういう他者である。


「入りこんで来るでもなく、距離を取るでもなく、君の病気を抱きしめるでもなく、君を病気から引張り出すでもなく……。僕自身が、健康人としても、中途半端なところがあるからね」

「でも、それだから、ここでこうやって向いあって一緒に食べていていられるのよ。あたし、いま、あなたの前で、すこしも羞かしくないわ」(『杏子』)

杏子が「彼」に対してだけは心を許しており、「彼」にだけは自分を開くことができるのは、「彼」のつつましやかな心やさしさのためである。その心やさしさは次のような心やさしさにつながるものだといってよい。

……突然、またたくまに明るんだ意識の中で、彼女は自分の全生涯がこの不可解な、絶え間ない心変りに支配されているのを見た。絶え間ない心変りによって、あたしたちはほかの人たちの目にはいつでも同じ人間として映っていながら、絶えず自分自身から脱れ去り、しかもなぜそうするかを知らないのだ。だがそれでいて、あたしたちはその中にひとつの心やさしさを、一度として用いられたことのない、意識を遠く離れた心やさしさを、最後の心やさしさをほのかに感じとるのだ。そしてこの心やさしさによって、あたしたちは自分の行ないのすべてよりも深いところで、自分自身と結びついているのだ。
(ムージル『愛の完成』古井由吉訳)

深いところに自分自身と結びつくことによって、実は深いところで他者とも結びついているのだ。つまり自己を統合化しえないならば、他者との根源的な関連性も絶たれざるをえないのであって、「心やさしさ」は自己を自己自身と同時に他者とも結びつけるのである。『杏子』を読みかえして、あらためてその孤絶の深さにおののきながら、やはり一種の安らぎをおぼえるのは、一対の男女の根源により大きな「心やさしさ」が感じられるからである。つまり古井氏はニヒリストではなく、きわめて倫理的な作家なのである。

2

『妻隠』のなかで、若い男(寿夫)が初対面の老婆がごく自然に説教調で語りはじめるのを、そのとき両者がたまたまとった姿勢によるのではないかと考える条りがある。

それにしても姿というものは奇妙なものだ、と寿夫は思った。はじめは形だけなのに、おいおいそれにふさわしい気持を内側に吹きこんでくる。あるいは、年寄りの前でうなだれる若者の姿というものは、大昔から幾代にも送り伝えられて来たもので、寿夫個人の年齢とか境遇とか物の考え方とか、その程度の違いは押し流してしまう力をもってるのかもしれない。

老婆と彼が偶然にとってしまった姿勢が、「大昔から幾代にも送り伝えられて来たもの」のように、彼らの《関係》を規定してしまう。彼にはそれがわかっていてもどうにもならないのだ。

古井氏は、このように「個人の年齢とか境遇とか物の考え方」にはほとんど介意せず、それらをはぎとってしまったのちに残る裸形の存在関係のみを表現しようとしている。なぜなら、それに比べれば個人の心理や思想などはたえず「押し流される」ものにすぎないので、たかだか便宜的な同一性を保っているにすぎないからだ。たとえば『円陣を組む女たち』のばあいでも、何よりも「円陣」という構造そのものが、諸個人の「考え方」などとは無関係に彼らを群れの昂揚のなかにエロティックに融けこんでいかせるものなのである。したがってこの小説では、「女たち」よりはむしろ「円陣」が主題であり、あるいは「円陣」に囲まれた存在の恐怖とおぞましさの感覚が主題だといってもよい。

さて、この老婆は、寿夫が結婚していることを知っていながら「心がけを改めれば嫁さんを世話してやる」といい、寿夫の妻には再婚の話をする。この老婆の言動の謎が、しかし徐々に寿夫夫婦の《関係》を照らし出していくのである。

——婆さん、このにおいを嗅ぎつけやがったかな。

そう考えると、二人にたいする老婆の言動も、辻褄が合わないでもない。このにおいは、はたの人間の鼻で嗅げば、いつ切れるかわからない男女の関係のにおいだ。嗅覚だけ冴えていて、頭と目の耄碌している老婆が二人の中にまだかすかに残っているこのにおいを嗅ぎ取って、女にたいしては亭主は長くないかもしれないと言い、男にたいしては心がけを改めればいい嫁さんを世話するという。相手をよく見分けて筋道を立てるには目と頭がもう疲れていて、嗅ぎ取ったことをそのまま、出来あいの忠告の言葉の中にはめこんでしまうのだ。

嗅覚だけ冴えていて他人の判断に惑わされないこの老婆の直観力は、この夫婦が外見上、あるいは意識の上で保っている《関係》の連続性のかわりに、ただ「いつ切れるかわからない」男女の同棲の姿しか見出さない。実は、古井氏が人間の関係をとらえる仕方もこの老婆のようなものであって、『妻隠』にいたるまで氏の小説に出てくる人間には明瞭な性格もなければ心理もない、いわんや「思想」などというものはどこにも見出すことはできないのだ。というのも、性格、心理（「意識の流れ」もふくめて）、思想といったものはつねに一定の持続性を前提としているのに、古井氏が書こうとしたのは、逆にそういう連続性として自己を関係づけることができず、したがって狂気や群れの熱狂にいつすべり落ちていくかもしれない人間にほかならないからだ。

個体がその内部に確実な自同性をもちえないとき、それはいわば固体のような輪郭をもつことはできない。個体の境界域は曖昧に延びたり縮んだりするものであり、したがって人間と人間の《関係》は相互にかたちづくられる一種の磁場のようにみえる。

……私はこの静けさの印象が群衆の流れの異様な滑らかさから来ると気づいたとき、新参者としてただもうひるんでしまったのだ。なぜ都会の人間たちはあの土地の人々のようにざわざわと車を降りないのだろう。

やがてその真剣さがためらいがちに微妙な一線を越えたその瞬間、いきなり群全体をただひとつの肉体のように、先頭をきる獣の鼻面《はなづら》から後駆《しんがり》をゆく獣の尾の先まで一気に衝撃の波が突き抜け、あとは驚愕が疾駆を呼び、疾駆が驚愕を誘い、そしてすさまじい褐色の雪崩《なだれ》が草原の茨を踏みくだき、猛獣の群さえ蹴散らして、静かに燃える昼さがりの地平線を目ざしてごうごうと墜《お》ちていく

……

……殺到の秩序がこわれるだけなら、われわれは群衆的な存在から目覚めて一人一人の人間にかえることも大いにありうることであるから、まだしも救いはある。だがもっと恐ろしいことに、われわれはなまなましい叫喚をよそに殺到の秩序を冷ややかに守ったまま、ごうごうと走り出すかもしれないのだ。（中略）あまりに合理的なものは、ある時、そっくりそのまま非合理的なものであるのだ。ちょうど野獣が変らぬ足どりで明るい野を横切ってすうっと暗い繁みの中へ入って行くように。（『先導獣の話』）

こういう文体が示しているのは、古井氏がすでに個人の

意識とか思考を信用しないで、人間をある構造の側からとらえようとしていることだ。たとえば人間の集団を熱力学的にみたとすれば、固体と液体と気体の「境い目」はどこにあるといえるだろうか。固体とみえたものが、「ある時そっくりそのまま」気化してしまうこともありうるのだ。

古井氏の文体の抽象性はこういう反ヒューマニスティックな人間認識にもとづいているので、したがって氏の感受性は、人間と人間の《関係》を心理とか思想としてではなく、先ずそれを直接的に、熱や臭いや肌ざわりや振動として、あるいはそれらの共感覚として認知するところに特徴がある。いいかえれば、それは人間の関係の「磁場」そのものの微妙な変動を直接的に感受する方法である。

……参事官がいまごろどこかに立って彼女を待っているのを、彼女は感じた。彼女のまわりの、狭められた視野が、すでにあの男の息で満たされていくような気がした。そして彼女のすぐ身近の空気は彼の体臭を帯びはじめた。彼女は落ち着かなくなり、帰り支度をはじめた。きっとあの男と出会うことになるだろう、と彼女は感じた。そして、どこかしら、とその瞬間のことを思い浮べると、その想像が彼女の体を冷たくつかんだ。（ムージル『愛の完成』古井由吉訳）

たとえばこういう条りを見ても、古井氏がムージル的方法から強い影響を受けていることは明らかだが、むろんたんなる模倣ではない。先に述べたような〝うつらうつら、うっとり、淫ら〟といったキイ・ワードがすでに氏の翻訳文にも用いられており、ドイツ語のニュアンスのわからぬ私には何ともいえないが他の人の翻訳からは感じられぬセンシュアルな感触があって、それが氏自身の表現であり、あるいは氏自身の資質の発見のように思われるのだ。そして、この感受性は異常感覚のたぐいではなく、「人間」を心理や観念として分析的にみるかわりに、むしろそれらを成立させている磁場そのものにおいて直観しようとする明晰な方法意志にもとづいているというべきである。

たとえば、エドワード・ホールは『かくれた次元』のなかで、動物にも人間にも、個体距離（一個体が他の個体に対してもつ領域《テリトリー》）と社会距離（一個体がその属する社会と接触を保ちうる距離）が「かくれた次元」としてあることを指摘している。この「かくれた次元」はインフォーマルな文化体系によって差異はあるが、いずれにせよ「個体距離」が侵犯されたり過度に混みあったり《クラウディング》すると、それだけでわけのわからぬ不安と恐慌に陥ってしまうという。われわれが「自我」とよんでいるものは、空間的にみればそういう「個体距離」にほかならない。

……横断歩道にさしかかって曖昧にスピードを落とした車の前を歩行者がぎこちない足どりで渡るとき、車の内と外でかわされるかすかな敵意のこもった視線。たがいに立場を入れかえて見るだけの想像力はないでもないのだが、運転者は現にいま運転者であり、歩行者は現にいま歩行者であり、それゆえにどうにもならない憎しみ。そんなものが私を疲れさせ、憎しみにあまりに敏感な自分に嫌悪を覚えさせた。(『先導獣の話』)

どうしようもないのに憎みあい、あるいは憎みあっていながらどうしようもない、そういう《関係》がここにある。むしろ人間を《関係》においてとらえるとはこういうことにほかならない。

静かな滑らかさを保っている群衆は、互いに他人と一緒に生存することのおぞましさとやりきれなさに堪えながら、こうして微熱を発しパニックの萌芽を育てているのである。『男たちの円居』のなかでも、すでに方向性を喪って退嬰的な《群れ》の熱狂に融けこんでしまった中年男らに対して、若い二人の学生はやりきれずに出ていってしまうが、結局また戻ってこざるをえない。こういうときに突き上ってくる彼らの憎しみもまたどうにもならないものだ。要するに、混み合い《クラウディング》という構造が、われわれの理性や思弁の及ばぬところで、われわれを揺さぶり不安にし熱気をかきたてているのである。

氏の第二作である『先導獣の話』は、人間の群れにパニックをもたらす「先導獣」はどんな奴だろうかと考えていた「私」自身が、デモの渦に巻きこまれて負傷しおまけに警官に煽動者(先導獣)と誤認されるが、入院中に自分でもそんな気がしてくる、つまり内部と外部のちがいがはっきりしなくなる、というようなアイロニイをふくんだ小説である。「私」は「旅からの帰還」者であり、自分を確実に感じることができない者であった。いいかえれば、先導獣を憎悪していた「私」が当の先導獣になってしまうかもしれないというアイロニイは、われわれの内部の核心で同一性と連続性が喪われているならば、《群れ》の熱狂を拒むどんな歯止めも持っていないばかりでなく、「ある時そっくりそのまま」理性的なままでごうごうと走り出すかも知れないということを意味している。人間の関係が磁場のようなものだとしたら、磁石を置き換えるだけで、われわれはまたたくまに一つの方向性に押し流されてしまわざるをえない。われわれの意志や理性が機能するようにみえるのは、たんにわれわれが自己の同一性を確信していられるばあいにすぎないので、現実にある方向性を与えられたとき、われわれの意志にはそれを拒む力はほとんどないのである。

すでに述べたように、古井氏は「男たち」の群れに、自己の足場を喪失して浮游しはじめそれによって猥雑に退嬰していく者たちのイメージを見ている。『男たちの円居』の場合も、嵐のため何日も山小屋に閉じこめられた中年男らは、日常は勤勉な会社員でありながらまるで鬼の酒盛りのように変貌してしまうし、それを批判的に見ている二人の学生は都会に帰っても就職のあてのない不安にさらされている。こういうところに、女子学生の登山パーティ、つまり「女たち」がやってくるのだが、「男たち」はただ彼女らから食糧をもらうことしかできない。

いうまでもなく、このようなイメージの原型には、戦後の一時期の「男たち」と「女たち」の姿がひそんでいるはずだ。『子供たちの道』では、「男たち」と「子供たち」がほとんど重なりあっている。ちょうど『男たちの円居』で、「私」が「食べ物に不自由しなくなってからも、握り飯を手にしさえすれば、浮浪児同然の気持に帰っていく」ように。「男たち」の前に、「女たち」はたとえば次のようにあらわれる。

自分たちの頬を叩いて、鬼のような怖い顔でじりじり迫ってくる黒い影にむかって、一生懸命に両手を突っ張って身を守りながら、それでも《おかあさん》と叫ぶ……そんな光景が幼い信子の想像の中でふと鮮やかになりかかる時があった。怖いものを見て家からさまよい出た子供を、母親は、そんな風に連れもどしに来るのかもしれない、と信子は考えた。(『子供たちの道』)

女(たち)は「やさしくて恐ろしい、冷淡で物狂わしい母親の姿になって」子供たちにのしかかってくるし、肺病の学生は女に向かって、「男は根っこから切り離されるとすぐ枯れちまう。女は自分が根っこなものだから、どんなに傷めつけられても、そうそう枯れやしない」と毒づきながら、それでいてますます自分をスポイルして死んでしまう。このような、「女たち」の物狂わしい冷淡さとエロティックな恐ろしさ、「男たち」のだらしなく弛緩し怠惰と無気力に居すわってしまった淫靡ないやらしさ、それはたんに古井氏の個人的イメージでもなければ体験的事実でもない。つまり「女たち」をとりあげたとき、古井氏は抽象的な《群れ》の考察からすすんで、《群れ》そのものの質的構造を見きわめようとしたことになる。だから依然として、女は「女たち」であり、あるいは女性的本質であって、個々の女というものは問題にならないのである。

……平和の中では、女たちは切り離されて自分の暮しを真剣に、いかにも真剣にいとなんでいる。女たちが集まるのは、おそらくおぞましい混乱の到来する時なのだろう。集まった女たちの姿は何となく世の動揺の兆しを思わせる。そんなことはやはりないに越したことはない……(『円陣を組む女たち』)

『円陣を組む女たち』は、夕暮の公園で女学生たちが円陣を組んで一人ずつ除いていく遊びをしている光景を見ているうちに、「私」のうちにこみあげてくる不快感を、次々と連想をたどりながらやがて一挙に恐ろしい核心に到達するまでを描いている。「私」はなぜ「円陣を組む女たち」のエロティックに物狂わしい陶酔に対して、いいようのない不快感をつのらせるのだろうか。

……私は鬼面のように額に縦皺を寄せた見も知らぬ女たちの顔と顔が、私の頭のすぐ上に円く集まっているのを見た。空一面にひろがって落ちてきた雪崩が、今でははっきりと一塊りの存在となって、キューンと音を立てて私たち目がけて襲いかかってきた。私をつつんで、女たちの体がきゅうっと締った。その時、私の上で、血のような叫びが起った。

「直撃を受けたら、この子を中に入れて、皆一緒に……、死にましょう」

そして「皆一緒に……、死にましょう」とつぎつぎに声が答えて嗚咽に変わってゆき、円陣全体が私を中にしてうっとりと揺れ動きはじめた。(『円陣を組む女たち』)

しかし、このような「秘密」が最後に露わになったのちでも、この小説は再読に堪えるものをもっている。すなわち、この小説はたんに「女たち」の群れに対する不快のイメージを意味ありげに並べたてただけではなく、そこに「女たちの真剣さ」が人間の集団を変質させていくことへの鋭い「政治学」的洞察がつらぬかれているのである。

「風花」での朗読会

「群れの熱狂」とは、人間のたんなる集合が突然共同性を帯びはじめ、そしてそこに個体が自らを滅却して吸収されていくことだといってもいい。しかしそのばあいにも、男にとっては個体性を滅却してしまうことが困難であり、半ば熱狂しながら、半ばシニックに醒めているほかはない。ところが、女たちには集団の共同性そのものが性的な対象となってしまう。いいかえれば、倫理的なものがエロティックなものと癒着したまま一層昂揚していくので、たとえば「皆一緒に死にましょう」という倫理性と「うっとりと揺れ動く」官能性とが混然と融合しており、他方その円陣の下で「私」はほとんど醒めたままでいなければならないのだ。

こうして「女たちの真剣さ」はたちまち《群れ》の性格を変えていく。《群れ》が過度に倫理的になっていくのはこのときであって、逆にいえば大衆運動の過度の倫理性の底にはこのような「女たちの真剣さ」が熱っぽくひろがっているのである。「女たちが集まるのは、おそらくおぞましい混乱の到来する時なのだろう」。

『円陣を組む女たち』は、とくに政治運動について語っているとはいえないにもかかわらず、ある意味ではこれまで考えられたこともないような視角から大衆運動の形相を全体としてとらえているといってよい。ここには明らかにファシズムと群集心理を題材にしたトーマス・マンやブロッホの影響がうかがえるとしても、古井氏自身のオリジナルなイメージがあり、《群れ》の側から個体を見るという視点の抽象性が、氏の肉感的な実質にあふれる文体に支えられて、大衆運動の仄暗い不可視の領域に知的な光をあてているといえるのである。

『不眠の祭り』は連想を書き並べ旋回し迂回しながら事物の本質に迫っていく同じ手法を用いながら、『円陣を組む女たち』のような緊密な密度をもちえていないし、また、『雪の下の蟹』の人物の不眠症のような必然性をこの小説の「私」の不眠症は感じさせない。それがこの小説の弱点だが、ここで追求されているのはむしろ純然たる政治学の問題だというべきであろう。

つまり、『不眠の祭り』は結局火にまつわる原初的イメージやバシュラール的精神分析、あるいは不眠症が問題なのではなく、それらをダシにしながら「祭りは最後には必ず人を欺く」という「祭り」の政治学を形象化しているのだ。「私」が何の不安もなしに心から眺め耽った火は、祭りと熱狂を喚起しない火だけであり、それゆえ火に対する「私」のアンビヴァレントな不安はすべて「祭り」にかかわるものである。

しかしここに描かれている祭りは、若者たちが都会へ出てしまった田舎の観光町の祭りがいい例で、どことなくしまりがなく贋の祭りにすぎない。それは祭りを支える共同体が輪郭をうしなって擬制的なものになってしまっているからだ。したがって、この「祭り」をいかに時間的に遡行していっても、くっきりとした共同体の相貌が浮かびあがってこない。たとえば、隣組の防空演習のもの悲しいまでに滑稽な情景は、この隣組が擬似共同体なものにすぎないからで、演習の参加者には「真剣さが足りない」のである。実際に空襲が来ると、こんな演習などは忘れはてて、彼らは「持てるだけの荷物を持って、ときどき家族の名を呼びかわしながら、ただ獣のように黙々と群れて走るだけ」に終ってしまう。

同じことが『雪の下の蟹』についていえる。雪に閉じこめられ、あたかも戦時中の空襲下を暗喩するような緊迫のなかで、「私」は、雪の街で火を出してはいけないということから、この街に古くあったという陰惨な風習、「火事の夜が明けると、火元の家の主人は、裸足で腰に一本の荒縄を巻きつけて近所に出火の詫びをしてまわる」風習を想い浮べてうちひしがれる。しかし、雪に閉ざされた街の現在相が過去の「掟」の厳しさを喚起しながら、しかも微妙にずれていってしまうのである。現実におこるのは糞尿の遺棄場をめぐる、かつての防火演習にも似た滑稽なやりとりにすぎない。

　重要なのは実はこのずれなのだ。「祭り」と右のような擬似的な「祭り」のずれのなかに「政治」が介在しているのである。『不眠の祭り』では、高校の学園祭のエピソードがとくにこのずれの意味を明かにしている。「私」は前夜祭のファイアストームが雨で一方的に中止されたとき、壇上の委員長をとりかこむ「円陣」のなかから一人発言して、ファイアストーム実施を叫ぶ。

> 私は大勢の目に晒されて狼狽している自分の姿を冷ややかに思い浮べながら、その時ゆらゆらと燃え上がった恐れの中で、自分が自分でなくなり、群れ全体を覆う一つの大きな熱狂の中へ融けていくのを感じた。気がついて見ると、私は衆人環視の中で委員長と激しくやりあっていた。(『不眠の祭り』)

「私」のなかに奥深く潜む、「火の近くに走り寄って、全身あかあかと染まりながら、獣のように背をまるめ、腰をぶざまにかがめ、炎のゆらめきに合わせて踊り狂いたい、体のすみずみまで恐怖に満たされて火のまわりを転げまわりたい」という欲求が「私」を思わず叫ばせたのだが、「私」の発言は奇妙にすりかえられていき、結局満場一致の拍手で実施が確認されたとき、「私」だけが自分のやり場のない熱狂をかかえてとり残されてしまう。このエピソードは、われわれが「祭り」に憧れながら、実際に「祭り」を実現したとき、すでに政治的操作の下にあるほかないというアイロニイを示している。われわれのディオニソス的衝動はこうして自らを欺く熱狂のなかへの自己喪失として頽落していかざるをえないのだ。

　いってみれば、『円陣を組む女たち』では、政治的なものが「女たち」の熱狂を通して過度に倫理的な陶酔へと傾斜していくこと、『不眠の祭り』では、祭りの陶酔に終始すべきものが政治的なものへと操作変容させられていくことがとらえられている。こういう微妙なずれや変質が生ずるのは、われわれがすでに共同体的規範から遊離してしまっているからであり、いいかえれば根底において自己自身への統覚を失ってしまっているからであって、古井氏は「私」という語り手をつねに半幻覚的気分におくことで、微妙に揺れ動く個体の心象を内側からとらえることができたのである。私は「政治」がこのように把握された文学作品の例を（日本においては）知らない。

『妻隠』という作品には、これまで述べてきたような二系列のモチーフがすべて含まれているだけではなくて、鋭い抽象性が平坦な日常の具象性のなかに融けこんでいる。そして、そこに「妻隠」ということばが暗示するような、古代的イメージが重なり合っている。

あえていうならば、これまでの氏の小説にはどことなく作り物めいた感がつきまとっていた。たとえば『男たちの円居』では、山小屋に食糧がなくて酒だけがあるというような設定、『不眠の祭り』では酒を飲めば癒るような不眠症をいつまでも我慢しているような例がそうだが、われわれは氏の文体の催眠効果によってほとんど何が起っても不思議ではないというような気分にさせられているためそういう欠陥をパスさせてしまう。しかし、たとえば『妻隠』の「男たちの円居」にはたしかな実質性がそなわっている。郷里を離れ根を失って都会の下層でうごめいている若い労務者らが泥酔して淫猥な狂騒のなかに自己解体していってしまう姿には何の不自然さもない。一方で、氏の抽象性は彼らの酒宴を自然主義的にとらえるかわりに、都市生活者一般の《群れ》の不毛な熱狂として、あるいは鬼の酒盛りのような凄みのあるイメージとして象徴化することに成功している。『妻隠』のなかにも、やはり「旅からの帰還」という主題がある。たとえば、男（寿夫）は勤務先で高熱で倒れてから一週間家で休むのだが、そういう非連続感が熱病と合わさって、次のような感覚に陥ってしまう。

……ときには、彼はいくつもの場所に同時にいるような気がした。すると彼はもうどこかにいるという確かな感じの支えをはずされて、途方もないひろがりの中に軀ごと放り出され、自分のコメカミの動悸を、ただひとつの頼りとして、心細い気持で聞いていた。動悸の音を細々と響かせて空間はどこまでもひろがってゆき、四方に恐しい深みをはらんだ。しかもその空間のどの部分も、それ自身は空虚でありながら、ちょうど大きな岩の中に封じこめられた紋様のような、悠久で、そのくせどことなく淫靡な相貌を帯びている。

もうこれはわれわれには馴染深いといってもいいイメージであるが、それが病理を感じさせないのは熱病という設定があるからである。熱が下がっても、男には軽い非現実感がとどこおっていて、しげしげと妻を眺めたりするようになる。そうなると、妻との関係がもう「いつ切れるかわからぬ」ような感じがしてくるのだ。老婆はそういう「臭い」をかぎつけてマクベスの魔女のように登場する。

この夫婦を漠然とつつんでいるのは、「男たちの円居」であり、彼らの酔声や猥歌が低音部を構成している。彼らのなかにヒロシという少年がいるが、男たちに連日猫が鼠を翻弄するように揶揄され嬲られて、彼自身も獣めいたヒステリックな発作にわれを忘れてしまう。こういう日々のくりかえしのなかで、少年は憎しみにかられ、しかもその憎しみに疲れきってしまっている。

妻とこのヒロシ少年との交感の場面にはスリリングな官能性がある。というのは、うつらうつらしたまどろみのなかで、男（寿夫）はもう妻がすうっとどこかへ消えてしまっても仕方のないような感じにとらわれてしまっているからだ。この妻を媒介にして、ヒロシ少年の、他者と一緒に生存することのやりきれなさと、寿夫の、他者と本当に関係することのできないつらさとが感応しあっている。そして、その周囲には、個体が個体であることのおぞましさと個体が自己を喪って《群れ》に解体してしまったいやらしさとがとりまいているといってもよい。

いうならば、『妻隠』において、『先導獣の話』以来の「群れと個体」という主題と、『杳子』における一対の男女の愛という主題が交錯しあっているのである。つまり、氏の小説の特徴だった抽象性がここでよりふくらみのある具象的な構造をもちはじめたということであり、いわば氏は『妻隠』のなかで初めて具体的な《社会》を発見したのである。たぶんこれは氏の小説にとって決定的な転換を意味するにちがいないと思われる。

しかしこの転換は、氏がいわゆるリアリズムの方向に向うことを意味するものではありえない。『妻隠』のなかで発見された《社会》は、ひとたび鋭い抽象化をくぐってきたものであり、けっしてわれわれが通念にくもった眼でみている社会ではないからだ。くりかえしていえば、「初期作品」の透明な抽象性（観念性）が、具象的な日常のなかに目立たなく融けこみながら、なおその特質を本質的に喪っていないのである。実は氏のオリジナリティはそこにあるので、たんに氏の小説が具象的になってきたこと自体を評価すべきではない。むしろ氏のこういう特異な認識方法が、日本文学のなかで類例のない地平を切りひらくことを予感させずにはいないのである。（「文藝」一九七一年四月号、『畏怖する人間』冬樹社、一九七二年［講談社文芸文庫、一九九〇年］）

◉論考

翳る鏡の背信
——古井由吉の『水』を繞って

蓮實重彥

Ⅰ　誰が、どこから語っているか

水と言葉

いったい言葉は、水と、いかなる遭遇を演じてみせることができるのか。水と言葉は、誰もが知っているあの変幻自在な相貌を視線にさらし、ともども人を親しく招き寄せるかにみえながら、いざ近づいていってみると、招く仕草そのものが、いつしか拒絶のそれに変容しつくしている。そして、ふと怪訝な思いで足をとめるわれわれの存在は、すでにそのとき、言葉と水とに犯されてたわみきっていながら、言葉の、また水の表層を確かな感覚で触知することができない。言葉の領域は、そして水の領域は、いったいどこから始まりどこで終っているのか、言葉なしに沈黙を生きることは不可能だし、渇きなしには水も意味を失う。水の欠如としてあるのではないのと同様に水渇きは、沈黙がたんなる言葉の欠如ではなく、体内にわずかに残った水分の、声にならない叫びではないのか。だから、われわれの視線にその全容を示すことをこばみつづける環境としての言葉と水は、あるもどかしさの実感を介してしかその在りかを告げようとはしないという共通性を帯びている。いま、そんな言葉と水とが出逢ったとするなら、いったいどういうことになるのか。

なにもことさら息を圧し殺し、貪婪な瞳で両者の接近するさまを追いながら、それが遂に触れあう一瞬に立ちあって、そのとき言葉と水との接点に生起することがらを、逐一あばきたてようとするのではない。ただ、言葉が、ちょうど風に運ばれる花弁のようにはらりと水面に落ちかかったような場合、たまたま運よくその場にいあわせて、ある感動とともに、その一瞬を生きてみたいだけなのだ。そして、言葉がそのまま水面をたゆたいつづけるのか、あるいはたちまち溶けさってしまうのか、それとも水底深く沈んでしまうのか、そんなことを一つの体験として自分のものにしてみたいのである。

比較的みじかい六篇の作品群を『水』という総題のもとに一冊にまとめた古井由吉の最近の書物は、そうしたとりとめのない思いへと読むものを誘いださずにはおかない、あるただならぬ気配を秘めた言葉たちからなっている。もっともそのただならぬ気配が、誰もが敏感でありうる頻度で反復される「水のイメージ」の汪溢からくるものであれば、さして気がかりなものとはいえないだろう。特殊な逸話的個体としての作家古井由吉の物質的嗜好の一つとして、あるいはその小説的想像力に飛翔を促す契機であるか、あるいはその思わぬ狂奔ぶりを統禦する歯止めとなっているか、とにかく作家が意図的に戯れうる小説技法の一つにほかならぬからである。そうであれば、古井の初期の短篇にしばしば顔をみせる、たとえば『円陣を組む女たち』や『男たちの円居』などの「円型」の主題や、あるいは『先導獣の話』などにみられる「動物」のそれのような、作品世界への扉を開く鍵の一つにほかならず、ひとたび「鍵」を手にした読者は、かりに一瞬その不可解なさまに戸惑いはしても、最終的には虚空をさ迷いつづける気づかいはないからである。ところが「水」のイメージは、古井にあっては、そうした主題体系を越えたところで、それを鼓舞するのでもなければ涸渇へと導くのでもなく、行きつく果てを予告もせずに想像力をその場に宙吊りにしてしまう。想像力は、明らかに水によって触発されながら、いざ羽搏こうとする瞬間にその羽が捉えるものは、虚空でしかないのだ。それはちょうど、書物の総題ともなっている短篇の一つの『水』の中で、遊覧船の甲板から二歳になる子供が水のほうへ身を傾けた瞬間を想起する言葉が綴る、全身麻痺の感覚に似ている。

「舷側に押し分けられた水がしなやかに反りかえる翠色の壁をつくって滑り退いていき、波頭をざわめかせながら、うねりの中に巻きこまれる。そのうねりの群れの前に、二つになる下の子供が立っていた」(三八頁)。ここにおける語り手の視点の位置はきわめて不明瞭であり、その不明瞭な分だけ、作家の想像力は水の汪溢にとっぷり浸りきっている。「そばに行ってやろうかな、と思いながら遠くから眺めていた」（傍点は引用者、以下同様）。この「遠くから」もきわめて曖昧であり、作者は船体の構造や二人の位置関係とはほとんど無縁の場所で、無媒介的に「水」のイメージと戯れている。が、不意に、子供の転落の危険が現実となって迫ってくる。するとそのとき、まるで「水」と戯れていた想像力が語り手をその場に宙吊りにしてしまったかに、あらゆる運動の可能性が奪われてしまうのだ。「はっとした時には、手肢が金縛りになって、頭髪がほんとうに逆立っていくのがわかった。夢の中で空足を踏むような焦りが全身を走った」。古井にあって気がかりなのは、作品のあらゆる細部へと浸みわたってゆく「水」の汪溢ぶりそれじたいではなく、「水」のイメージが、古井的存在の意識を快く愛撫するかにみえて、実はある瞬間に不条理な不動の姿勢を課して、「水」との甘美な戯れを拒絶する点にあるのだ。「水」はそこにありながら、それを見ているものは身動きがならず、「水」に触れることができない。『水』と呼ばれた書物は、「水」のイメージの豊富さの上に築かれているのではなく、むしろ「水」から斥けられたものの苛立ち、その遍在性にもかかわらず、あるいはむしろその遍在性ゆえの、ものとしての「水」の希薄な存在感への嫉妬に似た意識の空転からなりたっているのだ。

動かずに語ること

作品としての『水』が生きるこの苛立ちと空転ぶりは、たちまち読むものに感染して新たな苛立ちを生み、その空転をまるで生きなおそうとするかのように、われわれは言葉と水との遭遇を夢想せずにはいられない。

たとえば言葉は、水のおもてに自分の影を落すものであろうか。『影』の「私」のアパートの向かいの棟の壁いっぱいに映る途方もなく大きな人形のように、人目には触れぬ不可視の光源に操作されて、言葉もまた、不可解なその影を水面いっぱいにおし拡げてゆくことがあるだろうか。古井における「反映」の主題は、「鏡」や「分身」のそれと親しく戯れつつ豊かに自己増殖するというより、むしろ貧しさの側に滑り落ちてゆくことで鏡の国への越境を自分に禁ずる。それは、水を前にした言葉の逡巡というか、自分の影を否認する声にならぬつぶやきに似ているかもしれない。それとも言葉は、『水』の冒頭の渇きと不動性との奇妙な関係のように、水への渇望ゆえにいっさいの動きを自分に禁じ、水との距離と密着とをともに選択しまいとするものだろうか。あるいは『狐』の繁夫が見知らぬ女性から赤ん坊を人混みであずけられたときの、「いまにも流れだしそうな、形の定まらない重み」（七三頁）に似た物質感を、言葉もまた人にもたらしうるのか。そしてそれを手にする人間の「額にも背筋にも汗が滲む」ような体験を強いるのが、作品としての『水』の言葉たちなのだろうか。いま、こうして書きつらねている言葉は、手の中に不意に作品『水』をかかえこんでしまったときの、思わず滲む汗のようなものだろう。あっさりと汗と呼ばれてしまう肉体の表層での神秘な水滴の分泌を、それが批評だなどと性急に断じたくないが、そんな言葉でじっとりとぬれた肉体は、『衣』の綜子が儀式めいた正確さで浴びるシャワーのように、注がれる言葉たちによって洗い清められたいと思うのだ。事実、『弟』における肉親の狂気の淵源に横たわっているかにみえる汚水の記憶、兄の萩原の意識の底ではほぼ廃棄されている濁った淀みとの接触の記憶のように、言葉もまた、「味噌汁や調味料や、夜明けの冷えた空気の中に、自分の汗の中に嗅ぎ分ける」（一八〇頁）ことのできる臭いとなって、どこまでも存在についてまわるのだ。そして、その「肌に染みこんだ臭い」を洗い落さんがために、弟自身が大気と水の汚染をめぐる《童話》を語らねばならなかったように、われわれも言葉による汚染の「物語」を語らねばならぬのかもしれない。あるいはそれとも、古井由吉が粗描してみせる言葉と水との遭遇は、『谷』におけるがごとく、存在を遠く離れたところで、「樹の枝を叩きながら速足で寄せて来る谷の上におおいかぶさる」（二一五頁）時雨の音と、「ざわめきの奥につつまれた麻痺感に似た静かさの底から」わき起ってくる読経のように、人気中で、偽りの遭遇としておのれを成就させるものなのかもしれない。

だが、言葉と水の遭遇をめぐっての最大の関心事は、おそらく、ふと水の上にこぼれ落ちた言葉が、どんな運命をたどるのかという一点にかかっている。そしてたぶん、その言葉は、沈まずに浮んだままでいるだろう。もっともそれは、言葉が相対的な身軽さを誇りうるものだからではなく、わずかなりとも動けばたちまち溺死の危険が襲ってくるのを知っていて、身をこわばらせて埋没をこらえているからなのだろう。この書物の六つの短篇の主人公たちが、いたるところで動きをとめ、あるいは立ったまま、あるいは横たわったままの姿勢をまもりつづけているのは、そうすることで、自分たちの言葉が水中へと埋没するのを耐えているからに違いないのだ。ほんのわずかな身動きが、言葉たちから「物語」る力を奪いさってしまうと怖れているかのように、古井的存在たちは運動への可能性をかたく自分に禁じており、『水』がたんなる短篇集ではなく独自の内的構造をになった「作品」たりえているのは、まさに水面に落ちかかった言葉が、水との接触面を最小限にとどめて、その遭遇を一つの虚構たらしめんとするときの、身動きへの本能的な怖れなのではないか。ほんのわずかな振動が、言葉を水に譲り渡してしまう。だから『水』は、その総題のもとにまとめられたすべての作品群に共通する動かずに語る語り手の一貫した姿勢によって支えられた一瞬の均衡を、共通のフォルムとしてかかえこんでいるのだ。語り手の言葉を支えているのは、濃密な体験の充実性ではなく、ある希薄な無力感というか、むしろその無力感のみに固執する意識なのである。そのことの意味を、より細部にわたって検討してみなければならない。

II　主題と変奏

立つこと、横たわること

言葉が作品を支えうる相貌におさまるために運動を放棄せざるをえない古井的存在たちは、一人称の「私」として自己を提示したり、無名の非人称的な語り手であったり、あるいは世間なみの名前を持った三人称で客観的にとり扱われることもあるが、そうした視点の違いにもかかわらず、『水』の「物語」を統禦するのは、動きを奪われた彼らの意識にほかならない。そしてその意識は、醒めきってもいなければ、またまどろんでもおらず、いわば曖昧な中間地帯に自分を宙吊りにしている。

『影』の言葉たちが作品たらんとして語り手の意識を誘いだしてゆくのは、おそらくは標準的な団地であろう高層住宅の七階のヴェランダである。「私」は、夜半に仕事（だが何の？……）を終えてその場に立ち、向いの建物の明かりのともった窓をながめ、「どうやら血統から来るものらしい」咳を咳こみ、その咳の谺におどろき、向いの壁面に映る拡大された影を一瞬自分のものと思い、「奇妙な解放感さえかすかに覚え」ながら、すぐにはやってこないだろう眠りと戯れるために床につく。そしてここにみられる立ちつくす姿勢と横臥の姿勢とが、作品『水』の全篇を貫いて認められるのだ。いうまでもないことだが、立ち、あるいは横たわりつつ身動きをとめる古井的存在たちを、作品から作品へとへめぐりながら列挙してゆくことは、それじたいとしてあまり意義深い試みではないだろう。問題は、「直立」や「横臥」の主題の頻度でも一貫性でもなく、それが作品の思いもかけぬ要素へと波及させ、またそれからうけとめもする錯綜した主題体系の磁力のただ中に身を置いてみることが重要なのだ。だからここでは、言葉たちが「物語」る行為を支える唯一の条件として、語り手の姿勢が曖昧な空間に宙吊りにされ、そこで動きを止めねばならぬという、主題体系と説話行為の特殊な連繫を、一おうすべての作品について確かめる作業を続けてみたい。

『水』にあって、古井的存在はどんな場所で動きをとめているか。湖畔の宿の、妻子が眠るかたわらの蒲団で、夜半に喉の渇きを覚えながら、水道の蛇口へと歩を運ぶことができない奇妙な運動神経の変調が、冒頭に据えられている点にまず注目しよう。「ところが、起き上れない。ひたむきな肉体の欲求が、ほんのわずかのところで、どうしても動作につながっていかない」（三五頁）。そしてこの一篇の言葉たちは、どうしても動作につながらないもどかしさをめぐって、「物語」を語りついでゆくだろう。『狐』の場合はどうか。ここでも、「直立」の主題が「不動」の主題と密接にからみあったかたちで、投身事故のために遅れた満員電車で身動きを失った繁夫を言葉と戯れさせる。『衣』の綜子の場合にしても、「だんだん固くなっていく、歯ぎしりみたいな腕組み」のまま、「容易に鏡台の円椅子から腰の上がらない」姿勢のまま、衣裳と肉体との微妙な行き違いを調和ある均衡へと移行させえないもどかしさを、言葉にすることから始めているのだ。ここでの「腰をおろす」姿勢は、『弟』にいたって再び「横臥」の姿勢をとり戻し、精神に変調をきたした弟のイメージが、北枕で寝ている兄の意識を、明かりを消した後の闇の中で、言葉へと駆りたてようとする。弟の寝姿は、「妙に深い静かさで兄の躰を吸い寄せようとする。この感覚を萩原がはじめて知ったのは、弟が入院して七日目の夜だった」（一五九頁）という文章が『弟』の冒頭のパラグラフをしめくくっており、この自分の躰を吸い寄せようとする奇妙な感覚が、声にはなりがたい言葉を彼に語りつがせることになるだろう。

作品『水』の最後にすえられた『谷』にあっての「私」の意識と肉体とは、死んだ友人の「追悼登山」を試みさせた青春の山歩きの記憶によって、「谷の無人小屋の寝袋」の中に閉じこめられて動きを失ってしまう。そして、横たわり、しかも窮屈な姿勢を朝まで耐えながら、谷に歿す時雨の中に読経の声を聞き、その幻聴に促されて、記憶から夢へ、そして妄想へと漂ってゆく不確かな「私」の意識が、その曖昧な意識のみが言葉を希求するのだ。『谷』があたりに波及させる息を殺した美しさは、おそらく、友人の死をいたむ「私」の心からでも、その心が想像の世界に築きあげる舞台装置のただならぬ気配からくるのでもなく、『水』の作品から作品へと、慎ましい執拗さで反復されてきた「不動」の主題が、最も饒舌からは遠い寡黙な言葉をさぐりあてようとしているからであろう。主題体系と説話行為の連繫が、『狐』や『衣』の場合のように豊かな遭遇を惹起し、物語と言葉とイメージとに充実した戯れを許すのではなく、むしろ遭遇の困難さを物語の進展とともに確かめながら、いま、こうして自分が無人の山小屋の寝袋に身を横たえているのは、若き日の山歩きの仲間の死が、遂に手の中で捉えられ鮮明な輪郭のイメージにおさまろうとせず、ただ雨と嗚咽との無言の共鳴の中に吸いこまれてしまうほかはなかったのだと語る、言葉の徹底した希薄さに到達しているのだ。「私」が心を打たれたのは、山歩きの仲間小池の不運な死ではない。また、『谷』の言葉が語るのは、その痛ましい思い出でも友情の再確認でもない。それはただ谷底に横たわる「私」の意識と肉体とに何が可能であるか、を語るのみである。そして、「私」の可能であったものは、友人の死の五日前、「やはり雨のひどく降る日で、病室にはどこから流れてくるのか沢のにおいが、濡れた岩と森の下土のにおいがかすかに漂っていた」(二三三頁)日の体験が何であったかを、現在の意識と記憶の交錯の底で自分のものにすることだったのである。そこで「私」は、病室に横たわる小池とともに脇道へと迷いこんでいってしまった沢歩きを回想するのだが、その思い出をめぐる瀕死の友人との対話も、「……俺ひとり、死にたくない」という病人の言葉で途切れてしまう。そのとき小池の妻が、「私」と小池とを引き離し、仰向けに寝ている夫の上にそっと身を寄せ、「あらあらしく伸びた夫の髪を指先で撫ぜながら、自分も柔かな声で啜り泣き出した」のである。「私」は、かたわらにとり残されて、言葉と水との秘かな戯れのなかに身を浸すしかない。

　雨の音の中で、豊かな嗚咽が呻き声をつつんでふくらんでは跡切れた。(二三八頁)

雨と嗚咽の中で、瀕死の病人が静かに寝息をたてはじめたとき、小池の妻は夫から身を引き離し、慎ましく身づくろいをしながら瞳をふせて、「失礼いたしました」とのみ口にする。

　ここで「私」は、雨の音と啜り泣きの汪溢に身をまかせ、麻痺したように言葉を失っている。『谷』の言葉たちは、そのとき不動の「私」が声にすることのできなかったものを求めて、いわば世界の負の嵌没点に捕われていた言葉を解放すべく、物語を語りついできたものであることを告白する。

　私は昂奮の後で物も考えられなくなり、壁ぎわにただ棒杭みたいに立って雨の音を聞いていたが、生きているのも堪えがたいような死の陰惨な表情を前にして、いましがたの二人の声に心を打たれていた。自分が心を打たれていたことに、小池の四十九日を過ぎた今になってようやく、谷の音の中にひそむ無数の声の、呻きと吐息の気配に耳を澄ますうちに、気がついた。（二三八頁）

『谷』の最後の文章は谷の冷えきった暗い大気の中での言葉と水との遭遇に触れつつ、「ただ棒杭みたいに立っ」たままの自分と「無人小屋の暗闇の中で寝袋にくるまって」いた自分とがうけ入れていた「不動」性と、失なわれていた言葉の困難な回復ぶりとの、深い響応関係を明らかにするのである。

　以上の分析が多少とも明らかにしえたように、古井由吉の『水』にあっては、語り手の身動きをとめた姿勢と、物語を語ろうとする言葉の相貌とのあいだに、深い交感が認められる。だが、言葉たちは、その物語だけでは作品となることができない。説話行為は、「不動」の主題を越えて、さらに多くの主題たちと、新たな関係の場をつくりあげねばならないだろう。

鏡、または裏切りの壁面

　では、物語を可能にする唯一の契機として「不動」の姿勢をうけ入れる古井的存在たちは、どんな条件のもとに動きをとめているのか。さしあたり、曖昧な中間地帯とのみ呼んでおいた空間は、作品の題材や風土の違いにもかかわらず、同じ一つの表情におさまろうとするであろうか。「不動」の主題は、ほかのどんな主題と親しい微笑をかわしあい、『水』と総題された作品群に固有の主題体系の磁場を構成するのか。

　われわれは、頁から頁へと作品『水』を読み進めるにしたがって、「鏡」の主題がそこで特権的な位置をしめている点を、さして難儀することなく確かめることができる。だが、ここでも、「鏡」は、影と表象と分身との豊かな反映の交錯を約束するものではなく、かえってゆがんだ自画像の輪郭をどこまでも曖昧にする偽りの世界、裏切りの壁面として語り手の前に置かれている。それは、古井的存在をその場に立ちつくさせ、偽りの類似によって不可能な反映へと視線を招き、そこで意識と感覚とを宙吊りにしてしまう。

そうした不実な「鏡」のイメージは、『影』の冒頭の数行から、作品『水』が生きる空間の構造を顕示しながら、確かな筆致で描き出されている。

「私の住まいは七階にあって、遊園地をはさんで真向かいにもう一棟同じ型の建物が立っている」(九頁)。夜半にヴェランダに立つ「私」にとって、その真向かいの同じ型の建物の壁面が、不実な偽りの「鏡」として機能していることはいうまでもない。遅い時刻まで点っている幾つかの窓明かりが、同じ「梟の族」への秘かな共感となって、「私」を、「鏡」をめぐる想像へと導きだす。その「鏡」にまず反映するのは、イメージではなく音である。「ある夜、私はヴェランダの手すりにもたれて、誰もいない中庭の遊園地にむかって手ばなしで咳こんでいた」(九頁)。その咳は、すでにみたように「血統からくるものらしい」苛立たしい空咳で、《俺はいつかこれで死ぬんだ、これで死ぬぞ》とつぶやくことにある快感を求めながら、「私」は、夜気にあたって咳込むことを、子供じみた儀式として夜ごとに反復している。ところがある晩、「私の咳を無表情に受けとめていた」向かいの棟の壁面が、「鏡」に変貌していることを不意に発見して「私」はおどろく。「そのうちに、私が咳くたびに、向かいの棟の壁いっぱいに洞ろな音が走るのに、私は気づきはじめた。内側から胸を揺さぶられながら耳を澄ますと、たしかに私の気管が子供じみた悲鳴を上げるたびに、百何世帯かの暮らしをおさめて夜の中に白々と立つ大きなコンクリートの箱が、ちょうど屋上から地階にかけて水しぶきを勢いよく叩きつけられるみたいに、ピシャッピシャッと無機的な音をたてている。私の声が向かいの壁にひろがって谺しているらしかった」(一〇頁)。

自分の声、それも声になりそびれた空咳が、浴びせられる水(またしても声と水との遭遇だ……)のように谺するとき、「私」は怖れとともに咳を押えこまなければならない。圧し殺された咳は、もちろん壁の「鏡」に反響しはしないのだが、ここで注目すべきは、向かいの壁が、思いもかけぬ「拡大鏡」と化しているという点であろう。だから、その面に反映するものが音からイメージへと移行するとき、向かいの壁に認められるのは、途方もなく大きな人影となっているのだ。

「向かいの棟の壁に大きく、頭が屋上に届きそうに映った人影を、私は一度ヴェランダから見たことがある。夢でも錯覚でもない。光の加減でそんなことがあるのだ」(一〇頁)。影の主も光源も人目には触れぬまま、「壁に映った男はレインコートを無造作に着流し、じつに気ままそうに歩いて」ゆくのであり、「私」は、その影が、ふと自分のものであってくれればと思うほどなのだ。「ほんの一瞬ではあるが、私は壁に投じられた影を自分自身の影と思ったのだ」というとき、語り手は、明らかに「鏡」のイメージに惹きつけられ、それが錯覚でないことを願っているかのようだ。「そして影が投げやりな足どりで壁を斜めに滑りだしたとき、自分が歩み去っていくような、奇妙な解放感さえかすかに覚えたものだった」。

だが、「拡大鏡」の壁が徹底して不実なものである以上、この解放感は偽りのものでしかない。影は、それが自分の姿の拡大されたものでないばかりか、誰のものとも告げぬまま「気ままに歩み去って」いってしまう。「われわれの中には、影に感応する部分があるのかもしれない」と口にする「私」には、不実な鏡の上の影と戯れることしか許されてはいない。そして、「影」と戯れるもののすべてがそうであるように、「私」は、距離と密着の二者択一にあたって距離を選ぼうとするだろう。「私」がヴェランダで動きをとめるためには、たんに「鏡」としての向かいの棟の壁面ばかりではなく、「距離」としての遊園地の存在をも必要としていたのである。そしてヴェランダの「私」、向かいの壁、遊園地がかたちづくる空間構造が、「不動」、「鏡」、「距離」の主題群となって、作品の細部から細部へとうけつがれてゆく。その点を確かめてみよう。

鏡＝距離＝不動性

咽の渇きに夜半に目を醒まし、「暗がりの中で頭を起して腹這いにまでなって」(三五頁)いながら、起きあがって廊下のつきあたりの洗面所まで歩いてゆく動作に移れない『水』の語り手が、家族四人で逗留する水辺の宿は、明らかにヴェランダと遊園地と向かいの壁と同じ構造を持っている。彼は仰向けに寝ころがって闇を透かして天井板をながめているのではない。戸外で街燈が消えた瞬間から、「蒲団の上に片肘をついて、ガラス戸を眺めやっていた」(三六頁)のである。そして、「距離」の主題が、「鏡」の主題と親しく手をたずさえてそこに姿をみせる。そのとき、読むものは、この水辺の宿が視界の開けた海岸に面しているのではなく、「山の間まで深く入りこんでいる」海に続いた湖を見おろすかたちで立っていなければならなかった必然性が理解できるのだ。「遊園地をはさんで真向かいにもう一棟同じ型の建物が立って」いた『影』の場合のように、ガラス戸の向う側には、こちら側と同じかたちの山が、闇の中に浮かびだしてくるからである。「その正面に、向う岸の小高い山が昼間よりもいかつい姿を現わした。こちらも同じような山の中腹にあり、ほぼ目の高さから白っぽい靄が二つの山の谷間に立ちこめ、底のほうに蒼い光をほのかにこもらせている。目を凝しているうちに、湖面が徐々に浮き出してきた」（三六頁）。

ここで語り手の意識が戯れるものは、向かいの山に谺する声でも、山の斜面に展開される奇怪な影の動きでもなく、その中間に拡がる水の反映ぶりなのである。が、語り手の意識が水の戯れへと没入してゆくのは、彼が、向う岸の小山の頂に点る水銀燈が水面に落す流れるような光りの動きを目で追っているうちに、「目に映る物の動きが底のほうから軽い眩暈を誘い出」（三六頁）してきたからである。そしてその眩暈に引きこまれる語り手は、水の氾濫と欠如との二律背反をめぐって言葉をつらねてゆくのだが、『水』の最後の部分では、意識せずに床を離れていた語り手は、知らぬまに水道の蛇口のそばに立っているのだ。栓に手を伸ばそうとする瞬間、白タイルの流しの壁の鏡に彼は何を認めたか。「乱れた浴衣姿がぼうと映って、死んだおふくろの顔が浮んだ」のである。贋物のようで実は真実かもしれぬその影を正視できずに、語り手は顔をそらせずにはいられない。危篤の床の母親が、死へと滑り落ちようとする意識の底で、「水」と静かに口にしたときの記憶が甦ってきたからである。「額を上げる勇気はなかった。汗まみれの浴衣の中でからだをわなわなと顫わせて水にかぶりついている、おふくろに似た姿が、鏡に映っているはずだった」（六五頁）。ここでも「鏡」はあくまで不実であり、変容した影しか映そうとはせず、しかもその反映は、偽りの類似によって、視線を惹きつけながらも凝視を拒絶してしまう。水辺の宿の蒲団に力なく横たわる渇した男は、あたかもその反映の不気味さを本能的に知っていたかのごとくに、動きをとめていたのかも知れない。

ヴェランダと遊園地と向かいの壁とによって具現化されていた「不動」と「距離」と「鏡」の主題は、『狐』に至って、満員電車の人混みで動きを奪われた繁夫と、妻の佐保子と、その胸にだかれた子供という三人の人物によって集約的に演じられている。「男たちの体に包みこまれ、佐保子は子供を胸にきつく抱きしめ、蒼い顔を深くうつむけた。そばにたつ繁夫のほうに身を寄せて来ようとしない。子供もかすかな怯えを目に、両手で母親の首にすがりつき、ときどき父親の顔を訝しそうに見あげた」（六九頁）。佐保子と繁夫とは、胸にはさんだ子供の両親であるという事実によって、一つの類似を生きつつありながら、その類似はあくまで偽りの影の反映しあったものにすぎず、子供を胸にかかえる機会を奪われたまま、父親はなすすべもなく立ちつくすほかはない。「鏡」は信用がならず、距離は埋められることがない。そして、「なにか狐めいた鋭さで剝き出しになっている」妻の横顔を眺めながら、彼女が何を考えているかをつかむことができない。そのもどかしさが語りついでゆく『狐』の物語は、人混みにもまれた佐保子の姿が不意にゆらめき、「光のない目を繁夫に向け、『お願いします』と低く掠れた声でつぶやいて子供を彼の胸にあわただしく押しつけ」（一〇二頁）る瞬間に、もはや語るべきものを失ってしまうだろう。

『衣』にあって、「鏡」の主題は、綜子がその前で坐りこんだまま動けなくなってしまう小道具の鏡台として、冒頭から姿をみせている。だが、その鏡台はこの作品に登場する新米の編集者関原君の言葉どおり、凌辱された「鏡」なのだ。「もう一時間も前に、思いきりをつけるつもりで、鏡は閉じてしまっ」（一〇六頁）てあったからである。反映を奪われた鏡を前にして動こうとしない綜子にとって、あるいはこの鏡台が、一台の機織りででもあってくれればよいのかもしれない。「梭を走らせたあとで筬を勢いよく手前に引き寄せて緯糸を布に打ちこむ、あれは一度でいいからこの手でやってみたい」（一〇五頁）。綜子を捉えているのはイメージの反映ではなく、むしろそれから逃れるために、「身の鬱屈が誰はばかることもなく弾けて、遠くの耳にはのどかに響きわたっていく」（一〇五頁）バタンという筬を打ちこむ音の反響なのだ。その反響への夢が、遂に腰を上げることができぬまま靴をぬぐときの、倒れた靴の音にならない秘かな谺としてかなえられたとき、『衣』は作品であることをやめるだろう。「紫の踵の上に綜子は足の先をそっとかけ、片方の靴を横に倒した。そのかすかな音が、からだじゅうの緊張を響かせた。この音は誰かしらのところへ、有泉のところへか、父のところへか、伝わったような気がした」（一五五頁）。

『弟』の冒頭の数行では、谺する声は影をひそめ、二つのイメージが、類似を介して反映しあおうとする光景を描きだしている。それは、横たわる分身を思わせる兄と弟の寝姿である。「枕元の明かりを消すと、弟の寝姿が闇の中から降りて来る。もう何年も目にしていない寝姿が、床から一間ばかり隔てた虚空に兄の寝姿と平行に、手の置き方から脚の曲げかたまでそっくり同じに横たわり、妙に深い静かさで兄の躰を吸い寄せようとする」（一五九頁）。この平行に横たわる二つの肉体は、まるで鏡に映る自分自身の影のようによく似ている。だが、その類似は、やはり偽りのものでしかなく、弟の意識と存在は、鏡をのぞき込む兄の顔を拒んで、狂気の側へと黙って遠ざかってしまう。『弟』の言葉は、その遠ざかる弟のイメージを追おうとして、鏡を越境しえずにこちら側にとり残される兄の無力感をめぐって、物語を語るのだ。「不動」と「距離」と「鏡」の三つの主題は、おそらくここで最も簡素な美しさにおさまっているといえるかもしれない。そしておそらく、その無口な美しさが、『谷』の「私」の夢の中の光景を導き出すことになってくるのだろう。

深山の無人小屋で、腰の痛みに呻きつつ眠る中村と並んで身を横たえている「私」は、見知らぬ溺死の登山者を介抱する。が、その甲斐もなく男は死んでしまう。屍骸の処理もそこそこに、疲れはてた「私」と中村とは、また寝袋に身を横たえる。「私たちはホトケを間において暗闇の底に横たわった」（二二二頁）のである。その構図は、ヴェランダと遊園地と壁面との関係を正確に反映している。向う側の中村の存在は、痛みをこらえる呻き声によって感知できるが、その身を気づかって顔をのぞきこもうとすると、骸の「蒼白な顔が口と鼻から血を垂らして間近から私に笑いかけ」（二二二頁）るので、そのありさまを確かめることができない。やがて、夢が深まりイメージが鮮明となるにつれて、これまでみてきた諸々の主題が、ほとんど抽象的と呼びうる関係を生きはじめ、すべてが、どこでもない場所に宙吊りされてしまっている。

> いつのまにか屋根の覆いも、床の支えもはずされ、私たちは骸を間に吊り下げて谷の宙に浮んでいた。（二二四頁）

そして、「私」がその夢から醒めるには、不意に時雨が降りかかり、谷いっぱいに湧きかえる読経を耳にしなければならない。時雨と読経の声の共鳴をとおして実現される水と言葉との遭遇が、「私」をどこへ導くことになったかは、これ以前にみたとおりである。言葉は、誰の口からもれるとも知れぬ響きとなってわきあがり、虚空で注ぎかかる無数の水滴と交わって宙に漂う。それは、骸をはさんで谷間に浮んで横たわる二つの肉体を思わせる光景ではないか。「私」が夢みる動かない二つの寝姿は、不可視の水面に浮ぶこれまた不可視の言葉なのかもしれない。「闇の底へ際限もなく沈んでゆく」骸を支えているのは、「横臥」の姿勢で「不動」性をたえる「私」たちの呼吸なのだ。とすると、そのはりつめた呼吸でかろうじて不可視の水底への埋没から救われている骸が、作品『水』であるのかもしれない。

Ⅲ　濃密な死と希薄な生

脈動とぬくもり

不実な「鏡」を前にして立ちどまり、身をこわばらせる古井由吉的存在が、「不動性」と「距離」とを唯一の支えとして物語りうるものは何であろうか。当然のことながら、『水』の言葉たちが「物語」たりうるために糧としうるものはごく限られていて、一つは、なぜ語り手が曖昧な中間地帯に宙吊りされているかというその身体の不可解な失調ぶりそのものであり、またいま一つは、なぜ「鏡」の反映がきまって人を欺く乱れをおびるのか、という畸型化する対岸への想像力の無力な停滞ぶりである。

さしあたりこれといった理由もなく動きをとめてしまう肉体への意識の苛立ちは、すでに『水』の場合をめぐって触れたものだが、おそらくは『衣』にあって、典型的な形象化が行なわれているものだろう。ただ「自分で自分がうっとうしくて、用もないのに外出しよう」（一〇六頁）とする綜子は、「ちょっとした迷いに躓いてずるずるとこだわりの中へ引きこまれて」、身につける衣裳を選ぶことができなくなってしまう。「それが、できないのだ」という一句は、『水』の冒頭の、「ところが、起き上がれない」と遥かに共鳴しあう無力感の表明である。そしてそれは、病院のベッドや不眠の床の中、人混みの電車や深夜のヴェランダ、等々に立ちつくしあるいは横たわるものたちの無力感と共犯的に連帯しながら、たんに肉体ばかりでなく、意識の働きをも緩慢なものとし、いま、この瞬間に生起しつつあるものから、ある不在の一点へとそれを閉じこめてゆく。その一点には、過去と、妄想と、夢とが音もなく揺れ動いている。存在が動きをとめるとき、その「不動性」と戯れようとする言葉たちは、「不動性」をなぞり続けることに疲れ、意識の影の部分へと自分を休めにゆくかのようだ。そしてその不在の一点には、『衣』の場合は、地方でやもめ暮しをしている父親と、恋人と呼ぶよりはむしろ情夫でありながら、いまは他の女性を選んで新婚旅行に行っている有泉の記憶とが、同居しあっているのだ。『影』の、「私」の影におびえる傷ついた犬のなき声〝犬をかばう見知らぬ男の悲鳴や、『狐』における母の死と投身自殺の女の不在のイメージ、そしてとりわけ繁夫に赤ん坊をあずけて姿を消してしまった女性のそれなどは、いまみた不在の一点に身を隠しながら言葉を誘う「物語」の糧なのである。いつもながらの粗雑さで「内向の世代」などと総称されてしまった顔ぶれの一人である古井由吉の作品では、そうした「世代」の作家たちと同様に、現在と過去の交錯が巧みに技法化されてはいるが、それは古井が、時間の自由な交錯こそを現代文学の課題の一つだと楽天的に信じこんでいるからではなく、その言葉が戯れうるものが、動きを失った存在の苛だたしい運動神経の失調ぶりと、その影の部分に息をひそめる不在の一点しか持っていないからなのである。

だが、この不在の一点に身を隠しているものは、過去ばかりではない。夢や妄想も、秘かに息づいているのである。眠りに滑り落ちようとして落ち切れない『影』の「私」の意識の野を跳梁する動物たち。「私が寝床で好んで思い浮べるのは、夜の森を歩む野獣の姿。狐か鼬か山猫か、一頭の空腹の獣が藪をくぐり、朽木をまたぎ、流れを渡り、足音を立てずに歩いていく。とうに空腹を通り越して、ただ生きてあることのつらさになりきり、鼻づらで地面を掃き、耳をひくひくと動かし、濃い闇と薄い闇の縞を横切ってどこまでも歩いていく。しばらくするとそれはもう姿でさえなくなり、密かな足どりだけになり、毛皮につつまれた軀の温かみだけになり、一種陶然とした生命の感じだけになる。そして石のように凝り固まっていた私の頭は段々に融けてほぐれはじめる」。(一六頁)

この夜の野獣の音のない疾走のイメージは、まわりのものが形を失い、輪郭を曖昧にするに従って、生命の感覚に近づいてゆく。そしてその歩みは、どこでもない場所に溶け入ってしまうという意味で、すでにみた『谷』の宙吊りの夢と深く対応しあっているのだ。動物は消滅し、森の樹木も消滅する。そして、ただ温かみを持った密かな足どりとしてのみ確かめられる生命の気配は、『谷』の悪夢における、呼吸のみがまもり続ける秘かな生の鼓動にほかならぬではないか。『影』の場合と同じように、そこでもあたりの事物は消滅する。谷間の無人小屋の屋根も、床もなくなってしまい、闇の中に、ぬくもりと呼吸ばかりがどこでもない場所に残される。沈みこんでゆく骸の「重みを両側から私たちの呼吸がかろうじて支え」ていたのである。

「呼吸にもひそかな意志がはたらいていたことに私は呆れた。……流れ落ちる水の音は骸の無表情な重みとじかに通じあい、樹々のざわめきはただ途方もない時間のひろがりを響かせた。温みを小さくひろげて、その中で生きているものは、谷間では私たち二人よりいない」(二二二頁)。一方では温かみと書かれここでは温みとなっているが、虚空に残されたこの身よりのないぬくもりは、「密かな足どり」と「呼吸」という慎ましい反復作用と遥かに共鳴しながら、不在の一点に隠されていた生命のしたたかな脈動へと言葉を一体化させる。「不在」と「影」とは、古井にあっては、死と虚無と沈黙への秘密の扉ではないのだ。しばしば評者たちが口にするように、古井由吉は死のイメージと戯れるあの安易な沈黙志向者の一人ではない。古井の独創性は、生を、運動と増殖と氾濫としてではなく、忘れられていたある息をひそめたくり返しの回復として、声にならない言葉として、つまりは徹底した希薄さとして形象化してみせた点に存するのだ。死は、「距離」を介してある向う側の「鏡」の表面にあって、立ちつくす古井的存在たちは、その死からはいつも拒絶され、死と歩みをともにしえない無力感の底に、彼らは秘かな息づかいや足どりを、温かみとともに確かめることしかできないのだ。

向う側の物語

作品『水』にあって、動きを奪われた存在のもどかしさを語ろうとし、曖昧な時点への宙吊りの状態との戯れに耐え切れなくなり、過去を、妄想を、夢を求めて不在の一点へと滑り落ちていった言葉たちが、そこで最終的に確かめえたものは、生きることのあかしとしての鼓動であり、かすかなぬくもりであった。それは、いかに沈黙と虚無に近くあろうとも、生の領域でのできごとなのだ。だから、古井由吉的存在は、死からは拒絶されるほかはない。死は、きまって向う側の、意識の到達しえない世界に起る。死は、そして死と境を接した狂気は、「距離」の彼方の、「鏡」の理解を超えた変調としてあるのだ。

　では、「鏡」は、なぜあくまで遠くあり、自信にみちたやりかたで着実に乱れてゆくのか。言葉たちは、狂い、そして語り手の無力を嘲笑するかのような身振りで死を選ぶ「向う側」の存在を、いかにして語ることができるのか。「こちら側」に残された者たちに可能なのは、ただ、怪訝な面もちのまま絶句することでしかない。『弟』の萩原に襲いかかる唯一の肉親の狂気は、兄である自身を拒絶することで明らかな姿をとるものであった。萩原には、何故自分が面会をことわられるのかその拒絶の理由がわからない。精神神経科の担当の医師に問いただされても、萩原は答えることができないのだ。「思いあたるふしと言えば、この数年、兄弟としてこれ以上冷淡にもなりえない関係のすべてがそうかもしれない。しかし病気の弟に面会を拒まれるほどの理由は、それほど濃い精神的交渉は、思いあたらなかった」(一六〇頁)。萩原にとってのさしあたっての関心は、弟の身に起った精神の変調そのものであるよりは、不可解な拒絶を前にしたみずからのうろたえぶりである。だが、そのうろたえを語る言葉だけでは、『弟』の物語は成立しない。弟自身の言葉が必要なのだが、その言葉は、萩原までとどいてはこないのである。そこで仲介者が必要となる。そしてその仲介者は、ここでは二重の構造をなしている。つまり、担当医の高森氏の証言と、弟の恋人吉川邦子の証言とが、「物語」を完璧なものとする必須の条件なのである。それ故、語り手でもある萩原の役割は、語ることではなく、もっぱら他人の物語に耳を傾け、その物語の底に弟の言葉を選りわけることに還元されてしまう。

『弟』は、まず「鏡」に映った自分の寝姿そっくりの弟の寝姿をめぐるとりとめもない夢から始まる。だが、物語はすぐさま間接話法に転化されざるをえない。不意に弟の入院を知らされた萩原は、電話の奥に「精神神経科です」という女の声を聞いたとたんに、「弟を完全に見失った」からである。以後、弟の身に起ったいっさいのことがらは、「話の内容に異常というほどのものは認められなかったが、顔つきが普通でなく、ことに身のこなしに著しい硬さがあって、ひとりで人中を歩ける状態ではなかったという」(一六三頁)ような、医師の証言に限られてしまう。そして医師の証言にしてからが、いま一つの証言に基づいた「物語」でしかない場合が大部分なのだ。「そこまでの話はすべてその吉川邦子という美大出の女友達から聞き出したもので、彼女独特の話の端折り方があって、《第三者》には幻想的に聞えるかもしれないが、およその事実ははずしていないと思われる、と高森氏は締めくくった」(一六七頁)。そこで、萩原は、《第三者》として、吉川邦子の証言にすがりつこうとするが、かたく身をこわばらせて会見を承知する邦子の口から聞きだせたものはといえば、弟の拒絶の理由ではなく、弟が彼女に語ったという空気汚染やら爆弾男をめぐる《童話》の、きわめて主観的な報告でしかない。それでもそんな「荒唐無稽な話」を、兄は聞きつづける。そして物語の物語に耳を傾ける彼は、聞くことを一つの習慣として快くうけいれるほどにまでなってしまう。

「もうひとつ話してください」と萩原は彼女の喋り方に紛らわされていたいばっかりに、子供みたいに頼みこんだ。

「もうおしまい」と吉川邦子は同じあどけない口調で言って立ち上がってしまった。


ここには、「こちら側」にとり残された古井的存在が、その無力感を反芻しながら、「鏡」の面が途方もなく変貌してゆくさまを、ある快楽に似た感じとともにうけとめ、絶句する自分を特権的な聴衆にしたてあげようとする秘かな意志と、その挫折とが語られている。萩原は、「鏡」ばかりでなく、その仲介者からも拒絶されてしまうのだ。彼に残されているのは、弟をめぐる記憶が閉じこめられている、不在の一点へと遁走することでしかないだろう。

やがて弟の病状は好転の兆をみせ、その拒絶は撤回されるのだが、いまや許された面会も、兄に弟の拒絶の理由を明らかにしてくれはしない。彼は、病院を出て、邦子に支えられて人混みにまぎれて行く弟を、以前と同じ怪訝な表情のまま見送っているほかはない。そしてそれからあまり時間が経過してはいないある日、萩原は、弟と邦子の飛込み自殺を電話で知らされる。そしてその電話は、自分が立ち会いえなかった瞬間の特権的な証人としての、二人を捲き込んだ運転手の「物語」を物語っているものなのだ。


作品『水』は、「鏡」の変調の昇華形態としての狂気や死を、他人が仲介となった「物語」としてしか語ることができない。金沢での陰鬱な日々をわずかになごませてくれたK先生の凄惨な自殺を、「私」は新聞記事の語る短い「物語」として知るのみだし、眠りへの入口で戯れる動物のイメージも、実は「高校の授業か雑誌の中か」で聞き知った「物語」でしかないのだ。『水』の病院で語り手が耳にする夜半の子供の泣き声が、「母子三人の飛込み自殺の、生き残りの男の子の泣き声だったことを」(四七頁) 知らされるのも、看護婦のかなり詳細な「物語」によってだし、『狐』の冒頭の投身自殺の光景も、繁夫は、それを目にした乗客たちの、ごく短い会話によって知るにすぎない。そして、『谷』の主要なモチーフとなる深山の読経の声というイメージも、実は、「むかし教室で聞い」た「古い物語」の記憶にほかならなかったものだ。

作品『水』にあって、「死」は、古井的存在にとっては不在でも現在でもなく、ひたすら他人の語る「物語」の曖昧な間接性しか持たず、死そのものは、この手でじかにまさぐることの不可能な、恐ろしいほど遠くのできごととしてあるにすぎない。しかしその遠さは、不実な「鏡」の反映によって、あたかも自分自身の影に起ったかのごとき近さの錯覚を呼びさます。それじたいが作品成立の基盤ともいえるこの錯覚が、古井由吉を論ずる多くの論者の筆に、古井的「死」や「狂気」の影について際限なく語りつがれてしまったのである。だが、すでにみたことから明らかなごとく、「死」と「狂気」は、古井的存在にとっては、一貫して「向う側」に生起する事象であり、古井の言葉たちは、直接それと戯れることはできないのだ。他人の「物語」を仲介としてしか達しえない「死」と「狂気」とは、その濃密な影の汪溢にもかかわらず、作品『水』の言葉たちによって直接かすめとられるものとはならないだろう。そして「生」はむしろその徹底した希薄によって、「こちら側」で動きを失った者たちと遭遇しうる、唯一の「物語」の糧となっているのである。たしかに『影』で、古井はこう書いている。

私は日頃死のことを思う人間でもないし、死の思いにつきまとわれて物を書くというような人間でもないのだが、仕事を終えた心身の状態は、死を思う心身の状態にすこしばかり似通ってくる。疲労困憊した肉体は頭だとか、心だとか言われるものよりも、はるかに死への感覚をもつものだ。（二一八頁）

この「すこしばかり似通ってくる」という一句が、実は危険な陥し穴なのだ。作品『水』の言葉たちとここまで歩みをともにしてきたものにとって、その「類似」がまやかしにすぎぬことは、あまりに明白な事実ではないか。それは、不実な「鏡」に映る、あの人目を欺くよく似たイメージの一つにすぎないからであり、その偽りの「類似」にだまされてはならぬと、作品『水』の言葉たちが、いたるところでささやき続けていたのである。

そう、確かに言葉は水にその影を落すかもしれないと、その言葉たちは口にしている。だが文学は、その水面の影との戯れに終ってはならない。「死」や「狂気」が特権的な主題であるかにみえる作品にあっても、溺死の危険と快く戯れながら、やみくもに「向う側」へと存在を譲り渡そうとする誘惑を斥けねばならぬのだ。あくまで「こちら側」にとどまり、かりにそのことで「文学」を遥かな距離のはてへととり逃すかと思われはしても、言葉との困難な遭遇に耐えることによって、「作品」を「こちら側」に回復しなければならないのだ、と。

（「三田文学」一九七三年八月号、『小説論＝批評論』青土社、一九八二年）

◉論考

主題を求める変奏

川村二郎

古井由吉は美文家である。処女作「木曜日に」の冒頭を読まれるがよい。

　鈍色にけぶる西の中空から、ひとすじの山稜が遠い入江のように浮び上がり、御越山の頂きを雷が越しきったと山麓の人々が眺めあう時、まだ雨雲の濃くわだかまる山ぶところの奥深く、幾重もの山ひだにつつまれて眠るあの渓間でも、夕立ち上りはそれと知られた。

この文体は、もちろん口語文ではあるが、文語体にしたらむしろふさわしいと思われるような印象がある。明治の作家たちの練達した雅文調、紅葉や一葉や露伴や鏡花の、言文一致はいまだ熟さず、西欧近代の写実主義流も深く知られてはいない時期における、艶にやさしく流麗な類型的文体を、それは思いださせるし、さらに遠く、王朝の散文の嫋々たるしらべにまで、連想を誘うところさえ、あると感じられる。ここでは抒情と叙事がいわば未分化のまま、一つの観察の中に溶けこんでいるようである。

　その意味で、この文体は、一応反近代的と呼ぶことができる。いや、「反《アンチ》」といえばすでに意志的な拒否を前提にするようにきこえるから、非《ア》近代的と呼んだ方がいいかもしれない。この流麗さはきわめて自然で、なんらかの拒否、あるいは抵抗にもとづく、ことさらな装いとは受け取られない（たとえば三島由紀夫やその亜流におけるごとき）。

ごく自然に、古風な叙述形式が、この物語作者の生理に滲みこんでいて、そこから自然な発声としてこの表現が浮び上ってくると見える。

何よりまず、この古風さを、ぼくは現代作家古井由吉の美徳に数えたい。近代写実主義は、特に日本文学に移入されたそれは、美文を、真実を押し歪め、覆い隠すものとして、潔癖に排斥した。千篇一律の因襲的表現の蒼ざめた人工性を打ち破り、個々の人物や事象をありのままにうつし取ることを旨とする点で、これはたしかに、新しい表現の領域をひらきはしただろう。だが、湯とともに赤児を流すように、それは、硬直した形式とともに、形式というものが本来はらんでいる、優雅な均斉や安定した立体感への可能性をも、抹殺してしまった。そして、真実を描くと称して、文学的には浅薄な嘘でしかないなまな事実を、無秩序に羅列することを好みすぎた。「輝くものすべてが黄金ではない」という諺がある。写実主義は、輝くもののことごとくをメッキかガラス玉にちがいないと最初から疑ってかかり、黄金も輝くものであるということを失念していた。その結果、鈍くくすんだ古鉄のようないわゆる「真実」の堆積が、所狭しと文学の領分を占拠することになった。

いうまでもなく、この堆積に眉をひそめ、言語の美の小王国を、同じ領分の一隅に建設しようとする人たちもいた。しかし、無秩序に対する秩序、無形式に抗する形式を考える立場は、ともすれば、堅牢な外観を達成することに気をはやらせがちである。堅牢なのはいい。しかしはやるあまりに、外観はなるほど堂々と築かれているが、内実には手が廻らず、空洞のままなのではないか、あるいは、あまりに意図的な構築作業が、充実した形式には必ずそなわっているはずの自然な流露感を奪い、痙攣的な緊張の息苦しさしか、見る者に伝えてこないのではないか、そんな具合に疑われることも、この場合、おそらく稀ではない。常識的な線でいって、鷗外、芥川、三島、彼らを代表とする三代の文学の系譜に、ぼくは、今述べたような、強いられた緊張の跡を見る。

古井由吉の文章は、この系譜とは別の文脈に属している。この系譜より古い、とはすなわち、伝統と新思潮との軋轢を意識する以前の、のどかな和文脈のうちにある。そのことが、この文章にあるやわらいだ安定のハーモニーを与えている。緊張し、凝縮する代りに、この文章はたえずさざなみ立ち、振動は振動を呼びおこしながら、均質な平面の上に伸びひろがり、全体はゆれ動く無限の曲線が形づくる華やかな織物のような観を呈することになる。

それでは、この小説家は、要するに、やさしくみやびな伝統の担い手なのか、その通り、とぼくはひとまず答えよう。そしてすぐつけ加えて、われわれのみやびの伝統には、どこまでも伸びひろがる平面の上の、言葉の文《あや》の巧みさばかりではなく、この平面を暗くかすませ、その境界を曖昧にし、何やらおそろしげなものの姿を曖昧な薄暗がりの中から浮びださせる力もあるのだ、この力を古井氏は、敏感な触手で探り当てている、ということにしよう。

先にかかげた「木曜日に」冒頭のような文章は、いかにも綿密な書きぶりではあるが、それ自体として、ことさらに曖昧な所はない。見る人によっては飾りすぎているとも思い入れが過剰だとも見るにちがいない、この種の細密描写も、ともかく描写の領域にとどまって、外界の風景を映しだすことをもっぱらに心がけているのだと理解はされる。もしそれだけのことならば、文章の筆者を、観察の角度に関していささか偏した趣向を持つ、言葉の風景画家、とでも規定することが可能だろう。ただしその場合でも、その観察の角度の偏りは、文体の安定にもかかわらず、一種奇妙な落ちつきの悪さを、読者の心に後味として残すと思われるのだが。

その独特な視覚が、外界から内界へと、なんの不思議もないように移行するのを眺める時、読者は奇妙な後味を感ずるだけではすまされなくなる。

内面を描くという作業は、もちろん、今日の小説の世界で、格別珍らしいことでもない。というより、近代写実主義の無力、真実をもとめて事物の形骸しかつかみ取ることのできないこの文学技法の欠陥が、場合によっては不当な強調と思われるほどにあげつらわれる昨今では、元来十九世紀風リアリズムの信奉者たるべき資質の持主すら、リアリズムの拡大とか全体小説とかの名のもとに、内面描写に力を傾けることも稀でない。もっとも、外を書き内を書けば、それで全体があらわれると考えるのは、かつてのリアリズムの一面にあったと同様の、あまりにも無邪気かつ傲慢な、表現に関する帝国主義的幻想にすぎまいが。それは別にしても、内面描写の隆盛は、ただ外界に目を閉じてひたすらに内部の消息に耳傾けるというばかりでなく、外部をも内面化して、一切が閉ざされた暗黒の境界で、明確な輪郭を持たぬ幻像となって浮遊するかのような趣を呈する作品を、数多く生みだしている。

この方向でも、すぐれた作品が成立する機会がなくはないだろう。思いつくままにいえば、石川淳の一時期の作、島尾敏雄のある種の短篇などに、内と外との混淆が幸福な調和にまで達している例を見ることができるかと思う。しかし総じて、この方向では、いたずらに作者の深刻めかした顔が目に映るばかりで、肝腎の作品世界からは何一つ見えてこない、ということになるのが落ちのようである。

古井氏の場合も、一応、外と内とが分ちがたくなっているとはいえるだろう。その意味で、これらの作品は、当代文学の一傾向に追随している、と考える読者もあるかもしれない。だが、しかく軽率に見るには、この世界構成の機微は、繊細にすぎる。

つまりここでは、外界の内面化に平行して、内界の外面化がたえず同時におこなわれているのだ。外を眺めていた目が、そのままの明るさで、内に眺め入る。暗い環境の中で、特に瞳孔を拡大して、網膜に入る光の量を調節しようなどという様子はない。その見方には、見えないものを強いても見ようとする、実験的意欲にもとづく作為のかげは、およそつきまとっていない。つまり自然なのだ。しかしそれにしても、そもそも明るい外界の中で、この目が、少しでも瞳孔を縮小しようとしたことがあっただろうか。この目には、太陽さえも裸眼で観測してしまうような、たくましいとも無神経ともいいようのない特性があって、もしそれを不自然と感じるなら、この目の前にひろがる内外の風景の一切が、不自然ということになってくるだろう。

それに対しては、自然、不自然という通念上の対立概念が、ここではもはや対立と見なされていないのだ、と答えることができるだろうか。たとえばある一つの対象を描きだすのに、対象の形も色も大きさも度外視して、ことさらにデフォルメしたり、抽象化したりすれば、これはもちろん言葉の普通の用法で自然とは呼ばれまい。自然さは、その形や色や大きさに即した、忠実な写生にある。だが、たとえば人間の顔を描いて、忠実さを追究するために、毛髪の一本一本、微細な皺の一筋一筋、毛孔の一つ一つまでも丹念に表現しようとするなら、それを自然と呼ぶことができるか。おそらくあるグロテスクな疎ましい印象が生じて、自然の印象を抹殺してしまうにちがいない。

こういうことを考えると、自然さという通念が、程よい中庸の上に据えられているのだということに気づく。中庸。黄金の中庸という美しい言葉もある。しかしそれは、場合によっては、観察と思考の中途半端を隠蔽するための、きらびやかな衣裳にすぎないのではないか。そう疑いだせば、通念の設けた境界線などはあっさり踏み越え、自然と不自然の分ちがたく混り合った未開拓地帯で、両者を一つに結び得る原理的な契機を探りだすことが、表現の探究者の野心となることは理の当然である。

　精巧きわまる写真機を対象に向けて、その細部の襞の一々を、ことごとく乾板に写し取らねばやまぬ、とでもいいたげな細密描写への偏執は、すでに十九世紀リアリズムの頽唐期においてあらわれてきていた。そうとすれば、いわゆるリアリズムに対して、この方向を安易に反リアリズムなどと名づけるわけにも行かないのである。しかしいずれにせよ、精密な観察が、物語を進行させるための動機ではなく、それ自体自己目的であるかのような観を呈する、とはすなわち、観察する視線の移動がそのまま物語の進行を意味する、そのような「小説」作品が書かれるようになったのは、やはり、大ざっぱにいって「現代」文学の一特徴だろう。ここで怪しげな文学史的展望をくりひろげるつもりはないが、この宗門の奥の院にカフカという名を勧請するとすれば、参詣者がまず目にする山門の仁王像には、ロブ＝グリエとかル＝クレジオとかいった名前の威容が似つかわしかろう。

　古井氏の小説は、この宗門の一派とはいわぬまでも、明らかに、これと呼応する要素を持っている。「木曜日に」は、いかにも処女作らしくさまざまなモチーフがぎっしりと詰めこまれ、その意味で、充実感を与えもすればわかりにくくもある作品だが、ここで木曜日とは、常識的に解すれば、要するに、日常が不意に陥没して、その場に口をひらいた非日常の仮の名、とでも考えていいだろう。この非日常を捉えるために、作者はあれこれの角度から、あれこれの装置を用いて接近しているようだが、その接近の姿勢は、時に、気負いすぎているという感じがなくもない。しかしそれにしても、山中の風景は圧倒的な迫力がある。冒頭ではまだともかく外界の現実と見えたそれが、後になるにしたがって妖しい影を帯びはじめ、ついには、現実のどこでもない場所、無何有郷とも冥界ともつかぬ場所の、ものすさまじくもなまめいた雰囲気に、すべてが溶け入って行く。それがただ雰囲気を喚起しようというばかりの、つまりメルヘンや怪異談では通例の、曖昧な煽情的文体で書かれているなら、読者をかえって白けた覚醒へと導きもしかねまい。この文章は聴覚へたえずやわらかい振動を伝えながら、同時に、視覚にはたえず明瞭な、時として明瞭にすぎると思われるほどのイメージを送りつづける。うかうかと最後まで誘いだされてきた読者は、双方の感官に注ぎこまれる未知の刺戟に、いわば挾撃されて、巧みな投手の牽制に引っかかった走者のように逃げ場を探すこともならず、立往生したあげく、目をあいて夢を見るより仕方ないと覚悟する羽目になる。もちろんそれは、作者がめざめたまま見ている夢を、読者もお相伴する、あるいはお相伴を強いられるということなので、これにはいささか難儀な思いがつきまとわぬわけでもない。だが、そこで見えてくる風景が、普通にめざめて見る日常とも、眠りの中で見る非日常ともちがい、しかも両者の奥にひそんでいて稀にしか姿を現わさぬ両者共通の原像なのだ、そう会得する時、おそらく読者には、難儀の末の喜びが恵まれる。

日常が不意に陥没して、異形の何ものかがそこに姿を現わすという印象は、この処女作以後の、どの作品にも附随している。「先導獣の話」では、その現われ方が、ほとんどメルヘン風といってもよいような、幻想性をそなえている。カフカ風と呼びかえていいかもしれない。そして、カフカ風という言葉が、恣意的な幻想への惑溺、ことさらな現実の不条理化という意味で、ネガティヴに用いられる場合があるとすると、この作品などは、一見、他のどれよりそういった猜疑をそそり立てるかもしれない。

だが、たとえばここには、次のような一節がある。

これでも私は、現実にないものにあまり深く思い耽ることを嫌うことにおいては、かなり潔癖なほうなのだ。私は自分の思いをもてあましかけた。するとその時、〈先導獣〉という聞きなれぬ言葉が私を助けにきた。〈あれが先導獣というものだ〉と、私は使いなれぬ言葉の清潔さで、いささか妙な具合になってきた私の思いにけりをつけることにした。

これは特徴的な文章だ。その前の所で「私」は、ややこちたく、群衆の中にパニックの生ずる可能性について思索をめぐらす。それに対する反省として、引用の最初の文章が出てくるわけだが、折角けりをつけるつもりで呼びだした「先導獣」という言葉は、またぞろ「私」を夢想的思念の中へ引きこんで行くことになる。全体としてこの小説は、この言葉をめぐる「私」の非現実的夢想に占められているようでもある。

それにもかかわらず、この夢想は、「現実にないもの」を思い耽るのを嫌う人間のそれにちがいないのだ。とはすなわち、実のところ、きわめて現実的なのだ。何よりも、それが単なる思弁の形でなく、いつもなまなましいイメージに即して展開されており、しかもそのイメージが、「私」にとっての心象なのか具体的な外界の事象なのか、けじめのつかないような趣がある。もちろん実際にそのけじめがつかなければ、それは狂人だ。ここでは何も狂気が当世流文学好みの意匠としてあしらわれているわけではない。ただ、狂気に隣接すると見えるほどに開かれた目で、現実というものの領分が異様に拡大された形で眺められ、それを追う読者の視界も、同じようにひろげられ、さまざまな異形の物をそのうちに含みこまぬわけには行かない。それがこの作品に即しての、いささか胸苦しい文学的経験である。「円陣を組む女たち」と「不眠の祭り」では、日常の陥没の印象が、ある意味では、前二作ほどに強烈ではない。しかしそれは、この印象が稀薄化したということではなく、むしろ、一見日常の属目めいた風景の一々に、非日常的な要素が滲透し、それらすべての内部から、奇妙にあたたかな感じの微光となってさしている、という印象なのである。古井氏の作品は、どれを取っても、普通に筋といえるような筋を持たないが、特に「円陣を組む女たち」あたりでは、表面上脈絡のない幾つかの断片的な図柄が、次々に現われてはまた消え、全体の物語の流れを捉えようとする読者には、拍子抜けに似た感想を与えることになるかもしれない。そこで、問題は全体の筋ではない、部分部分の充実感にこそ作品の意味がかかっているのだといえば、あるいはすでに常套句化した、現代小説のアポロジーときこえるだろう。

たしかに、今日ストーリーの面白さで読ませるような小説を、そらぞらしい「お話」という感想を呼びおこすことなしに仕上げるのはきわめて困難だろうが、だからといって、ディテールさえしっかり書いてあれば、それらが集って全体となった場合どのような相貌を示すのかは考慮の外において差支えない、ということにはなるまい。ディテールの重視は、作家にとって、作品構成力の欠如、あるいは制作意志の稀薄を糊塗するための、好都合な口実にともすれば堕しかねない。断片しか書けないというのは、作家にとっては、どれほど今日の文学的状況に規定された条件であろうと、やはり不本意なことであるはずなので、その断片が輝くのは、ほかならぬこの不本意さ、無念さの力を通じてだろう。どんな痛切な反省をもうかがわせず、ただ当代の好尚をなぞったという趣しかない断片的小説にくらべれば、大時代な波瀾万丈の物語の方が、よほど読むにたえるのである。

「円陣を組む女たち」のような作品の、ディテールの詳密がことさら印象的に感じられるとして、しかしそれは、全体の無視の上に成り立っているのではない。ここに描きだされたさまざまな「女たち」の姿は、一見記憶の中からきれぎれに浮び上ってきては、その場に定着され、スタティックな凝結の相を示すかのようである。だが、それらの相は、たがいに無関係のようでいて、よく見ると、どれもふしぎに似通っている。ギリシャ悲劇研究会の女子学生たちも、山の湯につかっている老婆たちも、ヘルメット学生たちに食ってかかる主婦たちも、あらわれた形は異なりながら、どうやら、みな同じ存在の仮相らしいのだ。女はみな同じだ、などといえば、したり顔した男の一杯機嫌の放言としかひびくまいが、ここでは、詳密な筆致で描き分けられたそれぞれの女たちが、たしかに別々の存在として自立しながら、別々であることによってかえって、これらのヴァリエーションの大本にはどのような主題があったのか、という問いを、読者の心にそそり立てる。もちろんそれは、描写のおのおのが、スタティックであるにもかかわらず、独特の喚起力をそなえているせいでもあるのだ。

この喚起力は、おそらく折口信夫のいわゆる「類化性能」と「別化性能」の融合から生ずる。つまり、類似点を直観する能力と、咄嗟に差異点を感ずる能力との。両者の融合によって、遼遠な古代の相を明らかにすることを折口は望んだのだが、ただ、彼自身は、みずから認めるように、前者にくらべて後者に乏しかったという所がある。そこから『死者の書』のような、おそるべき一元的世界の茫漠たる風景が生れてくることになる。「円陣を組む女たち」には、それほどの強烈な一元性指向はないけれども、喚起的な図柄が次々に浮び出た末に、空襲のイメージが出現し、「皆一緒に……、死にましょう」という「血のような叫び」がおこる時、それまでのすべてのイメージはこの叫びの中に収斂されてしまうかのようである。女たちの集いというものが、見る者の思いのうちに自然に誘いだす、あるまがまがしさ、気疎さ、不安に染められた畏怖、それがこの叫びのうちに凝集し、生の深く暗い根の部分にまで、戦きながら下って行くかのようである。この感銘において、作品は全体像としての輪郭を得る。おびただしい断片は、最後に叫び声の形で出現した主題によって、それぞれ何番目かのヴァリエーションとしての資格を与えられ、全体の秩序のうちに相応の位置を占めることになるのである。

「円陣」にくらべればまだストーリーらしきものがある「不眠の祭り」にしても、その実体は、やはり同種の、隠された主題による幾つかのヴァリエーションである。ここでは「火」という、一つの根源的な要素が中心におかれているわけだが、女たちの集いが、個を溶解して不吉な無定形な全体へと還元する契機となるのと同様に、火と祭りに関するとりどりの記憶は、白日の日常の彼方にひそむ、不気味な生の原質へ、ひたすら傾斜する以外の働きを持たない。個から全へ、現象から本質へ、時間から無時間へ、形式から無形式へ、有限から無限へ——すべての描写の志向は、このような還元作用をめざしており、精刻であればあるだけ、奇妙な白日夢の感触を強める結果になっている。

しかし、これらの作品が、その精刻にもかかわらず、どこかエチュード風な味わいをとどめていることは、やはり否定しがたいだろう。エチュードが本格的な構築にまで発展し、ヴァリエーションの数々がこぞって高く手をかざし、一つの主題を指さしている、そんな感じの作品が、「杳子」である。ぼくの判断では、古井氏が現在までに書いた最も美しい小説である。

「杳子」は恋愛小説である。といっても、普通恋愛と呼ばれる状況のもとにおける男女の生態を叙述した、というものではない。叙述されているのは、克明だがどれも少しずつ平衡を失した、とはすなわち、克明にすぎたり微細にすぎたりして、かえって一種の非現実感を惹きおこすような、瞬間瞬間の場面ばかりである。見方によっては、新風の実験小説のスタイルを見て取ることも、あるいは可能かもしれない。だが、この表現法は、単なる実験と考えるには、これまでのどの作品に比しても、潤いと光沢においてきわ立っている。先にぼくは、われわれのみやびの伝統にふれ、平面を暗くかすませ境界を曖昧にする神秘的な力もそこにはひそんでいる、という意味のことを述べた。この作品の描写は、いかにも克明かつ微細ではあるが、そしてそのかぎりで一応輪郭は鮮明ではあるが、にもかかわらず、境界が曖昧になって行くという印象は蔽いがたい。それは何に起因するのか。克明に描かれた個々の対象が、すべて霊をそなえてでもいるかのように、たえず姿を変え、その世界がさながらアニミズム風な活気にひたされた変幻のさまを呈している、そしてその世界の中心にいる女主人公の姿と、この変幻が切り離しがたく結びつき、諧和しているからである。

物のはらんでいるアニミズム的な霊気が、ここでは人間(といっても女主人公一人だけだが)にまで滲透している。山も、岩も、駅も、電車も、公園の木や石も、生命のない物ではなく、畏怖すべき魔術師の呪いによってそのかりそめの形に変えられているような、呪いが解ければいつまたほしいままに動きだすかわからないような、不安定な感じがある。それと同様に、女主人公の方も、いつダフネとなって月桂樹に、いつシリンクスとなって葦に変身するか、予断を許さないところがあり、彼女を追う「彼」ばかりでなく、その追跡のさまを見守る読者まで、不安な胸騒ぎを抑えることができない。

この女主人公はたしかに神経症なのだろう。そして、その姿がたえずゆれ動いて定まらず、その姿を包む外界もそれとともにゆれているという趣から、ここに、正気と狂気との交錯する現代の精神状況の反映、とでもいったものを見て取ろうとすることも、あるいは可能なのかもしれない。大体、どのように読まれてもいいのが文学というものだし、ただ一通りの解釈しか可能でないような小説は、結局のところ、大した作品ではないだろう。だから、「杳子」を病理学的に、あるいは文明批評的に読む読者がかりにいるとしても、ぼくとしては、正面から反対するつもりはない。ただ、そのようにも受け取られかねない要素を含んでいるからこそ、この小説は、奥行の深い愛の物語になり得ているのだと考えるのである。

愛といえば死とこだまする、それが、古くからの愛の物語の常道である。もちろん今日、トリスタンとイゾルデやらロミオとジュリエットやらのような、純愛悲劇のたぐいを書こうとすれば、大時代な月並調に陥らざるを得ないのは目に見えている。しかし、それはそれとして、愛と死とを同根の現象と見なす見方には、人間に関するある普遍的な認識が伴っているのだとはいえまいか。トリスタンたちにせよロミオたちにせよ、彼らが死に到るのは、世間の掟を破ったからである。しかしそもそも、愛というのは、それが心のうちに生じた人間を、掟に背き、掟の外にはみだし、現実世界を支えている秩序から脱落するように仕向ける力ではないか。その意味では、たとえ現実の死に到らないまでも、愛する人間は、比喩的には必ず死を経験するはずである。すべての愛の物語は、もしそれが真に愛を捉えているならば、この死の味わいを必ず含むことになるはずである。

女主人公の病気は、たしかに、愛によって生じたものではない。姉との対照で語られることからしても、それは明らかだ。（ついでにいえば、この姉は、必ずしもよく書けているとは思わない。説明の方便として出現させられたような所がある。）だが同時に、その病気が、今述べたような、不吉な愛の力を生じさせるのに、絶好の培養基であることも、明らかではないかと思う。

比喩的な死といえば、それが最も好んで語られるのは、おそらく神秘主義の世界だろう。神秘主義者たちが語る、魂の暗黒と恍惚の消息は、場合によってはエロティックとしか呼びようのないものだが、そのことは、何も信仰の秘義をおとしめることではなく、むしろ、エロスの活動範囲の広大さを改めて心づかせることだといっていいだろう。神秘主義者たち、特にそのうちの女性に、神経症患者が多かったかどうか、ぼくは知らない。そもそも神経症というものが、どのような作用を心に及ぼすものか、経験的に理解することもできない。しかしいずれにせよ、そこにある種の法外な密閉された空間があり、その密室の中で、言語に絶した経験、外界とはいかなる接点も見いだせないが、そういうものとして、おそろしくなまなましい現実性をそなえた経験が重ねられているのだろうとは推測される。そしてこの経験は、愛の最も単純化された形と、きわめて似通っているのではないか、とも想像するのである。

「杏子」には通例の心理主義小説が愛用する、明快な、いわば幾何学的な分析や解釈のたぐいは、ほとんど見当らない。その代りに示されるのは、外界と女主人公との双方が見せる、暗示的な呼びかけるような身ぶりと、それに対する「彼」の直接的な反応ばかりである。この呼びかけと応答(もちろん声によるものではない)とがくり返されて行くにつれて、それが行き来する空間の雰囲気はいよいよ濃密になり、謎めいた明暗の共存状態を維持したまま甘美さを増し、そしてその密度が頂点に達した所に、愛の純粋な形があらわれる。

地に立つ物がすべて半面を赤く炙られて、濃い影を同じ方向にねっとりと流して、自然らしさと怪奇さの境い目に立って静まり返っていた。
「ああ、美しい。今があたしの頂点みたい」
杏子が細く澄んだ声でつぶやいた。もうなかば独り言だった。彼の目にも、物の姿がふと一回限りの深い表情を帯びかけた。

いかにも美文である。安易な持ちだし方をすれば、気恥ずかしいセンチメンタリズムに堕するであろうような危うさえ、感じられる。だが、普通の物語なら結びともなりかねまじきこの結びまで、女主人公の身ぶりを目で追いつづけてきた読者は、ここで、次第にたかまってきた水位が一瞬停止し、その表面に何か未知の、神聖でもあれば忌まわしくもあるものが顕現したという心地に思わず知らず誘いこまれてしまう。

もちろん、このような高み、このような顕現は、持続できるものではない。「杏子」の最後の文章、先ほどの引用につづく所に、そのことは暗示されている。比喩としての死が現実の死となることを望まないならば、いずれにせよ愛は、それが生れてきた、生活の場に戻らなくてはならない。戻った愛を、なお愛と呼ぶことができるかどうか。これは考えようによってはかなり疑わしい。今ぼくにいえることは、「杳子」の後で古井氏が「妻隠」を書いたのは、この疑いを追究するためではなかったか、ということである。

「妻隠」は、「杳子」が時に散文詩風などとも呼ばれ得る昂揚に支えられているのにくらべれば、はるかに沈静した、一見身辺雑記風私小説に似通った風情を持っている。それまでの作品が、いずれにせよ幻想性に傾いているとすれば、これは通例の意味での現実の側に、密着とまでは行かないにしても、かなり以上に接近している。新興宗教への入信をすすめる老婆こそいささか気疎く異常な感じだが、あとは一応まっとうな人間たちの、まっとうな世界でのかかわり合いで、若い職人たちの描写など、すでに「円陣を組む女たち」で示されていた、この作家の集団描写の巧みさがさらに練達して、おぞましい体臭が匂ってくると感じられるほどのあざやかさである。

それにもかかわらず、これは現代風景を巧緻に描きだした風俗画ではない。もちろんこの作品も、一義的な解釈しか許さぬほど底が浅くはないから、特に老婆と若い夫婦や少年とのやりとりあたりから、今日の都会生活の根柢的な不安定、といった命題を抽きだしてくることも、できなくはないだろう。たしかに、描写の安定の彼方から、一種の不安定な振動が伝わってくるようではある。しかしそれは、おそらく、現代小説の愛好する、あてどのない不安や不毛とは縁がないのだ。それはむしろ、生活の表層の下で、それが本来もたらすべき実りのために孜々として伸びひろがる、重く暗い根の運動から伝わってくるのではなかろうか。それは同時に、愛という非現実的な現実が、日常性の中でどのように持続することができるかを、たしかめるための契機でもあるらしい。どうやら、夜の中に横になったまま耳を澄ましている主人公は、貝殻に耳をあててはるかな海の潮鳴りを聞き取るように、彼を取り巻く生活の空間から、愛のひそかなさざめきを、ひいては、生と背反しながら生を支えている存在の隠微な呼び声を、聞き取ろうとしているのである。

（『新鋭作家叢書　古井由吉集』解説、一九七一年、『内部の季節の豊穣』小沢書店、一九七八年）

◉インタビュー

夫・古井由吉の最後の日々

古井睿子

——古井さんが亡くなられるまでの経過をお聞かせください。

二〇一六年五月に「肝細胞がん」と診断されて以来、冠動脈塞栓術を一回、ラジオ波焼灼療法を五回、それぞれ四泊五日の入院で受けました。病院は「関東中央病院」という、大病院ではありませんが、公立の、地域の基幹病院で家から歩いて通える近所にあり、ありがたいことでした。

二〇一九年は腎臓がんのラジオ波焼灼もあり四回入院しました。十月に尿路感染症になり緊急入院いたしましたが、その際の諸々の検査（血液検査、CT、MRIなど）で「骨転移」が判明しました。尿路感染症は抗生物質治療でよくなりました。

骨転移については、古井は前立腺がんもやりましたし、原発のがんが分からないと治療のしようがない、それを調べるには脊椎に針を刺したりせねばならず身体への負担が大きいし、東大病院とかがんセンターなどに行かねばならないとのことでしたが、私どもは大病院に出かけて検査を受ける意欲も気力体力もありませんでした。

肝臓がんの最初から診ていただいているドクターですのでこれまでの古井のがんデーターを精査してくださって、可能性としては肝細胞がんからの転移の確率が高いということになりました（十月二十九日）。数が少なければ一つずつやっつけていくことができるが「多発性」で多数散らばっているので抗がん剤治療となりました。分子標的薬という最新の抗がん剤「レンビマ」を、通常の半量、4ミリグラム、一日一回一カプセル飲みます。最初の一週間は要入院で、落ち着いたら退院して外来でお薬をいただいて継続するということで、十一月五日に入院して翌六日から「レンビマ」を開始しました。

この頃から以前にもまして身体が固く不自由になり、横になっていれば痛くないが動くと痛いと訴え、トイレに行くために院内用くつを履くのも大変、食事の際はベッドでなく食事用台に移動すると頑張りますが、その移動も一苦労でした。がんの痛みである可能性ということでそれまでの痛み止め薬（カロナール）が倍量になりました。

十一日、「レンビマ」中止になりました。こういう場合は中止という規定があるとのことです（腎臓、肝臓などのデーターが悪化するとか）。以後は「緩和ケアになります」ということで、十五日から痛み止めに医療用麻薬なるお薬（錠剤オキシコドン、レスキュー薬としてオキノーム散）が処方されました。このことは家族には直ちに説明されましたが、治療続行を望んでいる本人にはドクターもなかなかお話になれないようで、はっきり告げていただいたのは十九日でした。

本人は「治療できないなら早く家に帰りたい」、それまで「外部には病名など伏せておけ」と申しておりましたが「もう皆に話してもよい」となりました。「退院はいつか？」「まだ日にちが決まっていないのか」としきりに尋ねます。

病院としては、退院は在宅看護のサポート体制が整ってからという方針です。

介護認定を受けておりましたので（十月初めに家で認定調査をしていただいたときの認定は「要支援2」でしたが、病院で状態が悪いので「区分見直し審査」を申し込み、十一月二十二日、最も状態が悪いときの審査で「要介護4」になりました）、ケアマネージャーさんが中心になって、ドクター、看護士さん、薬剤師さん、介護用品のレンタル会社さんなどが病院に集まってミーティングをしてから退院ということで、十一月二十九日の予定でした。

しかし本人としては、病院では、高齢者で足腰が悪くて転倒・骨折の可能性ありということで、一人で歩くことを禁じられておりましたから、歩かないでいるといよいよ歩けなくなるという焦りがあったのでしょう。二十一日夜からせん妄状態になってしまいました。二十二日朝病院から電話があり、付き添うことになりました。なぜか古井が急に「今日退院」と言い出し、「今日はできない、ごめんなさい」と申しましたが「自分で帰る」とパジャマ姿で杖をついて廊下に出て歩き出しました。夕方でザアザア降りの雨でした。その晩は私が泊まって一応落ち着きましたが、このまま入院を続けるのはもはや無理なので、翌二十三日に外泊という形で退院することになりました。

これまでの退院は、東大病院からでも日赤医療センターからでもタクシーでなく電車で、関東中央病院からは歩いて帰ることを希望しましたが、今回の最後の退院は雨降りのせいもあり車椅子のまま介護タクシーを利用しました。帰宅して元気になりせん妄は消えました。家では杖をついてですが、いつでも好きなように歩くことができます。家族としては歩くのに邪魔になるものを片づけ、転んだときはしかたがないという気持ちでしたが、最後まで転ぶことはありませんでした。二日後の二十五日に、お天気でしたので車椅子で病院に行き退院の手続きをしました。

——そこからはご自宅で過ごされたんですね。

家での世話は一人では厳しいでしょうが、長女が、もう子供たちが中高生なので動けるということで定期を購入して通ってきてくれました。次女はたまたま昨年四月から一年間の予定で、配偶者のサバティカルに便乗して家族四人でパリに暮らしておりました。昨年十月半ば、十一月末、今年二月半ばに三泊ずつ帰ってきました。二月十八日は朝の便でパリに向かって発ち、パリに到着して父親の死を知らされることになりました。

ところで私ども、自宅でずっと看護しようと初めから心に決めていたわけではありませんし、急でしたからどうなることか不安でした。できるかどうか分かりませんが、とりあえずやってみるしかない状況でした。ケアマネージャーさんは「大丈夫ですよ、最後までできますよ」と励ましてくださり、在宅医療の佳き先生にも恵まれました。往診は原則として月二回ですが緊急の際はお電話すれば来ていただけます。お薬は先生がファクスで薬局に送り、薬剤師さんが届けてくれます。

——お宅に帰ってからはどういう生活をされていたんですか。

ベッドを入れることを拒否して、書斎でお布団を敷いて寝《やす》んでおりました。長年のスケジュールのままです。朝は起きません。朝のお薬は寝たままで吸いのみのお水で飲ませます。お昼は何か食べなければならないので適当な時間に起こします。台所のテーブルで食事してお薬を飲んで、それからコーヒーとたばこになります。コーヒーは長年の習慣で自分で淹れておりましたが、そのうちに淹れてくれというようになりました。リビングのソファーでコーヒーを飲み、ベランダの椅子に座ってたばこを吸います。

——たばこは吸っても大丈夫だったんですね。

大丈夫もなにも、全くやめるつもりはありませんでした。お酒はまるで飲めなくなりましたが。パイプたばこですが、近年外出が不自由になり自分で購入できなくなってからは私がネットで注文しておりました。家じゅういたるところにたばこのリーフを散らすので、私はもういい加減にやめてほしいと冷ややかでしたから、最後は長女に頼んでおりました。たばこの後、ソファーに戻って、ただ座っていたり、読書したり、疲れて横になったりしてました。読書は固表紙の本は重いからと文庫版でした。芭蕉の句集、連句集、それに与謝蕪村が主でしたが、その他にもいろんな本がソファーの前のテーブルに積んでありました。椅子が硬いと言って、書斎の机で読むとか書くとかすることは稀でした。夕方までソファーで過ごし、「疲れた」と、また寝床に戻ることもありました。夕飯時には食後のお薬もありますから寝ていても起こします。食後はまたソファーで同じように過ごし、十二時頃には床に就きました。

身体はあちこち具合が悪くて日常生活は不便だったと思います。足腰が悪いし、指も不自由でした。字が書きにくい、細かい字は書けない、小銭をつまめない、押す力も弱いです。耳も遠くて、それなのに雑音はよく聞こえてうるさがりました。眼もかなり悪い状態だったと思います。眼は緑内障予防の必要ありということで東大病院で診ていただいておりましたが、もう地元でよろしいでしょうということで移った地元の眼科を、先生と合わなくてやめてしまいました。眼が悪くなりつつあったのかどうか分かりませんが暗いのを嫌がって晴天でかなり明るいときでも、目を閉じていても、リビングの天井灯をつけておいてくれと申しました。身体の諸々の不調、不自由を嘆いたり、イライラして家族に当たったりすることはありませんでした。

毎日朝夕散歩していた人ですが、今回退院してから亡くなるまで三か月近くの間自分から外に出ようとはせず、車椅子で散歩しようと誘っても出ませんでした。家の外に出たのは輸血のため病院に行ったとき、二回だけでした。

――古井さん自身は長きにわたって病気と闘ってらっしゃいましたよね。

頸椎の手術をしたときからです。一回目は頸椎の椎間板ヘルニアで五十四歳頃、二回目は十六年後で頸椎の脊柱管狭窄症でした。眼は網膜の黄斑部に眼に見えないほどの微細な穴があく黄斑円孔の手術をしました。両眼別々で一回目は失敗でしたから三回です。その手術をすると早めに白内障になるということで、白内障手術を両眼で二回。その次に前立腺肥大で、何度も尿閉を起こした末に肥大の内視鏡手術をうけました。その際の病理検査でがんが見つかりました。それで前立腺全摘の手術になりました（二〇一二年十月）。その後肝臓がんまでは無事平穏でした。

——いままでの病気でも毅然としていらっしゃったんでしょうか。

痛いとか苦しいとか不平をもらしたり嘆いたりはしませんでした。

——お仕事はなさっていましたか。

もう書く気力は無かったと思います。

一月に講談社文芸文庫の『詩への小路』が出ましたが、それが最後の本になりました。入院中にあとがきの「著者から読者へ」と「自筆年譜」のゲラが郵便で届きました。退院してから目を通して返送しました。十一月末に、前々から折々に来てくださっていた講談社の方々が四人お見舞いに来てくださいました。一月になってから、同じメムバーが『詩への小路』が刷り上がったということで届けてくださいました。

あとは「新潮」に隔月の連載をしていて、七月号、九月号、十一月号が終わり、次は新年号のはずでした。十一月五日の入院前に三十枚は書いてあり、退院してからもう十枚書くつもりのようでしたが、結局それが書けませんでした。書けないということを早めにご連絡しないとご迷惑をかけると思いましたが、本人は連絡しようとしませんでした。彼が「新潮」の原稿についてきちんと話したのは、もうぎりぎりの二月十六日でした。「未完の原稿三十枚が原稿用紙に清書してある。タイトルが無いが、遺稿として「新潮」に渡すこと、誤字訂正などはすべて「新潮」にお任せする」ということでした。

――亡くなられる直前はどのようなご様子だったのでしょうか。

ようやく二月十四日に介護ベッドを入れることを承知しました。リモコンでベッドの頭や足の方とかを上げ下げできますが、本人はもうリモコンを押す力が足りませんでした。まだトイレに歩いて行こうとしておりました。、トイレの内と外には摑まるための突っ張り棒を設置してありましたが、十四日にはそれを廊下にも手摺りのようにセットしましたが一八日までいくらも使いませんでした。もう痩せて、歩くのが弱々しくて、腰が痛いせいか、前傾していました。もういよいよ少しずつしか歩けなくなり、トイレにも間に合わなくなってきました。家の中の移動にも車椅子を使いました。

食欲も無くなり、お粥とかゼリー、プリンぐらいしか食べなくなりました。

十六日には最後のお風呂に入りました。娘たちが二人がかりで入れました。その後、日曜日でしたからテレビで競馬を観ました。十七日には娘たちと四人で夕飯のテーブルにつきましたが、彼は小さな柿の葉寿司を一つ口にしただけでした。

十八日にはもう起き上がれなくなっていました。先生は夕方四時ごろ来てくださいました。「古井さん」と呼ばれて応答はしておりましたが、古井の目の表情から様子が変わったとみてとられたと思います。お薬の処方が変わりました。飲めなくなった場合のために、オキシコドン錠テープ薬に、オキノーム散は舌下錠に変更され、鎮静のための坐薬も処方されました。先生が帰られて、それから薬剤師さんが、通常は翌日になるのですが、特別に当日夜七時前にお薬を届けてくださいました。先生から坐薬とテープ薬は届き次第使うようにと指示がありましたからすぐに使いました。

呼吸していないのに気がついて時計を見ましたら七時三十五分でした。先生にお電話しました。先生がおいでになり死亡を確認された時刻が八時二十五分です。

「身体を拭きますからお湯を持ってきてください」とおっしゃってくださり、先生、長女、私の三人で顔と身体を拭きました。

「まさか今日とは思わなかった」とおっしゃいました。

老衰と違ってがんの場合は、急変することありと聞いておりましたし、いつ頃でしたか先生が、(リビングの前に桜の老木がありますので)「花を見れればよいが……」とおっしゃったことがありますから、長くはないと思ってはおりましたが、あまりにも素早く見事に逝ってしまいました。それぞれの立場でサポートしてくださった方々のおかげで、家族は初めての看取りに際してもあわてたり不安になったりすることなく、夫は希望どおり、住み慣れた家で静かに眠りに就くことができました。


——お家での古井さんをふりかえってどう思われますか。

六十歳過ぎてから二十年以上も仕事をし続けてくれたことはありがたいと思います。気難しくはありませんでしたし、お互いにあまり気を使わず楽だったのではないでしょうか。孫が四人おりまして(高校生一人、中学生二人、小学生一人)、年に数回、三家族十人集合して、家で賑やかに宴会いたしました。最後の全員での宴会は昨年十二月一日でした。幸せな「おじいちゃん」だったと思います。

(二〇二〇年五月)

古井由吉全著作解題

築地正明

「誘惑者」1967年
「愛の完成」「静かなヴェロニカの誘惑」1968年

古井由吉が作家となる前に、ドイツ語文学研究者・翻訳者として出発したことの深い意味合いについては、指摘してもしすぎることにはならないだろう。ムージルについては後ほど述べるとして、まずはオーストリア出身のユダヤ系の亡命作家、ヘルマン・ブロッホである。その長篇小説『誘惑者』を、著者は二十代の終わりに訳しているのだが、それは訳者曰く「ドイツ語の表現力を極端まで押しすすめたともいうべききわめて特異な文体」によって成る（「ブロッホと「誘惑者」」）。原文の異様に長いセンテンスを、日本語に移す作業にとにかく苦心惨憺、悪戦苦闘したという。この「翻訳者」としての苦しい経験が、様々な意味で、後の著者の「創作」のあり方に影響を及ぼすことになる。さて内容のほうだが、「誘惑者」とは、訳者によれば「人間の内にやどる宗教的な欲求の、いわば空疎な形式、いわば空疎に燃える激情」のことであるという。だから本作中の、ヒトラーを彷彿させる誘惑者「マリウスはその空疎さのゆえに、その内容のない熱狂そのものの強さのゆえに、村人たちを惹きつける」。亡命先のアメリカで、群衆の心理に関する精緻な論考の書き手としても知られたブロッホだが、古井由吉もまた、我が国の高度経済成長期の人々の「空疎に燃える激情」の行方を、その異様に鋭い目で見つめることになる。

ちなみに、ブロッホのこの翻訳の経験から生まれたのが、最初期の古井由吉の短篇「先導獣の話」（一九六八年）である。「小説みたいなエッセー」、「エッセーみたいな小説」と著者自身が述べているように、その後の著者の作風をすでに予感させる、完成度の高い作品である（『群れの中の自我』『言葉の呪術』）。ただ、その内容についてよりも、むしろここで指摘しておきたいのは、著者における「翻訳」と「創作」の独特な関係のあり方である。「創作」が、作者のいわゆるオリジナリティからではなく、原テキストのある「翻訳」の過程から溢れて、派生するように生まれているという点だ。つまり対象から受けとったもの――印象であれ思想であれ――が、著者の中で次第に、独自に育っていき、一個の具体的なモチーフやイメージとなって、創作が出現している。後年著者は、自身の作品を「原文なき翻訳」とも呼んでいるのだが、出発点においてすでにそうした要素は認められる。ただし、そうしてできあがった「創作」は、もはや単なる派生ぶつなどではない。ある種の驚くべき変奏であり、変身であり、多分の差異を孕んだ反復、つまりは見事な作品となっている。［『世界文学全集56　ブロッホ』1967年（収録作は「誘惑者」、ヘルマン・ブロッホ作、古井由吉訳）／『世界文学全集49　リルケ　ムージル』1968年（収録作は「愛の完成」、「静かなヴェロニカの誘惑」ともにロベルト・ムージル作、古井由吉訳）／『筑摩世界文学大系64　ムージル　ブロッホ』1973年（収録作は「愛の完成」、「静かなヴェロニカの誘惑」、「誘惑者」）］

『円陣を組む女たち』1970年

第一作品集。表題作は、古井由吉の作品の中で、戦時下の「空襲」時の記憶の光景が、はっきりとモチーフのかたちを取った、おそらく最も初期のものである。「円陣を組む女たち」の「円陣」とは、まずは、「私」がたまたま公園で目にした、十五、六の少女たちの集団が行っていた一種の遊戯のことを指す。だがその光景は、もうひとつの似た記憶の光景を呼びおこす。それは、古代ギリシャ悲劇の稽古をする女子学生たちの光景なのだが、その彼女たちの姿はいつしか、幼児の時の「私」がその中につつまれた、さらにもうひとつの「円陣を組む女たち」の姿へと二重化する。――「その時、私の上で、血のような叫びが起った。「直撃を受けたら、この子を中に入れて、皆一緒に死にましょう」」。

空襲の最中、「私」を中に入れて円陣を組んだ女たちの姿と叫びは、古井由吉の原像のひとつとして埋めこまれ、以後、氏の作品の中で繰り返し姿をかえて表現されることになる。

『男たちの円居《まどい》』1970年

短篇集。表題作は、「円陣を組む女たち」とある種の対をなす作品であり、こちらは「男たち」の原像のひとつを成すものということになるだろうか。内容は、著者の若き日の山登りの体験に取材したものとなっているが、その中に、社会に出る前の大学生の「私」とその友人のふたりと、山小屋で出会った男たちの間で交わされる、食料をめぐる深刻なやり取りがある。——「何をしても、食べることにつながっていく。残りすくない食料を粗末にしたばかりに、私たちは今では無為の中に閉じこめられて、とろとろとまどろみ過すよりほかになくなった……」。物を喰うことの切実さと、投げやりにも似たけだるさ、これらはともに古井文学の重要な要素となるものだ。「群れを離れた男たちの円居とは、結局こんなものかもしれない。働くことを封じられると、まもなく遊戯への情熱も萎んでいく。部屋の奥で転がっている連中がそうだ」。古井由吉の作品には、山登りにまつわる数々のエピソードが出てくるが、山登りは、氏の文学にとって本質的な核を成すものである。

『杳子《ようこ》・妻隠《つまごみ》』1971年

芥川賞を受賞した、おそらく著者の最も有名な作。「杳子」という女性は、古井由吉のその後のすべての作品の女性の、原型のひとつを成している。山登りの帰りに、谷底の岩の上にひっそりと坐る杳子と出会った「彼」の視点で語られる。杳子は心を病んでいるのだが、この作品で重要なのは、そのことよりもむしろ、「肌の感覚を澄ませていると、彼は杳子の病んだ感覚へ一本の線となってつながっていくような気がすることがあった」という、「彼」と杳子の特異な共鳴ないし、交感ではないか。「彼」は視覚をとおして杳子と重なりあう。——「ひとつひとつの物のあまりにも鮮明な顕われに惹きつけられて、彼女の感覚は無数に分かれて冴えかえってしまって、漠とした全体の懐しい感じをつかみとれない、自分自身のありかさえひとつに押えられない。それでも杳子はかろうじてひとつに保った自分の存在感の中から、周囲の鮮明さにしみじみと見入っている」。

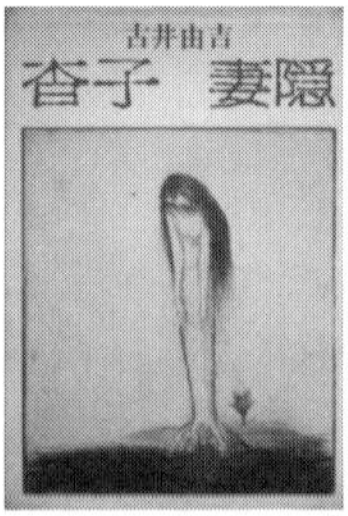

「妻隠」は、昭和四十年代の東京郊外、新興住宅地のアパートに住む若い夫婦の話。「六畳の部屋とダイニングキチン」から成る「四角四面な住まい」、昭和後期の「新世帯」ということになる。「家に戻れば自分の女がいて、自分の巣がある。その巣と世間とは、最悪の場合、生活費を得るというただの一筋でつながっていればいい」だけだ。それは「田舎から出てきて都会に放り出された身にしてみれば、以前に比べて驚くほど明快で、驚くほど安定した関係であるはずだ」。田舎特有の面倒なつながり、粘っこい人間関係からさっぱりと解放されて。しかし、問題はこの「あるはずだ」という点のほうだ。この明快さと安定は、人と人

とが個として孤立してしまうことと引きかえに得られた。〈個〉の解放と自由は、人がもとの共同体を離れてほしいままとなる、つまり恣意に陥ることとひとつだ。そのような世界に生きる男女の姿を、著者は〈みずからのもの〉として、鋭く細やかに見つめている。

『行隠れ』1972年

姉の失踪、自殺から始まる著者による最初の長篇作品。ふたりの姉のある弟「泰夫」の視点から描かれている。失踪したのは長女で、それも次女の「婚礼の前日」の出来事である。この出来事を空虚な中心として、家族というもののあやうい姿が浮き彫りになる、というのは表向きで、本作に含まれる「婚礼」と「葬儀」という主題は、人間が集団で生き、暮らしていく上で欠かすことのできない、性と死の儀式の問題に通じており、これらこそ、古井文学の核をなしていくものである。あわせて、失踪した姉「祥子《よしこ》」と旅をする弟「泰夫」との不思議な、生と死を貫くような交感が重要な要素となっている。姉は生前、片方の脚が不自由だったという点に注目すべきだが、この身体の障害が、彼女に〈見者〉のごとき資質をもたらしていたようなのだ。そしてその姉と、泰夫の女友達「良子《よしこ》」との未知の交感が、もう一方に認められる。「旅」という現実からのしばしの遊離は、死者との交感に最も適うものなのか。

『水』1973年

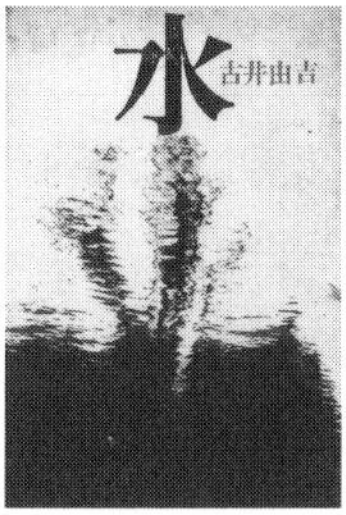

「人の評価は別の事として、著者自身が後々まで懐かしむ作品があり、私にとってこの短篇集はそのひとつである」。これは、文庫化の際に起草された文、「短篇を求める心」からの引用だが、この初期に属する短篇群の、ではどのような点が、著者をそのように言わしめたのだろうか。やはりそれは、著者のめざすところが、自作に厳しい著者自身がふりかえってみて、一定の水準で達成されていたからだろう。同じ文中に、「自分自身の存在を、作品に瞬時でもくっきり投影できれば、今の世の作家として、以って冥すべきだと考えていた」とあり、「それには短篇がふさわしい」と信じこんでいたとある。『水』は古井由吉の「体質」（これも著者自身の表現だが）のようなものを、短篇連作のかたちでしっかりと定着した、最初の作品集だと言える。具体例を一例だけ挙げるなら、「私小説の型を踏んでいる」短篇「水」の中で、はやくも「私」が消えている。

『櫛の火』1974年

長篇。本作は、一九六〇年代から七〇年代初頭にかけて盛んだった学生運動、大学紛争を題材とした男女の物語だ。あるいは、この一連の出来事のあった時代の、文学的記念碑と言うべきか。古井氏は当時大学教師として、その内側から学生たちと教師たちの熱狂、狂乱、倦怠、失望、不安、徒労等々……を見つめていた。学生運動という名の陰惨な出来事の中心をなしていたであろう空白が、闘争に身を捧げて死んだ女「弥須子」の、かつての恋人「広部」の視点を通して描かれている。ある時代の特殊な雰囲気を、その内側に身をおき、細やかに見つめることによって、一個の記念碑ないし墓標を作りあげている。と同時に本作は、あらゆる運動とその帰結をめぐる、普遍的な人間の姿を表現している。女のかたみとなった櫛が火となって燃えあがり、作品全体の象徴を成す。

『聖《ひじり》』 1976年

その後『栖』、『親』と続くことになる長篇三部作の第一作。三篇あわせて七〇年代の古井由吉のまぎれもない代表作と言え、現代の男女の神話とでも呼ぶべき長大な射程をもつ。『聖』は土俗的なテーマに取材した作とされるが、本篇の面白さは、まずは物語を読む喜びと深く結びついた、その妖しさ、いかがわしさ、そしてその純一さにあるのではないか。正規の修行も経ていなければ、どの寺にも属していない、流浪の乞食と紙一重のきわめていかがわしく、淫猥な「聖」によって、「死者を捨てるがごとくに葬ったという風習」(「聖の祟り」『半自叙伝』)が伝えられる、現代の地方都市からいくらも隔たっていない村が舞台となる。そこを偶然通りかかった青年の「私」が、村の若い娘にどういうわけか見込まれてしまい、何も知らぬまま「聖」の役を、半ば強いられるようにして引きうける。襤褸をまとった道ゆく乞食のうちに、有り難く尊い仏の姿を見るという、古来あるわが国の俗説を下敷きにしているようである。

『女たちの家』 1977年

長篇。家族の中でもとりわけ何を考えているのか知れず、存在感の薄い実直なような長男が、ある日蒸発するようにして失踪した。自殺ではない。遠く近くから、長男の暮らしぶりに関するうわさは伝えられるものの、家族がさがしても、いつももう少しのところで確かな消息は摑めぬまま終わる。女性関係にはきわめて疎かったはずの、この長男のうわさはしかし、酒場の女と深い関係になってその女に養われているとか、その女が半狂乱となって男のもとを逃げだしたとか、まさかあの男が、と言われるような内容のものばかりだ。女のほうも、男のことを激しく嫌悪しているのか、逆におかしなほど惚れているのか判然としない、妙なうわさ話ばかりが伝わってくる。一方で、その兄をさがす妹と、それを手伝う、古くから家族と妙な縁でつながった遊び人風の男の、凄惨な関係が始まる。古井文学における男女の、互いに引きつけあうと同時に反発しあう、陰惨で苛烈な関係が描かれている。

『哀原《あいはら》』１９７７年

短篇集。あまり言及されないようだが、本書には、繰り返し生涯にわたって反復される、古井文学の重要なモチーフがすでに出揃っている。また本書所収の「赤牛」は、作品の大半を通じて、詳細に戦時下の空襲の時のことが書き記されているという点では、最も初期のもののひとつではないかと思われる。総じて、一九八二年刊の『山躁賦』以降、顕著になる、おもむろに時系列を解体していくような文章の運びは、まだほとんど見られない。そのかわりに、というべきか、対象となる事物や身体感覚の、精確で、現象学的とでも呼ぶべき描写は冴えわたっている。過労気味の会社員の男の蒸発、失踪、また心身喪失、病、狂気といった、日常の中に突如エアポケットのように生じる、〈空白の時間〉とでも呼ぶべき重要なテーマが、表題作「哀原」以下、細やかに展開される。

『夜の香り』１９７８年

「向き不向きということで言えば、「夜の香り」などという作品は私にとっていちばん向きなのではないか、と思うことがしばしばある」（「場末の風」『半自叙伝』）。本書には中篇に近い長さの四篇が収められているが、著者自身がこう述懐する表題作は文句なく面白い、そして哀しい。若い夫婦向けの郊外の新興住宅地に立つアパートで、主婦たちからけむたがられていた独り身の男が事故で死んでしまい、アパートの住人たちが、男の部屋でささやかな通夜に参加させられる、という話。「陰々滅々として可笑しい」。これは落語のほうの「らくだ」を下敷きとした話とされるが、やや大げさに言えば、古井文学のひとつの神髄を見る思いがする。深夜に隣家で天麩羅をあげる重たるいにおいに閉口させられる若い夫婦。これが当初の「夜の香り」で、やがてそれは、二階のアパートの男の部屋で、通夜の夜にあけ放たれたドアから吹きこむ初冬の風のにおいとなる。「日本人の宗教心について」（『言葉の呪術』所収）と合わせて読まれるべき作。

『栖《すみか》』１９７９年

『聖』の後、本作に取りかかるまでの間に一本の長篇と中・短篇集二冊を挟んでいるが、その頃の話として、「ひと筋に押すべきものとして私にはさしあたり、「聖」のつづきしかない」。そして「ひとつ主人公の男をきちんと第三人称、何某としてやったらどうだ、と思いついた」とある（「聖の祟り」『半自叙伝』）。第一作『聖』で使われた「私」という第一人称が、本作で「第三人称」へと変更されたことで、語りの視点の上でいっそうの広がりを得たように見える。「それから場所をきちんと東京、それも新興住宅地、いわば新東京にすべきだと考えた」。ただしそれは、現代の男女の気むずかしげな神経や心理を主題とするためにではない。「ひとつの始まり、世帯の始まりを描く、平凡な成行きほど妖しいものはないという意識をしっかりと保つのが肝腎だ、と自分によくよく言い聞かせ」たという。「新東京」において、故郷の血縁からは解放されたものの、次第に頭のおかしくなっていく女と男の、凄まじい「ひとつの始まり」の物語だ。

『古井由吉全エッセイ』全三巻　1980年

I 『日常の〝変身〟』

全三巻からなる、これまでに書かれた評論、論文、その他を集成した大部のエッセイ集。第一巻は、主に著者の若きドイツ語文学者時代の、卓越した文学論から成る。作家の貴重な証言、どころではない。いずれの論文、批評文も、すでに完成された、鋭い、そして豊かな認識を示している。ところが、「門前の小僧――」と題された著者のあとがきには、「読み返してみると、まず悪文である」とあり、「とくに、小説の恐さもろくに知らぬくせに小説の本質論めいた大口を叩いているところなどは、行って張り倒してやりたいと腹を立てたものだ」とある。まず、本心であろう。しかしこちらは、気楽にほほえむわけにもいかない。著者二十代の、大学の研究紀要に発表された論文も収められているのだが、その静かな、それでいて錐のように鋭利なものをふくむ作品批評、作家論に、文字通り舌を巻くことになるからだ。カフカ、ニーチェ、ホフマンスタール、ムージル、ブロッホ、ノヴァーリス、シュティフター等、いずれも十九世紀から二十世紀にかけての、ドイツ語の屈指の使い手たちであると推察される。この巨人たちに、若き著者はおのれの身体でもって躍りかかっている。

II 『言葉の呪術』

第二巻は、著者が作家となって以降の様々な随想、文芸批評、小説論などから成る。その中の「読書遍歴」という小文に、「それにしても、世界全体の認識を求めるという内面性は、私のよく知るところではない。私には、そんな欲求を抱くだけの前提がない。しかし人の認識のいとなみを、もっとも簡潔で本源的なかたちで、せめて眺めたいという欲求は強かった」とある。これなど、古井氏の資質が端的に述べられているように思う。つまり、哲学的な包括的世界認識ではなく、日常の中の「人の認識のいとなみ」へと真っすぐ向かう傾向。そしてそれは、小説やエッセイによってしか表わせないものだろう。しかも著者は、そちらのほうに、むしろ世界の実相は「もっとも簡潔で本源的なかたち」で表われると、堅く信じていたように思われる。ハイデガーやハイゼンベルクなどにも触れたが、著者は哲学にも科学にも向かわなかった。それは著者が「人間の思考と表現への苛立ちのような問い」を失うことなく、文学と向きあい続けたからではないか。

『山に行く心』

山登りの体験は、「生の「時間」にかかわる感覚」を、現代人にも鮮明に与えてくれる。表題の随筆には次のような鋭い指摘がある。「人間の理性の安定には、ある程度の水平な視界のひろがりが必要なようだ。視界がせばまり、水平方向より垂直の方向の感覚が強まり、両側から山の重みに迫られると、人間の心の動きは微妙な変化を遂げて、一方では自己防禦的にけわしくなり、他方では幻想や幻覚へ誘われやすくなる、要するに、かなり原始的になる」。著者はそれを「原始の時間の中」とも呼んでいる。なるほど山登りが、この「原始的」なものへの遡行であるとするなら、そこからまた平地へと下ることは、「自然から文化への展開を自分の足と躰で確かめようとする」ことになるだろう。古来より幾多の旅人が峠を越えて行き来したことだろう。その目によって繰り返し見られたはずの光景に、「個々の人間を超えた大きな反復」を思う著者の、一身を超えた目が注がれる。

『椋鳥』 1980年

この辺りから著者の連作短篇は、時系列を逸脱するような奇妙な筆の運びを、徐々に始めるようになるのではないかと思われる。こちらは集中してかからないと、話の流れを辿りそこねそうになる。というか、話の流れの逸脱と、それによって突出してくる、もうひとつの「レアリティ」こそが重要な要素となる。表題作は、妻子のある四十男「杉谷」と、それぞれ杉谷と関係を持ったことのあるふたりの若い女たちをめぐる話なのだが、このふたりの女は、友人同士というか、互いに相手を憎みながら、分身のように互いを想いあう奇怪な関係にある。男関係も重なる。過去の、父親との近親相姦をほのめかす女の狂気が、もう一方の女のうちで共鳴し、男を媒介にして振り子のように揺れうごく。ふたりにして、ひとりでもあるような女たち。後の長篇『槿』を予感させる短篇である。

『親』 1980年

三部作の最後をかざる長篇。「同棲」が即「家庭」とはならぬように、子が生まれれば、男女が即「親」となるかと言うとそうでもない。事実、「岩崎」の妻となった「佐枝」は、生まれた子が半歳を過ぎた頃にはもう、鉄の扉のついた閉鎖病棟のある病院に入院しなければならないまでになった。それが本篇の冒頭である。いつ癒えるとも知れない妻の物狂いを前に、岩崎は独りで赤子の世話をしながら、病院へと通う。女の狂気というものは、「杳子」以来の古井由吉の重要なモチーフのひとつだが、狂気の原因の追究や解明が問題なのではない。この特異な心の病が癒えていく過程のうちにこそ、著者はひとつの神秘を見ている。「病むということよりも、癒えるということのほうがよほど、不思議な内容をふくむように見えてきた」と（「厄年の頃」『半自叙伝』）。『聖』の頃はまだ大学生にすぎなかった岩崎も三十男となった。佐枝もまた、女から親へと移っていく。

『山躁賦《さんそうふ》』1982年

著者は折にふれて、「自分の小説をひろい意味でエッセイ（試行）だと思っていて、小説とエッセイとの区別をときに煩わしいと思う心があるのだから、矛盾も大きい」（「秋のあはれも身につかず」『半自叙伝』）、そのように語っていたが、古井文学の機微はまさしくそこにあり、ふたつの異なる方向が、一度に肯定されるというその「矛盾」、というよりはパラドックスの力から、その最大の魅力を引きだしてくるように思われる。本書は、この「小説」と「エッセイ」とが互いに牽引しあって、ひとつの驚くべき緊張関係を実現してみせた、古井文学の最初の頂点を極めた作品であろう。「古歌の里を訪ねる」紀行文という体裁をいちおう

踏んではいるものの、いかなる既存のジャンルにも分類しがたい。「連歌や俳諧、謡いや語りもふくめた、歌」に導かれて、著者の筆は「山が躁《さわ》ぐ」とばかりに、踊り、舞い、燥《はしゃ》いで躍動する、かと思えば、一転怖いほどに静まりかえる（「遅れて来た巡礼者」）。日本語による畏るべき文学的達成。

『槿《あさがお》』1983年

古井由吉の長篇小説で一作だけ選べと言われたら、本作を選ぶだろう。伝統的な小説らしい小説の結構を備えた、古井文学の中期の頂点に位置づけられる作品だと思われる。作家、松浦寿輝氏の言葉を借りれば、「本格小説」という名にまさにふさわしい、主人公の四十男と、複数の女たちをめぐる、特異な恋愛小説である。献血で出逢った若い女、かつて主人公に犯されたと思いこんでいる亡くなった旧友の妹、またその女にかつてつきまとったことのある、精神を病んで入院中の知人の男等々……。妄想とも現実ともつかない、忘却のかなたの過去の不確かな記憶や出来事が、いかに現在のわれわれを知らずに衝き動かしていることか。結局、記憶とは忘却の別名であり、忘却とは底なしの記憶を指すのかもしれない。そして「妄想」は、罪の隠蔽と願望を同時に意味する。すでに多くの論者が指摘してもいるように、『山躁賦』と本作を前後として、古井由吉の文学は、最大級の転回をとげることになる。

『東京物語考』1984年

「先人たちの小説の内にさまざまな東京物語をたずねて、おのれの所在を知りたいという欲求が、この文章の始まりである」と記されている。著者の、「実」を

見てあやまたない眼によって、明治以降、今の今に至るまで、地方からの都市流入者たちによって演じられてきた、およそ様々な「東京物語」が、虚飾を剝ぎとられ、裸形の姿で摑みだされる。まずは、金沢からの移住者徳田秋聲、「この人をこそ、私は東京物語の主なる祖の一人だと考える」。といっても「東京物語なるものがたかだか百年のもの」に過ぎず、「じつに、祖父から孫までの三代の生涯で楽に覆《おお》える年月なのだ」という事実に、われわれは気づいているだろうか。本書の中で、正宗白鳥の小説「入江のほとり」の登場人物「辰男」に、現代の東京のアパートに暮らす孤独な独身者の「祖」を見るまなざしには、ただただ驚嘆させられる。そして荷風の最後をめぐる考察を読むと、この人を、風流人などとはもはや気楽に呼べなくなる。著者が、二十一世紀の東京の実相を誰よりも早く予言していたことに脱帽する。

『グリム幻想　女たちの15の伝説』１９８４年

本書は、女性画家の東逸子氏の手になる十五のグリムの物語のための十五のエッチング作品に、著者がグリム童話から着想した、小さな物語をつけるという趣向のものだ。今風に言えば、実に見事なコラボレーションということになる。絵の見事さも然ることながら、古井版グリムを読めることも、なんとも有り難いことだ。なお、著者の鋭い指摘によれば、赤頭巾にしろ、白雪姫にしろ、グリム兄弟の採集した有名な話は、「まず女性たちの自家薬籠中の話、まず女の目である。じつに、男性不在とも言うべき話が主流を占めている」という。白雪姫の物語などは「つまり、女と女の戦いなのだ。そして女たちの夫であり父である男性の、介入する余地はない。そう物語の中では感じられている」（「生涯、一小児」『招魂のささやき』）。こんな場合に、女性にとって、男たちがいかにあてにならないと思われていることか。我が身を振りかえってみるべきところか。

『招魂のささやき』１９８４年

これまでに新聞や雑誌をはじめ、様々な媒体に発表された短文や時評、評論、論考などをまとめた本。小説を読むのとは異なる視点から、著者の豊かな、そして鋭く強靱な思考の変遷を辿ることができる第一級の批評文集である。本書は小説からだけでは捉えがたい、著者の理論面、認識論的な側面を知るうえで格好な著作であり、いかに古井氏の作品が、深く細やかな思考に支えられたものであるかがよくわかる。中でも室町初期に成る「風雅和歌集」を論じた随筆は、古井文学における「散文」の意味を、「描写」の正体を、鋭く照射しているように思われる。つまり著者は、この集に「歌」よりもむしろ「描写」を見ている。はるかな、おのれの直系の祖先を見ている。しかし、なぜ「描写」なのか。それはおそらく「描写」こそが、この場合「恐怖」に対峙した人間の、根源的な防禦作用として働くからではないか。「描写」するとは、言語化し、認識しようとすることであり、狂気から生体を守る働きをなすのではないか。防空壕の中でじっと爆撃に身を潜める七歳の幼児の心を思うべきだ。

なお、のちに文庫としてまとめられる『招魂としての表現』（一九九二年）は、本書とおおよそ内容が重なるものの、本書には未収録の重要な論考を含んでいる。『招魂としての表現』は、『言葉の呪術』、『招魂のささやき』、『日や月や』に収録された文学論に、単行本未収録の作品を加えて編集している旨、記されているが、その中でも特に重要だと思われるのは、講演に基づく小論「「私」という虚構」（一九九〇年）である。これは著者の私小説論であると同時に精密な「虚構」論、いや、ラディカルな「フィクション」論でもあり、古井文学を理解するための重要な鍵を与えてくれるものである。

『明けの赤馬』１９８５年

どちらかと言えば語られることの少ない、マイナーな短篇集かもしれない。だが古井由吉の作品の味わい深さはむしろ、こちら側にあるのかもしれない。いや、マイナーもメジャーも関係ないという意見に、結局落ちつくか。表題作「明けの赤馬」というのは、ものの喩えではない。著者の住まいの壁一枚を隔てた通りを、早朝に馬たちが近くの公苑に引かれていく、その光景だ。だがここでは、本書所収の「知らぬおきなに」という一篇を挙げてみたい。初出は一九八一年というが、二十一世紀の今の社会をすでに見透している。――「たとえば七十すぎの老人の家に四十幾つの息子があり、職もなく気力もなく妻もなく、あるいは妻に逃げられて子があり、自身がまだ小児のままで、横文字入りのブルーのTシャツなどを着こんで髪はもうだいぶ白く、皺ばんでのっぺりと薄い顔つきをして、憤懣も知らず退屈も知らず、歳月も経たぬ了見で日暮し家に居る。これでは親として老いるに老いられず、病むに病めず、死ぬに死ねないではないか……」。われわれの社会は、これまで文学の言葉に耳を閉ざしてきたせいで、今のごとき状況に至ったのではないか。もう一度言うが、一九八一年に、著者にはすでに何もかも見えていたのだ。

『裸々《らら》虫記《ちゅうき》』１９８６年

現代の雑多な、取りとめもない世相を、作家はどう見、どう考えるのか。本書は、雑誌に連載された社会時評風の随筆をまとめたものだが、表題については、著者が説明している。「裸虫とは人間のことである。虫という語は、漢和辞典によれば、動物の総称でもあるそうで、つまり獣は毛虫、鳥は羽虫、亀の類は甲虫、したがって人間は裸虫」となる。その哀れな「ハダカムシ」の生態を、著者の観察眼が鋭利に、そして繊細に捉えて活写している。普遍的な認識をとどめていながら、ひとつの時代の雰囲気、傾向、もしくは性向を見事に定着してもいる。中高年の自殺や、殺人、心中、放火などの凶行が相次いだ時期のようだ。「情熱の尽きた故の興奮というものがあり、こちらのほうがしばしば、抑えがきかない。狂気の沙汰の行為を、自分でいぶかしく眺めやるような心地で、やってしまう」。怖いことだ。

『眉雨《びう》』１９８６年

いわゆる物語というものから、果てしもなく遠ざかったところにある短篇と言おうか。ストーリーも時系列に沿った進行もない、出来事もない。表題作は、ただ何事かの起ころうとする異様な、張りつめた気配と、予感だけで成立している。「街はよくも、充満する目によって破裂しないものだ、と首をかしげて、何事もない。喧騒ながらに、気の振れそうな静かさだ」。古井由吉の作品はすべて、その描写が凝縮され、純化され、強度を増せば増すほど、空襲の夜に防空壕の暗闇の中でじっと堪えていた危機の時間と、性の営みの内部に流れる死者の時間、そのふたつに収斂するのではないか。――「何事か、陰惨なことが為されつつある。人を震わすことが起りつつある。あるいは、すでに為された、すでに起った」。予感と既視感とが溶けあう境で、空白の時間としての出来事なき〈出来事〉が繰り返し生起する。そのさまを、天空にかかった女人の眉が見ている。

『「私」という白道《びゃくどう》』１９８６年

本書は近代日本の「私小説」を主なテーマとしている。「これは、書いたものではなくて、話したものである」と著者が断っているように、講演に基づく。しかし本書は、その中でも取り上げられていた、葛西善蔵の晩年の口述筆記による文章が、見事な文学たり得たように、話しことばによるひとつの文学的実験にも見える。善蔵のほか、嘉村礒多、漱石、太宰、それぞれの作品における「私」なるものの「内訳」が、見事な語り口で論述される。いずれも著者が敬愛した作家たちであり、本書は一般には私小説作家とは見なされない有名作家を含むものの、著者による、「私」を軸とした〈マイナー文学〉の系譜学と言うこともできる。「白道」という語は仏教のほうで、西方浄土に到るおそろしい火と水の二河に挟まれた細い道を指す比喩だそうだが、「私」なるものの辿る苛烈なる道も、はるかにそれに通じるものか。なお、著者はぼうっと白く光る道を、十五の歳の生死をさまよった手術の前後に、目黒川近くの病院で見たという。

『夜はいま』１９８７年

短篇集。初期から『槿』の頃までは、

「狂気」と言えばもっぱら女性との結びつきで語られることのほうが、圧倒的に多かったように思われる。主人公の男たちは、よくよく見れば彼ら自身も、相手におとらず狂っているようにも感じられるのだが、やはり狂気は、もっぱら女性たちのものとして扱われていた。この、〈他者〉としての女性の狂気に対面する男、という構図はしかし、徐々に変わり、狂気は〈他者〉としての「私」自身のうちに、内在化されるようになっていく。それは、著者自身の身体的な変化、病や老いの兆候と無関係ではないようだ。躁と鬱、燥《はしや》ぎとふさぎ、上昇と下降、正気と狂気が同時に生じる。あるいはいずれかの感じわけが、ふいにつかなくなる。表題作「夜はいま」の人称さえも消え失せてしまった男は、「叫んで叫んで、叫びまくって、何ひとつ叫ばなかった」。「刻々と身をひそめた夜も、明けた覚えはない。夜は明けそうにもない、と白昼の中でまだ堪えている」。古井由吉の文学は、ふたつの絶対に相容れない事柄を、同時に肯定する。

『フェティッシュな時代』１９８７年

当時の流行作家、田中康夫氏との対談。編集者の発案によるものであろう、一見して、資質も性向も世代もバックグラウンドもおよそ異なるふたりの作家が、時代の〈性〉について縦横に語りあう。女子大生たちとの自身のセックスライフをあっけらかんと話す田中氏の口調に、すぎしバブル時代の一典型を見る思いがする。これこそ時代の証言と呼ぶべきか。その田中氏が延々と話すのを受けて、著者もほがらかに、であろうか、とにかく柔軟に応じている。読者やファンなら到底聞けないような質問も、田中氏は悪びれることなくぶつけるため、思いがけない問いへの著者の受け答えが聞けて面白くもある。著者はその後も、およそ様々な作家や批評家、詩人や思想家などと対談を行っているが、この対談が時代性の色濃く現れた、中でも異色の組み合わせのものであることは間違いない。著者の女性観が聞けるのも良い点だ。

『愛の完成・静かなヴェロニカの誘惑』１９８７年

「この翻訳は初めに昭和四十三年（一九六八）年十月、筑摩書房版『世界文学全集49　リルケ・ムージル』におさめられた」とあるように、本書は、岩波文庫により再刊をすすめられた際の、著者による「改訳」である。文庫本あとがきの「訳者からの言葉」に、次のように見える。「改訳は旧稿を原稿として、原文に照らしあわせ、苦心惨憺、まるひと夏かかった。さらに秋に入って半月、校正刷を前にして、どのページもそうとうに朱《あか》くなるまで手を入れた」という。なぜわざわざこの事実を引いたかというと、この粘り強く厳密を志向する態度が、まさしく古井文学の成り立ちに直に通じるものだからだ。最初の訳が著者三十代の初め頃で、当時も異様な集中力が注ぎ込まれた。その二十年後の反復である。「翻訳」という行為は、古井文学において決定的な、しばしば象徴的でさえある意味を持っている。それは著者が自身の小説を、「原文のない翻訳みたいなもの」と述べていたことからもわかる（「40年の試行と思考」）。なお、ムージルについて訳者は、難解な作品のようだが、「これがこれなりに明解な文章」であり、「しかも明解さをしだいに解体していく、そのような質の明解さである」と述べている。そして「その背後にはきわめて厳密な知性がある」と。この解説は、そのまま古井文学の進展にも当てはまるようだ。

ムージルにはしかし、その「厳密な知性」ともうひとつ、「超越の感情」がある。有限から無限へ、その境での「神との合一」が遠く想われている。これは、その後の著者の関心の方向を示すとともに、ムージルをはじめとする西洋文学と著者の間の、最大の差異を輪郭づけることになるものでもあるのではないか。

『日や月や』１９８８年

随想集。タイトルにある通り、日月、太陽であり月である、天体の、天象気象のめぐりによってわれわれは生きている。また人間にはそれに加えて、世間というものもある。「その意味で人は自分ひとりで、自分ひとりの年を取っていくのではない。家の内でも世間でも、良きにつけ悪しきにつけ、人から年相応の扱いを受けて、人と人との間の年を取っていく。ところが年齢階梯の形が怪しくなった社会では、どうしても、自分で自分の年を取るというところへ追いこまれやすい」。現代における〈個人〉の観念が、年の取り方にまで深く関与していることに、果たして人は気づいているか。著者は、様々な日常的な話題から、その根底をなす〈時間〉なるものの正体をじっと見つめている。日月とは、時のめぐりであり、反復であり、反復による微細なあらたまりである。とかく現代知識人は、時間の存在を否定して悦に入りやすい。本書所収のカフカ論、「「プロセス」の夢」でも読んでみるといい。「過程《プロセス》」そのものである「時間」の恐怖に、しばしば〈時〉を忘れるだろう。

『ムージル　観念のエロス』１９８８年　増訂版『ロベルト・ムージル』２００８年

著者が作家としての出発点にあった一九六九年の、「私のエッセイズム」という小文に、「目の前にある事物をもう一度自分の手ではじめから粗描してみようというエッセイズムの行き方は、私の思考の出発点となる」と記されている。この「エッセイズム」という概念は、著者がみずから大きな影響を受けたと語る、オーストリア人作家ロベルト・ムージルに由来する。エッセイという語は、フランス語の essayer「試みる」という語からくるが、それを著者は、「そのつどの試みという態度」として捉え、自身の文章の核に据えることになる。そしてこの態度は生涯変わらなかった。本書の中で著者は、ムージルの「エッセイズム」を丁寧に紹介しながら、なかば自身を語っているようにも見える。それくらいムージルは、著者にとって重い存在であったと言える。本書には、ムージルの文学を解く鍵とともに、古井文学の発生論的な鍵をにぎる、「方法的な核心」が率直に語られている。

『長い町の眠り』1989年

八〇年代は、表現上きわめて実験的な作品が多いように思う。そんな中、本連作短篇集は、言語的な冒険性はむしろ抑えられた、端正な文章で綴られている。著者が戦後すぐに住んだ、むかし女子寮だったという八王子の「大きな家」のことから、著者が老父を病院に見舞いにかよった頃の、比較的最近の身辺の事柄まで、ひとりの男の半生を、記録に近い精巧なリアリズムの手法で描いている。表題作は、著者の二十代後半、大学のドイツ語教師として赴任していた金沢での暮らしを細やかに回想し、綴ったものである。一篇、一篇、端正な文章から、ひとりの生活者によって生きられた戦後四十年の暮らしの姿が、声が、静かに聞こえてくる。最後の一篇「風邪の日」では、白みはじめた雨の朝の寝覚めのきわに、戦後すぐの新宿の淋しい横丁で酒を飲む父親の姿が現れ、語りかけてくる。そしてその光景が、八〇年代現在の荒んだ新宿の街の風景とひとつに重なる。

『仮往生伝試文』1989年

連作長篇。著者は自身のことを、「文芸文学の肌」ではなく、「実学肌の家から出た文士」であることを、おだやかな矜持とともに語っていた（『招魂のささやき』）。青年期に、紙と鉛筆さえあればできる「文学というものに、「実」を見て感激した」のだとも。この何気ない出発点は、古井文学の「実」を考える上で、極めて重要だと思う。なぜなら一生活者として、生活の「実」も「俗」も決して軽んじることのないまなざしが、中古の往生伝に記された聖たちの、「遁世出離への「経済」」という逃れがたい難問を、いかにも切実なものとして、本書の中核に据えさせることになったからだ。俗世間を離れることへの願望は、古くから大勢の人が抱いてきたらしいが、遁世、隠遁の暮らしを維持するにはやはり、しっかりとした「経済」の用意が求められる。古井氏以前の文学者で一体誰が、この問題をこれほど切実なものとして捉え、描くことができただろう。本書が偉大な文学的達成であるのは、その斬新な言語表現のためばかりではない。切りつめた家計の中で、主婦が今晩のお菜をえらぶ時の真剣な眼に通じるような、生活の「実」を見つめる、著者の澄んだ眼があるからなのだ。

『楽天記』1992年

著者が頸椎をわずらい、大きな手術を

受けることになる直前に書かれた連作長篇。最後の二篇は、病後になるという。作中には、自身の内部で進行中の異変に気づかないまま、異変について克明に記した箇所がある。「楽天」と聞くと、軽いオプティミズムを思うのが普通だが、如何にこの言葉が、古井氏においては深い人間苦、つまり生老病死と呼ばれるものへのまなざしと分かち難いものであることか。本作ののっけから江戸期に頻発した伝染病、流行病、悪疫、そして飢饉の記録についての問答が交わされ、病というものが作品全体の基調をなしていく。「楽天とは、本来、人を生きやすくするものなのであるけれど、もうひとつには、破滅への志向も含んだものなのか」(「楽天」を生きる」『小説家の帰還』)、こう著者は問う。本書には、後期の古井文学の主旋律を成す、病や身体の危機と一体となった「楽天」とともに、「死んでいながら生きている」という哲学的主題、見者と預言者、西洋中世の神秘主義思想、旧約の呪いの言葉に関する執拗な関心等々……が現れている。病への移行と病からの回復、その過程のうちに著者は「楽天」を見るか。

『魂の日』１９９３年

著者がのちに、転機のひとつになったとも語る連作長篇（ただし短篇としてそれぞれ独立して読むこともできる)。中世ドイツの神秘主義者「マイステル・エックハルト」の説教と、彼の周辺への関心をはじめ、前作『楽天記』から持ち越されたテーマが多数あり、後の『神秘の人びと』とも主題を分有している。本書はしかし、著者の病中病後の体感をなまなましく曳いているためか、あつかわれる各テーマに、息がつまるほどの凝集力が感じられる。日本の近代文学の逍遥からはじまって、連歌や連句、ついでドイツ神秘主義の内部へと分け入り、ギリシャ悲劇と旧約聖書の預言者の言葉が、空襲の夜に防空壕の中で爆撃をじっと待つ危機の時間と響きかわす。著者は一体どこまで行こうとしているのか。本書にはまた、カフカについての卓越した考察が、著者自身の主題へと接木される「無風の日」が含まれ、使徒パウロに関する目眩のするような省察の後、最後の「魂の日」に至って、エックハルトとともに、「過去も現在も未来もひとつにふくむ今」が、ふいに現出する。

『小説家の帰還　古井由吉対談集』１９９３年

江藤淳、吉本隆明、平出隆、松浦寿輝、養老孟司、大江健三郎という総勢六名の、錚々たる知識人たちとの対談の記録。著者は昔から、対談では自分から積極的に話を放るより、まず相手の話を受ける側、キャッチャー・タイプということだが、

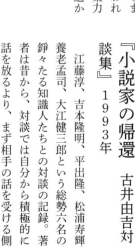

そのような資質が本対談集でも遺憾なく発揮されている。他者の話を静かに受けとめ、それをじっくりと溜めて相手に投げ返すというのはしかし、著者の小説やエッセイにもよく当てはまる。鋭い返しやたしなめ、話題の転調はあっても、否定や批判はどこにもない。仮に否定や批判があったとしても、それは他者にではなく、おのれ自身に向けられるか、おのれを必ず含めて言われる。これが、おそらくは多くの作家、知識人、読者から、著者が敬愛され、なおかつ畏怖される所以ではないかと思う。そしてそこに、古井文学の核となる倫理と力も由来すると思われるのだ。どの対談にも、相手を思う柔軟でリラックスした雰囲気が感じられるが、強靭でしなやかな思考の運動に貫かれてもいる。時おり怖いほどの鬼気をおびて。

『半日寂寞《はんにちじゃくまく》』１９９４年

「一九九三年の随想」と「一九八三年の随想」とから成る二部構成。「——寂寞と昼間を鮓のなれ加減」。本随想集は、この蕪村の句からただよう熟鮓《なれずし》のにおいと、夏の昼間の静けさに満たされているように感じられる。たとえば、こんな感想が見える。「円熟とは、運命に生涯からみつかれる、そのからまれ方がいささか堂に入ってくる、大木のゆとりがやや出てくる、ということではないか。つまりは持続した時間の積み重ねのことである」。またこうもある。「円熟とは、私の見るところでは、年齢の厚みの下から青年あるいは少年の面影をもう一度あらわすことである」と。ここには、時間というものの実相をしっかりと見ている人の眼が感じられる。熟鮓の「なれ」は、著者によれば男女の「馴れる」にも通じる。「円熟」にしろ「なれ」にしろ、いずれも時間の実相に関わる事柄である。

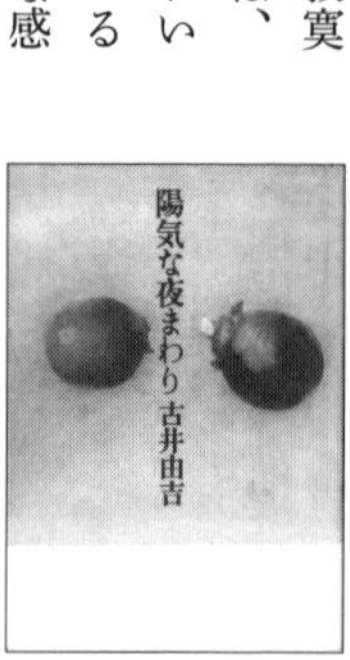

『陽気な夜まわり』１９９４年

本短篇集に収められた「背中ばかりが暮れ残る」は、古井由吉の文学を知るうえで、最も重要な鍵となる作品ではないかと思っている。「私小説」と著者の間の長年の深い関係は、この作品において一旦極まるのではないかと。この短篇には、この時期の著者の心が色濃くあらわれているようなのだが、どうも当時、著者はある種の危機、クリティカル・ポイントにあったのではないかと想像されてならない。同じ年に発表された小論「知らぬ翁」（『楽天の日々』所収）が、もうひとつの鍵となる。その冒頭に、「五十代の中途を越したばかりの私などはまだ先々のボケのことを心配するよりも、いま現在の、初老性の鬱をどうしのぐか、そちらのほうが大事であるのに」云々、とある。これが、短篇「背中ばかりが暮れ残る」にどうしようもなく籠る、暗さと関係するのではないか。小論「知らぬ翁」は、「ボケへの恐怖」の根源を素手で捉えてみせたような戦慄すべき作だが、この時期を境にして、〈もうひとつの〉後期古井由吉が始まると考えてみるのはどうか。

『折々の馬たち』１９９５年

古井由吉の馬好きのことは、氏の読者なら誰でも知っている。だが思うに、本書を本当に味読できるのは、氏の小説など一向に読んだこともないような、高年の無類の競馬ファンかもしれない。その文章の、馬たちへの本物の愛情にときめき、競馬にまつわる世の通念から悠々とはなれた、あるいは世の通念を真っ向から受けとめ、それを突き抜けていくような、言葉の躍動と諧謔に訝りつつ、我が意を得たりと心の中で叫ぶのではないか。無論、近年の若向けにひた走った、小綺麗に過ぎる競馬のテレビ・コマーシャルとは何の関係もない。往年の馬たち、そして競馬へと捧げられた讃歌だ。

『神秘の人びと』１９９６年

古今東西の神秘体験の記録を集めたという、マルティン・ブーバーの編書『神秘体験告白集』を中心に、著者がみずから翻訳を試みつつ、西洋中世の神秘思想の中へと分け入っていく。『仮往生伝試文』の西洋版と言えなくもないが、そうすると両者の音調のあからさまなへだたりに驚愕してしまう。こちらは超越や絶対や愛といった、神への信仰をめぐる体験の内容の激越さに、しばし呆然となる。往古の往生聖たちの説話から感じられたような諧謔はない。本書の発端はしかし、二十代の頃の著者の若き日にある。「ムージルの大作『特性のない男』の中にはブーバーのこの書の影響の跡が歴然と見られるという話を聞いた。特性というものをまで拒もうとする解体的な認識者の境位に、神秘体験にひとしい「状態」が現出しかかるという想定」、それが著者にとって「もっとも関心を惹かれるところだった」という。西洋と東洋の聖たち、神秘家たちへの著者の深い関心、これをしかと想うべきだ。

『白髪の唄』１９９６年

短篇としても読めそうな連作長篇。この著者独特の形式はしかし、漱石の新聞小説にまで起源を遡ることができるようだ。著者の位置に近い「私」と、数十年ぶりに邂逅した旧友の男ふたり、老境にさしかかった三人の男たちのそれぞれの日常、それぞれの時間の堆積が交差する一方で、「私」が入院中に知り合った青年「山越」との不思議な交流が、白髪の男たちの生の時間と微妙に交りあう。白眉のひとつは、「朱鷺色の道」と題された章だろう。古井文学の核心部にある、

「見者という現象」に関する途方もない理論が、独白のかたちで語られている。――「予兆のあらわれる境は、現在がまのあたりに過去と見える境ではないか」。「見者とは現在を過去へ押しつけ押しつけ、現在の現に在るところに力ずくで虚をつくって、未来を招き寄せようとする者のことだ」。驚くべきことに、哲学者アンリ・ベルクソンが「既視感」という現象について、これと寸分違わず同じことを語っていた。古井由吉の文学とは、厳密な意味で「見者」によるものなのだ。

『山に彷徨う心』1996年

「山」にまつわる作品のアンソロジー。古井由吉の文学と山との関係には浅からぬものがある。いや、著者の青年期の山登りの体験がなかったなら、今日の古井文学はないと断言してもいい。さらに言えば、わが国の文学、暮らし、情緒、宗教、あるいは死生観に至るまで、山の存在ぬきには成り立たないはずである。だから著者がたまたま山に惹かれたというのではなく、山の存在こそが著者を繰り返し惹きつけ、いざなったのだと取りたい。歴史には、こうした運命的な出逢いというものがあるのだ。一方、古井文学に見える「恣意」という語は、著者にとっては絶えず強いられた所与のごときものでもあった。だが同時にそれは、近代そのものの謂のようにも思われる。近代社会における「個人」の自由とは、人々がそれぞれ〈ほしいまま〉となること、つまり「恣意」の中に人間が突き落とされることと表裏であるからだ。山の存在は、おそらく著者にあらゆる「恣意」を超えた、巨大な何かを感じさせてくれる場だったのではないか。「その時、人はいささか自分を離れ、昔よりこの道をたどった無数の人間たちの、旅人のひとりになっている。ひとりであり、大勢と通じあう」。「その孤独の中を横切る思いも、個人のものよりはよほどひろがりがある」。

『木犀の日』1998年

文庫のために編まれた、著者による「自選短篇集」。一九六八年刊の「先導獣の話」から、一九九四年刊の「背中ばかりが暮れ残る」までの、四半世紀の間に発表された十本の重要な短篇からなる。著者の創作の軌跡を、極めて凝縮して一冊に表したものが本書だと見ることもできる。表題作「木犀の日」は、身辺をめぐる随想風の小品だが、著者の母、父、そして姉、長兄と、肉親の葬式のあったそれぞれの時の、東京近郊のそれぞれ異なる葬斎場の場所や火葬場の地名が回想されるうちに、話は空襲で焼かれる前、幼少期に住んでいた土地を再び訪れた時のことへ移っていく。「生まれた家の跡をわざわざ見にきたその最後はいつのことだったかな」と自問する「私」は、家のあった辺りをうろつきながら、十五の頃、姉とふたりできた時のこと、またその数年後にも独りできていた時のことなどを想起する。それから半年ほど後、

「私」は再びバスや地下鉄を乗り継いで、父親の時と同じ葬斎場の前の寺へと、昔の知人の通夜に向かっていた。「生まれた家」をめぐる、様々な時の記憶の破片がひとつに重なり、季節の合わない「木犀の香」がそれをつつむ。

『夜明けの家』1998年

老いと病、そこには精神の事柄も自ずと含まれるわけだが、それらを社会は長いこと隔離し、公衆の目に立たぬように取り計らってきた。死もそうだろう。古井由吉は、老い、病、死に充たされた存在の、それぞれ取り替えのきかない姿を、生のかたちを、静かに見つめ、静かに耳を傾けては、描きつづけてきた。この連作短篇集に出てくるいずれの「私」も、現実の著者の位置に近い人物で、数年前に大きな手術をし、今は退院している。しかしその「私」は主人公ではない。むしろ「私」のうちを往きかう死者や他者たちこそがそうであろう。生きている者も死んでいる者も、様々な年齢の、様々な男女の声が響きかわす。そのような場を、「非人称の「人」」と著者は呼んでいる。「夜が明けるたびに、人は老いて、そして改まる」（「つねに更《か》わる年」）。死を潜ることで、はじめて人は改まるのか。

『遠くからの声』1999年

作家、佐伯一麦氏との往復書簡。佐伯氏が一年間の予定でノルウェーのオスロに滞在することになったのを耳にした、著者からの提案によって成ったという。著者を心から慕う佐伯氏との間だからこそ、このような美しい書簡が実現したのであろう。師弟関係と言うと違うのかもしれないが、書簡にはそう感じさせるものがある。冒頭の書簡で佐伯氏は、『マルテの手記』にある、「見ること」へと向けられた、詩人リルケの強烈な決意を引用しているのだが、この「見る」という行為に対する問いが、本書の底を最後まで流れることになるようだ。そのことに触れた著者の言葉は圧巻だ。「見ることによって、「いま」と「ここ」が、極小の創世のごとく、生起する、とそのような「見ること」をまず学んでいくつもりだ、とマルテは言っているのでしょう」。そしてこの「見る」という行為を、著者は実際に書簡の中で、途方もない幻視にまで至らしめている。すなわち、目の手術のために入院した、都心の病院の「夜明けの窓」に立った著者の視覚が、近代日本文学の主人公たちを蘇らせ、闊歩させる。いや、著者の心眼には、死者たちがそのまま生き生きと映っていたのか。

『聖耳《せいじ》』2000年

身体の感覚＝運動的な障害や失調が、人を〈見者〉にする。このことを徹底的に論じたのは、フランスの哲学者ジル・ドゥルーズであった。では障害が、視覚にもろに生じる場合はどうか。古井由吉は、おのれの身体に生じた障害を通じて、およそ徹底的にそれを検証し、ついに完璧に〈見者〉の理論を実証してみせている。本連作短篇集は、著者のなんと計五回にも及んだという、眼の手術の前後に書き継がれて完結した。諸感覚は通常、連動して働くため、視覚の失調は聴覚にも影響を及ぼす。視覚の正常な機能の崩壊によって、時空はあっさり変貌し、やがて見えないものを見つめ、聞こえるはずもない声音を聞き分けるようになる。「聖耳」と「見者」は一対なのだ。視聴覚の失調、空間認知に生じる異常や錯誤、聾唖と明視。病める身体の精緻な病理学とでも、〈病者の光学〉とでも呼ぶべきものが、よりいっそう深められ、鋭利さを増していく。そしてその中に「楽天」がつねに内在する。

『忿翁《ふんのう》』２００２年

能面で言えば、翁《おきな》はしなびた笑みを見せているものだが、その面《おもて》がそのままで〈忿怒の形相〉を内に蔵していないと誰が知ろうか。本連作短篇集は、「霧と氷雨に閉ざされた巴里の陋巷で姿かたちのそっくりな老人につぎつぎ、七人まで出会うという」、ボードレールの詩「七人の老人」をモチーフにした「八人目の老人」に始まり、表題作「忿翁」で閉じられており、一見して〈老人〉という主旋律によってつながれていることがわかる。「人の老い果てた姿は個別を超えて永遠の相を成す。これは必然のことだ」。しかし「八人目」に出会う老人とは誰か。それは語り手の「亡父」、それも「おのれの父を、おのれの身体からして、見ることになる」ような、おのれでもあるところの父の姿だ。その「死んだ父親が枕もとに居た」。「預けた刀を取りに来たのだ」と迫る（「忿翁」）。「どこへ何をしに行くのだ、と迫り返すと、まず辻へ走ってそこで思い切って舞う、人心は衰えた、疫病もひろまった、戦がまた始まるのだ、と忿怒の形相を晴れやかに剝いた」。これが著者の言う「楽天」の極みか。

『野川』２００４年

空襲に幾度も苛まれた戦災下の幼年の記憶は、古井由吉の全作の底をつねに流れている。最初期の短篇「菫色の空に」の菫色は、生家のあった辺り一面が焼き払われたその翌日、東京西郊からのぞまれた空の色のようだ。その記憶は、ふいに表面へとあらわれたり、また地下へと潜伏したりしながら、絶えずなにがしかの音や色を響かせてきた。本長篇ではしかし、真っ向から戦争が描かれている。具体的には「三月十日の恐怖」のことだ。「一夜の死者が十万に及ぶと数えられ、史上最も凄惨な大空襲」、後に江東深川大空襲と呼ばれた夜のことだが、著者はこの日を、その後の自身が罹災した五月もふくめた「東京大空襲記念日」とすべきではないか」と述べている（『ひととせの』）。「作家というものになってから、自分に課せられた物語はこの「三月十日」よりほかになく」とまで、著者が述べているのも、やはり異例のことだ

（「野川をたどる」）。小説を書くことに対する著者の深い理由に、祈りの源泉に、今一度思い到るべきではないか。

『ひととせの　東京の声と音』　２００４年

新聞に掲載された短文をまとめたエッセイ集。「東京流入者二世」として東京に生まれそだった著者が、長い年月、耳をすませてきた東京の声と音。現在と過去を、自由に往還する著者の筆の運びを辿っていると、戦前戦後の頃と、昨今とをひきくらべてみて、東京の街が、互いにまったく似たところのない、ほとんど別の街のようにも映る。その激変を、著者は半世紀以上も静かに見つめてきたことになる。「また、東京の物音は寒々しくていけない、とこぼす人もいた」。これには身に覚えがある。郊外沿線の新興住宅地ばかりの話ではない。人混みや喧騒はあまるほどあるのに、それぞれ周囲から孤立して、賑やかさが今ひとつひろがらない。都心のただなかにいながら、どこもかしこも場末の雰囲気が感じられる。そのような意味のことを、著者は折にふれて語っていなかったか。

『聖なるものを訪ねて』　２００５年

九篇の小説を含むが、中世末から近世にかけてのキリスト教美術を訪ね歩いた著者の随筆が中心となっている。一般的に言って、ヨーロッパを訪れる日本人が好んで鑑賞する類のものではあるまい。いわゆる近現代風の美ではなく、凄惨な情動、恐れと不安、受難と安堵の念が基調となっている。つまり美が、信仰のもの、宗教からも生活の底につねにひそむ死への恐怖からも切り離されていないのだ。ここでも、著者が訳したムージルの「静かなヴェロニカの誘惑」がこだましている。つまり「ヴェロニカとはゴルゴダの丘へ向かう道中で十字架の重みに堪えかねて倒れたイエスの、顔の汗をぬぐった女性であり、その布にイエスの顔の、像《イコン》がのこった」という聖譚が、同書では遠く踏まえられているようなのだ。その「聖ヴェロニカ」の話から始まって、キリストの磔刑図の周辺をめぐり、福音書中の、悪霊憑きを癒すイエスと狂奔する豚の群れの挿絵の考察をもって閉じられるという、途方もないエッセイ＝試論。

『詩への小路』　２００５年

ライナー・マリア・リルケの「ドゥイノ・エレギー」の古井訳が読めることでも名高い本書だが、イスラームから西洋の有名無名の詩人たちに到るまで、恐ろしいような密度で語られていて、「小路」と言えるのか訝しいほどだ。あたかも人は、いつものように夜空を眺めていたところが、著者の言葉を通して、突如、天空にいまだかつて知らなかった、まったく新たなコンステレーションを、星座を、目撃することになるかのようなのだ。その中でも核となる一片として、リルケの悲歌があるような気がする。しかしこれは「エッセイズム」のひとつの極致でもある。「訳詩とは言わない。詩にはなっていない。これも試文である。エッセイの地の文の中へ、仮の引用のようなものとして、入るべきものだ」。これを安易に、訳者の謙遜と取ってしまっては、古井文学の核心を捉えそこねる。そこに著者の、今を生きるわれわれと同時代人としての、切りつめられた良心、誠実、倫理の結晶を見るべきではないか。

『辻』２００６年

連作短篇集。「曖昧な辻があった。行くにつれて三つ辻にも四つ辻にも、それ以上の路が合わさっているようにも見えてくる。後にしたはずの辻が、また前に現われる」(「半日の花」)。では本人は今どこにいるのか。「ところが見ているはずの自分がいない、その辻にも、それが見えている現在にも、どこにもいない」。そう、主体が、私が、消えているのだ。そうして「俺がどこにもいなくなると、誰かがやって来るようなのだ、その男が俺の一切を知っているらしい、すべてがじつはとうに起こってしまっている」。途方もない境にまで、いや「辻」にまで著者の歩みは来ている。だが、その歩みはまだまだ続いていく。なぜなら「後にしたはずの辻が、また前に現われる」からだ。本作において著者は、かの「オイディプスの辻」、「オイディプスがデルポイから降りてきて父親を殺害する、あの辻」を踏ませてもらったという(「文学は「辻」で生まれる」)。しかし「俺の一切を知っている」という「その男」とは誰であろうか。おそらくはそれもまた「俺」なのだ。ただその「俺」には、辻に立つ男の背中しか見えないだろう、しかし妙な既視感はあるはずだ。

『色《しき》と空《くう》のあわいで』２００７年

作家、松浦寿輝氏との間で交わされた往復書簡と、約十五年の間に行われた三つの対談から成る。極めて深い水準で交わされるふたりの作家の言葉の交換が、ひとつの稀有な文学作品、あるいは哲学的な対話篇とでも呼べるような、密度を有している。たとえば、――「古井　言語というものは、論理や構造だけではなく、そこに漂う精神的生命、気韻というものが大事でしょう」。「松浦　その気韻というのは、どこから生まれるんでしょうか」。「古井　やっぱり音韻――声と耳、そして心から生まれるものだと思います」。現代において、このような美しく勁い対話が実現されていることに、まず驚かされる。そして同じふたりが、別のところではインターネット時代の言語の危機と可能性を、真剣に語り合ってもいるのである。西洋と日本における近代文学の複数の発生地点が指摘され、さらには言語の発生の機微にまで遡ろうとする、強靭な思考の往還運動が行われている。

『始まりの言葉』2007年

本書は、詩人ステファヌ・マラルメによる「ヴァスコ・ダ・ガマの喜望峰回航の四百周年に寄せた詩」の話から始まる、著者による〈二十世紀論〉として読める。三つの部からなる、全九十ページの小著にもかかわらず、〈現代〉という時代の本性を圧縮して示したような途方もない論考である。著者は、マラルメとともに、一四九八年のヴァスコ・ダ・ガマによる「インド航路の開拓」を、その後今日まで打ち続く、西洋による「長大な「開拓」のエポック」の起源のひとつと見る。いやそれどころか、ヴァスコ船長の船は「マラルメの世紀末の現在にも無限の航海を続けている」と見ている。第二部「「時」の沈黙」では、「時間」の観点から、二十世紀の本質をえぐりだし、第三部に到って、現代を言語の危機の時代と捉え、言葉の意味の解体しかかる「非言語の境」で、著者は「はじめの言葉」を待つ。

『白暗淵《しろわだ》』2007年

「闇とは本来、生まれたてには、白いものなのではないか」。これは『野川』所収の「森の中」という一篇のうちに見られる問いだが、古井文学の特徴のひとつに、以前の作で展開されたモチーフや言葉が、後の作の機縁となったり、繰り越されたりして、連句のように打ちつづいていくというものがある。本連作短篇集の「白」という色も、著者の作品をつらぬいていて、「人体も折々に発光するのではないか」という、生涯のモチーフにつながっている。著者は書いている。「文語訳聖書の創世記の「黒暗淵《やみわだ》」から取った題である。闇はきわまれば白くなると思っている」と(「老年」『半自叙伝』)。だがそもそも、「創世記」が大胆にも引きあいに出されたのはなぜか。それは「初めという境は人の現在に、つねに内在しているとも考えられる」からだ。ならば著者の言う、「初めという境」とはいつのことか。それは、語り手の「私」が防空壕の暗闇で刻々と時をおくっていた境ではないか。「暫くの間のことにせよ、人の生涯の底に、あるいは永劫に似た面相を剝いたきり留まる」(「無音のおとずれ」)。そのような危機の時間の「面相」が、本篇を領しているように感じられる。

『漱石の漢詩を読む』2008年

市民セミナーでの連続講義を母胎として成った。しかしなぜ今さら「漱石の漢詩」なのか、という疑問が浮かぶ。晩年の著者の趣味趣向、悪く言えば手すさびではないか、と。恥ずかしいことだが、本書を開くまでは、どこかでそう思われなくもなかった。が、そうではないのだ。著者は、漱石の漢詩のうちに「漱石の本質」を見ていた。いや、それどころか漱石亡き後「日本の言語がどう流れたか」を見定めるための、「独立峰」とまで見ていたのだ。その根底には、著者が日本語を、漢語と和語、漢字と仮名を絶えず瞬時に「変換」しあって成り立つ、世界的にも稀有な「二重言語」、本性の「バイリンガル」と見る、鋭敏な目がある。すると千数百年の歴史を持つ訓読、漢文を「日本語として読む」というきわめて特異な行為が、日本語の精髄である、という風に見えてはこないか。現代の我が国の危機を、すなわち言語の危機として見通し、そこに、おそらくは奈良朝以来の最大級の危機を見ていた。だが、そこには未来への可能性もある。「西洋人の、あるいは近代人の考えることよりも、深く世界と実存とを見ている、そういう言辞が漢文の中には多いと思います」。著者の静かな矜持が、この「むすび」の言葉に込められている。

『人生の色気』２００９年

著者が語りかけてくれているような対話体で、柔らかく、それでいて芯のしっかりとしたしなやかな語り口の文章であり、これもひとつの新たな試みだと言える。現在の世に〈言葉を通す〉ということを、一貫して重視してきた著者であるからこそのものだ。古井文学の入門としても良いのではないか。「色と死は、どこかで結びついているもの」と言われるように、古井由吉は、ただただこのふたつの微妙な関係を描きつづけてきた、と言ってもいい。「色」または「エロス」は、けっしてセックスの周辺やそのメタファーなどに還元されうるものではない。表現の原動力とは「エロティックな異種交配への欲望」ではないか、と著者は問うている。そしてこう続けている。「異種交配は、生存への欲求です。生存というのは、自分の個体を超えた生存ですよ。高度経済社会の人間が、どこまで生存欲を保てるのか。動物としての本能のところまで掘り下げていけないのかもしれません。これが文学と社会のつながる接点だと思っています」。これをどう、今われわれが聞くかだ。

『やすらい花』２０１０年

二度目の頸椎狭窄の手術の後になる、「やすみしほどを」から始まる連作短篇集。本作を読んでいると、著者が思いがけずに虚空にほうった句が、次の句を呼び、それがまた次の句を呼んでつらなって、ひらひらと舞う花びらのように、連歌がまさに生まれでてくる瞬間瞬間に、その間にもれる著者の独白とともに、見入っているかのような感覚になる。「今日は死のつらなりがそのまま生であるように見えた」。これは、著者の入院前日の感慨だが、連歌そのものの機微を言っているようにも思える。最後に置かれた表題作「やすらい花」は、今でも行われているという「花鎮めの祭り」、「散る花とともに四方へ飛び散る悪疫を、歌舞もまじえて、宥め鎮めようとする」祭りがモチーフになっている。歌い継がれる「夜《や》須《す》禮《らい》歌」が田歌、田植歌でもあるようなのは、「これもまた豊穣を願うと同時に、厄災を鎮めようとしていたのだろう」。悪疫、飢饉、水害、戦をつねのものとして生きた祖先の心へ遠くつながろうとする、古井由吉の文学はこのことに極まるのではないか。

『蜩《ひぐらし》の声』２０１１年

三月十一日の大震災をはさんで書き継がれた連作短篇集。表題作の機縁となった記憶を、『半自叙伝』の中で著者は次のように書いている。「蜩の声は敗戦の夏の終りに、母親の郷里にまで落ちのびていた私にとって、帰心をしきりにそそったものだった。帰心と言っても、家は焼き払われて、帰るところもなかった」(「老年」)。いっぽう本篇には「蜩の声は子供の帰心をそそった。じつは帰る家もない」とある(「蜩の声」)。「子供」とはむろん「私」、著者のことと読めるが、ここではある仕方で対象化されている。つまり本短篇連作では、この「子供」が、「私」をはなれて、あるひとりの「子供」となり、さらには「孫」でもある、という風につらなり、重なっていく。最後に置かれた作「子供の行方」では、「暗い道をリヤカーにのせられて運ばれて行った子供の姿」が、現在の「私」に見えている。「黙って手を引いてやらなくてはならない。手を引いて、そこから先はもう一本道になり、その涯までつれて行く」。

『言葉の兆し』２０１２年

東日本大震災の後、佐伯一麦氏との間で交わされた往復書簡。未曾有の厄災に接して、言葉には、文学には何ができるのか。震災をめぐる「言葉は言語欺瞞《ぎまん》、言語不全に陥っているように思われ」る、そのような時、人は沈黙に堪え、言葉をじっと待つよりほかないのではないか。「しかし沈黙こそ、言葉の兆すところです」と述べて、著者はひとつの例を示している。「戦地の凄惨な境から帰還した人たちはおしなべて、その後三十年ほども、その体験について口が重かった。現に暮らしている日常の中の言葉ではとうてい伝えられない、口にしたところから徒労に感じられる、ということだったのでしょう」。これは戦災を生きた、著者自身のことでもある。著者はその沈黙に、徒労感に、数十年の間堪えて、始めの言葉が兆すのを待ったのではなかったか。「震災の犠牲者を通して、幾多の厄災の中で生きた古人たちの心へ、あらためてつながることが、大切なことかと思われます」。この言葉は、古井文学の最初にして最後の言葉のようにも聞こえる。

『半自叙伝』２０１４年

古井由吉はこれまでに二度、大部の作品集を上梓している。まず一九八二年から三年にかけての『古井由吉作品』全七巻、もうひとつは、二〇一二年に刊行された『古井由吉自撰作品』全八巻だが、本書の内容は、それらの刊行の際、それぞれの巻末に書かれたものと、「月報」に掲載された短文をまとめたものとから成る。約三十年も時期を異にして書かれ、集められた文章が、いかにこの偉大な作家の軌跡を、かろやかに、そして見事に照らしてみせていることか。最後の「もう半分だけ」は書き下ろしだが、その中に、著者が自作の本質を言い当てているような言葉が見える。——「記憶は年を取るにつれて末端から枯れて行くが、根もとのあたりからふくらみ返しても来る。それ自体が生き物であり、あるいは記憶の主《ぬし》よりも、その認識よりも、成長力があるのかもしれない。記憶の根は実際の体験に留まるのか、それを突き抜けて深く降りるのか、判じ難い」。「記憶」が、植物の生のように捉えられていることが、何より美しい。

『鐘の渡り』2014年

八篇からなる連作短篇。途方もない文学の境位に達しているとしか、もはや言いようがない。評する言葉が、すでに徒労か。複数の異なる過去の層が重なり、照応しあい、ついにこの今のうちで、ひとつに融合する。それを実現させているのも、やはり同じ〈言葉〉というものの力、呪力にほかならない。表題作「鐘の渡り」は、女に死なれた友人の男と、一緒に山へ入っていく男の話だが、「歩き続ける」という著者の一文に、「物を表わす苦労は山を登る心に似ている。息づかいすら、はるかに通じあう」とあったことが思い出される(『山に彷徨う心』)。山は著者にとって、ひとつの生とひとつの死のまじわりを表わす場となる、生涯のモチーフだった。「いや、自分が生きているのも、じつは山に登る心に通じているのではないか」。そして「心のどこかに、いつまでも山道をたどり続けるもう一人の、自分が残っているのではないか」(「歩き続ける」)。今もどこぞの山を旅人がひとり歩いていて、はるかに鐘の音が渡って時を告げている。

『文学の淵を渡る』2015年

大江健三郎氏との複数回にわたる、息を呑むような対談集。ふたりの偉大な作家の対話体による、一種の文学的遺言のようにも聞こえる。少なくとも著者は、そのような気概を込めていたように感じられる。ここでも著者に一貫した態度は、言葉に仕える者の、言葉を通してこの世界を信じようとする者のそれである。「自分の中に広い時間の渦巻きがあって、死をも生の中へ巻きこんでいるらしい」と著者が述べる時の、その「広い時間の渦巻き」とは、この世界を、宇宙を貫く運動、天象気象の日々の微細な改まりのことではないか。また、聖書の「はじめに言葉ありき」を、著者は「一度言葉が滅びたあとの復活のはじめ」の意ととる。

死して蘇る、しかも何度でも。これは文学の生のことだ。「だからこそ、「小説」の行為は、もうこれが最後だと思っても、やはり「n＋1」となって、「＋1」が残ってしまう」。そして「その都度、反復じゃない「＋1」がどうしても出てくる」。著者はこの反復による「＋1」を、われわれ読者に託そうとしたに違いない。

『雨の裾』２０１５年

毎回、その都度、連作として表わされているはずの一篇、一篇に、これを限りというような響き、気韻が感じられる。およそ二〇〇〇年代に入って以降の著者の作品はどれも、どこか遺稿のようなところと、先へと続くあらたまりの予感のようなものとの、両面をあわせもっている。いや、すべては過去の反復にも見える。どの一篇も、既視感、既知感なしには読まれない話ばかりだ。それでいてどれひとつ同一のものはない。全過去が、この今に回帰する。そして回帰したものが、書くという行為を通してささやかな「あらたまり」となる（「冬至まで」）。著者の作品が前人未到のものであるとすれば、この意味においてだろう。その見えない核に、やはり過ぎ去らない時、永劫の反復の瞬間があるようだ。空襲警報のサイレンが鳴り、やがて上空に敵機の爆音が唸る。「どこまでも今を盛りの、声も立たぬ炎上」、阿鼻叫喚が見える、しかし音はない（「春の坂道」）。著者が生涯苦しめられた「過剰な明視」と聾唖感は、この戦争体験の恐怖と引き換えに得られた、否、強いられたものだ。強制されたこの所与を、著者は生涯、書くという行為に変換し、創造に変えた。

『ゆらぐ玉の緒』２０１７年

連作短篇集。「――初春《はつね》の今日の玉箒《たまはゝき》 手に執《と》るからにゆらぐ玉の緒」、大伴家持の歌と言われる。この歌をはじめ、様々な古歌を機縁に、過去がこの今に寄り集まってくる。いや、古歌が様々な想念を受け入れる器《うつわ》となって、「ほのぼのと明けてくるように、今生では見えぬ前世までが見えかかる」。そして「永遠の今をつかのま現前させた」（「後の花」）。だが「私」はいない。「私」のいなくなった後のようなのだ。しかし想念は続いている。「記憶が現在とひとつになり、一生を照らす、生涯の今というものもあるのかもしれない」。そこに「昔に深い縁のあった人らしい影がやって来る」。その「影」は、古い短篇「背中ばかりが暮れ残る」の「私」の見た、男の背中だろうか。その影がここにも、あそこにも見えかかる。前作『雨の裾』の「夜明けの枕」にも男はいた。しかしその男ももう老いたようだ（「年寄りの行

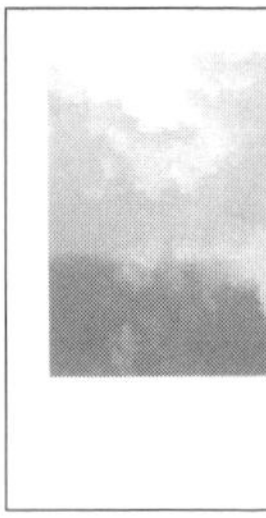

方」）。「夜が明けかかり、何もかも知って見ていたなと目を瞠ったが、姿は現われなかった」（「後の花」）。本書の最後に置かれた短篇「その日暮らし」には、「永劫の反復、反復の永劫」という言葉が見える。

『楽天の日々』２０１７年

「平成随想」と題された本書「後記」にあるように、ほぼ平成時代全体にわたって書かれ、新聞や雑誌その他様々な媒体に発表された文章を、一冊にまとめた本である。エッセイ集と気安く呼ぶことは憚られるほど、文章は達意のもので、当代随一ではないかと思う。無造作に開いたページを読むだけで、著者の円熟した筆致に、ただただ感動させられる。開くたびに読者は、古井由吉に会える。そしてわれわれに語りかけてくれる。「悪疫退散の願い」という短文から引いてみる。「早寝早起きにつとめ、暴飲暴食をつつしみ、無用の外出を避け、家の内を清潔にして静かに暮らせ——病原菌すら発見されていなかった近世の西洋の都市の、ペスト流行中の布令である。そしてその要《かなめ》として、すべては神の怒りであるから、おのおの悔い改めよ、と。信仰のことはおくとしても、やましいところだ」。著者は愛読者の傍らに、いつもいてくれているようだ。

『この道』２０１９年

単行本としてはこの短篇連作が遺作となった。おのれの病身と、天象気象との感応についての、息の詰まるような自己客観、自己認識の試みがここでも続いている。夢や病中の幻覚を記す言葉もやはり同じことであり、生涯にわたり「過剰な明視」を強いられた、凄まじい認識者による描写である。かたや古典を味読する著者の、精緻な想念の流れがあり、自問自答がある。だがその底に「恐怖」があると思う。「その極度の境では、魂が宙に浮いて、恐怖に竦む我が身を、静まり返って見ている。そして物は言えなくても、言葉はある。これこそ恐ろしい。言葉は永劫の域に入りかける。永劫は空無ながらの切迫と感じられる」（「行方知れず」）。古井由吉の文学は、「何も見えない明視と、何も聞こえない明聴」に極まるか（「花の咲く頃には」）。芭蕉の晩年の句、「この道や行く人なしに秋の暮」。著者の歩んできた道は、古人が歩んだ道にはるかに通ずる。「目には見えない、しかしいつだかつくづくと見たはずの、ほかならぬひとつの道」を私は思い、瞑目する。

＊

古井由吉は、原稿用紙にみずからの手で言葉を綴った、もしかすると最後の偉大な作家となるかもしれない。

　処女作「木曜日に」から、この度、雑誌『新潮』二〇二〇年五月号に掲載された題名のない「遺稿」の最後の文章に到るまで、五十年以上にわたり、ペンで紙に刻みこむようにして精緻な文学の言葉が表わされてきた。膨大な枚数になるであろう、古井由吉の文業を一言で包括できるような言葉はない。作家としてデビューした当初から、すでに完成された文章力、認識力を否応なく示していた。氏の歩みはしかし、その完成された文章を、認識を、およそ十年の後にひょいと放擲し、徹底的に解体して、もう一度新たに束《つか》ねなおしていく、という未曾有の冒険へと入っていった。『山躁賦』の頃、一九八〇年代初頭のことである。つねに「その都度の試み」として、予測のつかない危うい瀬を毎回渡る、という最も困難な道を独りで進まれた。その度ごとに唯一度限りのものにして、しかも繰り返される。そのひとつひとつの反復が、一篇一篇わずかな「あらたまり」として更新され、更生されていった。日のめぐり月のめぐりに沿って、天象気象の移ろいとともに。だからそれは、日々のわずかな「あらたまり」がそうであるように、日没と夜明けが繰り返されること、年を取ることと同じだ。一本の樹木が、それが経てきた歳月のすべてを、この今のうちに、ただちに含んで現前しているのと同じように、最も新しい作は、最も古い作から現在に到るまでのすべての時間を、みずからの内に蔵している。一切の過去はこの今と共存している。そしてそれは時のうつろいとともに、わずかな「あらたまり」を見せる。おもむろに、ここでそれを〈創造的進化〉と呼んでみたら、おおいに誤解されるだろうか。だが「永劫の反復」とは、「永劫回帰」とは、「永遠の今」とは——これらはいずれも古井由吉の用いた言葉だ——、この語の最も非ロマン主義的で、非ダーウィニズム的な意味における創造的な進展と本来ひとつではないのか。「だからこそ、「小説」の行為は、もうこれが最後だと思っても、やはり「n+1」となって、「+1」が残ってしまう」。そして「その都度、反復じゃない「+1」がどうしても出てくる」(『文学の淵を渡る』)。このことは、あまりに、そうあまりにも当り前のこと故に、人が気にもかけないでいるだけではないのか。

　古井由吉の文学とは、この「永遠の今」のうちに一身を超えた過去と未来を見ることのうちにある。過去の厄災を見つめることが、未来の厄災を見ることと唯ひとつであるような、語る行為の反復を通じて、「過去の衆生」とひとつにつながる。そこに、未来の〈来たるべき民〉の自己同一性が、一瞬にしろ生じるのではないか。「遺稿」の最後の一文には、こうある。——「自分が何処の何者であるかは、先祖たちに起こった厄災を我身内に負うことではないのか」。


（映像論・批評）

古井由吉自筆年譜

一九三七年（昭和一二年）

一一月一九日、父英吉、母鈴の三男として、東京都荏原区平塚七丁目（現、品川区旗の台六丁目）に生まれる。父母とも岐阜県出身。本籍地は岐阜県不破郡垂井町。祖父由之は、明治末、地元の大垣共立銀行の経営立て直しにもかかわった岐阜県選出の代議士であった。

一九四四年（昭和一九年）　**七歳**

四月、第二延山国民学校に入学。

一九四五年（昭和二〇年）　**八歳**

五月二四日未明の山手大空襲により罹災、父の実家、岐阜県大垣市郭町に疎開。七月、同市も罹災し、母の郷里、岐阜県武儀郡美濃町（現、美濃市）に移り、そこで終戦を迎える。一〇月、東京都八王子市子安町二丁目に転居。八王子第四小学校に転入。

一九四八年（昭和二三年）　**一一歳**

二月、東京都港区白金台町二丁目に転居。

一九五〇年（昭和二五年）　**一三歳**

三月、東京都港区立白金小学校を卒業。四月、港区立高松中学校に入学。

一九五二年（昭和二七年）　**一五歳**

九月、東京都品川区北品川四丁目（御殿山）に転居。

一九五三年（昭和二八年）　**一六歳**

三月、虫垂炎をこじらせて腹膜炎で四〇日入院。同月、高松中学校を卒業。四月、独協高校に入学、ドイツ語を学ぶ。九月、都立日比谷高校に転校。同じ学年に福田章二（庄司薫）、塩野七生、二級上に坂上弘がいた。

一九五四年（昭和二九年）　**一七歳**

日比谷高校の文学同人誌『驚起』に加わり、小説一編を書く。この頃、倒産出版社のゾッキ本により、内外の小説を乱読する。

一九五六年（昭和三一年）　**一九歳**

三月、日比谷高校を卒業。四月、東京大学文科二類に入学。「歴史学研究会」に所属、明治維新研究グループに加わる。アルバイトにデパートの売り子などをした。七月、登山の初心者だったが、いきなり北アルプスの針ノ木雪渓に登らされた。

一九六〇年（昭和三五年）　**二三歳**

三月、東京大学文学部ドイツ文学科を卒業。卒業論文はカフカ、主に「日記」を題材とした。四月、同大学大学院修士課程に進む。

一九六二年（昭和三七年）　**二五歳**

三月、大学院修士課程を修了。修士論文はヘルマン・ブロッホ。四月、助手として金沢大学に赴任、金沢市材木町七丁目（現、橋場町五番）の中村印房に下宿。土地柄、酒に親しむようになった。『金沢大学法文学部論集』に「『死刑判決』に至るまでのカフカ」を載せる。岩手、秋田の国境の山を歩いた。

一九六三年（昭和三八年）　**二六歳**

一月、北陸大豪雪（三八豪雪）に遭う。半日屋根に上がって雪を降ろし、夜は酒を呑んで四膳飯を食うという生活が一週間ほど続いた。銭湯でしばしば学生に試験のことをたずねられて閉口した。ピアノの稽古を始めて、ふた月でやめる。夏、白山に登る。

一九六四年（昭和三九年）　**二七歳**

一一月、岡崎睿子と結婚、金沢市花園町に住む。ロベルト・ムージルについての小論文を学会誌に発表。

一九六五年（昭和四〇年）　**二八歳**

四月、立教大学に転任、教養課程でドイツ語を教える。ヘルマン・ブロッホ、ノヴァーリス、ニーチェについて、それぞれ小論文を立教大学紀要および論文集に発表。東京都北多摩郡上保谷市に住む。

一九六六年（昭和四一年）　**二九歳**

文学同人「白描の会」に参加。同人に、平岡篤頼・高橋たか子・近藤信行・米村晃多郎らがいた。一二月、エッセイ「実体のない影」を『白描』七号に発表。この年はもっぱら翻訳に励み、また一般向けの自然科学書をよく読んでいた。

一九六七年（昭和四二年）　**三〇歳**

四月、ヘルマン・ブロッホの長編小説「誘惑者」を翻訳して筑摩書房版『世界文学全集56　ブロッホ』に収めて刊行。／九月、長女麻子生まれる。ギリシャ語の入門文法をひと通りさらったが、後年続かず、この夏から手を染めた競馬のほうは続くことになった。

一九六八年（昭和四三年）　**三一歳**

一月、処女作「木曜日に」を『白描』八号、一一月「先導獣の話」を同誌九号に発表。／一〇月、ロベルト・ムージルの「愛の完成」「静かなヴェロニカの誘惑」を翻訳、筑摩書房版『世界文学全集49　リルケ　ムージル』に収めて刊行。／九月、世田谷区用賀二丁目に転居。一二月、虫歯の治療をまとめておこない、初めて医者から、老化ということをほのめかされた。

一九六九年（昭和四四年）　**三二歳**

七月「菫色の空に」を『早稲田文学』、

八月「円陣を組む女たち」を『海』創刊号、一一月「私のエッセイズム」を『新潮』、「子供たちの道」を『群像』、「雪の下の蟹」を『白描』一〇号に発表。『白描』への掲載はこの号でひとまず終了。／四月、八十岡英治の推輓で、学芸書林版『全集・現代文学の発見』別巻『孤独のたたかい』に「先導獣の話」が収められる。／一〇月、次女有子が生まれる。この年、大学紛争盛ん。

一九七〇年（昭和四五年）　**三三歳**

二月「不眠の祭り」を『海』、五月「男たちの円居」を『新潮』、八月「杳子」を『文藝』、一一月「妻隠」を『群像』に発表。／六月、第一作品集『円陣を組む女たち』（中央公論社）、七月『男たちの円居』（講談社）を刊行。／三月、立教大学を助教授で退職。八年続いた教師生活をやめる。この年、『文藝』などの仕事により阿部昭・黒井千次・後藤明生らを知る。作家たちと話した初めての体験であった。一一月、母親の急病の知らせに駆けつけると、ちょうど三島由紀夫死去のニュースが入った。

一九七一年（昭和四六年）　**三四歳**

二月より『文藝』に「行隠れ」の連作を開始（一一月まで全五編で完結）。三月「影」を『文學界』に発表。／一月『杳子・妻隠』（河出書房新社）を刊行。一一月、「新鋭作家叢書」全一八巻の一冊として『古井由吉集』を河出書房新社より刊行。／一月「杳子」により第六四回芥川賞を受賞。二月、母鈴死去。六二歳。親類たちに悔やみと祝いを一緒に言われることになった。五月、平戸から長崎まで、小説の《現場検証》のため旅行。

一九七二年（昭和四七年）　**三五歳**

二月「街道の際」を『新潮』、四月「水」を『季刊藝術』春季号、九月「狐」を『文學界』、一一月「衣」を『文藝』に発表。／三月『行隠れ』（河出書房新社）を刊行。一一月、講談社版『現代の文学36』に李恢成・丸山健二・高井有一とともに作品が収録される。／一月、山陰旅行。八月、金沢再訪。一二月、土佐高知に旅行、雪に降られる。

一九七三年（昭和四八年）　**三六歳**

一月「弟」を『文藝』、「谷」を『新潮』、五月「畑の声」を『新潮』に発表。九月より「櫛の火」を『文藝』に連載（七四年九月完結）。／二月『筑摩世界文学大系64ムージル　ブロッホ』に「愛の完成」「静かなヴェロニカの誘惑」「誘惑者」の翻訳を収録刊行。四月『水』（河出書房新社）、六月『雪の下の蟹・男たちの円居』（講談社文庫）を刊行。／三月、奈良へ旅行、東大寺二月堂の修二会のお水取りの行を外陣より見学する。八月、佐渡へ旅行。九月、新潟・秋田・盛岡をまわる。

一九七四年（昭和四九年）　**三七歳**

三月『円陣を組む女たち』（中公文庫）、一二月『櫛の火』（河出書房新社）を刊行。／二月、京都へ。神社仏閣よりも京都競馬場へ急行した。四月、関西のテレビに天皇賞番組のゲストとして登場する。七月、ダービー観戦記「橙色の帽子を追って」を日本中央競馬会発行の雑誌『優駿』に書く。八月、新潟まで競馬を見に行く。

一九七五年（昭和五〇年）　**三八歳**

一月「雫石」を『季刊藝術』冬季号、「駆ける女」を『新潮』に発表。同月より「聖」を『波』に連載（一二月完結）。／三月『櫛の火』が日活より神代辰巳監督で映画化される。六月『文藝』で、吉行淳之介と対談。

一九七六年（昭和五一年）　**三九歳**

一月「櫟馬」を『文藝』、三月「夜の香り」を『新潮』、四月「仁摩」を『季刊藝術』春季号に発表。六月「女たちの家」を『婦人公論』に連載（九月完結）。一〇月「哀原」を『文學界』、一一月「人形」を『太陽』に発表。／五月『聖』（新潮社）を刊行。／この頃から高井有一・後藤明生・坂上弘と寄り合う機会が多くなった。三月、『文藝』で武田泰淳と対談（一〇月、武田泰淳死去）。一一月、九州からの帰りに奈良に寄り、東大寺の三月堂の観音と戒壇院の四天王をつくづく眺めた。

一九七七年（昭和五二年）　**四〇歳**

一月「赤牛」を『文學界』、五月「女人」を『プレイボーイ』、六月「安堵」を『すばる』に発表。九月、後藤明生・坂上弘・高井有一と四人でかねて企画準備中だった同人雑誌『文体』を創刊、「栖」を創刊号に発表。一〇月「池沼」を『文學界』、一二月「肌」を『文体』二号に発表する。／二月『女たちの家』（中央公論社）、一一月『哀原』（文藝春秋）を刊行。／四月、京都東本願寺の職員組合に招かれ、若い僧侶たちと呑む。八月、金沢に旅行して金石・大野あたりの、室生犀星も遊んだはずの、渚と葦原が、埋め立てられて臨海石油基地になっているのを見て唖然とさせられる。帰路、新潟に寄る。

一九七八年（昭和五三年）　**四一歳**

三月「湯」を『文体』三号、四月「椋鳥」を『海』、六月「背」を『文体』四号、七月「親坂」を『世界』、九月「首」を『文体』五号、一一月「子安」を『小説現代』、一二月「子」を『文体』六号に発表。／六月『筑摩現代文学大系96』に黒井千次・李恢成・後藤明生とともに作品が収録される。一〇月『夜の香り』（新潮社）を刊行。／四月、若狭の矢代という漁村に「手杵祭」という祭りを見に行く。一二月、大阪での仕事の帰りに京都・奈良に寄る。同月、美濃・近江・若狭をめぐる。さまざまな観音像に出会った。この旅により菊地信義を知る。

一九七九年（昭和五四年）　**四二歳**

一月「咳花」を『文學界』、三月「道」を『文体』七号、六月「葛」を『文体』八号、七月「牛男」を『新潮』、九月「宿」を『文体』九号、一〇月「痩女」を『海』、一二月「雨」を『文体』一〇号に発表。／九月『女たちの家』（中公文庫）、一〇月『行隠れ』（集英社文庫）、一一月『栖』（平凡社）、一二月『杳子・妻隠』（新潮文庫）を刊行。／この頃から、芭蕉たちの連句、心敬・宗祇らの連歌、さらに八代集へと、逆繰り式に惹かれるようになった。三月、丹波・丹後へ車旅。六月、郡上八幡、九頭竜川、越前大野、白山、白川郷、礪波、金沢、福井まで車旅、大江山を越える。八月、久しぶりの登山、安達太良山に登ったが、小学生たちにずんずん先を行かれた。一〇月、北海道へ車旅、根釧湿原のほとりに立つ。一二月、新宿のさる酒場で文芸編集者たちの歌謡大会の審査員をつとめた。この頃から『文体』の編集責任の番が回ってきたので、自身も素人編集者として忙しく出歩いた。

一九八〇年（昭和五五年）　四三歳

一月「あなたのし」を『文學界』に発表。エッセイ「一九八〇年のつぶやき」を『日本経済新聞』に全二四回連載（六月まで）。三月「声」を『文体』一一号、四月「あなおもしろ」を『海』に発表。五月より「無言のうちは」を『青春と読書』に隔月連載（八二年二月完結）。六月「親」を『文体』一二号（終刊号）、一〇月「明けの赤馬」を『新潮』に発表。一一月「槿」を寺田博主幹の『作品』創刊号に連載開始。／二月『水』（集英社文庫）、四月〜六月『全エッセイ』全三巻（作品社、四月『山に行く心』、五月『言葉の呪術』、六月『日常の〝変身〟』）、八月『椋鳥』（中央公論社）、一二月『親』（平凡社）を刊行。／二月、比叡山に登り雪に降られる。帰ってきて山の祟りか高熱をだした。五月、近江の石塔寺、信楽、伊賀上野、室生寺、聖林寺まで旅行した。その四日後のダービーの翌日、一二年来の栖を移り、同じ棟の七階から二階へ下ってきた。半月後に、腰に鈴を付けて大峰山に登る。五月『栖』により第一二回日本文学大賞を受賞。鮎川信夫と対談。六月『文体』が一二号をもって終刊となる。一〇月、高野山から和歌浦、四国へ渡って讃岐の弥谷山まで旅行。

一九八一年（昭和五六年）　四四歳

一月「家のにおい」を『文學界』、二月「静かさや」を『文藝春秋』、四月「団欒」を『群像』、六月「冬至過ぎ」を『すばる』、一〇月「蛍の里」を『群像』、一一月「芋の月」を『すばる』に発表。一二月「知らぬおきなに」を『新潮』に発表。／六月『新潮現代文学80　聖・妻隠』（新潮社）、一二月『櫛の火』（新潮文庫）を刊行。／一月、成人の日に粟津則雄宅に、吉増剛造・菊地信義と集まり連句を始める。ずぶの初心者が発句を吟《よ》まされる。「越の梅初午近き円居かな」。二月、京都・伏見・鞍馬・小塩・水無瀬・石清水などをまわる。六月、福井から敦賀、色の浜、近江、大垣まで「奥の細道」の最後の道のりをたどる。また、雨の比叡山に時鳥の声を聞きに行き、ついで朽木から小浜まで足をのばし、また峠越えに叡山までもどる。同じく六月、東京のすぐ近辺で蛍の群れるところを見た。七月、父親が入院、病院通いが始まった。

一九八二年（昭和五七年）　四五歳

一月『作品』の休刊により中断していた「槿」の連載を新雑誌『海燕』で再開（八三年四月完結）。同月「囀りながら」を『海』、エッセイ「風雅和歌集」を『読売新聞』（一一〜一四、一六日）に発表。二月『青春と読書』に隔月で連載した作品が第一二回「帰る小坂の」で完結（『山躁賦』としてまとめられる）。四月「陽気な夜まわり」を『群像』、七月「飯を喰らう男」を同じく『群像』に発表。同月『図書』に連載エッセイ「私の《東京物語》考」を始める（八三年八月まで）。／四月『山躁賦』（集英社）を刊行。九月、文藝春秋『芥川賞全集』第八巻に「杳子」を収録刊行。同月より『古井由吉作品』全七巻を河出書房新社より毎月一巻刊行開始（八三年三月完結）。／六月、『優駿』の依頼で、北海道は浦河の奥、杵臼の斎藤牧場まで行き、天皇賞馬モンテプリンス号の育成の苦楽を斎藤氏一家にたずねるうちに、父英吉死去の知らせが入った。八〇歳。

一九八三年（昭和五八年）　四六歳

一月より「一九八三年のぼやき」を共同通信配信の各紙において全一二回連載。四月二五日より八四年三月二七日まで、『朝日新聞』の「文芸時評」を全二四回連載。八月『図書』連載の「私の《東京物語》考」完結。一二月、菊地信義と対談「本が発信する物としての力」を『海』に載せる。／六月『槿』（福武書店）、一〇月『椋鳥』（中公文庫）を刊行。／九月、仲間が作品集完結祝いをしてくれる。同月『槿』で第一九回谷崎潤一郎賞を受賞。

一九八四年（昭和五九年）　四七歳

一月「裸々虫記」を『小説現代』に連載（八五年一二月完結）。九月「新開地より」を『海燕』、一〇月「客あり客あり」を『群像』に発表。一一月、吉本隆明と対談「現在における差異」を『海燕』に掲載。一二月「夜はいま――」を『潭』一号に発表。／三月『東京物語考』（岩波書店）、四月『グリム幻想』（ＰＡＲＣＯ出版局、東逸子と共著）、一一月、エッセイ集『招魂のささやき』（福武書店）を刊行。／六月、北海道の牧場をめぐる。九月『海燕』新人文学賞選考委員をつとめる（八九年まで）。一〇月、二週間の中国旅行、ウルムチ、トルファンまで行く。一二月、同人誌『潭』創刊。編集同人粟津則雄・入沢康夫・渋沢孝輔・中上健次・古井由吉、デザイナー菊地信義。

一九八五年（昭和六〇年）　四八歳

一月「壁の顔」を『海燕』、二月「邯鄲の」を『すばる』、四月「叫女」を『潭』二号に発表。『優駿』にエッセイの連載を開始（二〇一九年二月まで）。五月「斧の子」を『三田文学』、六月「眉雨」を『海燕』、八月「道なりに」を『潭』三号、九月「踊り場参り」を『新潮』、一一月「秋の日」を『文學界』、一二月「沼のほとり」を『潭』四号に発表。／三月『明けの赤馬』（福武書店）刊行。／八月、日高牧場めぐり。

一九八六年（昭和六一年）　四九歳

一月「中山坂」を『海燕』に発表。二月、『文藝』春季号に「厠の静まり」を連作『仮往生伝試文』の第一作として発表（八九年五月『文藝』春季号「また明後日ばかりまゐるべきよし」で完結）。四月「朝夕の春」を『潭』五号に発表。九月「卯の花朽たし」を『潭』六号、エッセイ「変身の宿」を『読売新聞』（一九日）、一二月「椎の風」を『潭』七号に発表。／一月『裸々虫記』（講談社）、二月『眉雨』（福武書店）、『聖・栖』（新潮文庫）、三月『「私」という白道』（トレヴィル）を刊行。／一月、芥川賞選考委員となる（二〇〇五年一月まで）。三月、一ヵ月にわたり粟津則雄・菊地信義・吉増剛造らとヨーロッパ旅行。吉増剛造運転の車により六〇〇〇キロほど走る。一〇月岐阜市、一一月船橋市にて、前記の三氏と公開連句を行う。

一九八七年（昭和六二年）　**五〇歳**

一月「来る日も」を『文學界』、「年の道」を『海燕』、二月「正月の風」を『青春と読書』、「大きな家に」を『潭』八号、八月「露地の奥に」を『新潮』、九月「往来」を『潭』九号に発表。一〇月、エッセイ「二十年ぶりの対面」を『読売新聞』（三一日）に掲載。一一月「長い町の眠り」を『石川近代文学全集10』に書き下ろす。／三月『夜はいま』（福武書店）、四月『山躁賦』（集英社文庫）、八月『フェティッシュな時代』（トレヴィル、田中康夫と共著）、九月、吉田健一・福永武彦・丸谷才一・三浦哲郎とともに『昭和文学全集23』（小学館）、一一月『石川近代文学全集10　曾野綾子・五木寛之・古井由吉』（石川近代文学館）、『夜の香り』（福武文庫）、一二月、ムージルの旧訳を改訂した『愛の完成・静かなヴェロニカの誘惑』（岩波文庫）を刊行。／一月、備前、牛窓に旅行。二月、熊野の火祭に参加、ついで木津川、奈良、京都、近江湖北をめぐる。四月「中山坂」で第一四回川端康成文学賞受賞。八月、姉柳沢愛子死去。

一九八八年（昭和六三年）　**五一歳**

一月「庭の音」を『海燕』、随筆「道路」を『文學界』、四月「閑の頃」を『海燕』に発表。『すばる』臨時増刊《石川淳追悼記念号》に「石川淳の世界　五千年の涯」を載せる。五月「風邪の日」を『新潮』に、七月「畑の縁」を『海燕』に、一〇月「瀬田の先」を『文學界』に発表。／一二月『雪の下の蟹・男たちの円居』（講談社文芸文庫）、四月、随想集『日や月や』（福武書店）、七月『ムージル観念のエロス』（岩波書店）、『槿』（福武文庫）、一一月、古井由吉編『日本の名随筆73　火』（作品社）を刊行。／一〇月、カフカ生誕の地、チェコの首都プラハなどに旅行。

一九八九年（昭和六四年・平成元年）　**五二歳**

一月「息災」を『海燕』に、三月「髭の子」を『文學界』に発表。四月「旅のフィールド・ノート〈オーストラリア〉」を『中央公論』に連載（七月まで）。七月「わずか十九年」を『海燕』阿部昭追悼特集に、「昭和の記憶　安堵と不逞と」を『太陽』に発表。八月『毎日新聞』に掌編小説「おとなり」（二日）を載せる。一〇月まで「読書ノート」を『文學界』に連載。一一月「影くらべ」を『群像』に発表。『すばる』に「インタビュー文芸時評　古井由吉と『仮往生伝試文』」（聞き手・富岡幸一郎）が載る。／五月『長い町の眠り』（福武書店）、九月『仮往生伝試文』（河出書房新社）、一〇月

『眉雨』（福武文庫）を刊行。／二月、『中央公論』の連載のためオーストラリアに旅行。

一九九〇年（平成二年）　**五三歳**

一月『新潮』に「楽天記」の連載を開始（九一年九月完結）。五月、随筆「つゆしらず」を『文學界』、八月「夏休みのたそがれ時」を『日本経済新聞』（一九日）、九月「読書日記」を『中央公論』に発表。／三月『東京物語考』を同時代ライブラリーとして岩波書店より刊行。／二月、第四一回読売文学賞小説賞（平成元年度）を『仮往生伝試文』によって受賞。九月末からヨーロッパ旅行。一〇月初め、フランクフルトで開かれた日本文学とヨーロッパに関する国際シンポジウムに大江健三郎、安部公房らと出席。折しも、東西両ドイツ統合の時にいあわせる。その後、ドイツ国内、ウィーン、プラハを訪れる。

一九九一年（平成三年）　**五四歳**

一月「文明を歩く――統一の秋の風景」を『読売新聞』（二一〜三〇日）に連載。二月「平成紀行」を『文藝春秋』に発表。『青春と読書』に「都市を旅する　プラハ」を連載（八月まで四回）。三月、エッセイ「男の文章」を『文學界』に発表。六月「天井を眺めて」を『日本経済新聞』（三〇日）に掲載。九月「楽天記」（『新潮』）完結。一一月より九二年二月まで『すばる』にエッセイを連載。／三月、新潮古典文学アルバム21『与謝蕪村・小林一茶』（新潮社、藤田真一と共著）を刊行。／二月、頸椎間板ヘルニアにより約五〇日間の入院手術を余儀なくされる。四月退院。一〇月、長兄死去。

一九九二年（平成四年）　**五五歳**

一月『海燕』に連載を開始（第一回「寝床の上から」）。二月「蝙蝠ではないけれど」を『文學界』に発表。三月、養老孟司との対談「身体を言語化すると……」を『波』、四月、江藤淳と対談「病気について」を『海燕』、松浦寿輝と対談『私』と『言語』の間で」を『ルプレザンタシオン』春号に載せる。『朝日新聞』（六〜一〇日）に「出あいの風景」を執筆。五月、平出隆と対談「『楽天』を生きる」を『新潮』、六月、エッセイ「だから競馬は面白い」を『文藝春秋』、七月「昭和二十一年八月一日」を『中央公論』、九月、吉本隆明と対談「漱石的時間の生命力」を『新潮』に掲載。／一月『招魂としての表現』（福武文庫）、三月『楽天記』（新潮社）を刊行。

一九九三年（平成五年）　**五六歳**

一月、大江健三郎と対談「小説・死と再生」を『群像』、随筆「この八年」を『新潮』、「無知は無垢」を『青春と読書』に載せる。『文藝春秋』に美術随想「聖なるものを訪ねて」を一二月まで連載。五月、「魂の日」（連載最終回）を『海燕』に発表。七月、創作「木犀の日」と評論「凝滞する時間」を『文學界』に発表。同月四日から一二月二六日までの各日曜日に『日本経済新聞』に「こころ」と題して随想を連載。八月「初めの言葉として《わたくし》」を『群像』に、「鏡を避けて」を『文藝』秋季号に発表。九月、吉本隆明と対談「心の病いの時代」を『中央公論　文芸特集』に載せる。／八月『魂の日』（福武書店）、一二月『小説家の帰還　古井由吉対談集』（講談社）を刊行。／夏、柏原兵三の遺児光太郎君とベルリンを歩く。

一九九四年（平成六年）　五七歳

一月「鳥の眠り」を『群像』、江藤淳と対談「文学＝隠蔽から告白へ――『漱石とその時代　第三部』について」を『新潮』、二月「追悼野口冨士男　四月一日晴れ」を『文藝』春季号、随筆「赤い門」を『文學界』、「ボケへの恐怖」を『新潮45』、三月「背中ばかりが暮れ残る」を『群像』、奥泉光と対談「超越への回路」を『文學界』に掲載。七月『新潮』に「白髪の唄」の連載を始める（九六年五月まで）。七月四日より一二月一九日まで『読売新聞』の「森の散策」にエッセイを寄稿。九月「陰気でもない十二年」を『本』に、一〇月『世界』に「日暮れて道草」の連載を開始（九六年一月まで）。／四月、随想集『半日寂寞』（講談社）、『水』（講談社文芸文庫）、八月『陽気な夜まわり』（講談社）、一二月、古井由吉編『馬の文化叢書9　文学　馬と近代文学』（馬事文化財団）を刊行。

一九九五年（平成七年）　五八歳

一月「地震のあとさき」を『すばる』、「新宿から山登り」を『青春と読書』、二月、柳瀬尚紀と対談「ポエジーの『形』がない時代の表現」を『海燕』、「震災で心に抱えこむいらだちと静まり」を『朝日新聞』（一六日）、四月、高橋源一郎と対談「表現の日本語」を『群像』、八月『「内向の世代」のひとたち』（講演記録）を『三田文学』に掲載。／五月『ムージル著作集』（松籟社刊）第七巻に「静かなヴェロニカの誘惑」「愛の完成」を収録。一〇月、競馬随想『折々の馬たち』（角川春樹事務所）、一一月『楽天記』（新潮文庫）を刊行。

一九九六年（平成八年）　五九歳

一月「日暮れて道草」（『世界』）の連載完結。五月「白髪の唄」（『新潮』）の連載完結。六月、福田和也と対談「言語欺瞞に満ちた時代に小説を書くということ」を『海燕』、同月「信仰の外から」を『東京新聞』（七日）、七月、大江健三郎と対談「百年の短編小説を読む」を『新潮』臨時増刊号、八月『早稲田文学』に小島信夫・後藤明生・平岡篤頼らと座談会「われらの世紀の文学は」を掲載。一一月『群像』に連作「死者たちの言葉」の連載を開始。一二月、「クレーンクレーン」（連作　その二）を『群像』に、江藤淳との対談「小説記者夏目漱石――『漱石とその時代　第四部』をめぐって」を『新潮』に掲載。／六月『神秘の人びと』（岩波書店、「日暮れて道草」の改題）、八月『白髪の唄』（新潮社）、『山に彷徨う心』（アリアドネ企画）を刊行。

一九九七年（平成九年）　六〇歳

一月『群像』に、連作「島の日（死者たちの言葉　その三）」（以下、三月「火男」、四月「不軽」、五月「山の日」、七月「草原」、八月「百鬼」、九月「ホトトギス」、一一月「通夜坂」、一二月「夜明けの家」、九八年二月「死者のように」で完結）を発表。同月、中村真一郎との対談「日本語の連続と非連続」を『新潮』、随筆「姉の本棚　謎の書き込み」を『文學界』に掲載。二月「午の春に」（随筆）を『文藝』春季号に発表。六月「詩への小路」を『るしおる』（書肆山田）に連載開始（二〇〇五年三月まで）。七月「《追悼石和鷹》気をつけてお帰りください　石和鷹の声」を『すばる』に発表。一二月、西谷修と対談「全面内部状況からの出発」を『新潮』に掲載。／一月『白髪の唄』により第三七回毎日芸術賞受賞。

一九九八年（平成一〇年）　六一歳

二月「死者のように」を『群像』に掲載。八月、津島佑子と対談「生と死の往還」を『群像』に掲載。八月より、佐伯一麦との往復書簡を『波』に連載（翌年五月まで）。一〇月、藤沢周と対談「言葉を響かせる」を『文學界』に掲載。／一二月『木犀の日　古井由吉自選短篇集』（講談社文芸文庫）、四月、短篇集『夜明けの家』（講談社）を刊行。／三月五日から一七日、右眼の黄斑円孔（網膜の黄斑部に微小の孔があく）の手術のため東大病院に入院。四月、河内長野の観心寺を再訪、如意輪観音の開帳に会う。同行、菊地信義。五月一四日から二五日、再入院再手術。七月、国東半島および臼杵《うすき》に、九月、韓国全羅南道の雲住寺に、石仏を訪ねる。一一月五日から一一日、右眼の網膜治療に伴う白内障の手術のため東大病院に入院。

一九九九年（平成一一年）　六二歳

一月、花村萬月と対談「宗教発生域」を『新潮』に掲載。二月より「夜明けまで」に始まる連作を『群像』に発表（以下、三月「晴れた眼」、五月「白い糸杉」、六月「犬の道」、八月「朝の客」、九月「日や月や」、一一月「苺」、二〇〇〇年二月「初時雨」、同三月「年末」、同四月「火の手」、同六月「知らぬ唄」、同七月「聖耳」で完結）。／一〇月、佐伯一麦との往復書簡集『遠くからの声』（新潮社）、『白髪の唄』（新潮文庫）を刊行。／二月一五日から二三日、左眼に黄斑円孔発症、前年の執刀医の転勤を追って、東京医科歯科大病院に入院。同じ手術を受ける。五月六日から一一日、左眼網膜治療に伴う白内障手術のため東大病院に入院。以後、右眼左眼ともに健全。八月五、六日、大阪に行き、後藤明生の通夜告別式に参列、弔辞を読む。一〇月一〇日から三〇日、野間国際文芸翻訳賞の授賞式に選考委員として出席のためにフランクフルトに行き、ついでに南ドイツからコルマール、ストラスブールを回る。

二〇〇〇年（平成一二年）　六三歳

九月、松浦寿輝と対談「いま文学の美は何処にあるか」を『文學界』に、一〇月、山城むつみと対談「静まりと煽動の言語」を『群像』に、一一月、島田雅彦、平野啓一郎と鼎談「三島由紀夫不在の三十年」を『新潮』臨時増刊号に掲載。／九月、連作短篇集『聖耳』（講談社）を刊行。一〇月、『二〇世紀の定義1　二〇世紀への問い』（岩波書店）のなかに、

「二〇世紀の岬を回り」を書く。／一〇月、長女麻子結婚。一一月、新宿の酒場「風花」で朗読会。以後、三ヵ月ほどの間隔で定期的に、毎回ホスト役をつとめ、ゲストを一人ずつ招いて続ける（二〇一〇年四月終了）。

二〇〇一年（平成一三年）　六四歳

一月より、「八人目の老人」に始まる連作を『新潮』に発表（以下、二月「槌の音」、三月「白湯」、四月「巫女さん」、五月「枯れし林に」、六月「春の日」、八月「或る朝」、九月「天躁」、一〇月「峯の嵐か」、一一月「この日警報を聞かず」、一二月「坂の子」、二〇〇二年一月「忿翁」で完結）。一〇月から『毎日新聞』で松浦寿輝と往復書簡「時代のあわいにて」を交互隔月に翌年一一月まで連載。／五月、『二〇世紀の定義7　生きることと死ぬこと』（岩波書店）に『時』の沈黙」を書く。／三月三日、風花朗読会が旧知の河出書房新社編集者、飯田貴司の通夜にあたり、焼香の後風花に駆けつけ、ネクタイを換えて朗読に臨む。一一月、次女有子結婚。

二〇〇二年（平成一四年）　六五歳

三月、齋藤孝と対談「声と身体に日本語が宿る」を『文學界』に、四月、養老孟司と対談「日本語と自我」を『群像』に、同月、奥山民枝と対談「怒れる翁とめでたい翁」を『波』に掲載。六月、連作「青い眼薬」を『群像』に連載開始（六月「1・埴輪の馬」、七月「2・石の地蔵さん」、八月「3・野川」、九月「4・背中から」、一〇月「5・忘れ水」、一一月「6・睡蓮」、一二月「7・彼岸」）。一〇月、中沢新一、平出隆と鼎談「正岡子規没後百年」を『新潮』に掲載。／三月、短篇集『忿翁』（新潮社）を刊行。／九月、長女麻子に長男生まれる。一一月四日から二〇日、朗読とシンポジウムのため、ナント、パリ、ウィーン、インスブルック、メラノに行く。二一日から二九日、ウィーンで休暇。

二〇〇三年（平成一五年）　六六歳

一月、小田実、井上ひさし、小森陽一と座談会「戦後の日米関係と日本文学」を『すばる』に掲載。一月五日から日曜毎に、随筆「東京の声・東京の音」を『日本経済新聞』に連載（一二月まで）。三月、連作「青い眼薬」を『群像』に掲載（三月「8・旅のうち」、四月「9・紫の蔓」、五月「10・子守り」、六月「11・花見」、七月「12・徴《しるし》」、九月「13・森の中」、一〇月「14・蟬の道」、一二月「15・夜の髭」）。四月、高橋源一郎と対談「文学の成熟曲線」を『新潮』に掲載。／一月二三日から三〇日、NHK・BS「わが心の旅」の取材のため、リーメンシュナイダーの祭壇彫刻を求め、かたわら中世末の《聖女》マルガレータ・フォン・エブナーの跡をたずね、ヴュルツブルク、ローテンブルク、メディンゲンなどを歩く。九月、南フランスでシンポジウム。

二〇〇四年（平成一六年）　六七歳

一月、『群像』に連作「青い眼薬」の完結篇「16・一滴の水」を発表。六月、高橋源一郎、島田雅彦と座談会「罰当たりな文士の懺悔」を『新潮』に掲載。七月、「辻」に始まる連作を『新潮』に発表（以下、八月「風」、九月「役」、一一月「割符」、一二月「受胎」）。八月、平出隆と対談「小説の深淵に流れるもの」を『群像』に掲載。／五月、連作短篇集『野川』（講談社）、一〇月、随筆集『ひととせの　東京の声と音』（日本経済新聞社）、一二月、新装新版『仮往生伝試文』（河出書房新社）を刊行。

二〇〇五年（平成一七年）　**六八歳**

一月、連作「辻」を『新潮』に不定期連載（一月「草原」、三月「暖かい髭」、四月「林の声」、五月「雪明かり」、七月「半日の花」、八月「白い軒」、九月「始まり」で完結）。五月、寺田博と対談「「かろうじて」の文学」を『早稲田文学』に掲載。／一月、『聖なるものを訪ねて』（ホーム社・集英社発売）刊行。一二月、一九九七年六月から二〇〇五年三月まで『るしおる』に二五回にわたって連載した『詩への小路』（書肆山田）を刊行（ライナー・マリア・リルケ「ドゥイノの悲歌」の試訳をふくむ）。／一〇月、長女麻子に長女生まれる。

二〇〇六年（平成一八年）　**六九歳**

一月、「休暇中」を『新潮』に発表。三月、蓮實重彦と対談「終わらない世界へ」を『新潮』に掲載。四月、連作「黙躁」を『群像』に連載開始（四月「1・白い男〈『白暗淵』収録にあたって「朝の男」と改題〉」、五月「2・地に伏す女」、六月「3・繰越坂」、八月「4・雨宿り」、九月「5・白暗淵」、一〇月「6・野晒し」、一二月「7・無音のおとずれ」）。七月、高橋源一郎、山田詠美との座談会「権威には生贄が必要」を『群像』に掲載。一二月、「年越し」を『日本経済新聞』（三一日）に掲載。／一月、連作短篇集『辻』（新潮社）、九月『山躁賦』（講談社文芸文庫）を刊行。／四月、次女有子に長男生まれる。

二〇〇七年（平成一九年）　**七〇歳**

一月、連作「黙躁」を『群像』に掲載（一月「8・餓鬼の道」、二月「9・撫子遊ぶ」、四月「10・潮の変わり目」、五月「11・糸遊」、六月「12・鳥の声」で一二篇完結）。三月、『群像』誌上で松浦寿輝と対談。／八月、松浦寿輝との往復書簡集『色と空のあわいで』（講談社）、『野川』（講談社文庫）、九月、エッセイ集『始まりの言葉』（岩波書店）、一二月、連作短篇集『白暗淵』（講談社）を刊行。／七月、関東中央病院に検査入院。八月六日、日赤医療センターに入院。八日、頸椎を手術、一六年前と同じ主治医による。二三日、退院。

二〇〇八年（平成二〇年）　**七一歳**

一月、福田和也との対談「平成の文学について」を『新潮』に掲載。二月、岩波書店の連続講演「漱石の漢詩を読む」を行う（週一回で四回）。同月、『毎日新聞』に月一回のエッセイを連載開始。講演録「書く　生きる」を『すばる』に、三月「小説の言葉」を『言語文化』（同志社大学）に掲載。四月、『新潮』に連作を始める（四月「やすみしほどを」、六月「生垣の女たち」、八月「朝の虹」、一一月「涼風」）。／一二月、講演録『ロベルト・ムージル』（岩波書店）を刊行。六月、『不機嫌の椅子　ベスト・エッセイ2008』（光村図書出版）に「人は往来」を収録。九月、『夜明けの家』（講談社文芸文庫）、一二月、『漱石の漢詩を読む』（岩波書店）を刊行。／この年、七〇代に入ってから二度目の連作にかかり、終わるものだろうかと心細くもなったが、心身好調だった。

二〇〇九年（平成二一年）　**七二歳**

一月より、前年からの連作を『新潮』に発表（一月「瓦礫の陰に」、四月「牛の眼」、六月「掌中の針」、八月「やすらい花」）。二月、随筆「招魂としての読書」を『すばる』に掲載。六月、「ティベリウス帝『権力者の修辞』」「タキトゥス『年代記』」」を『文藝春秋』に掲載。七月から『日本経済新聞』に週一度のエッセイ連載を始める。同月、島田雅彦との対談「恐慌と疫病下の文学」を『文學界』に掲載。／八月、坂本忠雄編『文学の器』（扶桑社）に福田和也との対談「川端康成『雪国』」を収録。一一月、口述をまとめた『人生の色気』（新潮社）を刊行。／この年、新聞のエッセイ連載がふたつ重なり、忙しくなったが、小説のほうにはよい影響を及ぼしたようだった。五月、次女有子に次男生まれる。

二〇一〇年（平成二二年）　**七三歳**

一月、大江健三郎との対談「詩を読む、時を眺める」を『新潮』に、二月、佐伯一麦との対談「変わりゆく時代の『私』」を『すばる』に、三月、「小説家52人の2009年日記リレー」の二〇〇九年一二月二四日〜三一日を担当し『新潮』に掲載する。同月、往年の『文藝』および『海燕』の編集長寺田博氏亡くなる。四月、一〇年ほども新宿の酒場で続けた朗読会を第二九回目で終了。五月より「除夜」に始まる連作を『群像』に発表（以下、七月「明後日になれば」、一〇月「蜩の声」、一二月「尋ね人」）。一二月、佐々木中との対談「ところがどっこい旺盛だ。」を『早稲田文学　増刊π』に掲載。／三月、『やすらい花』（新潮社）を刊行。この年、ビデオディスク『私の1冊　人と本の出会い』（アジア・コンテンツ・センター）に『山躁賦』を収録。／この年、初夏から秋にかけて長年の住まいの、築四二年目のマンションが三回目の改修工事に入り、騒音に苦しんで暮らすうちに、住まいというものの年齢を考えさせられた。

二〇一一年（平成二三年）　**七四歳**

一月、随筆「『が』地獄」を『新潮』に掲載。二月、前年からの連作を『群像』に掲載（二月「時雨のように」、四月「年の舞い」、六月「枯木の林」、八月「子供の行方」で完結）。三月、「草食系と言うなかれ」を『文藝春秋』に掲載。四月から翌年三月まで、『読売新聞』「にほんご」欄に月一度、随筆（「時字随想」）を連載。六月、「ここはひとつ腹を据えて」を『新潮45』に、一〇月、平野啓一郎との対談「震災後の文学の言葉」を『新潮』に、一二月、松浦寿輝との対談「小説家が老いるということ」を『群像』に掲載。／一〇月、『蜩の声』（講談社）

刊行。／三月一一日の大震災の時刻は、自宅で「枯木の林」を書いている最中だった。

二〇一二年（平成二四年）　七五歳

一月、随筆「埋もれた歳月」を『文學界』に、片山杜秀との対談「ペシミズムを力に」を『新潮45』に、又吉直樹との対談「災いの後に笑う」を『新潮』に掲載。三月、随筆「紙の子」を『群像』に掲載。五月、「窓の内」に始まる連作を『新潮』に掲載（以下、八月「地蔵丸」、一〇月「明日の空」、一二月「方違え」）。同月『古井由吉自撰作品』刊行記念連続インタヴュー『40年の試行と思考　古井由吉を、今読むということ』（聞き手　佐々木中）、『文学は「辻」で生まれる』（聞き手　堀江敏幸）」を『文藝』夏季号に掲載。七月、神奈川県川崎市の桐光学園中学高等学校にて、「言葉について」の特別講座を行う（二〇一三年八月、水曜社より刊行の『問いかける教室　13歳からの大学授業』に収録）。八月、中村文則との対談「予兆を描く文学」を『新潮』に掲載。一一月、一〇月二〇日の東京大学ホームカミングデイの文学部企画講演「翻訳と創作と」を加筆・修正して『群像』に掲載。／三月『古井由吉自撰作品』刊行開始（一〇月、全八巻完結）。『戦時下の青春』（『コレクション　戦争×文学15』）に「赤牛」が収録、集英社から刊行。七月、前年四月一八日からこの年三月二〇日まで『朝日新聞』に連載した佐伯一麦との震災をめぐる往復書簡を『言葉の兆し』として朝日新聞出版から刊行。／思いがけず河出書房新社から作品集を出すことになった。

二〇一三年（平成二五年）　七六歳

三月、前年からの連作を『新潮』に掲載（三月「鐘の渡り」、五月「水こほる聲」、七月「八ツ山」、九月「机の四隅」で完結）。／六月『聖耳』（講談社文芸文庫）を刊行。／一月、又吉直樹がパーソナリティーを務めるニッポン放送のラジオ番組「ピース又吉の活字の世界」に出演（一月一六、二三日放送）。

二〇一四年（平成二六年）　七七歳

一月より、「躁がしい徒然」に始まる連作を『群像』に発表（以下、三月「死者の眠りに」、五月「踏切り」、七月「春の坂道」、九月「夜明けの枕」、一一月「雨の裾」）。一月、随筆「病みあがりのおさらい」を『新潮』に、五月、随筆「顎の形」を『文藝春秋』に掲載。六月、大江健三郎との対談「言葉の宙に迷い、カオスを渡る」を『新潮』に掲載。／二月、『新潮』の連作をまとめた『鐘の渡り』（新潮社）、三月、『古井由吉自撰作品』の月報の連載をまとめた『半自叙伝』（河出書房新社）、六月『辻』（新潮文庫）を刊行。

二〇一五年（平成二七年）　七八歳

前年からの連作を『群像』に掲載（一月「虫の音寒き」、三月「冬至まで」で完結）。一月、随筆「夜の楽しみ」を『新潮』に、随筆「達意ということ」を『文學界』に掲載。三月、大江健三郎との対談「文学の伝承」を『新潮』に、七月、堀江敏幸との対談「連れ連れに文学を思う」を『群像』に掲載。八月より、「後の花」に始まる連作を『新潮』に発表（以下、一〇月「道に鳴きつと」、一二月「人違い」）。一〇月、六月二九日に紀伊國屋サザンシアターにて行われた大江健三郎とのトークイベントを「漱石１００年後の小説家」のタイトルで『新潮』に掲載。一二月、九月二日に八重洲ブックセンターで行われた又吉直樹とのトークイベントを「小説も舞台も、破綻があるから面白い」のタイトルで『群像』に掲載。／三月、ＴＯＫＹＯ　ＭＸの「西部邁ゼミナール」に富岡幸一郎と出演（三月一五、二二、二九日放送）。五月、「東京大学新図書館トークイベントEXTRA」（飯田橋文学会、東京大学大学院総合文化研究科・教養学部附属共生のための国際哲学研究センター、東京大学附属図書館共催）における阿部公彦とのトークショーで、『辻』『白暗淵』『やすらい花』について語る（二〇一七年一一月、東京大学出版会より刊行の『現代作家アーカイヴ１　自身の創作活動を語る』に収録）。一一月、ＳＭＡＰの稲垣吾郎がホストを務めるＴＢＳテレビ「ゴロウ・デラックス」に出演、「課題図書」は『雨の裾』（一二月一二日放送）。／四月、大江健三郎との対談集『文学の淵を渡る』（新潮社）、六月、『群像』の連作をまとめた『雨の裾』（講談社）を刊行。同月、『現代小説クロニクル 1995 ～ 1999』（日本文藝家協会編）に「不軽」が収録、講談社文芸文庫から刊行。七月、『仮往生伝試文』を講談社文芸文庫より初めて文庫本として刊行。

二〇一六年（平成二八年）　**七九歳**

前年からの連作を『新潮』に掲載（二月「時の刻み」、四月「年寄りの行方」、六月「ゆらぐ玉の緒」、八月「孤帆一片」、一〇月「その日暮らし」）。／一月、『「内向の世代」初期作品アンソロジー』（黒井千次選）に「円陣を組む女たち」が収録、講談社文芸文庫から刊行。六月『白暗淵』（講談社文芸文庫）を刊行。

二〇一七年（平成二九年）　**八〇歳**

六月、又吉直樹との対談「暗闇の中の手さぐり」を『新潮』に掲載。八月より、「たなごころ」に始まる連作を『群像』に発表（以下、一〇月「梅雨のおとずれ」、一二月「その日のうちに」）。／二月、『新潮』の連作をまとめた『ゆらぐ玉の緒』（新潮社）、『半自叙伝』（河出文庫）、五月『蜩の声』（講談社文芸文庫）、七月、エッセイ集『楽天の日々』（キノブックス）を刊行。

二〇一八年（平成三〇年）　**八一歳**

前年からの連作を『群像』に掲載（二月「野の末」、四月「この道」、六月「花の咲く頃には」、八月「雨の果てから」、一〇月「行方知れず」で完結）。三月、「創る人52人の『激動２０１７』日記リレー」の二〇一七年一一月一九日～二五日を担当し『新潮』に掲載する。／五月、『群像短篇名作選 2000 ～ 2014』（群像編集部編）に「白暗淵」が収録、講談社文芸文庫から刊行。

二〇一九年（平成三一年・令和元年）　**八二歳**

一月、インタヴュー「読むことと書くことの共振《ともぶ》れ」（聞き手・構成　すんみ）を『すばる』に掲載。二月、三四年続けた『優駿』のエッセイ連載を終了。四月、インタヴュー「生と死の境、『この道』を歩く」（聞き手　蜂飼耳）を『群像』に掲載。七月より、「雛の春」に始まる連作を『新潮』に発表（以下、九月「われもまた天に」、一一月「雨あがりの出立」）。／一月、『群像』の連作をまとめた『この道』（講談社）を刊行。一二月、『深淵と浮遊　現代作家自己ベストセレクション』（高原英理編）に「瓦礫の陰に」が収録、講談社文芸文庫から刊行。／七月、次兄死去。この年、肝細胞がんなどの治療のため、関東中央病院に四回入退院。

二〇二〇年（令和二年）

一月、『詩への小路　ドゥイノの悲歌』（講談社文芸文庫）を刊行。同月、『戦時下の青春』（「セレクション戦争と文学7」集英社文庫）に「赤牛」が収録される。

二月一八日、肝細胞がん骨転移のため死去。享年八二。

四月「遺稿」を『新潮』五月号に掲載。

また文芸各誌に追悼特集が掲載される。『群像』五月号に「追悼　古井由吉」（奥泉光「感謝と追悼」、角田光代「ありがとうございました」、黒井千次「遠いもの近いもの」、中村文則「生死を越え」、蓮實重彦「古井由吉とは親しい友人関係になかった」、蜂飼耳「一度だけの記憶」、保坂和志「身内に鼓動する思念」、堀江敏幸「往生を済ませていた人」、町田康「渡ってきたウイスキーの味」、松浦寿輝「静かな暮らし」、見田宗介「邯鄲の夢蝶の夢」、山城むつみ「いままた遂げた」、吉増剛造「小さな羽虫が一匹、ゆっくりと飛んだ」、富岡幸一郎「古井由吉と現代世界——文学の衝撃力」）、『新潮』五月号に「追悼・古井由吉」（蓮實重彦「三篇の傑作について——古井由吉をみだりに追悼せずにおくために」、島田雅彦「生死不明」、佐伯一麦「枯木の花の林」、平野啓一郎「「踏まえるべきもの」の絶えた時代に」、又吉直樹「ここにあるもの）」、『文學界』五月号に「追悼・古井由吉」（柄谷行人「古井由吉の永遠性」、蓮實重彦「学生服姿の古井由吉——その駒場時代の追憶」、三浦雅士「知覚の現象学の華やぎ——古井由吉を悼む」、中地義和「音律の探求者」、大井浩一「奇跡のありか——後期連作群をめぐって」、安藤礼二「境界を生き抜いた人——古井由吉試論」、島田雅彦×松浦寿輝対談「他界より眺めてあらば」、随想再録「達意ということ」）、『すばる』五月号に「追悼　古井由吉」（モブ・ノリオ「古井ゼミのこと」、すんみ「「わからない」という感覚から始まる」）、『文藝』夏季号に「追悼　古井由吉」（堀江敏幸「古井語の聴き取れる場所」、佐々木中「クラクフ、ビルケナウ、ウィーン中央駅十一時十分発」、朝吹真理子「冥界の門前」）。

（著者編・講談社文芸文庫編集部補足）

〔『野川』講談社文芸文庫、二〇二〇年〕

古井由吉

二〇二〇年六月二〇日　初版印刷
二〇二〇年六月三〇日　初版発行

発行者　小野寺優
発行所　株式会社河出書房新社
〒一五一－〇〇五一
東京都渋谷区千駄ヶ谷二－三二－二
電話　〇三－三四〇四－一二〇一［営業］
〇三－三四〇四－八六一一［編集］
http://www.kawade.co.jp/

組版　株式会社キャップス
印刷・製本　株式会社暁印刷

Printed in Japan
ISBN978-4-309-02897-2